U0450709

咸鱼飞升

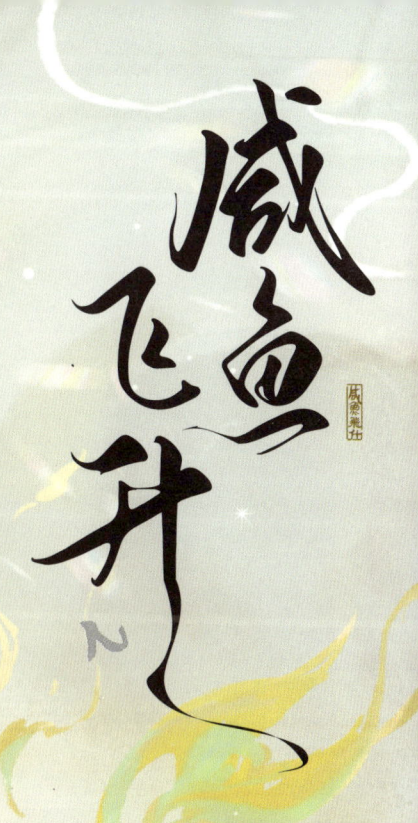

重关暗度 作品

湖南文艺出版社
·长沙·

咸鱼飞升 2

箫声入重围，越走越孤寒，
但这万众一心的壮大气势，反而令他渐入佳境。
他闭目不见，决定忘记身在何处，只管自己吹得开心、吹得尽兴。

合奏至终篇，四周音浪滚滚，面前苦海无边，身后追兵无数。
他一个人握着冰冷的剑站在天地间，独对遮天狂潮。
一身转战三千里，一剑曾当百万师。

宋潜机

咸鱼飞升

卫平（卫真钰）

却见那雕花食盒一共三层，层层打开，如莲花绽放。卫平双手翻飞，瓷盘瓷盅被接连取出。

莲菜炒肉、板栗烧鸡、红烧宝塔肉、凉拌佛手瓜、金丝凤尾虾……无一不是色泽鲜亮，喷香扑鼻。

『果脯蜜饯、瓜子花生、时令水果拼盘、三凉三热，荤里带素，我称它为——宋院九宫格。』卫平微微躬身，

目录

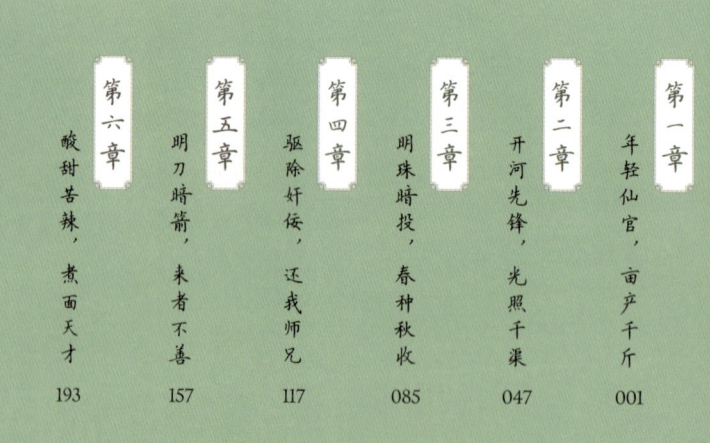

第一章 年轻仙官，亩产千斤 001

第二章 开河先锋，光照千渠 047

第三章 明珠暗投，春种秋收 085

第四章 驱除奸佞，还我师兄 117

第五章 明刀暗箭，来者不善 157

第六章 酸甜苦辣，煮面天才 193

咸鱼飞升 2

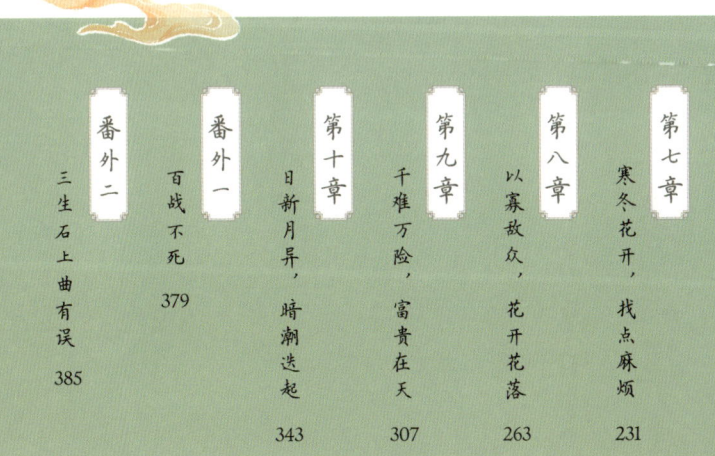

第七章 寒冬花开,找点麻烦 231

第八章 以寡敌众,花开花落 263

第九章 千难万险,富贵在天 307

第十章 日新月异,暗潮迭起 343

番外一 百战不死 379

番外二 三生石上曲有误 385

今夜出得华微山
混入凡间做凡人

走犬斗鸡种田地
潇洒短命过一生

第一章

年轻仙官,亩产千斤

千渠郡位于天西洲东北部。版图辽阔，形似玉带，南北长达六千里。

南接飞羽即沉的大荒泽，北靠凶兽出没的毒瘴林。西有天堑紫阳山，唯有东边毗邻洪福郡。但边界守卫森严，凡人没有仙官手谕无法通行。

深夜里，千渠郡第六十四任仙官赵仁，站在全郡最高的云楼上，不停地拍打栏杆。他面容扭曲，双目赤红，却不是痛苦，而是激动。

"老子终于能离开这个鬼地方了。"他在心中呐喊。

去年整整一年，他修为毫无长进，写信向赵峰主诉苦，峰主让他忍，并许诺会给他诸多资源。

赵家老祖当年在千渠郡设下天罗吸灵阵助老祖宗突破，本是家族秘事。所以自那之后，此地仙官一直由赵峰主的同族亲信担任。千渠郡现状如何，鲜为人知。

赵仁本做好再苦熬一年的准备，谁知峰回路转，如今只需要完成最后一件事——与新上任的仙官顺利交接，就能得到赵峰主的奖赏。

这仙官不是普通修士，而是写下《英雄帖》、留下摘星局、差点做了圣人亲传弟子的双料天才——宋潜机。他将打破惯例，成为整个天西洲，甚至整个修仙界，最年轻、修为最低的仙官。

赵仁强行压下狂喜，一定要先稳住难对付的宋潜机，不能让这厮来了掉头就跑。

如何考量一处封地的好坏？水土风貌、文化财富都是次要的，对修士最重要的，当然是香火供奉。

"传我口谕，明日午时，各乡各村，每家每户，必须出一个人来天城的神庙叩拜神像。"

他身后站着十余人，皆神色恭敬，低眉垂目，闻言齐声应是。

赵仁想了想，补充道："为迎接新仙官，每村必须向神庙供奉十头百斤以上的牲畜。"

一定要让宋潜机看到百姓的诚心、属地的富饶。

那群人再次应声，唯唯诺诺，像一群勤恳俯首的老黄牛。

赵仁心满意足。"诸位辛苦了，都下去吧。"

修炼如逆水行舟，不进则退，修士分秒必争，哪儿有空与凡人消磨？他既是仙官，俗事自有司礼、司农、司军打理，各个官职背后都是千渠郡的望族豪绅，不用他耽误时间。

"老黄牛"们默默退下，低头弯腰，步履很小心，没有发出一点声音。

但当他们走下高楼，走出仙官的宅邸时，每走一步，脊背便挺直一分，脚步便加重一分。直到美婢们提灯迎上，仆从们驾车而来。大街被无数盏灯照亮，被十余驾华丽马车挤满。

随侍如云，金灯如昼。

灯火照亮他们昂贵华丽的衣饰、骄矜不屑的神情，卑微"老黄牛"彻底变作威严富态、手握重权的"大人物"。

对赵仁的命令，他们颇有微词。

司礼道："明天午时怎么来得及？有些村子位置偏僻，路途遥远……"

"用飞行法器去拉他们，顺便把他们的供奉也拉进神庙！"一名富态老者招手，"司农，看看今年还有什么税没征？"

一名头发花白的老者急忙赔笑出列，闻言却苦着脸道："不巧，今年能征的全都征了，地税、草税、市税、人头税、添丁税……"他一口气报出四十种税名，不带喘气，最后总结："百姓已经被刮下三层皮，再没油水可刮了！现在离秋收还早，新丰税无论如何也收不上啊。"

在千渠郡地界，普通百姓天黑点一盏灯，都要交灯火税。

一阵沉默。夜风吹过，灯火闪烁，众人眼神发狠。

司军咬牙道："仙官要牲畜，就得有牲畜。凑不够数，就用人牲来抵！"

"起来，起来，都滚起来！"

锵锵铜锣声打破静谧夜晚。

"每户男丁拜神庙，立刻出发！"

乡吏们敲锣打鼓，点起火把进村。火龙蜿蜒，黑烟滚滚。一时鸡鸣狗吠，整座村子从睡梦中惊醒。

"怎么现在就走？这才二更天啊！"

"这是村里最后一头耕地的牛，不能动啊！"

男人的低吼声、女人的嘶喊声、孩童的哭闹声、老人的咳喘声，在冷寂的黑夜里一齐响起。

不多时，吏官咒骂声、鞭子破风声压过一切声音。最后凄厉的哭喊被压抑，只剩几句哀哀痛呼。

土屋没有点灯，月光照进纸糊的窗户，幽微曲折。家徒四壁，但有桌有柜，锅里有豆糊，墙上挂着干饼。

这般在村里，已经算富足人家。

妇人满目忧色。"小虎爹，去拜神庙咋要半夜赶路？"

男人关上门，将半个干饼揣在怀里。"听外面说，是天城来了新仙官，我走之后……"

"汪汪汪……"忽然响起一阵狗叫声。

可家里没有狗。

原来，炕上的小童惊醒，正拍着手学狗叫："哪儿有仙官，都是狗官，狗官，狗官！"

男人大惊失色，瞥了一眼窗外幢幢人影，煌煌火把，大步走向炕沿，一把捂住孩子的嘴。

他力道重，小童吃痛，呜呜地奋力挣扎。

妇人急忙扯开丈夫。"你干什么?!"

男人松开，双手摁着孩子的肩，低斥："小虎，这话谁教你的?!"

小虎喘气大哭："他们都这样唱……"

"说不得！被人听见，要掉脑袋！"男人怒道，"记住没有?!"

孩童惊恐点头，男人才放手。

他长叹一声，转身打开破旧木柜，从最下面抱出一物，揭开上面的白布。是一把木犁，但与现在常用的直犁不同，辕犁竟有弧度。

普通农户不能自己生产农具，只能付钱给乡绅地主，从他们手中租借。

他是十里八乡手艺最好的木匠，腿瘸之前，经常走街串巷替人修补东西。这犁造出来之后，他从没在地里试过。只有得到上面许可，才能大规模制造使用。

土地越来越硬，耕作越来越费力。没有了耕牛，人就是耕牛。如果有一天，大家都能用它耕地……男人疲惫的双眼亮了亮。

"你干什么?!"妇人急道。

男人咬牙。"新仙官上任，谁都可以献宝。"

"人家要的是仙人法器，谁要一把犁?!"妇人神色凄苦，"孩他爹，算了吧，五年前你也去过，还不是……"

她看着男人的一条瘸腿。

"可万一……"男人没有说下去，脸色灰败。

希望寄托在"万一"，本就不值得多说。

"磨蹭什么?!"粗暴的砸门声响起，伴随着小吏的怒骂，"狗娘养的快他妈滚出来！"

男人拥抱过妻子和孩子，拖着木犁，开门走入茫茫夜色。

门外，乡吏们哄然大笑，嚷道："快看，刘瘸子又去献宝了，哈哈哈！"

"爹！"孩童一声哭叫，就要扑出门。

妇人一把将他抱上炕，搂在怀中。"睡吧，等你睡醒，你爹就回来了。"

"我睡不着。"小虎脸上挂着泪。

"娘给你讲个故事，好不好？"

妇人替他擦去眼泪，温柔道："很久很久以前，咱们村子，是一个很美的地方。没有黑沙暴，只有绿油油的树和草。天上年年下雨，田里年年好收成，谷子堆成小山。满山野花野果，野兔野鸡。河水清得能照出你的影子，里面有数不清的鱼啊！"

小虎闭着眼。"那鱼我能吃一条吗？"

"鱼又肥又大，烤完冒油花。你想吃多少就吃多少，吃到你撑破肚皮！"

"娘，我吃饱啦。"

不多时，小虎在母亲怀中酣然入睡。他咂着嘴，嘴角带笑，不知做了什么美梦。

母亲的眼泪却流下来。"老天爷，求你开开眼，给人一条活路吧！"

…………

千渠郡中央城被称为"天城"。

仙官府邸中，仙官居住的高楼被称为"云楼"。

在阵法护持下，天城集聚整郡最后的灵气。街道青石板平整，两侧绿树成荫。整体仿照天西洲有名的华微城修建，楼宇飞檐斗拱，精美雅观。

若从空中望去，它就像一座小型华微城。只是空气干燥，风沙略大。

周小芸乐观道："我看这里挺好，没有宋师兄说的那样恐怖啊。"

"果然是吓唬咱们的！"徐看山笑道。

孟河泽皱眉。"不，我直觉哪里不对劲。"

仙官府邸前，一片空地如广场，开阔而平坦。纪辰操纵宝船缓缓降落。

赵仁带着仙官府邸一众管事，从早上等到中午。他迫不及待要见到宋潜机，迫不及待要离开这里。

七绝宝船刚落地，还未停稳，赵仁抢先冲上甲板。

船上人影散乱，一眼望去，有上千人，大多还穿着华微宗外门弟子服。

赵仁暗忖，听说宋潜机形貌昳丽，风流多情。此人少年成名，书道棋术光耀修仙界，正是意气风发的时候，就算性情再沉稳，装得再低调，身上也必然带些狂傲之气。

领头这名少年，梳高马尾，白衣劲装，靛蓝束腰，气势英武，锐意勃发如利剑出鞘。

十几岁便有筑基修为，真让人嫉妒。他一定是宋潜机！

"久闻宋师弟大名，今日一见，果然是英雄出少年啊！"赵仁大笑，热情去握少年双手，"宋——"

"宋师兄在后面。"孟河泽轻巧地避开他的手，露出身后的人。

赵仁顿觉十分尴尬，忽又眼前一亮：那少年身穿八十八重水云符文法袍，腰带上缀满极品鲛王珠，阳光下彩晕流动，令他整个人笼罩在一层淡淡的光辉中。

此人不仅通身富贵，身边更有一个俏丽可爱的双髻少女相伴。

携美出游，原来这位才是宋潜机！

听说以摘星局的棋谱制作而成的玉简，已为他带来二十万块灵石的丰厚收入，难怪他打扮得如此耀眼，真令人眼红！

"我乃千渠郡上一任仙官赵仁。今日一见宋师弟风采……"赵仁的手转向纪辰，却再一次落空。

纪辰和善地微笑:"您认错了,宋兄在后面。"

怎么还在后面?你们几个就故意耍我是吧?!赵仁不由得恼怒。

只见先前那两名少年,一英武,一贵气,一左一右侧身,一齐去扶身后的人。

"宋师兄,到了。"

"宋兄醒醒。"

那人从躺椅软垫上被扶起,仿佛刚在打盹,眨了眨眼。"赵仙官,你好。"声音清淡。

他既不锐利,也不富贵,反而气质温和。只要与他说一句话,就会生出这人十分好打交道的错觉。

赵仁心中警铃大作!能收服整个华微宗外门,却不显山不露水,才是狠角色。

他打起十二分精神。"宋师弟!等你许久,咱们这便进神庙吧!今日正好有一场供奉会……"

"进神庙作甚?"宋潜机问。

这句将赵仁问蒙了,不去神庙,你还想去哪儿?难道是嫌弃我没有将你的金身塑像提前供入庙中?

他决定先给宋潜机一点"甜头",稳住对方。

"宋师弟有所不知,这是两任仙官交接的必经程序。司农、司礼、司军已经准备好,将在神庙向你述职。千渠的望族豪绅,也要来朝拜献宝,规矩不可变。"

宋潜机听见"司农",改口道:"好吧,按规矩办。"

种地之道博大精深,他正有问题要向郡中司农请教。

他上辈子游历过的,是百年之后的千渠郡。如今应有大不同,只有先了解情况,才能更好地规划用地。

宋潜机深呼吸,满意微笑。是荒地的味道。重生以来,终于如愿。

紫府中盛满不死泉的净瓶嗡然振动,好像与他心境呼应。

赵仁心中冷笑,听见献宝才肯去,这宋潜机,真是不见兔子不撒鹰!

但他面上也微笑。

两任仙官相视而笑,互相谦让着下船。

……………

神庙广场，跪地的众人心情无比沉痛。

遥见风烟起，宝船落，新仙官大步走来。

他身后有上千修士跟随，炎炎赫赫，比赵仙官来时排场更大，更像天上来的神仙。

不知该有多难伺候。

宋潜机第一次近距离看到神庙。

比起普通祠堂或庙宇，它更像一座金碧辉煌的宫殿。

碧色长空下，灿金的殿顶反射阳光，朱红的围墙连绵成片，一扇扇墨黑的雕花门窗大开着。

大气磅礴，神圣庄严。

若抬头仰望，便觉自身渺小卑微，还不如神庙的一片瓦。

自古神庙一条路，九九八十一级台阶，级级白玉堆砌。

修士可以用灵气或法器，豪绅可以坐步辇。只有凡人来拜时，才一步一叩首。

外门弟子们跟在宋潜机身后，接连惊呼：

"原来这就是神庙啊，真的好壮观，好威武。"

"这么高，每次有人来上香，岂不是走得很累？"

赵仁看着他们，就像看一群刚进城的土包子。真没见过世面，千渠郡贫瘠，神庙也只是座小庙而已。

"宋师弟是第一次做仙官吧。"赵仁一边明知故问，一边回身招手，从身后管事队伍中招出一人。那人点头哈腰，向宋潜机行礼。

宋潜机纳闷儿。"这位是？"

"他是千渠郡最好的画师。"赵仁笑道，"今日为你画像之后，工匠会日夜不歇赶制金身，三日内完工。再由你滴血开光，供入神庙，增益你的气运。"

宋潜机立刻警觉。"不必！"

这辈子发生的许多事，已经有点不对劲了。若再增加气运，招惹上天降机缘，真把洗剑尘招来，多耽误种地大计。他决不能被人供奉香火。

赵仁心想："我将画师借给你，主动示好，你竟然不领情。"面上仍笑道："宋师弟的《英雄帖》闻名修仙界，书画不分家，想必师弟画技也冠绝天下，自然是看不上这小地方的画师。"

宋潜机没有接话，他指了指玉阶下跪在广场上的凡人们。"他们都是心甘情愿来供奉神庙的吗？"

"那是当然，都很诚心！"赵仁怕宋潜机起疑，语气斩钉截铁。

"为什么？"宋潜机不解，"被供的修士有好处，他们能得什么好处？"

"天大好处！"赵仁向宋潜机传授经验，"按照惯例，仙官会从参加供奉会的凡人中，随缘挑选一人，满足他的一个愿望。不过凡人们大多贪得无厌，如果提的要求过分，你也不必感到为难，再换一个人便是。但对外不能说随便挑的，要说挑叩拜时最诚心的，这样他们才会更诚心。去年我挑中的凡人，说他没饭吃，我直接让司农给了他一千斤谷子，让他一夜暴富。前年那个生病快死了，我给了他一瓶续命灵丹，让他延寿百年……"

他说起这些"好处"，昂首挺胸，神情得意。

他身后的管事们熟练地凑趣：

"您出手大方，屡屡创造奇迹，真是千渠子民之福啊！"

"救苦救难的活菩萨，您享受再多供奉也不为过。"

奉承声忽被打断，一道清脆女声插话："天降横财，如何搬运回家？路上很容易被抢夺，招来横祸吧。灵丹续命，疾病的痛苦却没有减轻，依然要忍受折磨。这样一来，他们的问题不仅没有解决，反而可能受到损害，为什么还心甘情愿地拜神庙……"纪星话未说完，转头瞪纪辰："哥，你一直拉我袖子干吗？我真好奇仙官们怎么做事，问问也不行？"

纪辰向宋潜机充满歉意地笑笑："宋兄，舍妹年幼，并无恶意。"

"没事。"宋潜机不知在思考什么，仍有些愣怔。

赵仁心想："宋潜机手下的人真没规矩，这是什么地方，哪儿有你一个小姑娘向我问话的分？"

但这漂亮女修身上法袍昂贵，脸上神色天真，可知自幼养尊处优，他不愿贸然得罪，只冷冷道："凡人自有凡人的缘法，旦夕祸福，皆是他们的命，与仙官何干？"

他说到此处，白玉阶已至尽头。

神庙的门槛比别处更高，足足到人膝盖，横亘眼前，就像高不可攀的仙途。殿内香火长年不断，袅袅青烟飘出门外，像一朵朵缥缈的祥云。

宋潜机在烟云中停步，忽而转身。

赵仁愕然，正想问他干什么。

只见他深吸一口气，对跪在广场的凡人们高声喊话："不要供奉我，我不会满足你们任何愿望——"

他发声时运足灵气，因而毫不费力，声音远播。

广场众人茫然抬头，遥见新任仙官逆光而立。

日光为他颀长身形勾出金边，却看不清面容，只有他的声音在天地间回荡："不要拜我，大家站起来——"

没有人动。人们依然跪着。

宋潜机心想："坏事了。按气运法则，哪个凡人拜我就是搞我。"

"谁也别想搞我！"

孟河泽一直在观察宋潜机神色，见状立即提起灵气，怒喝："谁——还——敢——跪?！"

他凶神恶煞，气势凛然，仿佛在驱赶到饭点不走的恶客。

广场最后方，有一个人颤巍巍站起来，然后有第二个、第三个。

终于像大海掀起波浪，接二连三，绵延成片，所有人都站了起来。

宋潜机终于放心，转身举步进殿，却是一怔——殿内还跪着一群人。

这群人虽是凡人，姿态极恭敬，但他们衣衫华美，贵而不显。无论年纪大小，皆脸色红润，气息浑厚，可见长年服用强身健体的灵丹，早与普通凡人不同。

跪在最前面的老者声音洪亮："仙官万福。"

身后人齐声道："祝仙官长生不老，日进千里，早日飞升！"

早日飞升？听着就晦气。宋潜机连忙挥手。"都起来吧。"

趁众人起身，他转头低声问赵仁："这是做什么？"

赵仁轻笑道："按规矩，他们该向你献宝了。"

"不献行不行？"宋潜机问。

"不行。"赵仁笑道，"你不收，他们怎么安心？"

这不是你最期待的吗？还装。

孟河泽搬出躺椅，宋潜机坐下。一众外门弟子浩浩荡荡进殿，侍立他身后。

豪绅们暗对眼神，虽然早听过宋潜机的威名，有所准备，当亲眼见到此景时，依旧心情忐忑。

赵仁打了个手势，身后一名管事捧出名册，拉长调子道："贺新仙官上任，千渠郡刘氏一族，今献红髓灵玉枕四只、古法琉璃茶具三套……"

"千渠郡张氏一族，献上天云缎金丝法袍两件……"

宋潜机靠在躺椅上，耐着性子听"报菜名"。

眼见清单被翻了一页又一页，直到最后一页，新仙官始终兴趣缺缺，毫无表示。豪绅们有些惶急，暗中咬牙。

一老者抢在清单念完前出列，行礼后捧出一方礼匣。"宋仙官，这颗蛟龙镇海珠，是我家传宝物，今日献与仙官。"

宋潜机心想："怎么没完没了了？"淡淡地应了声。

豪绅们接连出列，依次掏出压箱底的宝物。

孟河泽依然冷脸，做凶恶状。

纪辰、纪星兄妹见惯宝物，不以为意。

外门弟子面无表情，不约而同地想，你们真不了解宋师兄，本来一袋种子能办成的事，非要弄得这么复杂。

见宋潜机及手下如此轻蔑，最后一人出列行礼，割肉般咬牙道："小人家中有两个女儿，豆蔻梢头，琴棋书画无所不通，愿从此侍奉仙官左右，添茶倒水……"

宋潜机急忙制止："不必了！"

岂有此理，还嫌我这一路上带的人不够多？他催促道："后面还有没有？一起拿上来吧。"

还要？豪绅们彻底慌神，裤子都要扒没了。

俗话说，"流水的仙官，铁打的豪族"，千渠郡内三族鼎立，通婚联姻，同气连枝。

作为千渠郡真正的管理者，他们表面恭敬，内心骄傲，自诩没什么场面没见过。

直到今天，献宝献到怀疑人生。

摸不准新仙官的脉,是很危险的事,众人直觉很多事要与从前不一般了。

赵仁同样心惊,如此还不满意,也太黑了吧?宋潜机年纪轻轻,长得也一表人才,风流倜傥,怎么行事心狠手辣?比我还辣。

他忍无可忍,终于低声劝道:"老弟,杀鸡取卵要不得。他们尽心尽力地伺候我这些年,我总要念点香火情,看在我的面子上,这次就算了吧。"

宋潜机皱眉,对方说的每个字他都认识,连在一起怎么就听不懂?但他明白末尾"算了"二字,心想:你不早说,咱们浪费这时间干吗?当即挥手。"算了,算了。"

仙官发话,众豪绅长舒一口气。

赵仁很欣慰,感觉自己很有面子,高声道:"三司上前述职。"

司军最先出列,宋潜机终于来了精神。"司农先请。"

司农赶忙行礼。"宋仙官,千渠郡三千石存粮,牲畜一千头,今日便供奉给神庙,供奉给您。"

宋潜机打断道:"我不问这些。"

司农心中一惊。

宋潜机见他发抖,语气变得温和:"我问题有些多,你先记下,再一一回答便是,不急。"

司农硬着头皮答应。

宋潜机:"千渠郡内,主要庄稼有哪几种?百姓最喜欢种什么?最肥沃的田地在哪里?日照时间多长?每年降雨几次?亩产约莫多少斤?一年两熟还是三熟?最贫瘠的田地情况又如何?可有虫害?如果有,是哪几种虫,哪个季节最多?"

司农越听越不对劲。到了最后,脸色涨得通红,开口发不出声音,支支吾吾。

孟河泽凶道:"问什么你就答什么!"

司农被他筑基威压一震,汗如雨下。"本郡种粟也种豆,一年一熟。亩产最多可达百斤,至于虫害,下官不太……不太清楚。"

百斤是豪绅地主们的田庄产量,普通农户亩产五十斤就算烧高香了,而全郡三年不曾下雨,他如何敢说?

宋潜机听罢一头雾水。

就这样？才百斤？

不太清楚？我原以为你贵为堂堂司农，掌粮谷，修耒耜，具田器，必有高论，谁知你竟说出如此言语！太令人失望了。

众豪绅观察宋潜机脸色。方才接受献宝时，他虽不愉不耐，漫不经心，却没有明显冷脸。而此时他表情难看，眉头紧锁。

司农脸色已然惨白。新仙官果然是对宝物不满意，要找碴儿开刀，立下马威。这把尖刀正好砍在自己脖子上。

他扑通一声跪地，倒头便拜："饶命啊！仙官，您饶了小人吧！"

"咚咚咚"，脑袋磕在冰冷地砖上，声音清脆。

司礼、司军等人见状，不由得生出兔死狐悲的凄凉之感。新仙官如此难伺候，今日恐怕有人要血溅神庙了。

"又跪什么?！"宋潜机不解。

孟河泽大步上前，强硬地将人一把拉起。

司农却以为孟河泽要将他拖出去斩杀，浑身软如烂泥，涕泗横流，挣扎不肯起。"仙官，求您开恩！"

恰在此时，忽听殿外一阵吵闹。

赵仁眉头微皱，还嫌不够乱，给宋潜机递的把柄不够多吗？

他冷冷道："何人喧哗?！"

"仙官恕罪。"把守殿门的管事进殿禀告，"外面是小岚村的刘瘸子，他疯疯癫癫，非要来献宝，拦也拦不住。"

赵仁问："他献什么宝？"

"是他自造的农具，他说是一种新的犁，要不要请他进来？"

赵仁恍然大悟，嗤笑一声，对他们这些小把戏不以为然。一个凡人怎么可能在广场闹出大动静，无非是三族见殿内气氛不对，便放任那凡人闹事，想转移宋潜机的注意力，以留下司农一命。

真正的献宝已经搞砸了，今日总要有人来承担新仙官的雷霆怒火，不如死个凡人了事。

宋潜机听见"犁"字，双眼霎时明亮。

千渠郡竟然有创新农具的智慧人才？凡间果然藏龙卧虎！

"那等什么？还不快请进来。"只见心狠手辣的宋仙官忽然站起身，神情激动，"不，我出去迎他。"

话音未落，人影如风，竟已冲到殿外。

刘瘸子年轻时不瘸，自然不叫"瘸子"。他曾是十里八乡有名的木匠，手艺精湛，巧思频出。

在铁器被管制的千渠郡，好木匠善榫卯，盖房子、造家具不用一根铁钉，总会受到乡民尊敬。

眼看土地一年比一年干硬，耕牛一年比一年少，垦地越来越费力，刘木匠在农具上动了心思。

他苦心研究三年，自创新犁，去神庙意气风发地献宝，却被打断腿扔出来，连仙官的面也见不着。

那年他妻子怀有身孕，儿子小虎呱呱坠地，家里从此多一张口吃饭。

而他的境况一落千丈。

刘木匠每逢供奉会必献宝，无一例外地挨打。

同乡和朋友们起先苦劝他放弃，后来不再劝，只是叹息，到如今冷眼旁观。

"哈，这疯子，真以为献个耕犁就能飞黄腾达了。"

乡吏们都这样说。

"我不是为飞黄腾达。"刘木匠起先会解释。

"不想飞黄腾达想什么？难道鬼迷了心窍？"

"我想让仙官批准新犁下田地，我想每个人都能用上省力的新犁。我想证明自己不是疯子。"刘木匠在心里说。

春去秋来，年复一年，神庙的香火永不间断，他已经挨过十八次打，浑身伤痕累累。

今年还不行，那就算了吧。只当他从未造过新犁，只是做了一场噩梦。

但新仙官或许不一样，他能让人们"站起来"，让人们不要供奉他。从来没有一个仙官会这么说。如果他愿意看一眼自己的犁……

刘木匠鼓起勇气，深吸一口气："我要见仙官，我有宝物献上！"

"你闹吧，闹大动静。"神庙守卫冷笑，却不像从前一样动手阻拦，高声道,"有本事你直接冲上去!"

"这里面八成有鬼,刘瘸子你可不能去。"旁边的同乡扯他衣服。

刘木匠一瘸一拐冲出人群,正要踏上玉阶。脚未落,忽闻神庙门口惊呼阵阵。

神庙一贯肃穆威严,何曾喧嚣?

广场上,众人抬眼望去,眼睁睁看着一道人影冲下高高台阶,就像一朵白云从天空飘落。

"云"后跟着一众官吏与豪绅。这些平时一跺脚能让千渠郡抖三抖的大人物,此时满头大汗,提起衣摆狂追,口中高呼:"宋仙官且慢!"

司军挺着大肚子跑得太急,一脚踩空,直接滚下来,守卫连忙搀扶他。

人荒马乱间,新仙官衣带临风,飘至眼前。

刘木匠呆呆愣愣,原来还有这么年轻、这么像仙人的仙官。

"大胆。"神庙守卫厉喝,"敢直视仙官!"

刘木匠回神,赶忙拜倒,却被一双手扶起。

"先生。"他听见一道温和的声音。

先什么?仙官叫谁?刘木匠深深惶恐,不敢抬头,余光看见仙官纤尘不染的衣袖,隐隐留下自己脏污的手印。

完了,耕犁还没献,他就先死定了。

宋潜机问道:"先生是来献改良农具的?"

豪绅们你拉我扯,终于停在宋潜机身后。

赵仁驾云而来,从天落下。"宋师弟,你做什么?!"

宋潜机没理他,只问被吓傻的刘木匠:"农具在何处?可带来了?"

众人目瞪口呆。

赵仁大感没面子,强忍着火气,看宋潜机葫芦里到底卖什么药。

"带……带……我带来了!"刘木匠猛然抬眼,鼻子一酸,泪眼蒙眬,"仙官请随我来!"

凡人们惊愕地让开一条路。整个广场的人跟随宋潜机前行。

广场外青松下,宋潜机亲眼见到一把不同于传统耕犁的新式犁,便知来对了。

笨重生硬的直辕消失,取而代之的是弧度优美的曲辕,辕头的犁盘竟然可以转动。整个犁架显得更轻巧、灵活。

这才是真宝物啊，他想。

"小人自创的曲辕犁，更好转向，更省力气。"刘木匠拿起菱形犁铧，激动道，"下面这个东西，只要换成铁打的，翻土就会更深更快，比现在快一倍！"

宋潜机伸出手，细细抚过粗糙的木料，如同抚摸一块无瑕美玉。

他神色认真专注，在脑海中将耕犁每个部分拆开、还原，最后问："我能试试吗？"

"啊？"刘木匠一惊，"当……当然可以！"

直到此时，他仍觉得自己醉倒在梦中。怎么可能有这样的仙官？这真是仙官吗？

众豪绅见势不对，又不敢问宋潜机，急得向前仙官频频使眼色。

赵仁却想，宋潜机心思深沉，是从宗门手中坑下一郡的狠角色，一举一动必有深意。

只见宋潜机拿着耕索看了看，先给自己套上，自顾自向前走。

官吏们脸色惨白，争相去抢。

宋潜机心情不错，很大方地分享这份快乐，依次让每个人套上走几步。

青松下土壤寸寸翻起，一层细密的绿松针埋进地里，又被翻出来。

阳光明净，泥土特有的芳香混着青草味随风飘散。

在千渠郡，众吏第一次"俯首甘为孺子牛""汗滴禾下土"，堪称奇景。

乡民们已然傻了，眼巴巴望着曲辕犁。刘瘸子到底造出了什么宝贝？难道上面有仙法？

不，刘瘸子哪儿会仙法？是新仙官在施法，才让这么多大老爷都抢着当耕牛。

这曲辕犁当真神奇，如此轻松省劲的东西，如果自家田地能用，该有多好。

这当然是痴心妄想，所有农具只能租借，最好的东西只有大地主的田庄配用。

宋潜机终于满意地点头，真诚赞道："曲辕犁果然精妙，先生高才。"

若让他自己造，闭门造车，他造不出。此人定是种地行家、农耕高手。

"仙官大人，小的担不起您称'先生'！"刘木匠手忙脚乱。

宋潜机道："达者为师。"

赵仁在内心怒吼，达者为师个头啊！你放着棋鬼、书圣两位圣人不拜，你叫一个凡人先生？宋潜机果然想收买人心，扶持一批新的心腹。

可惜你不知道，千渠郡前几任仙官也试过给这些刁民一点甜头，换取更多的气运增益，结果呢？哪个不是铩羽而归，骂骂咧咧地离任？

能走的路都已经走绝了，凡人打心底里不再相信神庙和仙官，你还能怎么办？赵仁冷笑。

只见宋潜机又问了那瘸腿凡人几个问题，什么"水土、灌溉、肥料"，净是些他听不懂的话，再问那凡人姓甚名何、家住何处。然后便连连点头，竟要点那人做司农。

前司农刚从鬼门关捡回一条命，惊魂未定，此时哪儿敢说不？

刘木匠一步登天，被同乡扶着才又站起，由惊喜到心惊胆战。"小人大字不识几个，实在不敢担当重任。"

宋潜机想了想。"请先生暂时代任吧。曲辕犁要在全郡推广，每户至少有一把，这些事如何离得开先生？一年后我们举办务农大比，每年的魁首，便做一年千渠郡的司农！"

这次只是赵仁，所有人一齐茫然。务农大比？那是啥？

....

神庙内，孟河泽用剑柄挑开明黄的帐幔，纱帐后一座座金身塑像逐一显露真容。

塑像按真人比例铸造，虽不生动，却宝相庄严。

十余座金身塑像环殿而放，令整座大殿金光灿然。

外门弟子们亲眼见过掌门、峰主的很少，好奇地打量。但修为低微者直视塑像面容，顿觉心神震荡，双眸隐隐刺痛。

孟河泽一道剑风扫去，塑像前供奉的香火一闪，顷刻熄灭。

他带众人站在神庙门口，俯瞰广场。

"咱们不跟着宋师兄吗？"周小芸问。

孟河泽道："师兄难得遇到合意农具，必会试用。等他尽兴，咱们再去。"

"几个大地主，就能献出那么多好东西，比做外门弟子富裕多了。"有人小声道。

孟河泽笑道："这次千渠豪绅们元气大伤，以后再慢慢料理。"

纪辰见他微笑，不解道："难道宋兄故意敲打他们，让他们献宝？本来无冤无仇，为何如此？"

纪辰话多自来熟，这一路上，与孟河泽已经十分相熟。

孟河泽冷笑道："这些人表面恭敬，其实一直看赵仁眼色行事。若不能彻底收服，咱们在这儿的一举一动，他们都要报给姓赵的知晓。"

纪星模仿赵仁语气说："杀鸡取卵要不得。留着还能敲出不少东西。"

"宋师弟，务农大比不急。"赵仁说出那四个字，觉得无比怪异，"咱们走完最后一道程序，我才算正式卸任。"

"还有什么事？"宋潜机微微皱眉。他正打算请刘木匠陪同，即日启程，走遍千渠土地，为自己制订开荒、耕种计划。

赵仁以眼神示意司礼。

司礼擦擦冷汗。"请新仙官亲笔题字。"他身后侍从奉上笔墨纸砚。

赵仁伸手一指，笑道："你看神庙广场牌坊上的匾额，那可是一郡的门面。上面那块'物华天宝'是我写的，上任仙官写下'人杰地灵'四字，都是图个吉利，说个愿景。"

赵仁暗想，这将是宋潜机写下《英雄帖》后第一次题字，自己只要抢先拓印下来，修仙界的符师还不抢破头？

那些修士买回家，挂在书房、客厅，待客时请人欣赏它，多有面子。

"好吧。"宋潜机没有推辞，提笔悬腕。

现在匾额上的字实在太丑，糟蹋这万众集会之地。

赵仁屏住呼吸，只见宋潜机大笔一挥，墨汁飞溅，四字一气呵成。

铁画银钩，大地般厚重的气势扑面而来，如川流奔腾不息。

他一字一字念道："亩，产，千，斤。"

亩产千斤？！

这种东西怎么挂得出去？

"好，比《鸡蛋帖》写得更好！"纪辰不知何时来了，率先叫好。不愧是书棋双绝的天才宋兄，连志向都不同于普通修士。

孟河泽带着外门弟子们鼓掌，一时间掌声雷动，气氛热烈。

赵仁精神恍惚地想，不仅宋潜机有病，宋潜机手下这些修士全都疯了。

他出身修真家族，少年时进入华微宗内门，资源堆砌下，一路顺风顺水成功结丹。人生最大的波折，莫过于来死地做仙官。他打心底里认为，修士与凡人的差距，比人与灵兽之间还大。

修士吐纳灵气，不食五谷，沾染凡尘俗务，纯属浪费时间，耽误修行。

修士求飞升、求大道，凡人庸碌只图温饱。修士一次闭关，或许凡人一生寿数已尽。

与凡人打交道、讲交情，到底有什么意义？十斤、百斤、千斤，又有什么不同？

赵仁不甘心。"'亩产千斤'字迹潇洒，但毕竟难登大雅之堂，宋师弟能否换一幅？"

宋潜机像是才注意到他，稍做惊讶之色。"赵道友，仪式已经走完，你还在啊。既然你舍不得走，不如我封你做司礼，从此辅佐我？"

"师弟说笑！我哪儿有时间多留？"

"我只送神，不请神。"宋潜机淡淡道，"既然不留，你以后再想回来，便没这般容易了。"

赵仁一怔。他发现这个年轻人不笑时，隐隐透出一种不怒自威的王者之气，仿佛压了自己一头，这让他很不舒服。论修为、资历、出身，哪个不是自己更高？

他被这气势一激，也冷下脸色，立刻召出本命飞剑。"千渠郡给你，我再不回来！"

这鬼地方，害他一年修为无寸进。宋潜机愿意接手烂摊子，他速回华微宗赤水峰修炼才是正事。日后姓宋这厮有何动作，便让郡内三大豪族传信直接禀报家族。

飞剑化作一道流光，乘风而去。

众豪绅不舍，望天，比起捉摸不透的新仙官，之前历任赵族仙官更让他们有安全感。

"赵道友慢走。"宋潜机微笑。

……………

飞剑冲出云层。

赵仁闭眼深吸气，终于甩下包袱，又想起赵峰主许诺的奖赏，心情甚好。空气里充满自由的味道，他咧嘴而笑，想给飞剑贴一张破风符，增加速度。忽然笑容一僵：破风符不在身上。

不只是破风符，他这些年在千渠搜刮的宝物，全都留在仙官府邸。

全郡只有仙官府灵气最浓，他只偶尔去神庙接受供奉叩拜，其他时间在府中修炼，寸步不移。

习惯是很可怕的事。做仙官养尊处优，不必与人斗法，除了本命飞剑，他许久不曾随身携带法器、符箓等物。

刚才当众放狠话，说再不回千渠，此时回头，未免丢脸。

想到宋潜机有白捡便宜的可能，赵仁脸色铁青，心里憋气。只能自我安慰，宝库深埋地下，设隐蔽阵法，宋潜机一时半会儿找不到门路。

你们人虽多，可普遍修为不高，我堂堂金丹修士，又熟悉仙府地形和阵法，若趁夜潜入，谁能奈何我？

赤色飞剑一转，悬停云中。

…………

宋潜机将赵仁打发走，再面对种地高手、农耕行家，自然有十二分友善和耐心。"先生即日入住仙官府，待治好腿疾，便随我走遍千渠，推行曲辕犁。我有不懂的地方，还要多仰仗先生。"

刘木匠泪眼蒙眬，激动地连连点头。"……我何德何能？"

转头望去，再没有冷眼嘲笑，同乡们眼巴巴看着他，脸上写满羡慕、崇拜。

从前听村里老先生讲，"士为知己者死""鞠躬尽瘁，死而后已"之类的话，他一直不懂，这世道人活着多不容易，谁会为个非亲非故的人要死要活。

此时被新仙官双手一扶，他忽生万丈豪情，心想以后尽心尽力，死了也甘愿。

众乡民羡慕地看着刘木匠，又眼热地盯着"亩产千斤"四字。

若真能一亩地产千斤粟，岂不是一人下地，全家都不用挨饿了？难道新仙官要施展仙法？他真有这么好心，不是为了香火供奉？

大多数人不敢信。

天城虽有阵法护持,依然空气干燥。风里裹挟着一层细沙,打在脸上微微刺疼,有些凛冽、粗犷的味道。

宋潜机进得仙官府,绕过一面白玉影壁,沙尘顿消,清润水汽扑面而来。

一眼望去,青石地砖琉璃瓦,九曲画廊莲花池。青翠松柏间,露出几处层楼飞檐的边角,在阳光下泛着淡淡金光。

起先不觉如何宽阔,随原先的管事引路介绍,路越走越深远,才知仙官府是座城中城。

"我还担心住不下,原来根本住不满。"孟河泽感叹,"在凡间做个仙官,也能过得这般滋润。这比虚云的乾坤殿大多了。"

他离开华微宗后,张口直呼掌门道号,周围也没人觉得哪里不对。

周小芸笑道:"天高皇帝远嘛。真皇帝哪儿有土皇帝舒服。"

司礼扶着新司农刘木匠,低头跟在宋潜机身边,小心讨好道:"您看这宅子怎么修?今日征劳工,明日就能动土。"

每一任仙官都要随自己心意翻修扩建,仙官讲究多,谁也不愿意住别人留下的旧洞府,府邸只能越盖越大。

宋潜机摇头。"不用修。"

"府里最高、最新的,当数赵仙官督造的云楼,您请。"

宋潜机依然摇头。

他寻到一处偏僻废园,只比宋院稍大些。"这里就不错。"

上千弟子搬入新居,万事新鲜,正是精神抖擞、干劲十足的时候。却见宋师兄执意选最差的园子,大家不知出于什么心情,都互相谦让起来,没有人因为选屋而争执。

宋潜机打开装画春山的宝匣,神识微动,依次取出土豆、豆角、黄瓜藤、紫藤等草木。它们的根系被宋院泥土完整包裹着,不曾损伤分毫。

还有高矮各异的花架、两口种藕填石的水缸、洒水壶、浇水壶、喷水壶等自制工具。

宋潜机拿起铲子,开始翻土。

杀鸡不用牛刀，这小院也用不上曲辕犁那般神物。

比起征劳工干活，他更享受自己动手。在这个过程中，他能感受到土地中的生机。

如果说华微宗的土壤是青春饱满、活力四射的少女，千渠就像苟延残喘、风烛残年的老人。

宋潜机顿时生怜。

纪辰想上前帮忙，孟河泽用一种"过来人"的眼神看他。

很快纪辰发现自己搭不上手，还会打乱宋潜机干活的节奏。只有孟河泽能勉强融入这种节奏，令他好生羡慕。

他不由得跟在宋潜机身后，默默观察。只觉宋兄做这些事情的时候，虽然认真，却毫无疲累或紧张。仍像书画试交了卷，与他漫步山道，闲聊赏景般从容。

纪辰终于忍不住开口："宋兄，我能干点什么？"

宋潜机笑道："今晚继续教你下棋，学吗？"

"今晚？"纪辰一怔，以为是因宋潜机白日事情太忙，"当然学！你上次教过之后，我觉得很有意思，一直想向你请教。"

宋潜机仰头望天。天幕低垂，云中似有雁群飞过。

"晚上正好有个练手的。"他喃喃自语。

只有散修泥腿子，才会将全副身家带在身上。久居洞府的修士，平时必轻装简行。

"宋兄说什么？"纪辰随之抬头望，"天上有东西？"

却只见残阳西坠，层云渐染。

天城建筑普遍低矮，令长空更显高远、孤寂。

宋潜机笑了笑："我说，草木从土里长出，人也从土里水里来，修士却争着往天上飞……多奇怪。"

华微宗。

云海依旧，月照千峰。

陈红烛明日将闭关，由父亲虚云和一众华微强者护法，冲击结丹。

她不想再做最受宠爱的女儿或晚辈，也不想再陷入乾坤殿上的境况。

闭关干系重大，但今夜她没有在无忧殿打坐静气，也没有去摘星台看星星放松。她只身来到外门。

赵虞平被免职后，虚云提拔心腹担任执事长。新执事长见她来了，忙不迭跟在身后。

新一批外门弟子还未入住，寝舍空荡荡的，夜里静得只有风声虫鸣。

春去夏来，宋院门前的鲜花小径鲜花凋谢，只余一丛丛繁茂绿叶。

宋潜机离开时趁着夜色，走得极匆促。因而修仙界虽有很多棋手、书画家仰慕他声名，却无缘再见一面，多送一程。

陈红烛没有去告别。他们立场迥异，如同站在一座高山的两边，下次再遇到，只怕是敌非友。

既然如此，不如不见。

她听说何青青赶去了，但也只说上两句话。这让她心里莫名有些失落，仿佛宋潜机对在华微宗的这段日子毫无留恋，即使他每天都过得很自在。

这里遇到的一切人和事，不管打过工、练过剑、买过琴，还是遇见过谁，对他都不重要。

"大小姐先请。"

吱呀一声，朱门大开，陈红烛怔然。

从前怡红翠绿的宋院，如今家徒四壁，月光一照，素净得像个冰洞。

只有新翻的土地，证明这里曾住过人。

新执事暗骂，好个雁过拔毛、鸡犬不留的宋潜机，居然真的一根鸟毛也没给宗门留下！

不对，他还留下了一条新罪名——通宋。

执事长面上赔笑："那厮凡人出身，手头紧眼皮子浅，什么都稀罕，大小姐勿恼。"

陈红烛置若罔闻，走进院中，四下打量，最终轻叹："都结束了。"

不知是怅然还是庆幸。

宋潜机没入凡尘，华微宗也该重回正轨。

它依然强大，依然是天西洲第一宗门。

天西洲修士敬仰，万千凡人向往，不会被区区一人之力改变。

陈红烛跨出门槛，执事长在她身后合上朱门。

没人注意到，墙角一点翠绿顶着月光悄然冒头。两片芽叶不足针尖大，埋在土中，极不起眼。

宋潜机没有留下一根草，却遗落了一颗种子。

他离去后，华微山半夜落雨，这颗不起眼的树种破土发芽。

新一批外门弟子，今夜正在外门广场下船。

年轻的面容每张都相似，怀着一步登天的梦想，闯进异彩纷呈的修仙界，踏上你争我夺的登仙路。

夜已深了。

仙官府各院灯火渐熄，人声渐静。

千渠郡沙尘大，月色并不明朗。月光朦朦胧胧透过云层，像弟子们缥缈的梦境。

宋院众多草木没有睡，它们初搬新家，正在陌生的土壤里默默扎根，努力呼吸新空气。

常言说"树挪死，人挪活"，其实草木与人一样，琉璃罩中个个娇贵稚嫩，真正到了穷山恶水的境地，也得埋头走出一条路来。

石桌上一点幽微烛火，在风中闪烁飘摇，对弈的两人面容也随之忽明忽暗。

纵横交错的棋盘线，质地温润的黑白子，端坐的宋潜机，擦汗的纪辰。

纪辰每走一步，必深思熟虑，反复计算。

他的计算仿佛无用功，他们连下三局，每局他都被杀得落花流水。但他依然觉得有趣，仿佛一扇大门缓缓打开，自己正走进全新的世界中。

这让他觉得自己不完全是一个废物。

宋潜机其实并不轻松，术业有专攻，引未来的大阵师入门，总怕耽误对方的天赋。因而他尽量少说，更多让纪辰自己去想。

风中只有虫鸣声、清脆落子声，偶尔灯花炸裂，噼啪作响。

宋潜机抬头，看了看天上朦胧的月。"今晚先下到这里。"

纪辰正在兴头上，不舍地离开棋盘。"打扰宋兄多时，是该告辞……"

"等等。"宋潜机从怀中摸出一本没封面的册子，翻到某页，指给纪辰看。

"这是棋谱？"

"是阵法。棋鬼留下的阵法秘籍。"

纪辰惊愕道："那可是宝贝。宋兄要教我设阵？"

他借着幽微烛火看了看，苦笑道："宋兄待我好，用心良苦，但下棋我还是一知半解，恐怕学不会这么难的东西。"

多年学书画符箓不成，严重打击了他的自信心。

宋潜机安慰道："并不难，用阵材调动灵气，掌控空间，就是阵。"

他用指尖点了点泛黄的纸页。"今晚我们先学困阵，如果有人来了，你替我用这个招待他。"

"好，宋兄请指教。"纪辰郑重点头。

人有时越紧张，越容易走神。

纪辰努力集中精神，却忍不住想，这大半夜什么人会不请自来？要设困阵，来者一定是敌非友。自己今夜纸上谈兵初学阵法，怎么敢实战迎敌？

宋潜机看出不对。"怎么了？"

他坐立不安，低头抠手。"要是我出了纰漏……"

宋潜机笑笑："我替你兜底啊。"

纪辰蓦然抬头，怔怔看他，直到眼圈微红。

宋潜机一惊，阴影再度降临，心想："不是吧，又要哭？我又哪里做错？不如我先发制人，先认个错？"

纪辰却低声道："这话，只有我爹对我说过。"

他爹还活着的时候，他何曾瞻前顾后，畏畏缩缩。无论做什么事、闯多大祸，他从来没怕过，因为知道有人站在背后，永远替他兜底。

…………

子夜时分，朦胧月影变得清亮。

一只巨大蝙蝠振翼，飞过围墙，落入重楼叠殿间。

翅风如刀，枝头碎叶飘飞。

等其落地，一张脸露在月光下，显出不屑神色，原来不是什么蝙蝠，竟是个人。

赵仁收敛气息，一步步走入小院，心想姓宋那小子也没什么大本事，没能收服护府大阵，自己还不是来去自如。

这院子表面荒废，其实设有隐蔽阵，可隔绝神识窥探。而他宝库的入口正在井下。

不知宋潜机发什么疯，短短半日工夫，这里已经改天换地，种满蔬菜花木。

他能感觉到宝库入口未开，想必里面的东西仍纹丝不动，这让他放下心来。

赵仁脚步无声，隔着一重紫藤花架，隐约看到宋潜机的身影。

花影绰约，那人靠在躺椅上，半合着眼，好像赏月时睡着了。

他睡着后，偏瘦的身体陷入躺椅，才真正像个十五岁的稚嫩少年。

赵仁正要入井取宝，忽然心思一转。

宋潜机惹下大麻烦，家族和宗门都恨不得除之而后快，却迟迟无法下手。原因很简单，一来他名望正盛，杀他不占道理；二来他背靠大山，杀他怕被报复。

明面杀不得，又一直没有暗杀的机会。

白日里，所有人都亲眼看到自己离开千渠郡，没有人见过自己折返。

月黑风高夜，此院恰好有阵法，此时除掉落单的宋潜机，神不知，鬼不觉。

对家族、对宗门都是大功一件。

宋潜机身上好东西可不少。圣人留下的宝物虽是大机缘，却太显眼，拿了恐怕麻烦无穷。但那二十万块灵石没写宋姓，谁拿到就是谁的。

杀念一闪而过，他并未莽撞下手，五指按剑柄，反复衡量风险，思考值不值得搏一搏。

风吹花落，暗香浮动。

花架后宋潜机忽然睁眼，目光直直穿透花影，一眼落在他身上。

"不好！"赵仁当机立断，原地跃起，像只蝙蝠振翅没入夜空。

"啊！"

半空中一声惨叫，"蝙蝠"折翅跌落。

他的剑拔到一半，没来得及完全出鞘。

小院内灵气骤变，风起云涌。

细密的金色线条从屋瓦、墙角、花架、石桌同时射出，铺天盖地，纵横交错。仿佛一张捕网当头落下，将赵仁死死困在中心，动弹不得。

糟了，是困阵，他心中大骇。宋潜机哪里找来的阵师，竟能半日成阵？

"宋兄，网住了！"一人从浓重夜色中跳出，兴奋道，"他真的出不来了！"

"是你这小子！"赵仁认出纪辰，双眸喷火，"好，算我看走眼，你……"但纪辰下一句话，差点让他张口吐血。

"我第一次布阵啊宋兄！阵材都是凑的，结果还成了。"

"不错。"宋潜机终于从躺椅上起身，趿拉着鞋走到赵仁面前，"赵道友，晚上好。"

好你个头。

"宋师弟，误会一场！"赵仁也笑，语气暗含威胁，"别开玩笑，快把这阵撤了，否则师兄我强行破阵，阵师必受反噬。"

纪辰有些紧张，却不想露怯。"你大半夜潜进来，肯定没安好心。"

"我来拿我自己的东西！"赵仁理直气壮。

宋潜机摇头。"那不是你的，是千渠的。"

"整个千渠都是我的！"赵仁咬牙。

"千渠，是千渠人的。"

赵仁见宋潜机无动于衷，脸色彻底冷下。"宋潜机，我乃家族嫡系，你敢伤我一根毫毛，天北洲赵家必要你偿命！"

宋潜机看出他脑子不太好，叹了口气，耐心与他讲道理："白日你当众负气而走，谁知道你回来过？没有人，对不对？你一个金丹修士，千渠郡里没人比你修为更高，谁能杀你？反而千渠郡外是毒瘴林，凶兽出没，葬身兽口的修士，连骨头也找不到……"

赵仁一颤，此院隐蔽阵本是他得意之作，此刻却恨得牙痒。

宋潜机道："我只是想找你要点东西，你可以理解为买命钱，怎么样？"

好啊，狮子大开口是不是？

"我不买！老子岂会受你这小龟孙威胁？"赵仁冷笑，"我一个子也不给你，我不信你真敢动手，来啊，有种就杀我！"

他伸脖子，目眦尽裂，凶恶如厉鬼。

纪辰何曾见过这种场面，不由得被吓退两步。

赵仁见状，得意大笑："毛都没长齐，还学人勒索……啊啊啊！"

他忽然发出杀猪般的凄厉惨叫。

"啊！"这一声是纪辰的惊叫。

"站我身后，小心溅到你。"宋潜机说。

一截削到一半的竹条，顶端尖利，直直穿透赵仁的肩胛骨，从背后透出。

宋潜机缓缓抽出竹条，脸上还是那副表情，眼睛也没有眨。

这是他下午新削的竹子，扎新篱笆剩下的边角料。此时被他拿在手里，长度和宽窄都像一柄剑。

钝刀子割肉痛，竹条带刺，自然更痛。

赵仁跪坐于地，牙齿打战，脸色惨白，血如泉涌。

宋潜机俯下身，拉过赵仁的手，放在肩头。"来，用力摁住这里，这样血流得慢些。自己摁好，我就不帮你了。别慌，这点血，一炷香内死不了的。赵道友，我有一些小条件，希望你能听听。"

宋潜机起身，用沾血的手点了一炷香。星火一闪，清淡的烟气飘荡。

赵仁红着眼，破口大骂，疼痛却令他涕泗横流。

骂声不堪入耳，宋潜机看了眼面色发白的纪辰，拿开赵仁的手，又给了他一"剑"。

两个伤口几乎重叠。赵仁这次骂不出了，只大张着嘴，无声呼喊。

"现在这个程度很好治，也不会留下后遗症，不影响你以后用剑。"宋潜机安慰道，"赵道友，赵兄，咱们无冤无仇，发生这种事情，大家都不想的。其实我们有同样的目的，我们都想早点结束这份痛苦，你说对不对？"

他说的是真话。

有些事他上辈子做得很熟练，但这辈子他不愿意再做同样的事。

熟练不代表爱好。他希望尽快解决。

他又帮赵仁摁伤口。

赵仁仿佛看见魔鬼，哭得像个失去母亲的孩子。

宋潜机到底是不是人啊？为什么他下了狠手，还能面不改色心不跳？

眼看宋潜机又要给他一"剑",赵仁凄厉大叫:"你说个数!你说!"

宋潜机点头:"这就对了。这些东西你没有,但你可以写一封信,从别处筹集,我知道你能办到。"

"快说!"赵仁捂着流血的位置,"我全都答应。"

宋潜机道:"三千斤粟,三千头牲畜,三千株树苗,三千斤小麦……"

赵仁越听越恍惚,甚至怀疑自己幻听,这些东西就能买我的命?

纪辰看着他表情变换,忍不住笑出声。忽然一怔,心想:"宋兄以前到底是干什么的,从哪里练成这些手段?如果我是赵仁,我还笑得出来吗?"

幸好宋兄是我的好兄弟。

…………

村里黎明时很热闹。

鸡鸣狗叫嘹亮交错,道道炊烟徐徐入云。

妇人站在灶台前煮豆糊。豆糊味道苦涩,口感粗硬,好在顶饱。

孩童跟在她身后。"娘,爹什么时候回来啊?"

"再过几日。"妇人笑道,"你越乖,你爹回来得越早。"

"那是几日啊?"小虎不依不饶,"我已经很乖了。"

妇人答不出,笑容难掩忧色。新仙官不知是个什么脾气,不知会不会出事。

"浣娘,浣娘!"拍门声、喊话声忽然响起,声音不止一个人的,"大喜事!"

浣娘急忙开门,见半个村的人竟都来了。上一次家门口聚这么多人,还是刘木匠腿被打折的时候。

"村长,他大伯,他三叔,出啥事啦?"

"喜事啊,新仙官亲自点刘二做了司农,天城都传开了,他献的曲辕犁是宝贝!"

"仙官要给他治腿,还要跟他巡视千渠,也来咱们这儿呢!"

"咱们村出了个大司农,你和小虎要享福啦!"

小虎听不懂,却知道是好事,不停地拍手。

"真的?"浣娘大喜,又小心翼翼地问,"司农和村长,哪个更大?"

"当然司农大！"老村长大笑，"司农是大官！"

"司农和乡长，哪个大？"

"还是司农大！你别瞎琢磨了，司农只听仙官的，全千渠横着走。乡长见了他都要磕头，喊他大老爷！浣娘，乡上那地痞再不敢来欺负你了！"

"司农这么大啊，真有这好事吗……"浣娘神色恍惚，忽然笑容消失，惊叫道，"他是不是被打死了，回不来了，你们才这样骗我？说实话，他还活着没有？！"

"天城来人了！"又一声呼喊响起，由远及近，报信人在晨雾中奔跑，"天城来人了！来发粮了！"

天城来人，绝大多数时候是坏事。

发粮也不是没发过，但从县到镇，再到村，层层盘剥，经过无数官吏和地主的手，最后发到村民手里的，只有一两斤豆子。还要装在满是沙土的麻袋里，增加分量，彰显仙官的慷慨仁慈。

而为这一两斤豆子的"甜头"，村民们必须日夜兼程，赶去神庙供奉金身。

老村长带着全村老小，赶往村口迎接天城来使。

众人心里忐忑。供奉会才开过，去的人还没回来，新仙官此时开仓放粮，到底什么意思？

烟尘弥漫，大风卷地，一轮红日被巨大阴影遮蔽。

"这么大的仙家法宝，难道是仙官亲自来咱们村？"

"小声点，都不要命了？"

七绝宝船徐徐下降，砰然一声巨响，船身落地，微微摇晃。

风沙迷眼，众人立刻拜倒。"恭迎仙官！"

"喀喀。"周小芸跳下甲板，捂嘴连连咳嗽，"沙土这么大，一棵树也没有吗？"

"老丈，问个路，这里可是小岚村？"徐看山紧随其后，扶起村长。

"哎呀，坏事了！宋师兄专门交代过，谁也不能跪，谁也不能供奉他。"丘大成喊道，"大家快起来！新仙官最怕别人跪！"

村民们不敢不听，起身却面面相觑，哪儿有不让跪的仙官？

纪星摸出一张清单。"让我看看，小岚村分到了什么？噢，防风草种、灌木种、谷子、牛、羊、鸡崽……"

随她话声，沉甸甸的麻袋从船上抛下。外门弟子们举重若轻，一人扛三袋不在话下。

村民只见宝船巍峨庄严，船上下来的年轻人个个仙气飘飘，手上却拎着鸡脖，肩上还扛着麻袋。

村长战战兢兢迎上去。"仙长大人，这是？"

"我原也是凡人，只在山上混过几年，哪里算仙长？"周小芸笑道，"这是宋师兄，也就是宋仙官送给大家的。"

"新仙官？送给我们村？"村民们大惊失色。

"对呀，每个村都有，不过因地制宜，东西种类不同，总数分量都差不多。"

村长向天城方向拱手。"仙官大人有何指令？"

哪儿有天上掉馅饼的好事，这么多粮食和家禽家畜，得拿什么还？

母亲抱紧怀里的孩子，孩子们紧张地埋头。老人们互相搀扶，神色警惕。

麻袋堆成小山，却没有人动手碰一下，更别说争抢。

"当然有要求啦！"纪星掰着指头数，"牛不能吃，要留着耕地，羊和鸡也不能都吃完，总要留几只下崽、下蛋，以后才能越来越多。"

"就……就这样？"村长小心地问，"没了？"

"没了！你们是第一个村，大家都来帮帮忙，分完东西，我们还要赶去下一个村。"

事实证明，没让孟河泽来，是宋潜机做过最明智的事。孟河泽突破筑基后，对外气势凶煞，令人害怕。

周小芸、纪星是年轻姑娘，一个笑容甜美，一个活泼开朗。徐看山、丘大成长年混迹山下赌场，气质随和。

由他们四人带队发粮，更容易消去村民戒备，赢得信任。

村口气氛霎时一变，男人们搬麻袋，女人们抱鸡崽、牵家畜。欢声笑语，其乐融融。稻谷特有的清香飘出来，沁人心脾。

有人掂了掂分量，听谷壳摩擦沙沙作响，不由得大惊："里面好像全是粮!"

他狂喜高呼:"真的全是粮!"

村民"呼啦"围上前,看他拆开袋子——

满满当当、黄澄澄的带壳谷子,在朝阳下闪烁金光。那光好像带着诱人的香气。咽口水、抽鼻子的声音接连响起,连成一片。

一双双疲惫或沧桑的眼睛忽然明亮,几乎冒出绿光。

外门弟子们吓了一跳。

"生的不能吃!"纪星不懂沙土换粮的弯弯绕绕,"你们怕什么呀?粮袋里当然都是粮。"

她拆开所有袋子,让众人看个分明。

有带壳谷子,也有去壳的粟,颗颗饱满,像身处地主家过年的粮仓。

村长忽然跪向天城方向,猛地磕头。"谢仙官大人!今年秋收前,村里人不挨饿了!"

他身后,全村数百口男女老少,几乎一齐跪倒,砰砰磕头。"谢仙官!"

不懂事的孩子被母亲摁下头,老人颤颤巍巍也要下跪。

"快起来!"丘大成急得嘴上冒泡,"谁跪就是害我们,害宋仙官!"

周小芸低声道:"我们山上打工是辛苦,起码吃饭能管饱,后来辟谷,就不用吃了。你们看他们,跟我家里爹妈一样大,却连饭都吃不上,瘦得只剩一把骨头。"

外门弟子皆凡人出身,触景生情,不由得眼睛泛酸。

有人提议:"村长,袋子不拆还好,现在粟米一露,母鸡一叫,谁还走得动路?"

"杀只鸡吧,娃娃三年没见过肉了。"

村长咬牙:"生火架锅,先让大家吃顿饱饭!"

村民们精神大振,奔回家捧木碗、抱柴火。

一口大锅露天架起,滚滚炊烟如烽火,冲入云霄。

金黄的粟米,混着剁碎的鸡肉块、家里腌制的酸野菜。

不多时,锅中水滚开,咕嘟咕嘟冒着泡,热腾腾的白色蒸汽四下弥漫。

滚烫的肉粥盛在木碗里。谷物清甜的香气、鸡肉鸡油的浓香、酸菜的酸味,随风飘满整个村子。

一众村民死瞪着锅，大力闻着香味。

外门弟子们被周遭气氛感染，也对着粗糙质朴的大锅烩咽口水。

"娘，好香啊！"村妇中，浣娘手最灵巧，由她盯火候掌勺，小虎抱着她大腿不松手，"我好饿。"

浣娘敲他头。"要先给仙长们吃！"

周小芸连忙道："我们都辟谷了，不用吃饭，你们快吃吧。"

村民才捧着碗、守着锅排起长队。每人盛一碗粥，便对天城方向说一句"谢谢仙官"。

肉粥还没降温，半大的孩子急着往嘴里灌，又烫得哇哇大哭。母亲抢过碗，一勺勺吹凉了粥先给孩子喂。

外门弟子们不忍细看，也不忍打扰。

丘大成用手肘撞了一下徐看山。"我不后悔离开宗门，跟宋师兄来了千渠，你呢老徐？"

"嗯。"徐看山偏过头，一边擦了擦泛红的眼睛，一边解释："烟太大，熏的。咱俩打个赌吧。"

"赌什么？"

"就赌宋师兄管的这地方，什么时候人人有肉吃，家家有衣穿。"

村民们吃到半饱时，速度慢下来，恨不得每口都咂摸滋味。鸡骨头嘬得干干净净也不松手，牙口好的，还咬碎了细细咀嚼。

村长感叹："这么好的饭，只有年轻时候吃过一顿，如今三十年过去了。"

此时气氛比过年热烈百倍。

周小芸却见那掌勺的妇人不吃肉粥，只小心翼翼望着自己的方向，欲言又止。她主动上前。"这位婶婶，你是不是有话对我们说？"

浣娘吓了一跳。"仙师，您认得刘二吗？就是献曲辕犁那个人。"她眼神暗含期待，又好像不敢期待，轻声问，"他，他还活着没有？"

"刘先生啊，他现在做了司农，等他治好腿，就陪宋师兄来……"

周小芸话未说完，妇人忽然大哭，一把拉过身后的孩子。"快谢谢仙师大人，谢谢天城的仙官大人！"

周小芸给妇人擦眼泪，纪星见孩子可爱，抱起来逗他。

纪星变了几个小术法，村里小孩都围过来，发出阵阵惊呼，令她很有成就感。

分别时,一群孩子扯她裙角,不肯松手。"仙女姐姐!你不要走,不要回天上。"

村妇们抱走孩童,哄道:"快松开,仙女要去下一个村送鸡。"

"你放仙女回去,跟你一样的小娃娃,才都能吃上鸡肉粥。"

小虎恍然:"我知道了,仙女就是来送鸡的。"

周小芸差点一个趔趄。

来的时候还是仙长大人,走的时候就成送鸡队的了。

…………

"送鸡队"走遍千渠所有贫困村,每到一处,人群轰动,飘香十里。

仙官府的宋院一直静悄悄。

赵仁声嘶力竭的哭喊声,甚至没有传出院墙。

夕阳西下,宋潜机结束一天的劳作。

他在石桌上摊开千渠地图,不时用手指勾画。

院内井下不时传来模糊的号叫声,与虫鸟声混作乐章。

等晚霞余晖消散,宋潜机收起地图,终于走到井前,低头探看。

赵仁如愿以偿,守着心心念念的宝库入口,却被阵法所困,寸步难行。

他灰头土脸,脸色憔悴,也不敢喊宋师弟或宋兄弟,张口就喊师兄。

"宋师兄,东西我都给了,给了三次了,您也该给我一条生路了吧。"

"再等等。"宋潜机说,"养好伤再走。"

每逢"送鸡队"发传信符说东西不够,他便找赵仁敲竹杠。

每一个农民,都可能是种地高手、农耕行家,可能是下一个刘木匠,能造出类似曲辕犁的新农具,自然比赵仁重要得多。

"宋兄,我来了!"纪辰端着纱布、药粉等物出现在井边,"赵道友,我来给你换药。"

赵仁欲哭无泪,想骂不敢骂。他只要看到纪辰的脸,就想起那个血腥痛苦的夜晚。那是他永远的噩梦。

那夜宋潜机扔下竹条后,纪辰取出一块冰蚕丝缎光锦帕子,给他擦手。"宋兄是文人雅士,风流蕴藉,你这双手是持笔拈棋的手。看它沾血,我总觉得心里不舒服。"

赵仁在心里哀号，文人雅士个头！你家文人雅士这样吗？

"所以……"纪辰深吸一口气，坚定道，"以后让我来吧，我替宋兄做这些事，别脏了宋兄的手。"

赵仁差点气绝。你们这里有没有一个正常人？

宋潜机心想，你刚才脸色惨白，双腿发抖，一副快要吐出来的模样，怎么突然胆子大了？可别觉醒出了不得的东西。前世死在你阵中的人，往往受尽折磨，这辈子就算了吧。

宋潜机笑了笑："能不动手的时候，尽量不要动手。"

"我晓得。"纪辰点头，看了眼发抖的赵仁，心里默默补上后半句：到了非要动手的时候，就一定要下狠手，不仅省力气、省时间，还见效快。

宋潜机道："伤人不是目的，只是手段，你给他包扎吧。"

"好的宋兄！"

纪辰对着赵仁，干活细致，一根根挑出陷进肉里的竹刺，挖掉腐肉，最后裹上一层凡人用的金创药。

赵仁浑身冷汗，痛不欲生。"你一剑杀了我吧！"

纪辰真诚道："赵道友，生命可贵，不要轻易寻死觅活。迷途知返，改邪归正，为时不晚。"

又一次换药结束后，井下哀号声渐弱。

"怎么样？"宋潜机问。

"快好了。修士恢复快，宋兄别担心。"纪辰自信道。

千渠"送鸡队"恰在此时进门，四人喜气洋洋。

纪辰当即迎上纪星。"傻妹妹，你没闯祸吧？没捅出大娄子吧？"

他嘴上这样说，却神情关切，先围着纪星转了一圈，以确定对方安然无恙。

纪星对他翻白眼。"哪儿有闯祸！我每到一个地方，当地人都喊我仙女好吧？"

"千渠人眼神不太好啊。"纪辰嫌弃道。

"辛苦诸位了！"宋潜机笑道。

丘大成道："不辛苦，大家都很感激我们！"

纪辰好奇又兴奋："你们去发粮，大家都说什么？"

"当然是说好话。"徐看山对上纪辰真诚的眼神,不忍撒谎,笑容变得有些勉强,"但是也有人造谣,居然说——"

"说什么?"

周小芸叹气:"说临死时让他们吃一顿饱饭,消了怨气,然后新仙官就要送他们去祭天。"

"啊?"纪辰一脸茫然,"祭天?"

"也有人说,新仙官给那些粮食、牲畜施了法,吃多了就会变成他的傀儡奴隶。"纪星也叹气。

"不是吧!这也有人信?"纪辰气笑了。他觉得这思路清奇,一般人真想不到,又觉得不忿,好歹辛苦一场,却被这样冤枉。

"岂有此理,宋兄,我们现在怎么办?"纪辰拍桌。

"什么怎么办?"宋潜机问。

"我们怎么解释?"

"不解释。"

宋潜机心想,刘木匠的伤腿明天就该养好了。他派出去办事的孟河泽也该回来了。

他很忙,有许多种地、开荒的想法等待实践。旁人如何说,又不影响他干活。

五人见宋潜机淡定如故,以为他早有准备,感到一阵安心。

"百姓不可能一时半会儿就信任我们,口说无凭,唯有日久见人心。"

"我们以不变应万变!"

…………

天城城南,一座规模仅次于仙官府的大宅灯火通明。

端坐首座的老者问:"消息散布出去了?"

厅中立着的年轻人恭谨道:"是。"

"仙官府那边什么反应?有没有人出来解释?"

"他们……一直没有反应。"

满堂哗然,急切、焦躁几乎写在众人脸上。

千渠郡的仙官地位超绝,但从来不理俗物,真正的权力掌握在三族手中。流水的仙官,铁打的豪族。他们对仙官并不陌生,甚至总结出一套应付仙官的办法，屡试不爽。

直到遇见不按套路出牌的宋潜机。

"听说新仙官要免除几乎所有税，只征百亩田以上的田亩税，谁地多谁交税！"

"我还听说他要亲自走遍千渠！"

"大家都在一条船上，再不想办法，只有死路一条！"

首座上的老者忽然睁开眼，一声断喝，争吵立止。"慌什么？还有一计，虽是下下策，却未必不可以一试！"

"司礼，我亲自修书信一封，你派人带上重礼，去洪福郡，送给洪福的司军，他自会禀告刘仙官。做隐蔽点。"

司礼出列应是。

千渠东边紧邻洪福郡，仙官姓刘，出身华微宗明霞峰，是戒律堂大长老刘鸿风的族弟。

十年前，千渠郡大旱灾，千渠郡子民想尽办法，试图举家迁入洪福。然而边界守卫残暴，抓住逃民后直接打死，将尸体放在边界线暴晒，才渐渐无人以身试险。

当老者提出去信洪福郡刘仙官时，众人立刻明白他想做什么。

"李太爷，请三思，这无异于引狼驱虎啊！"

"姓宋的不是个好东西，姓刘的也不是好打发的。"

"唉，我还是最怀念姓赵的，只要给够赵仁好处，他就万事撒手不管。哪儿像宋潜机，咱们神庙献宝，只差献裤子了，可他怎么对咱们？居然要推行田亩税这等恶毒之策！"

他们与仙官常年打交道，深知仙官也是凡人，有时比凡人更贪婪。

出身世家和宗门的修士一心修炼，在力量方面超凡脱俗，正因为太超凡，对某些常识近乎无知。

豪族们心底里并不怕仙官，表面装出恭敬模样，小心侍奉百依百顺，其实无时无刻不在算计如何利用仙官。

李老太爷重重咳嗽一声，沉声道："引狼驱虎？不错，宋潜机是恶虎，刘鸿山是贪狼，但我们起码知道刘仙官想要什么。宋潜机真正想要什么，各位，谁能说清楚？"

没有人应声。

据说宋潜机手下的孟河泽已经锁死神庙大门，不许任何人参拜。

宋潜机甚至不允许凡人跪他。

一个修士，连供奉和香火都不要，还能图什么？

"亩产千斤"又是什么东西？他又不能吃饭。

"宋潜机的行为根本无法预测。生死存亡之际，唯有兵行险招，割肉引狼，才能求得转机。"

李太爷见众人面色沉重，大喝一声："打起精神，团结起来。真正的斗争还没有开始，有肉的割肉，有血的放血。我们的土地就在这里，我们的家族世世代代生活在这里，我们才是千渠的主人！"

"为了家族传承的荣耀和尊严，为了你们的儿子有田庄和粮仓能继承，为了子孙后代的好日子……"

厅外黑夜茫茫，厅内灯火辉煌。

迷茫、惶恐、焦躁的气氛如潮水般退去，最终只留下一双双赤红、发狠的眼睛。

"将宋潜机——"苍老的声音压低，在整个厅堂回荡。

众人齐声接道："赶出千渠！"

…………

纪辰来到千渠郡后，才真正感到充实和新生。

他可以钻研棋道、随宋潜机学习阵法、给赵仁道友换药疗伤、顺便用赵仁当道具练习各种阵术。

外门弟子们对他很友好，没人歧视他、管教他。年轻人多的地方，总是格外有活力。

他认为追随宋兄来到千渠，是充满智慧、无与伦比的英明决策。这比在家混吃等死，被人背地里喊废物，要快乐千万倍。

"今天就到这里。"宋潜机合上旧棋谱。

"宋兄，我告辞了。"纪辰颇为不舍，打开自制的隔音透气井盖，探看井底，"赵道友，明天见噢。"

赵仁狠狠打了个哆嗦，仰头，扯出一个比哭还难看的笑容。"不，不用见了吧，您真不用这么客气。"

纪辰离开后，宋潜机蹲在井边，微笑道："赵兄，你的伤养得怎么样了？"

"好了，完全好了！"赵仁连忙喊话，"宋师兄，宋老哥，你要的东西，我都给了，你让我用道心发誓不泄露、不报复，我也发了，求你放我走吧！"

宋潜机道："咱们商量一下，你替我办完最后一件事，我送你离开，如何？"

赵仁正要答应，又面露绝望。

却听宋潜机说："我写了一封信，你替我发给隔壁洪福郡的仙官。"

真如此简单？

"你想做什么？"赵仁警惕道，"只是一封信？"

他心思电转。自己这次大意认栽了，但听说那刘鸿山即将突破元婴期。以那厮的修为，就算炼气期阵师的阵法再精妙，也拿捏不住他。

他赔笑道："洪福富庶，刘仙官这些年不知捞了多少好东西，他家大业大，富得流油，你敲我，真不如敲他啊！"

宋潜机真诚道："赵道友，我一个种地的，没兴趣到处敲诈别人。"

赵仁捂着肩膀想：张嘴说瞎话，我信你个鬼。面上却连连点头。"是，我不该以修士之心，度农民之腹！"

宋潜机来后，看了不少地图。

洪福郡南方春天涨水，洪涝成灾，若能疏通河道，加固堤岸，再挖一条水渠，从洪福郡引水入千渠，那样千渠有水浇灌田地，洪福不再受洪灾之苦，两全其美。千渠也算真正有了一条渠，距离"名副其实"走出一小步。

但这只是提议，如果对方不同意，宋潜机也不打算强求。

他办法多的是，大不了从毒瘴林中挖渠引水。费些功夫，炼制一套滤水法器，赶在水流进入千渠前，过滤掉毒素和杂质，千渠郡一样有水能浇田。

托前世的福，技多不压身，他恰好会一点炼器。

传信符飞入夜空，飞向东方。赵仁松了口气，满怀希望道："宋师兄，可以撤去阵法，放我走了吧？"

"宋师兄！"另一道少年声音在宋院门口响起。

"等等。"宋潜机迎上孟河泽。

"喂，宋师兄！"赵仁不甘，但头顶的井盖依然合上。

早不来，晚不来，偏这时候来？赵仁恨死了孟河泽。这份记恨甚至超过对纪辰的。

至于宋潜机？在其他人衬托下，宋潜机已经是温和善良的好人了。

"情况怎么样？"宋潜机一边问，一边上下打量孟河泽。

孟河泽心中一暖。"宋师兄计划周到，大家都没事，师兄不用担心！"

宋潜机心想，儿行千里父担忧，人之常情嘛。

孟河泽摸出一个储物袋。"这是毒瘴林边缘所有种类的花草，按师兄要求，每种摘下一株。"

宋潜机摸出一沓符箓。"明天换上这些。"

"大家没有深入丛林，避瘴符还没用完。"孟河泽低声道，"师兄不必如此辛苦。"

"不辛苦。"宋潜机说。避瘴符前世已有，不像自创聚光符时需要思考，提笔便可成符，轻而易举。

外门弟子先前分成两队，一队由两个女修加两个赌鬼带领，四处送鸡。另一队由孟河泽带领，前往千渠郡的北方边界——毒瘴林。

因为靠近边界线和原始森林，千渠北线空气较为湿润，仅次于天城。

普通人的活路无非耕种、采摘、捕鱼、养殖、打猎几种。

千渠自然条件恶劣，无鱼可捕，无果可采，剩下的活路只有打猎回报最快。但林中瘴气有毒，凶兽也不是凡品，多为妖兽。凡人入林，死路一条。妖兽近年愈发猖獗，不时出林捕食村民和家禽，肆意踩踏破坏田地。

"今天可有收获？"宋潜机问。

孟河泽炫耀道："今天我们合力打了一只初阶红瞳狼，兽肉分给村民，村口点起篝火，全村露天烧烤，吃了个饱！等大家配合顺畅，就能打下有妖丹的一阶妖兽！"

提升战力最好的方法是实战，与无法预判招式的妖兽战斗，正好可以磨炼战技、战法。

外门弟子们觉得宋师兄用心良苦，既为大家修炼着想，也为安全着想，避瘴符可以抵御瘴气，聚光符可以发信号求援。

如果计划完备，方法得当，毒瘴林便是一片天然训练场。

孟河泽又说了许多打猎的趣事，他不让其他弟子来，才好一个人出风头。

宋潜机耐心听完，才明白对方的意思是要求表扬。

"做得不错。"他努力夸道，"嗯，真不错。"

孟河泽精神大振，撸起袖子冲向灶台。"我去给师兄煮面。"

"好吧。"宋潜机点头。他不由得想，来了千渠，做了一郡的大仙官，有了种不完的地。表面风光，背地还不是要吃面。

夜已深了，炊烟却飘入夜云，令朦胧的月色更显朦胧。

厨房传出面粉朴实的麦香、青菜和青葱的清香、番茄汤汁微酸的浓香。

在这样烟火滚烫的香气中，宋潜机坐在石桌前，借暗淡月光细看孟河泽带来的草木。

有了这些东西，他可以根据经验，判断现今林中的瘴气情况。

比如这株小草，烟青色，叶片形状似铃铛，被称为瘴铃草。瘴气越浓，它叶片颜色越重。

前世他入林，已是百年后，丛林边缘的瘴铃草呈暗红色，如凝固的鲜血一般。

现在情况比他预计中好很多。但由此可见，毒瘴于百年之间越来越严重。

宋潜机微微皱眉，这个世界真的在越变越坏吗？是什么导致这种改变的发生？

"宋师兄，面来了！"少年喊道。

汤汁的香气扑面而来，宋潜机放下指间青草。他劝自己不去想这些。

这辈子他不用关心世界，只需照料好田间地头。

…………

关心世界的人多的是，不缺宋潜机一个。

登闻雅会结束后，各派陆续从华微宗离开。一群有名或没名的年轻人，相聚又分离。

何青青随同门去往天南洲仙音门，从前书院的同窗赶来为她送行，一声声亲切祝福，称她是青崖走出的大师姐。

"以后再想听你弹琴，可就不容易了，同窗一场，你再为大家弹一首吧。"有人提议。

众人纷纷附和,青崖六贤也来凑热闹,大声叫好鼓掌。

"请我弹琴,要先下拜帖。"何青青平静道。

同窗们脸色瞬间变得尴尬,讪讪而散,背地里说她凭运气一步登天,就轻狂摆架子。

何青青其实并不敢狂。

她进入仙音门后,师父绛云仙子便下山远行。她独居高位,步步谨慎,总怕做不好大师姐,令师父蒙羞。

要论修炼和弹琴,她比任何人都用功。但同门从小享受最好的资源,修为比她高太多,没道理被她一朝一夕追上。

夜已深了,何青青依旧在按弦,神色极专注。

她桌上茶汤已冷,灯花已残,身后侍女苹儿斜斜靠着墙,困倦地打了个哈欠。

"大师姐,那人回来了!"另一名侍女杏儿进门,骤然打破一潭死水。

"快请进来!"何青青蓦然起身。

一名外门小弟子被杏儿带进来,神色怯怯。

添茶剪烛重开宴,何青青倒了杯茶,亲手递给那个外门小弟子。"不着急,慢慢说。"

对方有些惶恐。"弟子按大师姐吩咐,下山打探千渠郡宋仙官的消息。但是千渠郡这些年由天北赵氏经营,很少有消息传出。"

"没消息吗……"何青青低下头,眼中光彩暗淡。

外门小弟子犹豫道:"只有一条,听说宋潜机封了神庙,还不许别人跪他,也不知是真是假。"

"一定是真的!"何青青笑起来,"多谢你啦!"

"略尽绵薄之力,不敢当谢,弟子告退!"

"嗯,我送你。"何青青说。

"等等!"杏儿喊住她,先打发了那外门小弟子出去,"你在殿外稍等。"

何青青不解。

苹儿掩嘴笑:"大师姐差点又出错了。"

何青青一怔:"什么?"

"仙音门离山下远,下山一趟可不容易。外门弟子替内门跑腿办事,内门的仙子们总会顺手打赏些小玩意儿。"杏儿说,"不能空着手送人啊。"

"这也是规矩?"何青青问。

苹儿苦口婆心地劝:"算不得规矩,但大家都这样做。不赏当然也没关系,以后再找人办事,还能找到,只是办得没这么尽心了。人家有十分力,只尽到八成,咱们也挑不出差错吧?同样是打听消息,可以打听一句,也可以打听十句,完成与尽心完成,差得很远呢!"

何青青静静听着,慢慢点了点头。

"大家都赏多少?"她问。

"有多有少,看地位、看家底、看修为。门派众仙子中,要数妙烟仙子出手最大方。"

何青青有些好奇。"妙烟师姐每次赏多少?"

她与妙烟互相称"师姐",也算仙音门一桩奇观。

"妙烟仙子每次打赏八十八块灵石,很吉利。"

何青青一惊:"啊?这么多?"

她家底丰厚,但那是师父给的,花起来总觉心疼。

苹儿劝道:"大师姐是咱们莲花峰的门面,万不能小气。不如以后就赏九十九块,九九归一,彩头更好,还胜过妙烟仙子一头,怎么样?"

"这……好吧。"何青青略一迟疑,最终点头。

杏儿拍手。"弟子们知道大师姐出手大气,您以后再找人下山传信办事,都会抢着来呢。您的声望也一定会越来越高。"

九九归一,九十九。

何青青点出一袋灵石。"你们给他吧。"

她脸上兴奋的光彩已经淡去,眼中浮现淡淡倦意,但隔着面纱,谁也看不到。

"都下去吧,我想一个人静一会儿。"

两位侍女应是,恭敬地退出去。

等她们走出宫殿,相视一笑,恭敬神色一扫而空。

杏儿取出一块灵石,扬手抛给跑腿的外门小弟子。"大师姐赏你的!快走吧!"

剩下的九十八块,两人一边分账,一边嬉笑:

"她实在太好糊弄了。万事只要加上八个字,'都是规矩''为了你好',就没有办不成的!"

"看她登闻雅会琴试上那么凶,我还以为这人有多难伺候,其实她吃软不吃硬,对她好一点,顺一点,就能将她吃得死死的。"

"走大运当了大师姐,修为还不如我高,世上哪儿有这么便宜的事?我听说蓼花师姐她们正找机会要整她呢,咱们也能看看热闹了。"

仙音门绛云与望舒两派分裂已久。绛云收下亲传弟子后,没有亲自教过弟子一日,便匆匆远游。

这个弟子出身低、修为弱,容貌丑陋如鬼,仅凭一首《风雪入阵曲》,在登闻雅会上大放异彩。

曲子不算极难,有人说妙烟仙子弹得更好,何青青只是走运,先一步得到了它。

凭运气得到的东西,总会因实力失去,也有人猜测绛云一时冲动收徒,已经后悔,找不到理由反口,只好避而不见。

在何青青看不到的地方,这些流言插上翅膀,传遍仙音门。

苹儿、杏儿才聊了两句,引得其他人聚来,一起神色古怪地掩嘴轻笑,内容很快转到其他方向。

"她还打听人家书棋双绝的宋师兄,真是白日做梦。"

"做梦不如做大点,我选子夜文殊。他长得好看啊!"

"听说宋师兄也好看,但是谁见过?"

"宋潜机名声在外,可惜亲眼见过的人少,与他打过交道的更少……"

跑腿的外门小弟子没有走远,也无人在意他走没走。

他默默攥紧拳头,一块灵石有棱有角,硌得人掌心剧痛。

…………

何青青独自凭栏。

夜色苍茫,天星散落,似飞雪点点。

分明是初夏时节,她却感到丝丝缕缕的寒意,随夜风钻进骨缝。

她住在莲花峰琉璃宫,居处华美而精致,金堆玉砌,白幔飘飞,集仙音门风格之大成。

大宗门的规矩结成蛛网,经常勒得她透不过气。

她安慰自己只是还不习惯。她想活得有人样，现在做到了。仙音门给了她太多，人不该不满足。

每个弟子都会向她行礼，即使她揭开面纱，也不会有人对她鬼吼鬼叫。

这里的人不管心中怎么想，面上不露半分，总是微笑，从头到脚写着两个字——体面。

何青青甚至怀疑，就算他们见到真正的鬼，脸上还是那副表情。

她看了一会儿星星，又觉得心里的话说出来，星星也不愿意听。

何青青走回案前，铺陈纸笔。"宋师兄，这里每个人都对我很友善，但我还不习惯。她们笑着，却好像离我很远很远。你说我师父性格偏激，我拜她为师，不知是福是祸。我也不能预测命运，我只知道师父是对我好的。

"她说我的脸不能再拖下去，便仓促远行，为我寻访云游四海的'妙手神僧'。若有大师施展神通，或许枯木回春，能为我恢复容貌。

"如果天意眷顾，真能治好，我想下山一趟，去千渠郡看看你。看一眼就走，一定不会耽误你办正事……"

何青青写完信默念一遍，长出一口气，满意地投入灯笼中。

纱灯里蹿起长焰，满纸墨痕被火舌吞噬。

灰烬随风飘飞，顷刻没了影子。

· 第二章 ·

开河先锋,
光照千渠

天似穹庐，黄土广袤。

由暗转明的天光下，初升红日跃上地平线，光芒却像隔着一层轻纱，模糊而混沌。

空气干燥，不知是雾还是霾的东西飘浮在平原上。

纪辰眯眼望去，一棵棵枯树的剪影凝固在其中。枝条光秃，枝干萎缩，像迟暮的老人。

已是初夏时节，瑶光湖千重垂柳如幕，华微城街道两旁高槐如盖，恼人的蝉鸣响彻全城。

而在千渠郡西边的村落，生机最旺盛的夏天被彻底遗忘了。

没有蝉鸣鸟叫，死寂的旷野上大风呼啸。阵阵沙土扬起又落下，打得人脸颊刺痛。

"我小时候，这儿是全千渠最大的林子，从东到西，七八里地啊。东边有榆树，西边有杨树，绿油油看不到边。小孩钻进林子，根本瞧不见日头，迷路进去就出不来。

"后来一夜之间，树死了一半。那年又赶上荒年，野草根都挖完了，人吃树叶剥树皮，树就死得更快。荒年过完，又是大旱灾，反正这些年折腾过来，整片林子都没了。"

说话的是一个干瘦老人，右手拄着拐杖，被儿子搀着左臂，正站在新任司农刘木匠身前，缓慢又轻飘地叹息："现在给村里小孩讲树林，他们都不信。谁知道那年怎么回事，有人说，是有一任仙官施法，坏了风水……"

搀扶老人的中年汉子大惊："爹，咋能说仙官的不是！"

老人依然双目混浊，也不惊恐，麻木地下拜。"是是，我老糊涂了，快死了，司农大人饶我儿一回吧。"

"不敢，不敢。"刘木匠急忙把人扶起来。他即使换了新袍，戴上高冠，也很难把自己当司农老爷。

他好像还在做木匠，语气像询问订木具的客人有什么需求："张老族长，咱们这次来呢，主要是看看地，再看看大家有什么需要的？上次送来的粮食，能不能吃到今年秋收？鸡鸭崽子养得活吗？地里有没有虫灾？至于以后怎么办，都要听新仙官安排。现在大家伙想说啥，就说啥。"

村民们怯怯地跟在族长身后，一个个干瘪黑瘦，像一根根竖着的苞谷秆。

他们有的跟刘木匠打过交道，见他还像从前一般，没有官老爷架子，胆子便大起来。

"那新仙官到底啥意思？"

"我听说从前那么多税，都要作废了。是不是要交新税？"

"乡上有人说，新仙官喂饱我们，是为开坛祭天……"

新官上任三把火。乡上换个小吏，都要在村里剥下一层皮，何况是最大的仙官。

新仙官反常的举动，让整个千渠像过年，村村户户欢欣庆幸。

好景不长，匪夷所思的各种流言传开，像一块块大石头落下，打散欢乐气氛。

"谁说要交新税？土地百亩以上的地主，才交田亩税。祭天更是胡扯，你们不信，可以去天城看，神庙锁上了，谁都不许进去拜，祭天都没地方祭。"

"你说神庙锁了？"老族长忽然握住刘木匠的手，"再不用上供了？"

刘木匠一惊，没想到他昏沉干瘦，还能爆发出这么大的力气。"新仙官上任第一天就锁了，他是好人，发粮发鸡，咋不念他点好？"

村民们嗫嚅着说不出具体理由，表情尴尬犹疑。

刘木匠郑重地道："你们村里的田地，仙官已经施了法，谷子明天早晨就能出芽！"

人群轰的一声炸开锅。

今年缺水，土地硬得几乎犁不动，全村人都着急上火。

老族长再次握住刘木匠的手。"真的?!"

刘木匠道："我亲眼见过仙官施法，你们可以去隔壁村问，他们的豆子已经发芽了。我要说一句假话，天打五雷轰！"

后半句他急得发毒誓，村民们气氛一变，喜不自胜。

"仙官是不是坐在天城的云楼上，手指一点，就给咱们土地施法了？"

"真是仙人本事啊！谢谢仙官，谢谢司农大人！"

老族长指了指不远处，纳闷儿道："那个年轻后生是谁？为啥那么多人都围着他？"

被他一提，众人顿时起了好奇心："对啊，昨天就见他在村里田上走，大半夜都不睡，一直晃悠。今天一早，他又在村外这枯林晃悠。"

刘木匠转头望去，怔了怔。

一片枯木间，一人半跪在地，缓慢抚摸干硬土壤，神情认真。他身旁站着十余个年轻人，都望着他，莫名像一群子女环绕着父亲。

然后那人站起来，招了招手，身边人适时递上铲子，他便开始挖坑，像要种树苗。

刘木匠见此情景，眼中情绪变得复杂，崇拜、尊敬、感激几乎满溢而出，隐约还有一丝自豪。

但他没有回答，只说："等我们走的时候，你们就知道了。"

…………

宋潜机每到一处，都先摸土地。

为了防止被人跪拜，他没有透露身份。

刘木匠猜测新仙官行事低调，每次等他即将离开，才会告知当地村民。

见宋潜机动手，纪辰也拿起铲子挖坑。"这片枯林还能种什么？种谷子还是种豆子？"

"不种粮，只种树和草。"宋潜机说。

纪辰感叹道："这么一大片地，可惜了。"

宋潜机觉得很正常，种什么都是种，快乐不打折！

原本这片树林就为千渠郡防风挡沙的，是一道天然屏障。

并不是每片土地都应该种粮。

千渠地广人稀，比一百座华微城还大。后者人口多达百万，千渠只有区区十万人。

真正有人耕种、能结出粮食的土地，本就少之又少。

有的贫瘠缺肥，有的干硬缺水，有的一年中大部分时间闹黑沙暴和旱灾，还有的沟壑纵横，路都挖不出来。

如今，千渠亩产极低，五毒俱全。

大肆开荒，结果只会越开越荒。修复屏障、保护水土、蕴养灵气比开荒更重要。

宋潜机与不死泉越来越默契，但他还不能真正使用这等天地至宝。他悄悄取出的，只是飘出瓶口的灵雾。

灵雾滋养他经脉，最终顺着他指尖，飞速浸透土壤。

沉睡的土地仿佛被唤醒，生机从无到有。

他喜欢创造生机，这种成就感与播种、收获类似，令他满意地微笑。

"创造生命，比毁灭生命更难。"

宋潜机又想起这句话，这是上一世一个老和尚告诉他的。对方四处讲经布道，他不以为然。重生种地后，许多他不认同或不明白的话，渐渐在脑海中清晰起来。

不知可会再见那个云游的老和尚？这念头一闪而逝。但就像想见"救世主"卫真钰，他没有非见不可的执念。

纪辰和其他外门弟子第一次看到此景时，只当宋潜机将体内灵气注入土地，震惊不已。

有人提议："我们一起来，好让宋师兄省一点灵气。"

宋潜机坚定拒绝："我练的功法与众不同，你们这样做没有效果，只是浪费灵气。"

背地里大家讨论这件事，不免带上苦情色彩。

纪辰摇头。"宋兄为千渠鞠躬尽瘁，我实在佩服。"

纪星："他这样为千渠，千渠人还不怎么领情。"

周小芸安慰道："前面历任仙官把百姓骗傻了，留下一堆烂摊子。咱们刚来，发发东西，让人吃几天饱饭，就能建立信任吗？天上掉馅饼，人家总会怀疑是陷阱吧。"

苦情之后互相打气。

丘大成："宋师兄书棋双绝，何等惊才绝艳的天才人物，尚且下地锄田，我等所为，不足道哉。"

徐看山："千渠从前是宝地，如今落败至此。修士们找风水宝地算什么本事？我们能自己造一个！让千渠在我们手上重聚灵气，恢复生机。"

有宋潜机"以身作则"，外门弟子们众志成城，不管入村送鸡，还是入林打猎，都仿佛在做一件改变世界的大事。

宋潜机放下铲子，招来他任命的新司农："我走之后，请告诉大家，之前发下的树苗可以栽了。秋收时会有人来验收，每活一棵树苗，奖励二两谷子。"

刘木匠连连点头，同时在心中飞速计算，如果栽下的树苗侥幸都能活，那这个村今年不用种地，单靠种树都能填饱肚子，存下过年的余粮。

新仙官太仁慈了。

"您要休息吗？"刘木匠恭谨地问，"您已奔波半月。"

他与外门弟子打过交道后，便知道修士从前也是凡人，与人斗法也会受伤，仙法并非无穷无尽，使用过度一样会疲累。

新仙官四处施法，消耗一定很大。

"去下一个村。"宋潜机干劲正足，挥手道，"上船！"

紫府中不死泉响应他心意，嗡然轻鸣，焕发五彩蕴光。

宋潜机带队走遍千渠。

很多年后，这段经历出现在刘木匠的晚年回忆录——《与神王同行》的开篇。

已经识字且博学的刘木匠笔耕不辍，在书房彻夜不熄的烛火下，用质朴通俗而真诚的文字，写下珍贵的回忆：

你若从海外来，问四大洲的中心在哪里，每个人都会告诉你，当然是千渠郡。

千渠，千乘之都，富饶美丽，繁华昌盛。游子在梦中向往它，诗人为它写诗，称它为奇迹诞生之地。

这里有最长的大桥、最大的水库、最多的风车、最先进的冶金术、最精确的灌溉法器、最安全的阵法，以及最完备的法度。

这里模糊修士与凡人的界限，不断创造奇迹，带来整个世界的伟大变化。

千渠的崛起并非一帆风顺，它伴随着血与火的抗争，无数顶天立地的英雄人物，曾为它出生入死。

我只是千渠微不足道的建设者之一，也是这段历史的见证者。

一切传奇的开篇，要从宋仙君踏上这片贫瘠土地开始。

他来到这里，封锁神庙，对子民们开口说的第一句话是："不要供奉我，我不会满足你们任何愿望。"

直到千渠风调雨顺，田野皆绿，他成为万千子民的精神信仰，他依然说："不要供奉我，我不会满足你们任何愿望。"

很多年后我才领悟宋仙官的真意：一切不靠求神拜佛，只靠自己双手创造，才是真正的千渠精神。

但那时人们不懂，我也不懂。

十五岁的宋仙君，沉静地站在田地里，更像一个脾气温和的年轻人。

而不是一位改天换地、开创新世界的神王。

…………

这本《与神王同行》一经问世，立刻被抢购一空，后来远销海外。

人们试图从简单文字的缝隙间，窥得宋潜机和那些熟悉名字的风流人物的真面目。

但那已是很多年后的事了。

如今宋潜机刚拿到隔壁洪福郡刘仙官的亲笔回信，约他在两郡交界会面。

"可以准备修渠了。"宋潜机说。

孟河泽翻来覆去读信，略过长串客套虚话，没看出对方半点妥协的口风，不由得担忧起来："宋师兄，这刘鸿山好像要讹咱们一笔啊，据说他即将突破元婴，不好对付。这信写得也九曲回肠弯弯绕绕。"

宋潜机微笑："没事。"

他淡定地说没事，孟河泽便胸有成竹。"好！谁怕谁?！只管来吧。"

宋潜机招来司礼。"贴出告示，仙官府招人挖河道、修水渠。管吃管住，每天再给二斤谷子、半斤猪肉。噢，你和司军最近闲来无事，也可以去。之前神庙献宝的那些人，似乎也无事做，正好都叫来吧。"

司礼一怔。让他们修水渠？开什么玩笑。给这一点点谷子和肉，哪个豪族大老爷愿意干粗活？

他只觉宋潜机故意为难，另有深意，小心试探道："何时动工？您不是正要出门吗？"

算时间，他们的礼物和李太爷的信已经送到刘仙官手中。

想到此处，他强忍激动。

宋潜机看了他一眼，神色没有不悦，只平静道："征人。"

这一眼让司礼压力极大，几乎无法呼吸，瞬间冒出冷汗。"是，仙官大人！"

千渠三年不下雨，天城外的村户大多依靠吃井水过活。

西南边，旱灾说来就来，从不讲道理，不知道从哪天开始，井里就打不出水了。人们翻过沟壑，去邻村取水，运气好，邻村井里有水，运气不好，听天由命。

北边靠近毒瘴林，凶兽更不讲道理。高阶妖兽领地意识强，它们在毒瘴林中心地带划下各自地盘，将低阶妖兽赶到林子边缘。于是低阶妖兽趁着夜色，窜出林子，吃人毁田。

今年不一样，新仙官上任后，亲自走遍千渠施仙法，新司农随之推广曲辕犁。

虽然西南边有旱灾，但种子仍然发芽了，绿莹莹的嫩苗一天天蹿高，长势喜人。

北边有一支仙师们组成的打猎队，由仙官手下的弟子们轮流值班，彻底让人与妖兽的食谱掉转。

妖兽体积大，北地村民顿顿有肉吃，吃不完的挂起来风干，留到过年，有些还能送给邻村的亲戚。

"仙官征人挖河道，从邻郡引水"的消息一经传开，立刻引起各地轰动。

"不是加盖神庙、扩建仙官府，而是修水渠？"

"你傻了？神庙早都封死了。我信宋仙官！"

"要是修渠，能让咱村以后不愁水，不给钱不给粮我也干。"

仍有许多人保持怀疑。

从前征民夫修神庙，起先都允诺许多好处。民夫到天城后，必日夜赶工，稍有懈怠，就要被工头抽鞭子。吃不饱，睡不好，天天挨打，实在苦不堪言。

"每天管饭,还有猪肉,哪儿有这么好的事?"

孟河泽、纪辰陪同宋潜机前去边界交涉时,"送鸡队"四人负责这次招工登记。

纪星出府看情况,其他三人坐在房里,愁眉不展。

周小芸:"万一招不来人,怎么办?总不能强迫人家打工吧?"

外门弟子从前在华微宗打工,最讨厌的事,莫过于被执事强行安排做某些脏活累活。

徐看山一拍大腿。"那咱们努力干呗,把毒瘴林的打猎队叫回来,修士力气大,干活快。"

丘大成道:"有手有脚,没什么不能干的!"

纪星忽然闯进门。"不好了,不好了!你们还坐着干吗?"

徐看山大惊:"华微宗派长老通缉我们?这么快就打进千渠了?"

"呸呸呸!"纪星气道,"是来报名的人,将整条街堵死了,咱们只要一千人,外面快有五千人了!快跟我出去!"

仙官府门前,开阔广场与街道被人挤满,一眼望去,水泄不通,只见一片黑压压的,人头攒动。

人们扎着头巾,怀里揣着硬邦邦的干粮,身后背着铁锹、背篓等物。

他们从各地各村来到天城,正窃窃私语地互通消息:

"这次挖河道,真能每天发猪肉?"

"我听说隔壁洪福郡也只有过年才能吃上猪肉。说亲事娶媳妇,才舍得拿出两条风干火腿。"

如今若要形容一个地方丰饶、日子富裕,穷尽想象也只能想出"天天吃猪肉"这种美梦。

消息灵通的人继续道:"那火腿,看着硬邦邦,其实切下薄薄一片,瘦里带肥,吃在嘴里油滋滋,又咸又香,吃一口,馋一天啊。还有,两口子结婚摆席面,饭菜不用水煮,都用猪油炒,油香味一晚上不散。"

吞咽口水的声音接连响起。

"你说那猪油炒菜,得是啥滋味?"

"不晓得,咱又没吃过,都是听说的嘛。"

有人嘟囔:"娘哟,洪福人命真好,上辈子积下多少德!"

吞咽口水声还没消停,这说法便被人反驳:

"我是边境花岩村的,听我一句。今年洪福日子也不好过,黑河两岸遭了涝灾,淹死不少人。田毁了,屋也垮了,猪崽还没长大,全活活淹死了。"

"死人漂在河里,等捞上来,都泡肿了。活人该收的税,还是一分不少。"

羡慕嫉妒的声音顿时低下去,变成同情哀叹:

"老天爷,咋一年比一年苦?"

"旱的旱死,涝的涝死!"

经历过苦难的人,更容易对别人的苦难感同身受。

"都别哭丧,等咱们挖好河道,新仙官施法,把水分过来。以后洪福不涝,咱们也不旱。"

"对,千渠现在有了宋仙官!告示上说,每村都能有条渠,那我们村再不用跑十里地挑水了。"

山路崎岖难行,水车沉重,路上水洒一半,稍有倦怠,车翻人伤,水连一半也不剩。

普通村民对天城和仙官怀有敬畏,不敢大声叫嚷。因而人群虽密集,却并不吵闹。

周小芸刚出府门,当即被这场面震撼到了。难怪他们在府中没听到任何动静,还以为没人来。

"你家住哪个乡、哪个村,真是自愿来修渠的吗?"她问排在最前面的人。

那庄稼汉紧张地搓手,反问她:"修渠真能发猪肉?"

身边人低斥:"怎么跟仙长说话呢!就算不发,咱们也都愿意来的!"

纪星试图劝退一部分人,指了指天。"夏天到了,日头一天比一天大,干活又晒又累,老人和孩子们先回去吧。"

队伍中没有人动。

那些五六十岁的男人,看着面相沧桑显老,但平日一样下地干活,不觉得自己是老人。

那些十五六岁的少年,看上去尚且稚嫩,但有的已经成了家,也不觉得自己是孩子。

每个人都认为自己是"壮劳力",干活正当年。

徐看山和丘大成只好按身高、体重、年龄宣布三重标准。

筛过一茬后，离开的人暗自惋惜。剩下的两千人，都聚着不愿意走，绞尽脑汁自荐：

"仙长选我，我腿脚好，跑得快。"

"仙长，我身板结实，一肩能挑四筐土。"

纪星与"送鸡队"其余三个人商量："不如我们分出小队，搞轮休吧。"

周小芸点头。"轮作轮休，不耽误工期。"

徐看山朗声道："不筛人了。以后每人按排好的工期上工，做工半月，休沐三日，正好可以回家看看，把发的粮食和肉带给家里人。"

众人忙不迭答应，但心里纳闷儿：到底啥是休沐？为啥还能回家？

....

早在六十年前，洪福与千渠没有明确的边界线，两郡边境甚至有一个小集市。

居民在那里交换粮食和布匹、盐巴和牲畜，更不存在"千渠逃民"一说，有千渠的姑娘嫁到洪福，也有千渠汉子娶回洪福女。

后来千渠大灾，洪福司军派人在边界修建城墙，派守卫镇压暴动。

逃民的尸体被守卫高高挂在城头，让秃鹫分食。

那是一场噩梦。天气阴冷，血流成河，灰蒙蒙的天空下，秃鹫嘶鸣盘旋。

如今已经没人再敢偷渡。

这连绵六十里的土城墙，成为阻隔千渠灾民的钢铁恶兽。城前是荒芜的死地，城后是触不可及的生机。

刘鸿山此时便站在城头上。他负手而立，身姿笔挺。夏日暖风迎面吹拂，吹动他发白的胡须、华丽的法袍。

日光干净和煦，晒得他浑身舒畅。

墙外，千渠的千里赤地，沙尘茫茫；墙内，洪福绿意盎然，水泽泛泛。

刘鸿山感叹道："山中一日，世上千年。仙家一念之间，凡尘沧海桑田。"

"好诗！"洪福郡司军连声赞叹，"您简直是文曲星下凡！"

"你再接两句。"刘鸿山淡淡瞥他一眼。

司军抓耳挠腮，终道："千渠不见千渠，洪福托您洪福。"

"不错！"刘鸿山满意地微笑。

司礼见他心情好，趁机进言："河西村铁三牛献上《治水图》一张，他自称观察三十年河流水量，走遍两岸，绘制此图，愿助您重修堤坝，整饬河道……"

刘鸿山笑容淡了。"不是发了赈灾粮吗？不够吃？"

"是是，够吃，但不知明年——"

刘鸿山再次打断："涝灾耽误今年的神庙供奉吗？"

"这……这倒不耽误。"司礼小声说。

"那还让本仙看什么？！"

司礼汗如雨下，诺诺称是："我这就把人赶走。"

不远处响起挣扎求救声，很快变成痛呼。声音越来越远，终于听不到了。

刘鸿山不耐地皱眉。

凡人境界不高，不明白道理——玉蟾月月盈亏，河流年年有汛，乃天道循环，自然规律，人当顺应天时，哪里管得？

他自诩是位好仙官，有灾赈灾。但修整河道费时费力。比起洪水滔天，当然还是修炼要紧。

与赵仁拼命想离开烂泥沼一般的千渠郡不同，洪福郡富庶丰饶，刘鸿山很满意。虽然凡间灵气不比山上浓郁。

华微宗内，金丹如云，连虚云真人的女儿都即将突破金丹。他有些酸酸地想："那陈红烛只是个骄纵的小姑娘，真不知门派给她堆了多少资源。一样的东西给我，我早该结婴了。"

在他的家族中，老祖宗坐镇分配资源，嫡系和天才后辈优先享用，他也不占优势。只有在洪福郡，他才能独自吞吐一郡气运，说一不二，不用面对更高阶修士的压迫和管束。

刘鸿山计划在突破之后，再以元婴修士身份离开洪福郡，重回门派。

元婴修士大可独占一峰，如此才算扬眉吐气。

"对面有仙船，应是宋仙官的队伍！"司军惊道。

碧空下，七绝宝船飞速而来，由渺小的黑点变为一个庞然大物。

高度不断下降，罡风卷起烟尘，压迫感十足。

刘鸿山冷冷地道："司礼，派礼仪队去接应。"

他想："若不是我前日闭关，遇到瓶颈难破，左右无事，本仙官才没有闲工夫站在这里等人。"

名门出身的高阶修士大多自恃身份，很少与凡人出身的低阶年轻修士打交道。

但宋潜机不一样，他身上不说圣人留下的宝物，单灵石就有整整二十万块。刚从紫云观传出消息，第二批玉简再次售罄。

"摘星三劫"的棋谱早已传得尽人皆知。阵师和棋道爱好者仍然愿意买一份紫云观玉简收藏。这或许是棋鬼传世的最后一局，恐成绝响。

宋潜机很快又要来钱了，不知又是几十万块灵石。

这么年轻，要这么多钱干什么？花都没处花，刘鸿山不屑地想。

宝船平稳降落，船头走下三人。礼仪队仍在奏乐，乐声喜庆激昂，响遏行云，却见宝船已经被收起。

刘鸿山有些惊讶，宋潜机号称追随者上千，这次竟然只带了两个人？

来得好！他仿佛看见三只咩咩叫的小肥羊，正抖着绵软的羊毛向他走来。

千渠豪族刚写信送礼苦求他，宋潜机就送上门来。

刘鸿山下意识磨了磨后槽牙，像在磨刀。

那三人随司礼和礼仪队登上城头，两前一后。前面的白衣少年梳着高马尾，意气风发，似利剑出鞘。锦衣少年束紫金冠，通身气派，富贵逼人。

刘鸿山目光在两人之间打转，最后笑容满面地迎上，握起孟河泽的手，为二十万块灵石用力摇晃。"宋师弟。久仰大名，真是百闻不如一见。你我从此毗邻而居，同为修士，合该时常走动，坐而论道！"

宋潜机险些被书圣、棋鬼收为徒弟后，辈分立刻水涨船高，虚云见他也称师弟。

"刘道友好，久仰。"后面另一道声音响起，宋潜机微笑。

"不是我。"孟河泽挣开，一身鸡皮疙瘩抖落。他不由得怀疑地看了眼宋潜机。难道宋师兄每次躲在后面，就是不想被这些人拉手？

刘鸿山有些尴尬，到底是见过大世面，神色不变地转向宋潜机。他明知宋潜机来引水挖渠,却装作不知。"宋师弟,可是来与师兄论道的?"

宋潜机露出真诚微笑:"正是。"

洪福郡仙官府,殿宇巍峨华美,远胜千渠。

仙官设宴待客,备有礼乐歌舞、美酒佳肴。

"宋师弟请看,即使连绵阴雨,洪福神庙殿顶的金光也不会消散。"

此时天气晴朗,推开花窗望去,恰能看到神庙傲然屹立,碧云长空下金光焕然。

刘鸿山说完这句话,颇为得意,打量那三个低阶修士的反应。

洪福神庙香火鼎盛,哪个仙官不羡慕眼红?他等了片刻,却发现他们根本没有反应。他们神情不变,一声惊叹也没有。

刘鸿山表面依然笑着,眼神渐渐冷下。我说坐而论道,你也真敢接。我一个金丹大圆满,未来的元婴修士,跟你一个炼气有什么道可论?

在他看来,宋潜机的确有些特殊的天赋和本事。会下棋、会书画,称得上"文人墨客、风流雅士",因此恃才傲物,敢跟宗门对着干。

或许有些小聪明,但这些与战力、胆魄没有直接关系。

虽有大道三千,如今修仙界公认剑修战力最强。宋潜机好歹也是华微宗剑修出身,入凡间行走,却连一柄宝剑也不敢随身佩带。

他身边的白衣少年孟河泽,起码凭真本事夺得登闻雅会武试魁首,都比他更有剑修模样。

修为低就是修为低。宗门之所以不动宋潜机,是因为他背后靠山太硬,不能强杀。

要么暗刺,要么智取。

自己正在做的事,便是后者。借这场鸿门宴,彻底镇住宋潜机,从他身上啃下一块肥肉。

刘鸿山轻咳一声,司礼快步上前,躬身倒酒。

琥珀色酒液注入灵玉杯,泛起涟漪,阵阵浓香飘散满室,逼人未饮先醉。

司礼会意道:"玉液琥珀酒,需四十三种灵草酿造百年以上。这坛大衍宗出产的极品,价值连城。放眼整个天西洲——"

话未说完，刘鸿山举杯，豪迈大笑："不计较，不计较，今日开封，纪念我与宋师弟初次相见。"

宋潜机还未动，他身旁白衣少年出手如出剑，快如电光，一把抢过灵玉杯，一饮而尽。

孟河泽灌酒太急，被呛得连连咳嗽，脸颊涨红。宋师兄决不能沾酒，果酒也不行，醪糟都不行。

宋潜机为他拍背，笑道："你才多大，也学人家喝酒？"

孟河泽嘟囔："我只比师兄小一岁。"

刘鸿山轻笑，目露嘲讽。虽是武试魁首，但也是出身低微的泥腿子，听见珍品灵酒就上手抢，不管自己会不会喝。宋潜机为何不责怪他当众出丑？

"的确不错。"纪辰忽道。他啜饮一口，双眸微眯。

刘鸿山看向他。纪辰毫无所觉，摇头叹息："可惜只有二百年，黄玉窖也差点意思。"

"你尝得出？"刘鸿山瞠目。

"要说玉液琥珀，还得喝五百年的红玉窖藏品，回味更醇厚，香气也不会如此轻浮俗艳。"纪辰劝道，"黄玉窖所出，都是大衍宗用来骗钱的边角料，刘道友，别再被当冤大头宰。"

他竟放下杯子，不再饮了。

刘鸿山盯着他——我上哪儿给你找五百年的？剩下半杯不喝还给我！

"宋师弟觉得如何？"他压着火气问。

宋潜机坦荡承认道："我不喝酒，更不懂酒，刘道友自饮便是。"

气氛沉默片刻，刘鸿山重打精神，轻咳示意司礼。

山水屏风后琴声倏忽一变，变为琴瑟琵琶、洞箫短笛合奏。

司礼赔笑道："这首曲子，名为《风雪入阵曲》，乃当下最时兴的曲目。本是七弦琴独奏，三日前，由妙烟仙子改编为合奏，曲谱还未传开，千金难求——"

刘鸿山笑道："居于凡间，也要仙乐飘飘，跟上修仙界的变化。不然整天与凡人相处，容易沾染红尘俗气，宋师弟以为如何？"

许多修真世家、大宗门还未拿到此谱，他人在洪福郡，却已经捷足先登。虽然一半凭借妙烟与华微宗的特殊关系,一半凭借宗内他族兄的关系,但若没有这些关系,旁人下再大血本,也买不来。

宋潜机一噎。我造的什么孽?山都下了,还要听自己写的曲子!

他一边吃菜,一边心不在焉地附和,忽而皱眉。"妙烟是不是骗你钱啊?!"

"怎可对仙子不敬!"刘鸿山脸色一变。

"这后面还有一段。她给你的是残谱吧。"宋潜机劝道,"你没听出来吗?第三篇没有弹完,却开始重复第一篇的中间段。"

刘鸿山震惊失语,嘴巴微张。

宋潜机以为他因被骗伤心,劝道:"刘道友,她这样是不对的,我建议你找她退钱,起码退一半灵石。"

刘鸿山努力抽动嘴角。"宋师弟说玩笑话。"

妙烟改编此谱,故意选用何青青未弹完的版本,末尾接续前章,而非原曲余篇。这事鲜为人知,仙音门叮嘱过不可泄露,宋潜机从何处得知?!

神庙彰显权力,灵酒炫耀财富,新谱意味着出身和背景。

一连三招,招招被破。

宴席气氛更加沉默。刘鸿山笑不出来。

纪辰小心翼翼地传音问:"宋兄,我刚是不是说错什么了?"

宋潜机传音回来:"……多吃菜。"

孟河泽一只手拿筷子,另一只手垂落桌下,始终在腰间剑柄附近。

菜过五味,杯盘狼藉,宋潜机笑道:"刘道友热情款待,我们来做客,自当报答主人盛情。"

刘鸿山冷着脸。"好说。"

"我与棋鬼他老人家下棋时,他传我一门紫云观绝学。这是他的不传秘技,叮嘱我轻易不可外露。"

刘鸿山一怔,双眸精光闪过:"望气术?!"

紫云观双绝,一为阵法,一为望气术。阵法人人可学,望气术却极为罕见。

宋潜机摇头。"我这望气术,与普通望气术不同。不仅能看气运,还能看人道途、机缘、突破契机。刘道友可愿一试?"

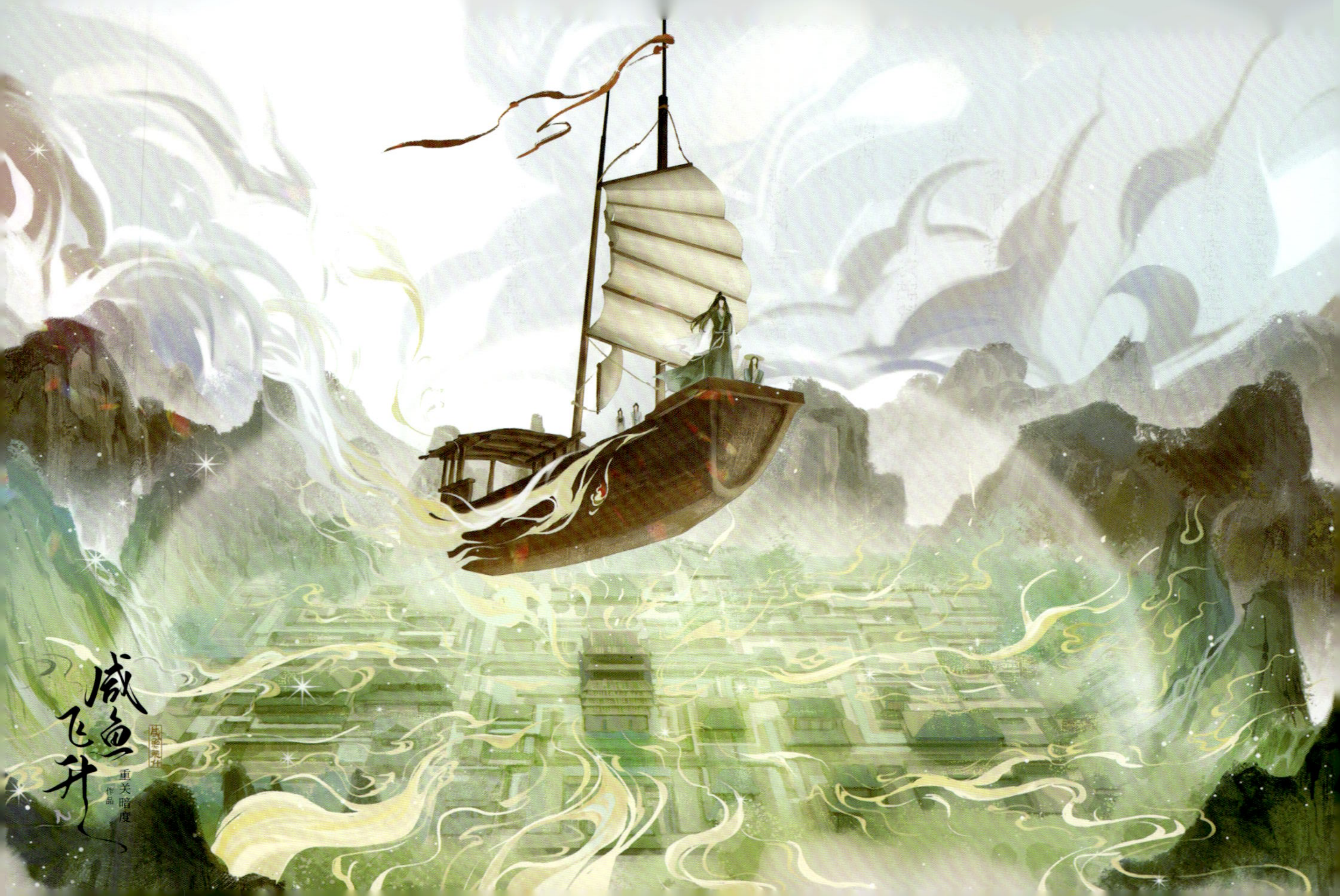
咸鱼飞升
重关暗度
作品

刘鸿山面色不变,眼神深藏警惕怀疑。他即将突破元婴的消息,不是什么秘密。如果宋潜机想借此忽悠到他头上,可就打错算盘了。

小子,老子吃过的盐,比你吃过的辟谷丹多。见过的神棍骗局和套路,与《海外修士上岸防骗手册》上的一样多。

"既然要施展望气术,这么多人,不方便吧?"刘鸿山挥手笑道,"清场!"

随他话音落下,宴席骤静,表演礼乐歌舞的人鱼贯而出,司礼、司军等人行礼告退。

宋潜机也笑:"去吧。"

孟河泽、纪辰依言起身,却一步三回头。

大门紧闭,隔断话声。阵法启动,屏蔽一切神识窥探。两人不肯随司礼去偏殿休息,直挺挺杵在殿外,神色紧张。

纪辰谨慎传音:"宋兄真懂望气术?"

孟河泽迟疑片刻,寻记忆斟酌道:"他或许……懂一点?"

宋潜机对气运之事颇为不屑,当然不懂望气术。但他懂刘鸿山。

他们是上辈子的"老朋友"。他是华微宗"杀人越狱"的外门小弟子,对方是戒律堂大长老刘鸿风的族弟,毫无意外地承担起追杀他的任务。

宋潜机屡次逃脱,直到顺利反杀,对方都没有突破元婴。

当然这一世,宋潜机不想杀对方第二次。

随日影西移,远处神庙的金光由明转暗。暮色笼罩大地,将两条人影拉长,投在光洁的青砖上。

孟河泽三次提剑。殿内是一个不怀好意的金丹大圆满,宋师兄需要他保护。

纪辰三次按住他。"别坏了宋兄的大事。"

孟河泽来回走动,像只焦躁的狮子。

一门之隔,宋潜机正和气地微笑着:"刘道友,近来可是打坐时心思飘浮,无法聚气凝神?你的本命法器可是五行属水,最近运转有些不灵?你可在修炼一门太极阴阳秘法,试图辅助突破,却与自身灵气不甚相容?你可是新得一柄金属性飞剑,炼化时遇到一些麻烦?"

他语调缓慢,娓娓道来。

刘鸿山由冷笑到震惊，再到焦急，先前不屑之色一扫而空。

他握着宋潜机的手，几乎落泪："宋兄弟神人，宋兄弟助我！"

星河迢迢，一弯明月升起，挂上飞翘的檐角，挂在孟河泽与纪辰眼前。

银辉勾勒出孟河泽脸颊细碎的绒毛。只有这时候，他才像十来岁的少年郎。

夏夜静谧，同享月光，很适合交友谈心。

纪辰能感觉到身边人气息不稳，心思浮躁，于是主动开口："你与宋兄相识多久了？像亲兄弟一般。"

孟河泽沉吟，道："算来已有两年。但我觉得，我是今年春天才真正认识他。从前我好傻，对他有很多误解，他不计前嫌，跳悬崖舍命救我……"少年抱剑，靠着朱红的圆柱看月亮："认得他之后，我才知道以前的生活不是人过的日子。"

"我也不想再过从前的日子。"纪辰笑道，"我总告诉自己'知足常乐，我已经拥有得足够多'，其实哪里甘心？乐观，都是做给别人看的。人不能活在一个看不到未来的地方，哪怕是有很多钱。"

哪怕是……有很多什么玩意儿？

孟河泽愣了愣，低声道："这种话，千万别对外人说，尤其是姓刘的那种人，明白吗？"

纪辰眨眨眼，眼神像月光下波光粼粼的湖水。"你怕我被人笑话？"

对月交心果然有用，孟兄也拿他当自己人了！

他在这世界上，又多了一个兄弟。虽然与家里兄弟决裂远走，但谁说真兄弟一定要有血缘关系？

孟河泽毫无所觉，翻了个白眼。"我怕你被人打死。"

纪辰搭他肩膀。"你可是武试魁首，别人要打死我，你帮不帮我？"

"谁敢打你？我当然……"孟河泽忽然不说了，甩开纪辰的手，转向廊柱另一边，把后背留给对方，"你腰缠万贯，那么多好法器，哪儿用得上我？"

纪辰又绕到他面前。"孟兄再聊会儿。"

孟河泽轻嗤："不聊，我这种外门草根泥腿子，跟你这种修仙大族的阔绰少爷没有共同话题。"

纪辰碰壁,却嘿嘿一笑。他从前被称为"人傻、钱多、话更多",哪里肯轻易放过能聊天的?

"孟兄喜欢什么样的女孩子,你觉得舍妹如何?舍妹虽然平时疯疯癫癫不像女的,喜欢闯祸,不讲道理,还有隐藏的暴力倾向,但她是个好姑娘啊!在我心里,她比妙烟仙子可爱十倍,不,一百倍。你要不要与她相处一段时间试试?"

孟河泽背靠廊柱,脚下一转就躲开,纪辰追着他转。

两个人绕柱演"洪福二人转"。

"吱呀"。紧闭的殿门忽然打开。

两人面色一肃,同时转头。

推门的是刘鸿山。他握着宋潜机的手,微微躬身,好似面对救命恩人、转世亲爹。"以后你我常来常往!千渠洪福,本是一家,一家人不说两家话。"

孟河泽与纪辰默契地对视一眼,看见彼此眼中茫然的自己。

怎么就一家了?谁跟你一家啊?

宋潜机矜持地微笑:"好说,好说。"

刘鸿山期期艾艾:"那此劫的破解之法……"

"我今夜便开始推算。"宋潜机道。

"老弟可为其他人开过天眼,使过这望气术?"

宋潜机摇头。"没有。"

为你独家定制,专门忽悠你一个,是不是很感动?

刘鸿山大感庆幸。"实不相瞒,元婴之后,为兄还想更进一步。能否把剩下的开天眼机会都留给我?"

宋潜机心想,你想的倒是长远。面上却为难道:"屡次施术,我恐怕不好向棋鬼他老人家交代。"

"明白,一条小河哪里够?我与宋兄的情谊,难道不值得一条大运河?以后行舟船上,两郡通商。洪福产绢布,你这次先带一批回千渠。"

宋潜机:"普通布匹,我要来无用。"

刘鸿山会错意:"老弟太看不起我,我怎么能给你普通品!传我口谕,所有豪族乡绅,开库献藏品!"

"不必客气。"宋潜机说,"我该告辞了。"

刘鸿山不肯。"天色已晚,不急着走!来人,开宴!"

两郡交界,原本荒无人烟。此时华盖云集,似要重现曾经的热闹市集。但这些人衣衫华贵,气质倨傲,与普通农夫商贾有天壤之别。

隔着茫茫风沙,洪福郡巍峨的城墙屹立不动,无形中暗示背后那位仙官的强大。

有人不耐:"他怎么还没回来?"

有人叫好:"刘仙官是准元婴,面慈心狠,哪儿能轻易放过他?"

有人冷笑:"让我们下地挖河道,与那些乡野村夫一道上工,一处吃饭,他还真敢想。"

七绝宝船在沙尘后隐现轮廓,各种声音忽然安静。

众人神色微变,纷纷下马,表面仍恭谨,腰杆却笔挺,好像有什么无形之物撑着。

今日他们聚在这里,名为"接仙官",实为"下马威"。

"洪福回信到!"报信人从烟尘中跑来,"洪福回信到!"

众人精神一振,李太爷接过,慢条斯理地拆开。

人们连日劳神忧心,睡不着觉,太需要一个好消息,恨死他这般稳重。"怎么样?宋潜机怎么被教训的?"

李太爷看到一半,沉稳脸色忽变,嘴唇颤抖,转头奔向马车。"走,快走。离开这里,离开千渠!"

家族后辈不解,不肯上马,仍问缘由。

"洪福最大的地主是谁?"

"当然是白家!"

李太爷摔信。"白家庄子里养的猪和羊,今早被一只只拖出去,家里六座大宝库,空了一半!刘仙官亲自施仙法,日夜不歇,洪福的堤坝和水闸,已经快完工了!"

众人惊愕,感到一种魂飞魄散、肝胆俱裂的恐怖。既然宋潜机没事,那倒霉的就是他们。

宋潜机打地主就算了，他一个千渠郡的仙官，打地主能打到隔壁洪福郡去？

连即将突破元婴的刘仙官都奈何不得他，这还是人吗，还讲道理吗？

宝船轰然落地，像一声惊雷，吓得众人四散奔逃。

宋潜机远远看见熟人，刚想下船打个招呼，过问千渠这边的施工进展。却见一阵兵荒马乱，那些人连滚带爬上马，弃车而逃，瞬间消失无踪。

"他们跑什么？鞋都跑掉了。"宋潜机不解。

后来他听闻，千渠郡的大老爷们走了，向大荒泽上撑黑船的散修上贡，连夜买站票走的。

有些人宁愿去闯九死一生的新世界，也不愿意像普通人一样挖河道种粮食，过安稳平常的日子。对他们来说，用双手辛勤劳作，比死更难受。

荒原之上，沸反盈天，尘土飞扬。

喊号声冲破云霄，沟渠两岸，千余人赤着膀子，弯腰埋头劳作。锄头、铁锨的叮当声连成一片，在旷野间振荡不休。

场面看似纷杂，却在指挥下有条不紊地进行，没有谁的板车撞翻谁的土筐、谁的耙子打了谁的铲子。

千渠也曾河水环绕，有从前残余的河床、干涸的沟渠为基础，这次引水开渠，实际的工作量并不大。

火热日头炙烤下，健硕的河工们满面尘土，汗水顺着额头和脖子往下流淌，一条条蜿蜒着洗刷身上土灰，像他们梦里的水渠。

"那洪福郡，真肯给咱们放水？"

"有宋仙官，等他回来，肯定能成的。"

一阵锣鼓声响起，徐看山运足灵力高喊："开饭了，开饭了。"

背土筐的放下筐子，挑扁担的放下扁担，铁钎铲子都撒手，人们一窝蜂拥向草棚。

饭菜的香味随风飘入口鼻，令人猛咽口水。

七八间草棚前排着长队。

年长的河工拍拍身边的人。"你们真是赶上好时候了，当年翻修神庙的时候，你知道让吃啥？"

"能吃啥？豆糊呗！"年轻汉子道。

"想得美，谁给你煮豆糊，都是吃黑干饼，嘞石子。"

"嘞石头？"队伍前后的年轻河工都看着他，等他解释。

年长者换上一副过来人的表情："天太热，人没胃口，黑干饼比石头还硬，硌嗓子，咽不下。不吃又没力气，没力气干不动，就要挨打。有个伙夫想了主意，拿酸辣料煮一锅石子，人一边嘞着石头上的酸辣味，一边啃饼……"

后面有人打断："修神庙还有石子嘞，我们修仙官府的时候，黑干饼都不管饱了！"

年长者目露沧桑，年轻人阵阵叹息。

队伍继续向前移动，一碗烩菜打破他们忆苦思甜的气氛。

土豆萝卜莲花白用肉汤熬成一大锅，颗颗肉丸结实有嚼劲。馒头又大又软，暄腾腾地散发着清香。

又听有仙长高喊："喝酸梅水的去丙字棚打。所有第三队的乡民，吃完饭去甲字棚领粮领肉，该你们回家休沐了。"

狼吞虎咽的间隙，众人抬头，羡慕地望着第三队。

"上次我回去，村长给我摆庆功宴，媳妇和娃娃高兴得一宿没睡着。"

"在河道光着膀子干活，回到村里，都是英雄好汉。"

恰在此时，大地微微震动。

众人转头，视线尽头，地平线上，一道白线涌出。白线反射天空赤日光芒，亮得晃人眼。

人们捧着碗，张着嘴，呆立不动。

有人喃喃："那是啥？"

那场景似有魔力。每个人都痴痴望着天边，呆呆怔怔，连手里喷香的肉汤烩菜都忘了。

有人轻声道："是条白色的龙啊，鳞片亮闪闪地发光。"

地动渐渐停止，白龙被无形的力量控制、牵引，势不可当的冲势减缓，温和轻盈地向他们游弋。

不知哪里最先响起一声大喊：

"水来了，咱的水来了啊——"

"洪福开闸了!"

欢呼声爆发,响彻天地。

荒原之上,无数素不相识的人抱头大哭。

后世传说中记载,千渠初次引水,神王驾银龙而至。

修仙界皆知,随着灵气变薄,这世上早已没有龙了。

据说,死海深处有一条五千年大蛟,是与龙最相近的灵物。但在千渠人口中,开闸时不仅银龙降世,更有彩云漫天,花瓣飘飞,仙乐阵阵。

记忆会说谎。一件期盼已久的大事发生,人们总会下意识美化它,直到将想象当作现实。

三人成虎,何况当日有上百人信誓旦旦,宣称亲眼见到神迹。他们将银龙每片鳞甲、每条长须都说得栩栩如生。

其实当日开闸只有大半日工夫,水势中等,不像人们所说那样声势浩大、震天动地。

千渠地广人稀,河道只挖了三分之一,勉强灌满六条渠,让十二个村落有水可用。

河水映着夏日烈阳,银光闪闪,与漆黑的古井截然相反。

千渠人时隔多年,终于再次见到潺潺流动的、迎风奔腾的活水。

等休沐的第三队河工挑着粮肉回到家乡,妻子生火开灶,煮出飘香的肉汤,左邻右舍都推开门窗,羡慕地望着那炊烟。

家里人起先担忧,却见回来的丈夫、儿子一个个面色红润,神采奕奕,甚至有的比先前胖了点。再细问河道工事,不由得喜极而泣。

激动之下,他们将衣锦还乡的新司农团团围住。"能有这神迹,该去神庙里拜一拜宋仙官的金身啊。"

刘木匠板起脸。"你们都知道,这想法使不得。神庙已经锁死,宋仙官根本没有塑金身,更不许人拜。"

同乡不害怕他,仍嬉笑道:"司农大老爷,你就通融一下吧。你造个宋仙官的木像,以后咱们放在村里,立起长生牌位,悄悄地拜,不让人知道。"

刘木匠轻咳两声,压低嗓子:"倒也行,不许说是我刻的啊。"

刘木匠雕塑像栩栩如生,别具神韵。那些从没见过宋潜机的人看了,也觉得这就是想象中仙官的样子。

从容宽厚，温和而不失威严。

十里八乡争先效仿，宋潜机的木像、石像、蜡像等各种材质的雕像被搬进每个村子的祠堂、摆上家家户户的供桌。

青烟飞入云端，千渠上空风云汇聚，如一只巨兽吞云吐雾。看不见的气运似涓涓细流，从四面八方汇聚，注入仙官府内。

而假装精通"望气术"和"开天眼"的宋潜机，对近在咫尺的危险一无所知。

他正低着头，轻轻吹开一朵含苞粉荷。未束的墨发倾泻而下，落在碧绿的莲叶上。

搬来新宋院后，他的小莲藕们再不用委屈地挤在檐下，也不用聚光符人工打光。

经过几日盛夏暖阳，层叠的青叶铺满水面，盛着晶莹水珠随风摆动。莲梗上的花苞沉甸甸的，花瓣宽厚，白底粉边，像一颗硕大饱满的桃子。

紧闭的花瓣在宋潜机的拨弄下徐徐张开，露出躲藏其中尚小的嫩绿莲蓬。

宋潜机不禁微笑。

若能挖下一方荷塘，专门种不同品种、花色的莲藕，做几道炒藕片、莲子汤、桂花芡实，总比天天吃面好吧。

只要半个瑶光湖那么大的莲花池，就足够自己种一整个夏天。宋潜机心想。

当夜，纪辰照旧来学棋，连输三局后认命收子，忽听宋潜机道："快到时候了。"

纪辰一惊，以为是自己今夜下得太烂，令宋潜机失望。"别啊，宋兄，我离出师还早，我还可以救一救！"

"不是你。"宋潜机起身，拖着躺椅，在花架下找了个合适的位置，仰望朦胧的月亮，"去吧。"

自那之后，宋潜机白日照旧忙碌在田间地头。

每夜戌时起，不见客、不议事、不歇息、不打坐，只靠在躺椅上，清浅呼吸，默推"春夜喜雨"的功法。

但在别人看来,他就是一动不动,似神游物外。

无论谁来问他做什么,他都只说两个字:等雨。

众人愕然不解。

纪辰试探道:"宋兄,千渠已经三年没下过雨了。不如我花钱请几个大阵师,在天上布一个云雨阵,试试能不能挤出几滴水?落在地上,也算下过雨了?"

宋潜机微笑拒绝:"不成。"

"那……真就干等啊?"

"等。"

纪辰嘟囔:"雨可不是赵道友,你等他他就来。唉,也不知何时能等到下一个赵道友。"

赵仁被放走后,纪辰还时常想念他,准确地说,是想念在活人身上试阵的感觉。

他每天下棋、打谱、练习阵法,总觉纸上谈兵,差点意思。

纪辰找到练剑的孟河泽,两人开始演"千渠二人转"。

"宋兄每晚那样,你就不劝劝他吗?"

孟河泽摇头。"不。"

纪辰讶然:"为什么?"

孟河泽望天。"因为他以前,真的等来过一场雨。"

宋仙官在等雨的消息,传出仙官府,传入乡野,传入每个村落。

千渠盛夏,赤日炎炎,热浪滚滚。

太阳落山后,暑气渐退,村人们结束辛苦劳作,聚在古井边乘凉。

风吹草垛,漫天的星星亮起来。老人坐在木马扎上抽旱烟,孩童结伴满地乱跑,女人们摇着扇子笑。

自从村里人吃上饱饭后,每日才有难得的轻松、快乐时光。

众人团团围住刘木匠的家,问新司农各种问题。人群中不时响起惊叹声。

"仙官不能施仙术降雨吗?为啥还要等?"

从前有豪族乡绅的代表常伴仙官左右,如今则是刘木匠与那些"仙师""仙子"打交道最多。

刘木匠略作思量:"仙官也不是无所不能的。其实修士法力有限,总有做不到的。如果灵力用尽,就跟咱们一样了,甚至有的身板比咱们还瘦。"

这种说法,令天然畏惧修士的凡人感到新奇又惶恐。

村长忧虑道:"宋仙官引来水,是不是法力用尽了?那他以后的日子咋过?你刚才说,他还很年轻啊。"

小虎怯怯地问:"仙官法力用完,就要回天上去了?"

刘木匠摸摸他脑袋,安慰道:"仙官不会走。力气用完还长,法力也一样,等等就好。"

等,又是等。

请神跳大神、跪地磕头叫"求"。

有约在先,对方一定会来,有盼头、有指望的事,才能叫"等"。

刘木匠望天,神情困惑。"宋仙官等雨,我虽然不明白,但肯定有他的道理。"

"那咱们也陪他等。"村长高声道,"以后每晚戌时,手里没事的都出来,来这儿一起等!"

"好!"

不只是小岚村,从南到北,从毒瘴林的边界到大荒泽之外,全千渠千家万户,每晚扶老携幼走出家门,结伴聚在露天处等候。

夜幕沉沉,时而阴云密布,时而繁星满天。若一个时辰不下雨,人们各自散去,第二夜照旧出来。

天城不断传出消息:"宋仙官今夜还在等,他还没放弃。"

白日里,河道两岸烟尘飞扬,依然热火朝天地赶工。

自从前几道渠成功通水,后面村子的农夫自愿赶来帮忙。

暑气蒸腾,烈阳不可直视。凡人没有灵气护体,汗如水流,赤裸的脊背被烤得发红起皮。

虽然有修炼冰属性功法的外门弟子帮忙运功降温,却因修为低微而功效有限,反被河工安慰:"仙长,别忙啦,从前最热的时候,咱们一样在田地里割麦,你们省点法力吧!"

纪辰这天强行拉着孟河泽,来河道边看妹妹纪星。但他第一次见这种大型施工场面,目不暇接,看什么都好奇。

"日头一天比一天毒,就算好吃好喝、有粮有肉,人也快干不动了吧。"纪辰眯眼望日。

纪星说:"不会啊,我看大家都很有干劲。"

"这段早一天完工,洪福那边早一天再开闸。"徐看山解释道。

纪辰依然摇头,他总觉得能从"登闻雅会"的奖励机制中学到一些经验。

"凡事只有钱还不够,荣誉才能真正凝聚人心。我得书画试魁首之后,与原先大不同。"他抓过孟河泽,伸手搭上对方肩膀,"孟兄你是武试魁首,你说对吧,钱有什么意思?很没意思对不对?不如拿个魁首。"

呵,又跟我来这套。

孟河泽冷冷看他一眼,转头喝道:"打猎队跟我走,我们也开工!"

一众外门弟子摩拳擦掌,浩荡而去。

纪辰不肯放弃,在他背后大喊:"谁打猎最厉害,我也给他发奖牌啊——"

孟河泽回头,比画了一个不文明的手势,无声唾骂。

纪辰与底层修士厮混时间不长,竟没有看懂,回他一个抱拳。

孟河泽这次彻底没脾气了。

主意是纪辰想出来的,但他字写得太丑了,只好拜托宋潜机写。

宋潜机对他们的奇思妙想一贯包容,正巧在为打猎队制作备用聚光符,画符间隙,提笔留下八字墨宝,纪辰喜滋滋地连声道谢。

宋潜机笑笑:"举手之劳,不说谢。对了,刘鸿山给了十车缎子,你拿去用吧。"

"感谢刘道友。"纪辰由衷赞美,"他真是个好人!"

这时候,他已经不嫌弃刘鸿山用"粗茶劣酒"待客。毕竟修士的法器再好,奖给凡人也无用。

绸缎运到,送鸡队四人当即组织一场表彰会,选出干活最认真、最快、最好的河工发奖牌、奖品。

周小芸每发一块奖牌,纪星就说一句"感谢你为千渠做的贡献,大家为你鼓掌"。

绸缎如霞，映日生辉。

热烈掌声一阵高过一阵。无论得奖的还是未得奖的，大家都眼眶湿润。

"这么好的洪福缎，从前都是给大老爷用的吧？"

"这辈子再难再累都是命苦，哪儿被人谢过？"

表彰会后，第四队休沐，队长李虎挑着装满的扁担，坐着驴车，黄昏时满载还乡。

妻子喜出望外。"回来了？饿了吧？快吃饭。"她接过扁担，猛地吓一跳："你咋带回这么多肉？"

"不只猪肉，饭先不忙吃，给你看个好东西！"男人神秘地取下背后包袱，双手微颤地打开。

缎面被窗外余晖照过，光泽晃眼，陋屋满室生辉。

妇人浑身一震，下意识咽口水："这是啥？还会发光。"

"洪福缎！"

妇人喃喃道："这……这就是洪福缎？真比水还光溜，我手粗，怕摸坏了。你说得多大的大老爷，才能穿这料子。"

男人握着她的手去摸。"什么老爷，已经没老爷了！赶明儿请邻村张裁缝，裁一套被面，再给你和娃裁新衣。"

女子谁不爱俏丽颜色，妇人来回抚摸缎子，神情恍惚，忽然脸色一变。"这么好的东西，你从哪里寻来的？"

李虎挺起腰板，得意道："当然是仙官赏的！"

妇人将信将疑地念叨："咋会有这好事？都一样去上工，别人全没有，只你一个有？"她着急起来："你快给人还回去！仙长们多好的人，咋能拿人东西嘛！"

"真是赏我的！"男人也急了，从怀里摸出一块铁牌子，"你自己瞧！"

"我又不识字。"妇人嫌弃道，"黑乎乎、沉甸甸的，谁知道写的啥嘛！"

男人端了烛台来，指给她看。"这叫奖牌，只发两百块，真正的稀罕东西。上面八个字是宋仙官亲笔写的。正面，'开河先锋'。反面，'光照千渠'。看这儿，角上还有仙官府的印。"

"哎呀！"妇人一把抢过，欣喜道，"开河先锋？是封你的功?！"

"论功行赏，只给干得最好的！我都想好了，以后传给儿子，儿子再传给孙子，孙子再往下传。世世代代，都知道他祖爷爷是'光照千渠'的'开河先锋'。"

"仙官写的字？"妇人捧着铁牌来来回回细看，擦了又擦，"真是好东西，谁给我再多肉、再多缎，我都不换。"

第二日，乡上的通告发到村中。一连半个月，李虎家中天天有客，邻村人慕名而来，眼红而去。

"听说你们村出了个开河先锋，让咱见见嘛。"

"还是人家有出息，有本事。"

"花岩村也有一个，刚回到村里，牌子一亮，亲事立刻说成了。隔天挑着米粮和两匹缎子去姑娘家提亲。那缎子又光又亮，全村都出来围着看啊！"

"下次仙官府啥时候招工啊？等河道挖完，搭不搭桥？挖不挖山道？"

"有开河先锋，也得有搭桥先锋吧。啥时候能挣回一块光照千渠的牌子，才是真光宗耀祖了。"

施工队热情空前高涨，进度竟比原先更快，每个人好像有使不完的力气。

纪辰大受鼓舞，踌躇满志地给孟河泽也打了一块铁牌，送去毒瘴林。

孟河泽刚杀完一条一阶赤焰大蛇，浑身染血。背靠大树，他一边懒懒地擦剑，一边嫌弃："纪少爷，你脑子是不是被妖兽踢过？这东西又不是法器，又死沉，我带身上有什么用？增加负重拖慢速度？"

"这是荣誉，荣誉是无价的。修士不怕这点重量。"

"'打猎高手'？这字也太……太……"

一言难尽。

孟河泽好看的眉眼都皱在一起。

纪辰摸头。"你这块是特制的，小活不好意思麻烦宋兄。我自己写了，你将就看啊。"

孟河泽拍他脑门，贴上一张避瘴符。"我将你个头，毒瘴林不是你玩的地方，走！"

他嘴上骂人，还是把铁牌揣进怀里。

纪辰："舍妹你也见过了，我上次跟你说的，舍妹的事……喂，孟兄别走，再聊聊。"

两人一追一跑，丛林鸟兽闻声奔逃。

纪辰不来下棋的夜晚，宋潜机照旧静坐等雨。

夜色静谧，一半弟子在毒瘴林外烤肉，另一半在河道边聊天。偌大的仙官府空荡荡，只他一人。

宋潜机缓慢呼吸，似乎有种特殊节奏，气息与小院乃至整座仙官府融为一体。

南风起于花叶之间，绯红的蔷薇爬满青竹花架，新栽的月见草开了黄花，在月光下随风轻摇。

它们也在等。

风吹叶落，满地花影纷繁，浮起一层流动的暗香，萦绕宋潜机周身，灌入垂落的广袖。

他静静望着朦胧月色。

同一轮月亮照过万水千山。

十万八千里外，明月撩开轻纱，变得皎洁而透亮，何青青甚至能望见银盘中深浅不一的阴影。

"大师姐，我们走吧。"有人说。

"好。"何青青轻提裙摆，路过红莲盛放的池塘，水面映出她窈窕纤细的身形。

七八名衣着鲜艳、云鬟高堆的女修同行。她走在最中央，看似最受欢迎、最不可或缺，其他人如百鸟朝凤。但两边人隔着她谈笑，语气熟稔，气氛热闹。她不善言谈，插不上话，便沉默着低头看路。

"到啦，我们就在这儿玩。"

何青青四下打量。

这是仙音门的灵石采矿场，白日里挖矿的外门弟子早已回去休息。

此时幽森荒凉，一盏灯笼也无。遍地黑魆魆的矿洞，像一张张择人而噬的巨口。

风吹不进，月光照不穿。

她莫名心慌，轻扯身边人的衣袖。"白萼师妹，我们来这里玩什么？"

那翠衫女修掩嘴笑，指向对面一名白裙女修。"大师姐，你又叫错啦！我是蓼花，她才是白萼呢。"

众女一齐嬉笑：

"我是青梅，她是紫竹，大师姐认得吗？"

"那边是槿云和桂梓，大师姐这次可记住了？"

何青青有些尴尬地改口。

她其实记性很好，再复杂的曲子听过一遍，她便能完全记住，再深奥的功法看过一遍，她就能死背下来。

从前谁说她坏话、欺负她、侮辱她，那个人的脸一定深深刻在她脑海里，梦里烧成灰也不会忘。

但在仙音门，遇到的每个人都对她笑，说"为她好"，要跟她"交朋友"。

比如眼前这几人，她们发型打扮相似，皆仿照妙烟仙子，笑容和问候语更像是从同一个模子里刻出来的。偶尔几个绵里藏针的眼神，不动声色，一闪而逝，快得像错觉。于是她不知该记住谁的脸。

细细想来，除了师父的面容，她竟只记得妙烟毫无瑕疵的容颜。

等众人笑够了，蓼花终于道："咱们玩藏猫，我们以前经常这样玩，大师姐会吧？"

何青青只得摇头。"我不会。"

没人与她玩过。

翠衫女修热切地拉起她的手。"没事，我们教你，一学就会！玩这个要先封起灵气，大家都不能用法器，不然修士五感敏锐，夜里找人岂不是易如反掌？"

何青青点头："好吧。"

蓼花蒙上眼睛，一边被人引着转几个圈，走出几步，一边大声数数。

白萼拉着何青青的手躲藏，做嘘声的手势，轻声说："藏好就不能动。"

蓼花数到五十睁开眼。她显然很有经验，没费什么工夫，就将她们一个个全逮出来了。

众女修笑闹成一团。

听见银铃般的笑声,何青青心想,正常女孩子平时都玩这些吗?现在我也玩过了。

与同龄女孩做幼稚游戏的新鲜感,令她双眼中泛起笑意。

"大师姐,该你啦。"

何青青顺从地被封了灵气,被蒙上眼睛,被不知是谁拨弄转圈。她一边数数,一边由人领着向前走。

忽然月光一暗,浓云聚来,旷野间风声呜咽。大风卷地的夏夜,似要落雨。

何青青的幂篱面纱被风吹起。"十八、十九、二十……"

她被引向废弃的矿洞,无端有些心慌,于是停步。但依然在数数。

直到被一只手狠狠推了一把。

"啊——"

惨叫声随风回荡,久久不息。

众人围着洞口低头探看:

"这真是浅洞,你确定吗?"

"深浅有什么要紧,是她自己不小心跌下去的,关我们什么事?"

"可是……"

"她想告,有证据吗?她师父都不回来看她。"蓼花轻嗤道,"凭运气当上大师姐,真以为自己是个人物了?向妙烟师姐低头我心甘情愿,但凭什么向她低头?"

矿道九曲回折,仿佛没有尽头。何青青一时冲不开灵脉,伸手试图扒住岩壁,却撞得头破血流,最后只得尽力蜷缩作一团,护住后脑,向下一路跌滚。

深渊般的矿洞终于见底。

何青青手肘撑地,爬起来,才察觉弹琴的手指甲已折断,十指血肉模糊。

发髻散乱,白裙上点点血污,形容狼狈。但她没有受内伤,毕竟修士筋骨强硬,一切仿佛只是女修之间的一场恶作剧。

幂篱早已掉落，露出她残毁的丑陋面容。

出乎意料地，她一滴眼泪也没掉，眼神冷然。

她终于能记清那些人的脸了。

"咚、咚、咚"。

何青青耳朵微动，忽然警觉。

黑暗将一切声音放大，除了自己的呼吸声，她听见一道类似心脏、脉搏的跳动声响，在地底回荡。

她转头，乍见岩石缝隙间，一条光滑的巨蟒闪着荧光。

何青青惊而不慌，一拍储物袋，一把匕首被狠狠掷出。

巨蟒一声不吭，沉默地接受伤害。

何青青走近，稍松口气："不是蛇。"

触感光滑温润如暖玉，泛着一层淡淡的荧光。

她奋力拔出匕首，根须的伤口汁液喷溅。

溅在脸上，竟是温热的，荧光下，色泽鲜红如血，却没有血腥气，只散发着奇异的甜味。

何青青此时才想起古籍记载：大陆尽头，神树擎天。根系深入地底，遍布整片大陆。

这竟是擎天树的一条根须！

"好香的味道。"

她深吸一口气，目露沉醉，食指蘸着汩汩流淌的温热汁水放入口中。随即，馥郁的香味直冲颅顶，令她如饥似渴地吞咽起来。

灵液入口化作暖流，在紫府聚集成旋涡，一路冲破被封的灵脉。修为瓶颈松动，似有筑基征兆。

何青青倏忽呆立，全身灵脉紧绷，几乎要被瞬间暴涨的灵气撑破。

她从着魔的状态中清醒，不敢再喝，急忙取出平日装丹药的玉瓶。

待三瓶接满，擎天树根须的伤口已然愈合，曾被匕首深深钉入的地方只留下一道浅淡痕迹。

"对你这种顶天立地、支撑一界的庞然大物来说，这伤连擦破皮都算不上吧。他强任他强，只当挠痒痒。"何青青轻轻抚摸擎天树根须，怔怔道，"你真厉害，刀子砍在身上都伤不了你。只要足够强……"

"咚、咚、咚",擎天树的脉搏依然跳动。

夜幕沉沉,不见明月。

狂风猎猎,山雨欲来。

矿石场的烟尘被卷起,劈头盖脸地打在众人身上。

"这鬼地方,脏死了!我们去后山泡泡温泉,然后来捞她?"

"还要回来?我看明早再来找她也不迟。"

话才出口,声音被狂风吹散,令人意兴阑珊。

"算了算了,都散了吧。"

报信的侍女顶风奔来。"不好了,蓼花师姐,大事不好了!"

蓼花不耐烦,斥道:"做什么这么慌张?"

侍女满面惊恐。"绛……绛云师伯回来了!"

何青青终于爬出矿洞,白裙残破,满身脏污。仰头,忽见一轮明灭的玉轮。

少了幂篱面纱,她看一切都更清楚。

夜空风云汇聚,月亮时而藏入阴云,时而清光四射,旷野明暗变化。

一场大雨将落未落。

先前玩藏猫的女修早已作鸟兽散去。何青青摸了摸储物袋,平复心跳——那里装着盛满擎天树汁液的玉瓶。

夜半三更,悄无人声。一路上竟无人巡守,一点灯火也不见,静得反常。

何青青迎风狂奔至莲花峰,乍见一道人影立在琉璃宫外。

莲花池畔,三千白发与臂纱在风中飞扬。绛云仙子面容沧桑。比起驻颜有术的仙子,更显凛然威仪。

尤其此刻,风尘满鬓,孤意在眉。

"师父,您回来啦!"何青青惊喜不已,"我该去山门接您。"

她快步走上前,像个受了委屈,才找到母亲的孩子。多日不见,她很惦念对方。

绛云没有应声,只望着她,目光冷冷,好像打量陌生人。

何青青笑容渐渐消失,一时惶然无措。

师父万里远行归来,必然疲倦。

她决定先说好消息："师父，我快要筑基了。"

那擎天树的汁液不知是何神物，入紫府生灵气，洗涤经脉，扫除杂质，增益修为的奇效抵过任何灵丹妙药。

何青青入门时间尚短，基础差，起步晚，能有如此造化，谁家师父听了不欣喜。

绛云却像没听见一般。

"为师问你，你修仙是为了什么？"

她声音甚严厉，神色甚庄肃。

何青青敛容，谨慎行礼道："我辈修士，自为求真理、求飞升。"

绛云嘴角终于勾起一丝笑意，却是冷笑、讽笑，好像听见了笑话。

她声音拔高："你拜我为师，来仙音门做大师姐，你想要什么?！"

何青青不知道自己哪里做错，一向亲和的师父陡然疾言厉色。

她在风中打了个寒战，提裙便跪。"弟子只求勤勉修行，以身作则，将来光耀门派，为我仙音门……"

"啪！"清脆巴掌声乍响。

何青青栽倒在地，震惊捂脸。

仙音门谁都可能打她，但她从没想过，绛云竟会打她。

夜风凄厉，天际雷鸣滚滚，满池红莲瑟缩。

绛云仙子逼近，厉喝："说真话！"

她的声音像鞭子，她的怒火点燃整座莲花峰。

何青青头脑发蒙，如坠冰窟，纤弱身形止不住战栗。"我……我……弟子只求修炼有成，日后侍奉师父……"

"还敢撒谎?！"绛云嘶吼，高高扬起手。

"啪！"

何青青嘴角瞬间渗出血线，脸颊肿起，残毁面容更显狰狞。

枯花败叶漫天纷飞，一道雪亮电光撕破天幕。师徒二人于雷电中对峙，竟像两只绝境困兽。

千万道银光从天而降，这场瓢泼大雨终于落下。

何青青跌跪在冰冷雨地上。大雨如注，狠狠打在她身上，像躲不开的千万根银针，穿透血肉钻进骨髓。

闪电照亮水泊,映出她残破的脸。从青崖书院到仙音门,原来她的人生根本没有变化。

她忽然笑起来。笑声越来越大,激荡风雨。

她残破脏污的衣裙浸在泥水里。雨滴落在绛云的护体灵气上,瞬间蒸发,升起道道白雾,显得缥缈如仙,高不可攀。

师父冷笑的容颜,与青崖同窗嫌恶的冷脸交叠,与仙音门女修别有深意的笑脸重合。

无数张脸隔着潇潇雨幕,在她眼前飞速闪过。

"子夜文殊救回来的小女孩",变成"绛云收回来的废物弟子",她到底还是任人欺辱的何青青。

一首《风雪入阵曲》能助她一夜扬名,却不能救她一辈子。

"呸!"何青青张口,啐出满嘴血水,"呸!"

她高高扬起脸,双眼圆睁,任由风雨吹打。"我要什么?你说我要什么?我要一张天下最美的脸,我要练世上最强的功法,我要与举世无双的男子结道侣,我要辱我之人通通死无葬身之地!

"我要权力、地位、美貌和爱,我要最好的一切!

"我不要人人喜欢我,我要人人畏惧我!去他的规矩,去他的仙音门!"

何青青仰天怒骂,衣发湿透,像头末路恶兽横冲直撞,嘶声怒吼:"到底凭什么这样对我!凭什么都这样对我!"

大雨里,她骂出了最恶毒的话,说了一辈子不敢说的话。

电闪雷鸣,绛云忽然放声大笑。

"好,好!"她连声叫好,就像琴试收徒那夜。

绛云俯身,逼视何青青一双赤红的眼。"敢说真话,才是我绛云的徒弟。我收你做亲传,是看你恨心不死,必成大业,不是让你做第二个妙烟!"

何青青还未缓过神,剧烈喘息,浑身颤抖。

绛云微凉的手指轻抚过她红肿渗血的嘴角。"要一张天下最美的脸,必受千刀万剐之苦、万蚁噬心之痛,你怕不怕?"

何青青昂首大喝:"不怕!"

"若心志不坚挺不过,连命也要搭上,你怕不怕?"

"不怕!"

绛云双手扶起徒弟，微笑道："大师，请您施术吧。"

"阿弥陀佛。"一道苍老的声音宣了佛号，"善哉善哉。"

何青青一惊，随那话音转头，才发现这里一直有第三个人。

老僧从树木阴影中走出，他身形高大，慈眉善目。雨滴落在他身上，没有白雾升腾，好像浸透袈裟，却不留丝毫痕迹。

"这位便是'妙手神僧'无相大师。"绛云道。

何青青怔怔望着老僧面容，一身戾气莫名消减些许。

无相神僧修为不算至强，但医术超绝，慈悲之名远播。传说中再凶恶残忍的魔修见到他，也会生出一丝佛心。

老僧直视何青青双眼。"蛊毒已浸透面皮，歪曲脸骨，此术刮骨疗毒，必须保持清醒，忍受剧痛，贫僧劝何仙子三思而行。"

何青青行礼。"大师，我心意已决。"

· 第三章 ·

明珠暗投,
春种秋收

花窗外，夜雨潇潇。

雨丝随风飘飞，敲打千阁万殿粼粼琉璃瓦，时轻时重，音似碎玉。

何青青躺在冰冷的玉床上，绛云仙子轻摁她脉门，将灵气源源不断地注入她体内，使她保持神志清醒、神识凝聚。

这也使何青青五感更敏锐。

原来刀子慢慢刮在骨头上，是这种声音和感觉。她想。

所有痛感被加倍放大。眼前蒙着一层血雾，她依稀看见那老僧换刀、换针、撒药粉，却看不真切。

时而极痒，仿佛千万只蚂蚁在啃噬她的脸皮，吸食她的血肉。若非被束缚得动弹不得，她恨不得把脸皮撕下来。

时而极痛，仿佛一根尖针刺进她骨头缝，却还要穿透骨头往里钻。若非绛云为她下噤声咒，她只怕要放声嘶吼。

今晚对她来说太漫长、太黑暗。被同门推下矿洞、被师父训斥、被千刀万剐，但她一滴眼泪也没掉。

下十八层地狱受刑，恐怕也不过如此。我就是地狱里爬出的鬼。鬼要爬到人间，从此过人过的日子！何青青想。

"哐当！"花窗被大风吹开，冷风卷着雨丝灌入寝殿。

一片迷蒙血光中，何青青莫名念头一转，坚如磐石的心稍变柔软——雨下这么大，宋师兄此时在做什么？院里的花架被风吹倒没有？

疼痛依然继续，她没有更多力气想下去。

不知过了多久，仿佛比一万年更久，一双微凉柔软的手握住她手掌，一道女声温柔慈爱："成了，睡吧，睡吧。"

何青青终于得以解脱，意识瞬间沉入黑暗。

黑暗中渐渐亮起一道光，照亮一家三口。

妇人有温柔如水的眼眸、淡淡的馨香，男人有坚毅的面容、宽厚的肩膀。双髻女童冰雪可爱，娇俏活泼。"娘，我还想吃米糕。"

妇人拉着她的手。"以后每年你的生辰，我们都来吃米糕好不好？"

男人将她一把抱起。"青青，看爹给你买的灯！咱们去放河灯。"

忽然花灯破碎，所有光彩熄灭。

漆黑魔窟中，只剩上半身的妇人声嘶力竭："青青，活下去，活下去！"

子夜文殊浑身染血，背后巨石崩落，魔物咆哮。

血与火中，整个世界地动山摇。

神祇般的黑衣青年垂眸看她，神色漠然地伸手。"跟我走。"

那只手被火海淹没。火光烧成一片刺目的朱红色，化作宋院朱漆小门。

宋潜机身披银色月光，怀抱绿绮台，站在桃花树下对她浅笑。

俊美少年声音清淡温和："此琴赠你，算是赔罪。"

夜风吹散他的声音，吹过青石粼粼潭水。

绛云仙子穿过人群，神色认真。"你可愿做我的徒弟？"

何青青用尽全身力气伸出手——

指尖却触到冰冷的水面，那些倒影与满树桃花一齐破碎。冰冷的湖水漫过她口鼻，她向更深的黑暗沉去。

她什么也抓不住。

世上没有人能救另一人出苦海，每个人都要自引自度。

何青青蓦然睁眼。

天光大亮，鸟鸣啁啾。

她从玉床上起身下地，惊觉身体轻快异常，好像走两步就能飞起来。

何青青摸了摸脸，皮肤光滑细嫩。然而她房间从来没有镜子，反光的东西也很少。

夏日晴光朗照，草木荟郁，群鸟争鸣。

何青青披头散发，奔至莲花池。

红莲盛放，遮天蔽日，别样娇艳。

她慢慢走近，近乡情怯般低头，水中游鱼潜藏，水面清晰地映出一道人影——墨发如瀑，额头饱满，凤眼长眉微微上挑，鼻梁挺翘，朱唇不点自红。

如果说妙烟的脸是天边云霞、水中银莲，浮漾着柔和的华彩，毫无攻击性。那这张脸就是锋锐的月夜刀光、寒傲的雪地红梅。

艳光如刀。刀刀夺命见血，令人不敢直视。

有此容貌，不该白裙裹身，披头散发。合该着六尺华服长裙，满头珠翠异宝，光华耀目。

何青青一笑，水面那艳光美人也笑。

她伸手轻轻碰上脸颊，眼眶微酸，鼻尖一红。

"千刀万剐，当真值得！"绛云仙子的声音在背后响起。

何青青蓦然回头。

"阿弥陀佛。"无相老僧道，"何仙子心性坚韧，极有慧根。大难不死，必有后福。"

绛云微笑点头。

老僧温声道："贫僧有两句话，想单独与何仙子说。"

"大师请。"绛云自无不允。

何青青面对"妙手神僧"无相和尚，再次行礼："多谢您。"

"仙子与贫僧有缘，不必说谢。此物赠予仙子，贺仙子重获新生。"

何青青伸手接过，低头细看，是一串红灵玉念珠，十八颗暗红珠子细腻剔透。晴日一照，光彩熠熠，珠内纹路似流动的血液。

何青青转动念珠，最中间两颗，依次浮现清晰的刻字。

她启朱唇，轻念道："青，青。"

这不仅是一件上等法器，还是一份精心准备的礼物，何青青感到惊喜："是我的名字！"

老僧含笑点头。"何仙子若愿意，贫僧再传你一部功法，可使此物威力加倍。"

何青青迟疑："我受您大恩，已无以为报。"

老僧缓缓道："你我不算师徒，只是结一段尘缘。贫僧本已留下缘种，但那位施主命途已改，与贫僧缘分将断。你习我功法，了我心愿，便是报了医治之恩。"

老僧说得极直白。

因为这份直白，何青青不再推拒，落落大方地笑道："多谢大师！"

老僧双眸幽静如深潭，袈裟广袖下伸出一指，轻点少女眉心。

这一刻，何青青挺直脊背，微微仰头。她以为，这便是她苦尽甘来的天赐机缘。

"绛云师姐，何出此言？"牡丹殿内，望舒仙子轻笑道。她的笑容依旧美丽，却略显勉强。

"就是字面意思。"绛云面无表情，"从前我没有亲传弟子，许多事由他人暂代便罢了。如今我收了亲传，按照师门传统，我的弟子是大师姐，理应执掌传功堂，教导众师妹师弟，监督灵石脉矿的开采，保管万音阁最顶层的钥匙。"

望舒倒吸一口凉气，强压不悦："师姐，青青那孩子年纪尚小，入门不久，还不熟悉我派规矩。何况她刚恢复容貌，需要安心休养些时日。之前传功堂的经书由蓼花打理，不如咱们先请她……"

绛云仙子打断："蓼花触犯门规，方才被青青传去琉璃殿，来不了了。"

望舒仙子轻蹙蛾眉。但她眉头很快舒展，不动声色地望向身后。

她身后站着妙烟。今日妙烟着一身湖水碧长裙，梳流云髻，更衬得雪肤花貌，翩然出尘。

登闻雅会琴试之后，望舒没有给妙烟半分好脸色。但妙烟依然是她最得意的亲传弟子。

后辈弟子的事，就让后辈自己去解决，前辈伸手并不体面。况且妙烟稳压那何青青一头，她实在没什么可担心的。

妙烟接过师父眼神，会意而去。

望舒满意地微笑。绛云来者不善，她需打起十二分精神应对。

琉璃殿内。

一众外门弟子分立大殿两侧，何青青独坐高台，殿下立着七八名女修。

一名女子声音尖锐高昂，正高声辩解："大师姐无凭无据，怎么冤枉人，难道是欺负我们这些小弟子？"

她们修为、天赋不算出色，出身却高，擅长拉帮结派，自称"小弟子"实在勉强。

殿侧的外门弟子听得想笑却不敢笑。他们不知何青青为何安排他们去传唤这几个跋扈毒瘤，只希望这位"大师姐"真能撑起场子，否则过了今日，恐怕倒霉的就是他们了。

何青青快步走下高阶。

"啪！"清脆的巴掌声在大殿内回荡。

少女惊愕地捂着脸，一只手指着何青青。"你，你！"

众女皆震惊。

"说真话。"何青青平静道。

"你怎能打我？我师父都没打过我！"

"大师姐有权代师父管教所有弟子。"何青青道，"这规矩还是你们教我的，忘了吗？"

少女脸色涨红，周身威压爆发，直冲而上，却像撞在一堵墙上，竟将自己撞跌在地。

她悚然一惊，何青青必身怀异宝！不知绛云给了她什么防身护命的至宝，能让她威压堪比金丹境。

众女飞速交换眼神，只想拖延片刻，等望舒仙子来救。

少女换上委屈神色："大师姐，我没有，你不小心跌下矿洞去，大家都到处找你，好着急……"

"啪！"又是狠狠一巴掌，打得她嘴角渗血，涕泗横流。

"还敢撒谎。"何青青冷声道，"白萼，我记得你的脸。"

当她再次扬起手时，白萼尖声惊叫："是蓼花师姐，蓼花师姐让我推的！"

"闭嘴！"蓼花喝道。

她见何青青转身向她走来，不由得脸色惨白，抖如筛糠，色厉内荏地大喊："你连我也敢打？你知道我表姑母是谁？"

恰在此刻，侍女高声通传："妙烟仙子到——"

众女瞬间松了口气，谁知何青青视若无睹，这一巴掌依然狠狠落下去。

蓼花身子飞出，倒地不起。

妙烟眼神扫过满殿狼藉，便知自己来得正好，何青青应当已经出了气。气顺了，事情就不难办了。

她先向何青青行礼，姿态得体，态度谦虚："我平日疏于教导，师妹们不知哪里得罪了大师姐，我替她们向师姐赔不是。今日带她们回去，以后一定严加管教。如有再犯，严惩不贷。"

众女眼神骤亮，可以预想她们今日若得救，必对妙烟感激涕零。妙烟此时为她们姿态越低，以后这份忠心越牢固。

妙烟知道，何青青吃软不吃硬，总不能换了一张脸，性情也发生翻天覆地的变化吧？

她展露微笑："还请大师姐念在她们年幼无知，也看在师妹的面子上，饶过她们这一次吧。"

她没再说下去，但众人都知道她想说什么。

"你要我看你的面子？"何青青看着她。

妙烟但笑不语。

面子就是脸。妙烟有一张天下最美的脸，没人不喜欢看她的脸。

但何青青此时看这张脸，却觉得寡淡无味至极，像一碗忘记放盐的清汤面。她甚至有些困惑，从前的自己，怎会被这张皮相迷惑，为他人作嫁衣裳？

何青青平静道："我教你《风雪入阵曲》全篇，已是看了你的面子，你不知道吗？"

妙烟听她忽然提起此曲，笑容微僵。

"琴试之后，你若真心求教，应当自己上门，为何请我去你的竹楼？你若真心想请我，可以只请我一个人，为何请来一群人助阵？因为你知道众目睽睽，我抹不开面子，不好意思拒绝你。"

妙烟笑容彻底消失，却不是难堪，而是错愕。她早已习惯如此行事，达成目的，不用刻意设计，做起来比眨眼呼吸还自然。

忽然被人说穿戳破，她怎能不错愕？

妙烟重绽笑颜，柔声道："大师姐误会了，我只是想你初入门，多与大家相处……"

何青青打断："你得了全篇，说七弦琴独奏太孤独，自行改编合奏谱，却还用残谱。对此曲，你敢说真的问心无愧吗？

"妙烟仙子，你不是个坏人，但你也不是真人。你的面子，从前我已经看得够多，以后不想再看了。"

她疯了吗？敢对妙烟师姐说这样的话？

妙烟的侍女怒目而视，却被何青青通身威压震得无法开口。

众女修见势不对，惶急地哭喊："妙烟师姐救我！"

妙烟充耳不闻，只愣怔着，好像被人狠狠扇了两巴掌。

你敢打天下最美的脸吗？

何青青打了。

妙烟仓皇败走。她已很多年没有走得这样狼狈过。

"仙子，您怎么就这样走了？"侍女犹不甘心。

"她说得没错。残篇一事，我确实于心有愧。"妙烟淡淡道，"但我传出残篇，不是怕别人弹过我，只是不想让其他人知道琴谱尾音。"

《风雪入阵曲》就像一个故事，妙烟想让人人都听到这个故事，却不想告诉别人结局。

这是她的私心。

妙烟不知为何停下，忽然回头望。

殿内景象几乎看不清了。那少女恢复容貌后，依然纤瘦，腰身不盈一握。却像一把锋锐无匹的刀，要斩断世上一切混浊，要与从前一刀两断。

妙烟喃喃："我哪里不如她，为什么她最先得到这首曲子？为什么她最早知道结局？"

"仙子，您比那个恶鬼强千万倍。她——"侍女原想骂对方丑陋，却不能昧良心，只得改口，"她面似芙蓉，心如蛇蝎。"

妙烟不理会，只怔怔道："我每弹一次，就忍不住想，世上怎么会有这样的曲子，能写出这种曲子的，会是怎样一个人？也不知他长什么模样，是男是女，爱穿什么衣服，平时练什么功法，读什么书。"

"仙子，您……"侍女欲言又止。

妙烟望向天边流云。"今日看来，此曲已成我心障。我一定要见到谱曲之人，了却执愿，破此迷障。"

夏时雷雨不比春日缠绵细密，要么不下，下就下得轰轰烈烈、泼泼洒洒，誓要改天换地。

仙音门一夜大雨，遍地落花残红，枝头嫩叶争发。

对何青青而言，这是生死更迭、杀旧成新的雨夜。

同样的夜晚，雨还未落时，千渠打猎队收工，围着篝火喝酒烤肉。

毒瘴林外的村民分割妖兽尸体后，总会挑出最好的部位，用调料腌制，送给打猎队表达感谢。

赤红火光照着每张年轻的脸，组队战斗令年轻人更加团结默契，放肆谈笑毫无顾忌，日渐粗豪。

"这真比山上日子快活多了。"

"去他娘的华微宗，来，再干一碗！"

纪辰自来熟，起先劝大家不要说脏话，半晚后耳濡目染，学会不少新词，"去他娘""埋他爹"之类的话张口就来。

烤架上挂着一头初阶妖兽。这野猪肥瘦匀称，烧烤后冒着滋滋油光，再刷上一层金黄的野蜂浆，诱人香气令辟谷的修士也食指大动。一口咬下，脆皮咔嚓作响，外门弟子们吃得满嘴流油。

纪辰从前食不厌精，脍不厌细，此时沦落到露天烤肉，姿势也比旁人优雅。不仅优雅，还有闲心说话。

"你武试打擂台的时候，'我他妹的'每一场都去看，还发彩笺拉别人也去看。可惜你扔下台的花，她从没抢到过，只能回来找我哭诉，可见她真的喜欢你……"

孟河泽耳边像有一万只鸭子嘎嘎扑腾。他想："如果我有错，宋师兄会惩罚我，而不是让一个初学脏话的'二缺'折磨我。"

孟河泽抱着剑一言不发，侧脸冷酷，威压外泄，试图吓走对方。反而吓得其他弟子不敢近前，只留下纪辰在身边，还在讲他妹妹，从性格爱好，讲到儿时趣事。

远远看去，好像两人关系亲近，兄弟情深一般。

纪辰眨着大眼睛。"孟兄你在听吗？孟兄你在想什么？"

"我想你闭嘴。"

"那你到底要不要考虑一下'我他妹的'？"

"我考虑你个……"

话未说完，孟河泽面色骤变，忽然起身。

纪辰吓了一跳，立刻警觉："有妖兽?! 在哪儿？"

孟河泽望天，轻声道："起风了。"

风从天城方向吹来。

篝火明灭，青烟升腾，火星飞溅，风吹得烤肉香气四处弥漫。

"轰！"

雷鸣乍响。远处兽吼声声，似与天雷应和。

众弟子一齐望天。风云聚散，明月无光。

纪辰从学阵法后，对天地气机变化更敏感。

此刻他喃喃自语："宋兄他娘的，到底练的什么神通？"

大暑将至，白日里赤日如火，夜晚清凉便弥足珍贵。

小岚村今夜却格外沉闷，夜空像被人加了铁盖，将人间罩得密不透风。

刘木匠手里大蒲扇摇得哗哗作响，依旧扇不出半丝凉气。

浣娘笑着给他擦汗。"别给我扇啦。"

小伙打着赤膊，孩童光着屁股，众人汗水直淌，布衣黏腻腻地贴在身上。

老村长拿起拐杖。"大家散了吧。"

反常闷热，今夜似乎不会下雨。

妇人抱孩子，男人搀老人，有说有笑地起身，倒没有什么失望之色。

千渠大旱三年，干燥炙热才是夏天常态。比起下雨本身，"与宋仙官一起等雨"这件事，已成为一种仪式，代替进神庙磕头供奉。

每晚等雨，让人相信纵然与天城仙官府相隔千里，也能感受到仙官的意志和力量。

有人在田埂边挖出沟渠，有人在村口摆一只大空缸，好像在告诉上天，他们随时准备接雨蓄水。

不止小岚村，千渠十万余人，人人如此。

浣娘叫回疯跑的小虎："还没玩够？回屋睡觉。"

自从吃上饱饭，孩子们精神十足，好像不知道累。

小虎不舍地告别玩伴，转头耍赖："娘抱。"

"别瞎闹，你娘肚子里还有一个！"刘木匠一把扯过儿子，走出两步，忽然愣怔。

田地里传来沙沙声，海潮般一浪又一浪。是大风吹过田地，拂动谷穗的声音。

"咋啦?"浣娘扯了扯他衣角。

刘木匠双眼发亮。"起风了!"

好清爽的大风!

众人不由得一齐停步。

好像有一只巨手掀开天上的铁盖,凉风席卷而来,暑气一扫而空。脸上黏腻汗水瞬间被吹干,粘在身上的布衣被吹起,令人舒服得眯起眼。

雷声滚滚,回荡原野。

老村长忽然扔下木杖,向天城方向张开双手,身形摇晃。

儿子急忙搀扶。"爹,您做啥?"

他很快不问了,摸摸脸颊,震惊得瞪大眼。

风里除了谷子的清香味,还飘来一种凉丝丝、潮湿的东西。

惊雷动地。

全村男女老少抬头望天,由震惊到激动。有人嘴唇微动,却没有发出声。好像一个字说出口,就要吓跑那东西了一样。

宋潜机依旧坐在宋院。

大风中,漫天花叶纷飞乱舞,唯他静坐不动,闭目呼吸。

他今夜没有点灯烛,天上浓云遮月,宋院没入漆黑。但若有精通望气术的修士此刻开天眼,哪怕只是瞥一眼宋潜机,也会双目剧痛、流泪不止。

源源不断的气运从四面八方汇集而来,萦绕宋潜机周身,经磅礴积累,终于迸发绚丽金光。

整个千渠郡十万余人精血诚聚,金光冲天,使得黑夜亮如白昼。

气运无形,宋潜机一无所觉,只觉"春夜喜雨"的功法越来越顺畅,到了不可思议的程度。

"到时候了。"他想。

就是今夜,就是此刻。

体内每条经脉、每块骨头、每个毛孔都在风中舒展开,蕴满灵气。

"轰!"一声惊雷。

宋潜机一身气息达到巅峰,面色如故。

电光划破夜空，照亮少年清瘦的身形。

其他修士打坐突破，必从外界吸收灵气，沟通天地，由外而内。

但宋潜机身怀异宝，紫府中净瓶清鸣一声，缓缓自转，不死泉的细流飞出瓶口。

看不见的气运金光，瀑布般倾泻而下，冲刷头顶，灌注全身。

"轰！"又一声惊雷乍响。

"吧嗒！"第一滴水珠从天而降，打湿土豆花。

"哗啦！"这一场大雨终于落下。

从一滴到万滴，从淅淅沥沥到滂沱。像千万只精灵在天地间跳跃，群山、田地、荒野被一层白纱笼罩。

泥土溅起来，带着特殊的芳香和水汽。

小虎怔怔望着，巨大的陌生感令他缩进母亲怀中。

浣娘双眼含泪："别怕，傻娃，这是雨啊！"

呆立的众人被雨水激活：

"下雨了！真下雨了！"

"宋仙官等来雨了！"

刘木匠双膝一弯，跪倒在地。

人们在雨中狂奔，大口喝下雨水，踩水狂笑，奔走呼喊。

不止人，田里每一株谷子、山上每一棵树苗都伸展根须，抖擞叶子，贪婪地喝饱水。

雨水蓄满水渠，溢出大缸。

老村长涕泗横流："三年！三年了！"

整个千渠的人时哭时笑，与雨声交织。

大旱三年，终于等来一夜大雨。

宋院大雨中，宋潜机体内经脉被不死泉冲刷，灵气随雨声暴涨。冲出炼气，冲破筑基。

一路连破两境，砍瓜切菜般直逼半步金丹。

宋潜机暗道不好，强行压制不死泉，调动神识，引泉水回归净瓶，才没有引来天地异象。

"好险。"他长舒一口气。

春夜喜雨,应当是一门温和的功法,润物细无声。循序渐进,融于自然,无声中水到渠成。怎会修为暴涨,差点不受控制?

连破两境的造化奇遇,应当只发生在救世主身上。

宋潜机略感无奈。前世他辛苦钻营,做梦也想涨修为。这辈子吃面睡觉,修为追着他涨。

千渠之外。

卫平今夜睡在明月楼。这种生活他早已习惯,有钱睡花楼,没钱睡阴沟,没他睡不得的地方。

半梦半醒之间,他忽听雨点敲窗打瓦,细细密密,如乱珠落地。

卫平蓦然睁眼。

一推窗,湿淋淋的水汽扑面而来,瞬间冲散屋里浓烈的酒香脂粉味。隔着一层雨帘望去,对面歌楼灯火影影绰绰。

"'红楼隔雨相望冷,珠箔飘灯……'"他灌了一口冷酒,含混地唱了半句曲子。

目光越过歌楼的屋檐,看向更远处。

对他来说,这只是一个普通的雨夜,却不知为何,心绪纷乱。

一夜好雨。

清晨虹销雨霁,彩彻云衢。

宋潜机认真地清扫落叶残花,从小径扫入花田,由得它们慢慢腐化,丰富土壤营养,变作枝头新叶的肥料。

夏季大雨后,半尺长的蚯蚓钻出地面,占据小径。

"你们这些小东西平时挖穴松土,替我改善土质,默默无声,任劳任怨。我看着你们,竟生慈悲心……"

他前世认识的老和尚,开口闭口说慈悲,讲"扫地恐伤蝼蚁命,爱惜飞蛾纱罩灯",他总嗤之以鼻。

宋潜机不由得发笑:"这辈子,和尚还没见到,我倒先说起和尚的话了。"他将蚯蚓轻轻拎起,一条条放回花田,以防被人踩踏。"回去吧,小东西们。"

于是当孟河泽、纪辰一前一后进门时，正看见宋潜机对着蚯蚓微笑说话。

纪辰霎时间眼眶微红，喃喃自语："我们都不在，宋兄一个人孤零零的。"

孟河泽二话不说，放剑系围裙，大步走向厨房。

他在外打猎，忙着磨炼战技提升修为，宋师兄没吃没喝，只能与蚯蚓聊天。

"等等！"宋潜机见势不妙，一把拦下，"干什么？"

"煮面去。"孟河泽现在对自己的面点手艺很自豪，毕竟熟能生巧。

"先不忙，有事和你们说。"空巢老散修宋潜机为拖延吃面，大脑飞速转动，"我想招一个司工。"

孟河泽果然好奇："司工是什么？"

"千渠风沙大，土层干燥。昨夜大雨冲刷黄土，淤泥堆积，河道需要清淤。以后如何控制排沙泄洪、如何分水灌溉，不能埋头就挖，总要有人设计。等河道挖通，还要搭桥，还要修路……"宋潜机想了想，"司工一职，总管督造工事，更要懂农耕。和司农刘先生一样，是我的左膀右臂。"

孟河泽恍然大悟。

纪辰小声嘟囔："我以为我和孟兄，就是宋兄的左膀右臂。"

宋潜机心想："傻孩子，你俩的种地水平还不如我。"

"最近修炼有何疑难？"宋潜机一边问，一边不动声色地解下孟河泽的围裙。

孟河泽毫无察觉，思索道："从前我出剑，如臂使指。最近总觉得剑招已经发出，剑却还没到。不好受，像一对朋友渐渐生分。"

"不是你的问题，你该换一柄剑了。"宋潜机道。

"换剑？"孟河泽愕然。

"一柄初阶剑，你用得再仔细、保养得再好，也有不堪重负之时，别再为难它了。"

孟河泽垂眸望剑，爱惜地抚摸剑柄。"这倒是难事。从哪里找？"

称手的好剑，恰似脾性相投的朋友，着实难得。

纪辰默默数储物袋里的灵石。"花钱雇个炼器师？"

宋潜机却道："不难。选个黄道吉日，我开炉试试。"

纪辰惊喜道："宋兄还懂炼器？"

宋潜机："算是懂一点。"

前世随他纵横天下的孤光剑、此时紫府中盛放不死泉的净瓶等物，都是他自己炼制的法器。

炼器师收费贵，寻常散修买不起量身定做的法器，他就学点手艺勉强维持生活。

孟河泽、纪辰等弟子，未来仙途漫长。约莫再过三年，修仙界秘境频繁开启，里面天材地宝会如雨后春笋般冒出来。

"闯秘境"是大门派、大家族弟子的集体"春游"。闯过了少年成名，闯不过就让师门长老、家族长辈去接，不寒碜。

也是散修、底层修士积攒资源的珍贵机会。

宋潜机前世在牢亡山、血河谷、死海等险地几进几出，才攒下翻身的本钱。

这事没什么可抱怨，生死有命，富贵在天。闯过是命硬，闯不过说明没本事，死了也活该。

他希望这一世的孟河泽、纪辰早点长大，长好了放出去祸害……不，闯荡修仙界。

年轻人总要出去闯闯。届时若真闯不过——那……那也没办法。

宋潜机认命地想："大不了我去接。希望不会耽误秋收。"

"宋师兄亲自为我开炉炼剑，无以为报——"

孟河泽抱拳，感动得眼泛泪光，立刻冲进厨房，煮了满满当当一大锅面。

纪辰端着碗，连汤也喝了，大赞鲜美质朴。

宋潜机只能认命且认真地吃，吃得干干净净。

有刘木匠献曲辕犁做了司农在先，仙官府贴告示征"司工"，再次引起轰动：

"仙官府招司工，有意者快去报名。"

"凡人只要有一技之长，能为千渠做出贡献，一样可以做仙官近臣。"

为了近距离接触宋仙官，像刘木匠一样与宋仙官同行，应征者不计其数：

"我祖上也挖过河道，我前日才评上'开河先锋'，我行不行？"

"我懂看云预测天气行不行？"

千渠送鸡队负责初面试，但凡有人对挖河道提出好的建议，即使没有做上司工，也能得到相应奖励。

众人热情之高涨、此事声势之浩大，甚至传到隔壁洪福郡。连洪福的刘仙官，都知道千渠在海选司工。

刘鸿山特意修书信一封，名为请宋潜机来洪福选才，实为忽悠宋潜机再去洪福郡。

宋潜机心知肚明，却欣然前往。

纪辰不想再喝"粗茶劣酒"，打死不去，宋潜机便带上司农刘木匠这位农耕行家。

上辈子刘鸿山直到被他反杀，都没有突破元婴，永远在一只脚跨过门槛的尴尬位置。

修炼就是如此残酷，希望与绝望交替出现。

一个瓶颈耽误十年百年，直到寿元将尽也是寻常事。只要踏上仙途，很少有人甘心原地踏步。

"宋兄再开天眼帮我看看，我这一身功法，到底哪里还有漏洞？"

刘鸿山摆下宴席，好酒好菜招待，《风雪入阵曲》却不再弹了。

宋潜机心想：你不是哪里有漏洞，你是整个人漏得像个筛子啊。

"莫慌，时机未到。"他平和地微笑，"我听说洪福修堤坝时，有先生来献图纸？"

刘鸿山闻弦歌而知雅意，态度和蔼："什么先生，那是个铁匠。自称观察三十年河水流量，走遍两岸。"

宋潜机："可否请来一见？"

"容易！"刘鸿山随口吩咐司礼，"去把铁三牛叫来。嘿，这次便宜这憨货了。"

不多时，一个健壮的黑脸汉子随司礼进殿，低头躬身行礼，呈上一叠图纸。

他显然不是第一次献图纸，但依然惶恐。"二位仙官在上，小的详细记录水量变化、钻研两岸土壤地质、绘制四十份水利图，写下三本心得，一册《水文注》……"

宋潜机随手翻阅，越看越欣喜，将图纸分给刘木匠欣赏，自己起身。"这位先生，可愿随我回千渠做司工？"

铁三牛呆立着。"您真选我？"

宋潜机行礼。

铁三牛受宠若惊。"不敢，不敢。"

宋潜机仍道："达者为师。"

一人客气，一人激动，只有刘鸿山脸色渐渐冷下。

哪儿有修士向凡人行礼的道理。

刘木匠带铁三牛退出大殿，回去收拾行李。刘鸿山语重心长地提醒宋潜机仙凡有别："做仙官，不能对凡人太好，否则他们对你没有敬畏心。敬畏丢了，神庙的供桌就要塌了。"

"供桌塌了，又如何？"宋潜机津津有味地翻阅图纸。

刘鸿山横眉怒目，急道："供桌一塌，天就要塌下来！如果人人都不供奉神庙，这世界会变成什么样?！"

宋潜机无所谓地笑笑。

刘鸿山还指望他开天眼，只得忍怒不言。

在宋潜机眼里，自己制作洒水壶浇地的粗陋手艺，于种地一道不过是"炼气初期"。制造曲辕犁、目前正在研究改良其他农具的刘木匠，则是一位"元婴强者"。而这位铁三牛先生，竟然对河渠蓄水、分流、利用地势灌溉农田有一套完整构想，堪称种地界"化神尊者"，自然要热烈欢迎。

只待千渠气候、降雨条件逐渐恢复后，百座荒山变梯田不是梦。

铁三牛登上七绝宝船，犹觉不真实，不断掐自己大腿。

刘木匠打量这个新同事。"千渠不比洪福富庶，老哥要有准备。"

从前千渠人冒着生命危险"偷渡"洪福。此人是六十年以来第一个从洪福主动要去千渠的人，算是开创先河。

铁三牛面对刘木匠，没有在大殿那般拘谨，爽朗挥手道："不怕辛苦。"

他早已做好面对贫瘠土地、吃苦受罪的准备。

"我家住河边，洪福连年洪涝……"他仰头，长叹一声，"我虽是铁匠，却也习字读书，心存志向。半生钻研水利，六次献图不成，明珠暗投。今日背井离乡，只求验证所学，一身本领有用武之地，报效明主。"

刘木匠听得心潮澎湃。人家不愧是洪福郡读过书的人，什么"明珠暗投"，什么"报效明主"，这些词多好听。

他也想说点什么，张口大声道："俺也一样！"

宋仙官从隔壁洪福郡请来一位精通水利的司工，能让全千渠河道挖得更快，河水变得更清澈。这个消息迅速在千渠传开，当铁三牛来到河道边时，所有人已停工等候。送鸡队四人带头鼓掌，两岸掌声响彻行云。

铁三牛大惊："这是？"

刘木匠笑道："大家听说你愿意舍弃洪福郡的富裕生活，来到我们千渠郡，支援我们搞河道工事，都很欢迎你。"

"惭愧，其实也没有富裕生活……"铁三牛赧然之余，更为感动，"千渠人真热情啊！"

这样同心协力只为做好一件事，所有人热情饱满的场景，他从没在洪福郡看到过。铁三牛不由得好奇，一个穷苦之地，为什么人们能这样快活？

不过短短半日工夫，他见过的越多，心中疑惑越多。河道虽然在赶工，却没有鞭子和棍棒，谁要是累了饿了，随时可以去草棚里喝凉茶和酸梅汤。这样松散的规则下，居然没有人偷工减料，偷奸耍滑，大家心甘情愿顶着毒辣的日头挥铁锹。

等中午放饭，热气腾腾的肉汤炖菜和大白馒头管饱，比洪福郡富农都吃得好。

铁三牛捧着一碗肉汤，向旁边人搭话："埋头拼命干，不累吗？"

"不累。要能得一块'开河先锋'，再挑上两匹缎子回到村里，祖上有光，全家高兴。"

铁三牛一怔，他知道宋仙官从洪福郡拉回了一批绸缎。竟不是为自己享受，而是发给河工。

"什么是'开河先锋'？"

"是奖牌，是荣誉。"旁边人憨厚地笑着，"人活这一辈子，得有个奔头，不能只为吃饭、干活、睡觉吧。从前日子苦，过得稀里糊涂，现在能吃饱了，你说还图啥？"

铁三牛咬着馒头，慢慢琢磨，发现千渠与他想象中完全不同，即使是普通河工，也有更高的追求。

"那几位施展术法降温的，必是有修为的仙师。仙师也会亲临河道？"他悄声问刘木匠，只怕冲撞。

"当然，不仅仙师们在河道帮忙，宋仙官也会亲自下地耕作。"

铁三牛震惊："仙官下地?!"

"对，宋仙官喜欢用曲辕犁翻地，喜欢插秧。他插下的秧苗整整齐齐，每根小苗距离相等，比用尺子量过还准。他种地的时候认真仔细，能一口气耕作五个时辰不停歇，你跟他说话，他都不一定能听到。"

铁三牛喃喃："我的天。"

因为震惊一整日，铁三牛来到千渠第一晚就失眠了。

他心中感慨万千，索性挑灯画图，思索如何整饬千渠河道。睡前翻开札记，记录这一日见闻："……千渠是个很神奇的地方。你在这里能看到风沙，也能看到抽芽的树苗。有打不出水的枯井，也有正在挖掘的河道。生活在这里的每个人，无论他在挖水渠、耕地，还是种树，你都能从他身上感觉到无穷希望。

"千渠虽穷，但千渠人比洪福人活得更快乐、更有尊严。有这份希望和尊严在，千渠早晚胜过洪福。

"我很好奇，宋仙官会什么仙法，能让三年不下雨的千渠青草重生，能让这么多人奋不顾身地追随他、发自内心地崇敬他。"

他写完手札，又写了一封信，决定找人给洪福的同乡亲戚传个话。

洪福富庶，富在风调雨顺。贫农佃农的生活依然不好过，千渠的河工虽辛苦，但吃喝管饱，如何不令人心动。

第二日，他托刘木匠引荐，与河道边的仙师们商量："仙师，我老家有几个同乡，他们也想来千渠做工挖河道。洪福今年涝灾，田被大水淹了，仙官拨下的赈灾款迟迟不到，佃农都要吃不上饭了。他们在乡里一无所有，没什么舍不得的，只有一把好力气，不要工钱，给口饭吃就行。"

周小芸爽快道："只要有饭吃？这事我们就能做主，不用打扰宋师兄，你让他们来吧。"

铁三牛大喜过望。

自从两郡仙官"交好",千渠和洪福之间高墙上已经打开城门,允许出入。

周小芸暗想,不过是"几个同乡",听起来十来个人。千渠别的不多,荒地多的是。多几个开荒人手,倒也不坏。

在宋潜机不知道的时候,百余洪福人举家迁徙,远赴千渠郡,开始美好的新生活。

而这只是一个开始。

宋潜机等待吉日开炉的间隙,照旧打理宋院,栽种新作物,唯一的烦恼在于修为外露。他需要修为驾驭净瓶中的不死泉,却不愿天生异象,雷云涌动,引人瞩目。

若十五岁就结丹,人们选他为年轻一辈中超越子夜文殊的第一天才,青崖书院必然没面子,还可能引来洗剑尘。到时候半个修仙界都来千渠看热闹,多耽误种地。

幸而前世修得一门功法,可以隐藏境界,收敛威压,让人看不出深浅。"春夜喜雨"本性温和,为何修为迎风见长?宋潜机隐约觉得哪里不对劲,疑惑望天。

有人搞我?

风沙减弱后,天空比他初来千渠时干净许多。阳光澄澈明亮,白云如柳絮般浮在碧蓝的天穹上。

他若真能开天眼,便可见八方气运汇聚,化作浓郁金光,更胜日光。

那夜雨后,花架上紫藤彻底凋谢。夏日烈阳下,大缸里荷花开得正盛,肆无忌惮地舒展身形,晶莹水珠在荷叶间打滚儿,闪烁不定。风吹菡萏满院香。

这是一个很平凡的午后,看起来不会再有多余的事发生。

宋潜机认真翻地,为两株海棠花疏松土壤,享受平静愉快的种地时光。直到两个熟人进门,孟河泽跑在前,纪辰追在后。

宋潜机放下手里铲子,起身迎上。

然而孟河泽人未到,声音先传来:"宋师兄!大喜事!西南线河道挖到一半，开出了一座小型灵石矿——"

宋潜机一晃神，跌坐在躺椅上，怔怔望他："你说什么？"

纪辰大声抢着道："还有一条好消息，东线河道底下挖出火油，油直往上喷。"

宋潜机下意识抱紧了小靠枕，喃喃："不会吧，为什么？"

孟河泽："原以为赵家历任仙官，使尽各种探测手段已经将千渠翻透了！谁知道还有这种漏网之鱼。师兄真是气运加身！"

气运？宋潜机脑海中一道电光闪过。

对，是气运出了问题。难道有人背着我进神庙了？

他起身，化作一道影子掠出宋院。孟河泽、纪辰惊呼一声，急忙跟上。

宋潜机登上重重高阶，砸碎门锁，一把推开殿门。却见殿内光线昏暗，门窗积着一层灰尘。没有他的塑像，历任仙官和华微宗掌门、长老的金身仍在，散发着无人问津的寂寞之意。

少了长年不熄的香火供奉，神像光泽黯淡，最初震慑人心的压迫感早已消散。

你供他，他是神明；你不供他，他就是死物。

孟河泽与纪辰全力追赶，随后进殿，只见宋潜机仰望神像，神色恍惚。

巨大的神像面无表情，俯视渺小的人影。

纪辰担忧道："宋兄，你怎么了？"

宋兄为何不高兴地庆祝，反而跑来神庙？

宋潜机对上两人疑惑神色，心想来都来了，不干点什么事，确实说不过去，他挥挥手："这么多金子，放着浪费，熔了它们！"

彻底绝了气运增益的路子，永绝后患。

孟河泽忽然激动："好气魄！"

他当初只想到锁上庙门，而宋师兄谈笑挥手间，毁灭神位。曾经的权力顶峰，千渠统治者从此不再高高在上。

"我来动手。"孟河泽道。

宋潜机奇怪地看他一眼，年轻人很有活力啊，干活都这么高兴？

既然神庙没出问题，到底哪里出了问题？

是谁在背后搞我？

月黑风高夜。

树影婆娑，两人在暗巷接头。

一人压低声音问："我听说，最近很缺货？我二叔家真的想请一尊，都念叨三天了。"

另一人声音比他更低："老哥，以咱俩的交情，再缺也有你的。"

说罢从怀里取出一只绢布小包，一层层打开，露出里面巴掌大的东西。月亮钻出云层的一瞬间，照亮刘木匠和铁三牛的脸。

铁三牛将东西捧在手中啧啧称奇："这雕工，这神韵，当真吹口气就能活，只有你做得出来。可惜就是——"他翻来覆去地看："太小，这太小！"

刘木匠急道："还嫌小？这可是禁物，不能明着搞！"

"对对，多谢！"铁三牛点头，将绢布重新包好，忙不迭道谢。

那东西在雪亮月色下惊鸿一现，只见是一尊宋潜机的彩绘木雕，发丝分明，栩栩如生。

铁三牛揣着禁物，闷头而去。

刘木匠见状，满足地喟叹。

千渠什么都好，唯独拜仙官像做贼。从前去拜神庙，祈愿自身平安幸福健康，现在藏在自己家里拜泥像、木像，却是祈愿对方修为进步，福寿绵长。千渠郡永不换仙官，子孙后代的日子才能越过越好。

河道热火朝天地赶工时，树苗和庄稼喝饱雨水，沐浴阳光疯长。千渠的夏天不再寂静，终于有蝉鸣、虫吟、鸟叫。

少年们个头一日日蹿高。他们在大太阳下奔跑，穿过密林，点起篝火烤肉，肆无忌惮地挥霍青春。

宋潜机在田间地头劳作，苦苦隐藏、压制修为。他深感无奈，等他压不住的那天，结丹和结婴的雷劫，恐怕要一起劈下来。

不觉燥热减退，凉风暗起，田野由新绿变为澄澄金黄。

千渠丰收的秋天即将到来。

经过新任司工铁三牛规划，千渠水利工事扩展为七条主河道。集蓄水、排沙、过滤、泄洪、灌溉于一体，成为一项浩大工程，预计三年才能彻底完成。

宋潜机看过百余张图纸，包括大坝、水库、堤岸、跨河大桥等构想，第二次走遍千渠，最终拍板，定下三年大计。

计划赶不上变化，来千渠做工的人，不知从何时起越来越多。他们来自洪福郡，甚至洪福之外的更远的地方。或拖家带口，或孤身一人，或怀揣希望，期待新生活，或饥寒交迫，逃难避灾，只求一口饱饭，一条活路。

这些"新千渠人"的到来，极大加快了建设河道工程的进度。

丘大成、徐看山每天打算盘不停歇，两人常年混迹赌场，擅长计算钱粮数量。

"下月再加六口大锅，再招十二个伙夫。"

"若非咱们挖出灵石矿和火油，这么多河工，还真养不起了。"

纪星天真道："有什么养不起？我那傻哥哥别的本事没有，钱倒多的是。"

周小芸看看周围，低声劝道："纪道友正在修千渠防护阵，大家都夸他年少有为，你……"

纪星吐了吐舌头，笑道："好，好，以后我不在别人面前说了，给他留点面子行吧？有人来领地契了，我走了！"

新千渠人更勤奋，更能吃苦，只为做工满一个月，有机会通过考核，入籍千渠，拥有属于自己的三亩荒地地契。

那些地方目前荒无人烟、寸草不生，地契只是一张废纸。但他们依然领回树苗、种子、农具，认真耕作栽种。相信等来年春风一吹，就能吹绿自家山头。

徐看山感叹道："你我算什么赌徒，看人家才是真赌啊。三代人举全家之力押注，只赌千渠国运越来越旺！"

丘大成纠正："是郡运，咱这儿还没立国呢。"

因千渠郡贫瘠，被华微宗刻意遗忘，宋潜机也不像从前由宗门任命的仙官。他在千渠人心中，是真正独立的一方王者，连神庙里的金身都能熔了变现。

凡人并不知他修为多高，只当与隔壁洪福郡刘仙官不相上下。

秋高气爽，田间谷穗被西风渐渐吹黄，直到放眼望去，蓝天之下，满目灿金。

鸟雀叽喳，扑扇翅膀，在谷地里偷食。

经过不死泉的水雾滋养，千渠今年第一批成熟的谷子不再干瘪，谷穗沉甸甸向下坠着，也让农人笑弯了腰。

宋潜机走过谷田，挑选最饱满的三株，剪下谷穗，小心装入灵玉雕花礼盒中。

如今天城内有许多肥沃田地。托从前地主豪绅的福，他们连夜买站票离开千渠，留下的府宅、园林，全种了谷子和蔬菜。

"宋兄这是做什么？"纪辰见宋潜机包装礼物，疑惑不解，"留纪念？"

"一点土特产，送去华微宗。修士虽辟谷，礼轻情意重。"宋潜机道。

"为什么？"

宋潜机微笑："感谢他们忍痛割爱，将千渠郡给我！"

感谢？纪辰心道，华微宗给你千渠郡，分明是想整你。哪里忍痛了，爽翻了好吧？

宋兄当真胸怀广阔，以德报怨。

孟河泽知晓前因。当夜宋潜机离宗前，便说以后要送特产回去。宋师兄一贯言出必行，说到做到。

孟河泽拿过礼盒："我出去跑一趟，师兄放心。"

宋师兄太过仁义，还是少与华微宗那群豺狼打交道为好。他说去就去，立刻要动身。

"等等。"

孟河泽闻声回头，只见宋潜机扔出一物："试剑！"

孟河泽扬手接剑。

嗡然一声长剑出鞘，一道光痕照落眉间。

孟河泽顺手挽个剑花，惊奇发现此剑重量、样式竟与他用惯的初阶剑一模一样，如故友重逢。破风时阻力更小、速度更快，自是锦上添花，如虎添翼。

"这是师兄亲自为我炼制的宝剑！"少年双眼一热，轻声问，"它叫什么名字？"

宋潜机笑道："你自己的剑，名字要你自己取。"

剑在手中，似掬着一捧秋天的月色，孟河泽竟露出羞涩之态："我……我要好好想想。"

"去吧，态度好些，万勿与人争执。"宋潜机又塞给他一沓符箓，顺手抚平他前襟的褶皱，像一位替儿子打理行囊的老父亲。

孟河泽抱拳。"东西一定送到，我也一定回来！"

纪辰赶忙追出去。"孟兄，能不能带上我啊？"

宋潜机一笑，低头割谷，享受丰收之乐。任由秋风吹拂，身边麻雀啁啾。

不到一盏茶工夫，叫喊声再起，纪辰竟舍了孟河泽，匆忙折返："宋兄，有人找你——"

宋潜机收割农活渐入佳境，头也不抬。"让他来。"

纪辰奔至他面前，激动道："是一位绝世大美人啊，十八个仙音门女修随侍，好大的排场！"

宋潜机下意识皱眉，手下镰刀不停。"妙烟？"

我此生与你无冤无仇，你来干什么？

纪辰手舞足蹈，说话颠三倒四。"不是妙烟仙子！是……是……她是那种，美得令人浑身发冷——"

忽然一道女声在不远处响起："是我。"

宋潜机闻声微怔，放下镰刀，直起身。

妙烟声音总是柔丽的，随风轻飘入耳，若有若无。这道女声却有些清冷，两个字出口，似琼盘碎玉，掷地有声。

纪辰默默让开位置。

十余个仙音门女修向两侧退开，裙摆轻摇，仙气四溢，如洁白花朵次第开放。

那人缓步而出，却像一柄利刃刺过花丛。她穿着绯色长裙，重重叠叠，缀满璎珞流苏，行止间环佩叮当，臂纱飘扬。

群芳争春，唯她寒光凛冽，艳色如刀。

通身气派与农忙景象极不相称。周围寂静一瞬，接连响起抽气声。

美人当前，宋潜机挽着袖子，衣摆沾满泥点。

他笑了笑，随口打招呼："来了。"

很少有宋潜机这样的人。你看他做农活的样子，熟稔顺畅，没有一个多余的动作，就觉得他天生该在田间忙碌，抚育生命。

但你若见过他作曲、下棋、写诗，又觉得他风流蕴藉，天生该在修仙界独居仙山，当个衣不沾尘的雅士。

仿佛他做任何事都自在、自得，都能做得好。

何青青眼中漾开笑意。

仙音门在天南洲，仙山高远；千渠郡居天西洲，凡间僻壤。

十万八千里，斗转星移，山水迢迢。

她越来越忙，忙于修炼和修炼以外的许多事，做一些从前没做过甚至想都不敢想的决定。

责任伴随权力重重压在她肩上，她丝毫不觉沉重，因为掌控、命令他人的感觉使她上瘾着迷。

"我天生就该发号施令。"她想。

但无论多忙碌，何青青总要派人收集千渠郡的消息。她知道这里种了多少树、挖了几条河，宋潜机又拉回几车绸缎、买了多少种子。

这是她心中唯一算得上"轻松温暖"的角落，如雨夜灯笼，雪地火炉。

等她真正踏上千渠土地，见到挂念的人，却有些近乡情怯的忐忑。

她曾想穿回白裙，重戴幂篱，因为现在面容、装扮、气质与从前有天地之别。若宋潜机对面相逢却不识，反问她："你是哪里来的姑娘？我们认识吗？"

那样她虽不至于伤心，至少也会尴尬失落。

幸好宋潜机没有。

宋潜机还是从前的宋潜机，无论抱琴、持剑，还是拿镰刀、挥锄头。

他见何青青不说话，放下挽起的袖子，主动开口："屋里坐坐？"

何青青转头吩咐："外面等我。"

她身后一众女修齐声应是。

田间众人目送二人并肩远去，犹痴痴怔怔。

"那美人是宋师兄的朋友？"纪星拍拍周小芸肩膀。

周小芸回神："她是何青青道友，现在是仙音门大师姐。"

何青青很有名，因她登闻雅会一曲成名，因她拒绝琴仙和子夜文殊，也因她鬼怪般的面容。

"原来她就是何青青。"纪星自语,顿生好奇,"你们认识?她的脸竟好了!"

周小芸道:"我认得那双手。"

黄昏晚风吹过宋院朱门,那蒙面女子浑身裹在白裙中,只露出一双纤纤玉手,如初剥的菱角,令人印象深刻。

纪星感叹:"她好威风啊!她是个什么样的人?"

周小芸摇头,目露迟疑:"我说不好。她与从前,大不同了。"

曾几何时,华微宗外门人头攒动,所有人出来看她,却因她丑陋而惊叫四散,如遇蛇蝎魔鬼。

今天千渠郡天城,依然万人空巷,众人来看热闹,因她过分美丽而丢魂失神,如梦里遇仙。

是鬼是仙,红尘颠倒。世人前倨后恭,竟都只为一张脸。

周小芸叹气:"当时,我不该那样怕她。毕竟宋师兄说过一句很有名的警句。"

"哪一句?'秋天收谷子、下雨收衣服'?"纪星踮起脚,不舍地张望。

何青青飘扬的臂纱渐渐看不到了。爱美之心人皆有之,不论男女。

"'红粉骷髅,妙你个头'。"

"不是吧姐姐!这也叫警句?还不如'秋天收谷子'。"

周小芸神色微肃。"若以貌取人,只看肤浅表象,就永远看不见真实,做不成真人。"

千渠人都说,天城来了一位真正的仙子。她的裙子有百花点缀,她的臂纱由云霞织成,她的头发沾着露水,她的眼睛藏着星光。

淳朴老实的千渠人穷尽想象,在宋仙官骑银龙引水后,将仙女下凡说得有鼻子有眼。

"她是宋仙官的媳妇——不,道侣?"刘木匠被选作工农代表,低声向徐看山、丘大成打听消息,满足广大千渠工农旺盛的好奇心。

徐看山摇头。"宋师兄不辨美丑、不近女色、不结道侣。修仙界说他风流多情,四处拈花惹草,都是在污蔑他!"

丘大成嘿嘿一笑："我估计啊，宋师兄看她的脸，就像看地里谷子长势喜人，根粗苗壮。"

他二人与宋潜机相识，起源于戒律堂问罪孟河泽那夜，押宋潜机去乾坤殿。半路偶遇妙烟，他们看得差点跌下逝水桥，却见宋潜机面无表情地路过，好像路过一根灯柱。

今日何青青从天而降，宋潜机依然姿态从容，更让徐、丘二人心生敬佩。

"喝茶。"

何青青捧着茶盏，四下打量宋院。

比起华微宗外门的小院，这里天地更开阔，花草争奇斗艳，蔬菜品种更多。

刻有草木名称的小木牌随风轻摆，发出风铃般悦耳的响声，花架高低错落，处处可见主人之用心。

紫藤谢去，又有新的花绽开。明艳动人的粉海棠、含羞带怯的蓝牵牛和一簇簇细密的淡黄桂花。

那些淡香混杂在宋潜机袖间，层层叠叠地浮动，好像一场遥远纷繁的梦。

何青青浅尝一口，菊花茶味道清淡微涩，她似要醉在这场梦里。

"宋师兄，这是你种的菊花？"

她问完，一抬眼，视线正对着的地方，几丛白菊在风里摇曳，与茶盏中打漩儿的茶水一模一样。好像笑话她明知故问，想说的话不敢说，所以没话找话。

何青青脸颊微红。

刚才对方听说是仙音门的人来了，第一反应竟说起妙烟仙子。

妙烟正四处寻找《风雪入阵曲》的作曲人，因此与她师父望舒隐生裂痕。外人不知，但仙音门高层都说她入了障。

她在找宋潜机，难道宋潜机也想见她？

胡思乱想间，一颗心吊起来，只听那人答道："自种白菊，自制自饮，不知合不合你口味？"

态度认真平和。

何青青一饮而尽，吐出一口气，浑身放松。"我知道，无论我是好是坏,宋师兄永远不会笑话我。"

话题变得太快,宋潜机有点摸不着头脑。他打量何青青,忽然"呀"的一声。

像一个上了年纪,反应迟钝的老父亲,此时才恍然:"你的脸——"

何青青一怔,低头垂目的习惯已经被她抛弃,她下意识扬起脸。

秋日暖阳照耀,少女皮肤莹白如雪,泛着一层玉石般的光泽。

与妙烟毫无攻击性的美不同,她朱唇墨发,美得动人心魄。盛装珠宝没有盖过她的光辉,反而使她容色更盛。

宋潜机仔细看着这张脸。

何青青忽然心跳加速。

各种溢美之词,她听得太多,已然有些厌倦和不耐。就算仙音门的弟子引经据典,辞藻华丽地夸出花,她也只淡淡一笑。但即使是一模一样的赞美,若从宋潜机口中说出来,她便很乐意再听一遍、十遍、一百遍。

宋潜机,当然是不一样的。

秋风吹过,满院白菊瑟瑟颤抖,少女满身环佩叮当乱响。

何青青不敢呼吸,忘了眨眼,只觉得这一刻被无限拉长,漫长得好像永远等不到那人说话。

其实宋潜机只看了短短一瞬间。

他眨眼,眼眸像秋月下沉静温柔的湖水。

然后他轻声开口:"很疼吧?"

没有赞叹,没有惊艳,他语气如常,只说了三个字。

何青青鼻尖一酸,眼前忽然一片模糊。发誓永不再落的眼泪,不受控制地掉下来。

她胡乱抹去泪水,拼命摇头。"不疼,值得!"

宋潜机叹气,提起瓷白的茶壶,给她续上一杯菊花茶。"有时候,眼下值得的事,未必永远值得。"

何青青咽下哽咽,声音坚定,凄厉嘶哑:"我自己选的!我就要它值得!"

"好好,莫哭了。"宋潜机拍拍她肩膀,"吃了吗?想吃点什么?"

何青青忽然双手捂脸,发出濒死野兽般的嘶吼。

她号啕大哭。

华微宗，主峰乾坤殿。

今天本是个举宗欢庆的好日子——

虚云掌门的掌上明珠、华微宗大小姐陈红烛，昨夜成功突破金丹境界。

华微宗夜空生出异象，祥云笼罩，灿如锦霞。

虚云的好心情没有持续过一天。因为那艘熟悉的七绝宝船，那个白衣少年孟河泽的到来。

少年剑修送来一样很奇怪的礼物。不是法器，不是灵石。很多修士生于世家宗门，甚至没见过它、不认识它。

整座乾坤殿气氛沉默，各长老、峰主一圈又一圈围着玉案，死死盯着敞开的礼盒。

"这是什么？"

"听那孟河泽说，这叫'粟'，凡人食物，也就是谷子。"

众人议论纷纷。

"送谷子是什么意思？粟与'簌'同音，常言道'风动落花红簌簌'，'簌'有凋落飘零的意思，他不会是咒我们陨落吧？"

"'谷'与'古'同音，难道是咒我们作古？好狠毒的后生！"

虚云一拍玉案，震得盒中谷穗颤抖。

他厉喝："赵仁！你来说！"

赵仁满头冷汗，竭尽全力将自己缩在云龙雕花柱后，听见点名，哭丧着脸磨蹭出列，终于现身人前。"回禀掌门，我看宋潜机他就是……就是送点秋收特产，没别的意思啊。"

他在宋院井底受制于人，不得不以道心起了毒誓。后来回到宗门，如何敢说真话？只能竭尽全力隐瞒，说千渠郡一切如常。

千渠是个贫瘠小地方，灵气和气运几经掠夺，近乎于无。

宋潜机是个不招华微宗待见的小修士，若非必要，谁也不想提起他。

"通宋"是重罪。

当日听赵仁亲口说，华微宗的人自然放心，只等千渠郡这个泥沼拖垮宋潜机。谁知春去秋来，名为"宋潜机"的阴影再次当头压下，笼罩整个华微山。

有人咒骂："送特产？他有这么好心好意？这宋潜机，真是阴魂不散！"

"哈，他这是记恨我们给他贫瘠的千渠，送凡人俗物来示威了！"

"区区一个炼气修士，不过有圣人撑腰，就敢打我华微宗的脸面！"

虚云严厉的目光从赵仁脸上移开。

赵仁如释重负，心中叫苦不迭。

只听虚云道："给他千渠郡时，冤仇已定，早晚有了结的一天。赵峰主，此事因你赵氏一脉而起，你有何话说？"

赵太极振了振衣袖，伸手拿起谷穗打量。"老祖即将出关，此事我将禀告老祖。"

"好！"虚云深吸一口气，沉声道，"赵峰主和红烛留下，其他人先去吧。"

众人行礼告退，鱼贯而出。赵仁跑得最快，一溜烟没了踪影。

大殿中顷刻只剩三人，空荡寂静。

赵太极笑道："宋潜机可是宗门的敌人，他谁也不会放过。宗门不该助我一臂之力吗？"

"我自有安排。"虚云淡淡道。

虚云看向女儿，目光变得慈爱柔和。

众人义愤填膺时，陈红烛始终沉默。自登闻雅会结束后，她的话越来越少，腰间的鞭子已经收起，很久不用了，但在父亲眼中，这是女儿长大变乖巧、变懂事的标志。

"红烛，你怎么看？"他问。

陈红烛面无表情。"没有华微宗，便没有我，女儿晓得利害。"

"好！这才是我的女儿。"虚云满意道，"你刚出生时，为父请无相神僧为你测算命数，寻得一位好道侣，定下一门好亲事。如今你已突破金丹，是时候该与对方正式见面……"

陈红烛微讶，眉头轻轻皱起来。

修仙界世家大族之间，关系盘根错节，常以联姻、收徒来捆绑利益，本是寻常事。

她声音平静地问："是谁家弟子？"

"卫家嫡系小少爷，同辈中天赋最高者，卫真钰！"虚云轻咳一声，"但那卫真钰离家远游多年，杳无踪迹，如今是死是活不知道。大家早都不提他的名字了，你没听过也正常。

"为父前些天与卫氏老祖商议，人选改为三少爷卫湛阳。卫湛阳如今在青崖书院修符道，近年声名正盛。你之前在登闻雅会上也见过，模样生得一表人才。咱们华微宗彩石溪畔的岩壁，还有他题下的诗，'造化钟神秀''一览众山小'，你还记得吧？论修为、论出身，他都是……"

虚云太了解女儿激烈的性情和跋扈的脾气，于是耐心解释，试图先动之以情。

"我知道了。"陈红烛却打断，匆匆行礼，"女儿突破不久，境界不稳，先退下闭关了。"

修仙界从订婚到真正合籍，时日尚久，真要想拖，能拖十年百年。

虚云语塞。

赵太极望着陈红烛走出殿门、走上逝水桥的背影，忽而冷笑："你想借刀杀人，再拖卫家下水？"

"宋潜机身后不只站着书圣、棋鬼，还有另一个人。"

虚云指了指殿顶，那个不可宣之于口的名字被他咽下。

洗剑尘。修仙界很少有人知晓，宋潜机还与洗剑尘有一层秘密关系。

"不仅要借刀，还要借一柄不露锋芒的暗刀。"

宋潜机如今人在千渠，只有满身虚名和一群外门弟子，没有前辈强者坐镇护持。

凡尘俗世中，安排一场暗杀，刺杀一个炼气期修士，然后抹去线索，撇清干系，事有何难？总不会比荒野种出谷子、旱山等来大雨更难。

赵太极指尖用力，捻碎饱满的谷粒。与掩耳盗铃的华微宗其他人不同，他一直盯着宋潜机。

第四章

驱除奸佞,还我师兄

晚霞已散，月影初升，连绵苍山被沉没夕阳勾上金边。

"下山的路我熟，不必送了。"孟河泽说。

他抱着剑，面色冷淡。送客的道童有些惧意，行礼后匆匆告辞。

孟河泽独自走在熟悉的山道上，华微宗空气湿润，呼吸之间，秋夜晚风吹来草木清新的味道。

他回头仰望，乾坤殿独立山巅，被夜雾层层环绕。殿内灯火时隐时现，似一座云中仙宫。

做外门弟子的时候，做梦都想进内门，上主峰看一眼。现在却觉得不过如此，乾坤殿山高路远冷冰冰，以后别人请他来、抬他来，他也不稀罕来了。

他更想念千渠干燥的风烟和篝火，秋天一到，空气中飘着谷物特有的馨香。

不知宋师兄此时在做什么？少了自己，今天打猎还顺利吗？那些彼此信任的同伴，正在烤什么肉吃？嘴欠的纪少爷，是忙着吃肉还是在练习阵法？

反正他跟谁都能聊，一定在向别人诉苦："有很多钱真的没意思，还不如你们打猎有意思。"

在华微宗，就算礼数规矩再周到，也显得人情淡薄。而千渠郡广袤的荒原，能承载无穷无尽的伤心泪水和难言往事。

它已经变成孟河泽、纪辰，以及无数外门弟子和新移民的第二故乡。

孟河泽想着千渠，不知不觉走到外门寝舍。当他回神时，他已经站在宋院门口。

门前桃花已谢，枝叶疏离萧瑟。鲜花小径无人打理，早已荒芜。朱门斑驳，铜环锈绿。

"您来外门干什么？您是内门弟子吗？"他背后忽然响起一道稚嫩的声音。

孟河泽回神，转身只见一群少年仰头望着他。少年们穿着华微宗外门弟子服，神情疲惫而怯怯，灰尘满面，像一群灰扑扑的傻鸽子。

孟河泽忽然笑了。

不是嘲笑，他只觉得这情景很熟悉，每张青涩的脸都似曾相识。

"刚下工？从灵石矿回来？"他顺口问道。

"傻鸽子"们神色更惊异。一位年轻的筑基修士深夜到访，丝毫没有内门弟子的架子。

更多人好奇地聚过来，将孟河泽团团围住。

"您怎么知道？"

"因为我以前跟你们一样，都是外门弟子。"孟河泽撩起衣摆，坐在宋院朱门前。

众人疑惑不解，忽然有人叫道："你是登闻雅会武试魁首！大会有史以来，唯一出身外门的武试魁首，你是孟河泽，对不对？！"

"是我。"一片哗然中，孟河泽有点不好意思。

"你得了武试魁首，那之后呢？"

大部分外门弟子不懂下棋和书法，比起以摘星局、《英雄帖》扬名的宋潜机，孟河泽在他们心中更接地气。

万众瞩目下擂台不败，一呼百应，更接近他们关于一夜成名的想象。

孟河泽笑了笑："这说起来，就是很长的一个故事了。"

宋院门口杂草丛生，雪亮月光悄然洒落，秋虫轻鸣。一群外门弟子席地而坐，围着孟河泽，静静听他讲故事。

万千思绪飘飞，飞出华微宗，飞过千山万水，飞到千渠新世界。

同样的夜晚，总有明月照不到的地方。

赵太极恭谨地立在庭院中，秋霜沾衣。

一年四季，这间庭院总比别处更冷。但他不敢抱怨，甚至没有运起灵气抵御阴寒。

门没有打开，苍老的声音传出："初春结怨，秋天才告诉我，不嫌迟？"

"微末小事，怎配惊扰您？宋潜机只是个炼气……"

"一个人的厉害，有时不在修为。你说，你对他了解多少？"

赵太极挺直腰身，肃容道："宋潜机住在仙官府一座小院中，当地人称宋院。他身边有一个剑修，一个阵师，其他人算不上数，不足为惮。"

"那他本人呢？他修为如何？战力如何？最擅长哪一派的功法？"

"他……他只是炼气期……"赵太极无言以对。

"你什么都不知道。"老者竟然笑了，"从来没有人亲眼见过他动手斗法，因为总有人替他出手。对不对？"

赵太极只得应是，冷汗涔涔。

"那些人都是他从华微宗带出去的，本来身份低微，走投无路，跟着宋潜机，才有了长进。永远不要低估什么都没有的年轻人。毕竟……"赵老祖说了一句话，令赵太极不寒而栗，"不怕千金买死士，只怕少年识微时。"

"宋潜机学了棋鬼的阵法秘籍，得了琴仙的七绝琴，拿了书圣的画春山，还有洗剑尘，据说也教过他。除了这些，他还有多少本事、多厚的家底，谁知道？你知道吗？"

赵太极打了个寒战，低头看脚尖。"您思虑周全。"

宋潜机是名人，谁能杀他，谁必成名。但暗杀者一旦露出痕迹，就必遭宋潜机背后靠山报复。世上有没有要钱要名不要命的人？

"那这人，到底该如何杀？"

"杀他，要找一个意想不到的地方，再找一个意想不到的人。不动则已，一击必杀。"

秋雨绵绵时节，梧桐叶落，总添愁绪。

歌楼熄了灯，红烛燃尽，罗帐昏昏。

"想找你，可真难啊，踏破铁鞋无觅处。"来客锦衣玉冠，"喂，醒醒。"

一间隐蔽的厢房门被推开，楼外雨似花针，他身上却干净清爽，不沾一点湿意。

含混的声音从红罗帐里传出："我听说你快要订婚约了，怎么有空找我？要随礼？没钱！"

来者唉声叹气："你以为陈红烛是谁？她是华微宗大小姐，从小娇生惯养,母老虎一般脾气……"

帐中人起身,大步而出。

花窗大开,风雨大作。

卫平大敞衣襟,仰头大口灌凉茶。

他一动,如睡狮乍醒,令整个屋子充斥大开大合的气势。

微寒的秋雨里,半壶冷茶下肚,如一盆凉水泼了满面。

卫平眼中醉意消散,只见卫湛阳坐在桌边,掸了掸衣袖,微笑道:"弟弟,合籍联姻的本该是你,母老虎也该你娶,我替你担了这天大的事,你能不能为我做一件小事?"

"哐当"一声,卫平随手扔下茶壶。"一件小事?"

"你替我杀一个人。"

"杀人可不是小事。"

卫湛阳微笑:"这些年,你就靠替人杀人、替人扬名混钱花,对你来说,这当然是件小事。"

卫平挑眉。"你想杀谁?陈红烛?"

"不,宋潜机。"

卫平的眉头皱起来。宋潜机,为什么又是宋潜机?这是第二次有人想雇他去杀宋潜机了,上次是在华微城的春风里,这次是在风凛城的秋雨里。

看来宋潜机得罪过不少人。所以不少人都想他死。

"为什么?"卫平问,"给我个理由。"

"因为我出三十万块灵石。"

"三十万是价钱,不是理由。莫不是因为……他在登闻雅会书画试赢了你?"卫平向后退,跌进锦绣堆砌的美人榻,懒洋洋地嬉笑,"天下英雄谁敌手,求仙不如喝杯酒?你嫉妒他,嫉妒得入了障,一日不破,就一日修为无进?"

"胡言乱语!"卫湛阳面露不悦,冷声道,"此人确实有些偏才,可惜他不走大道。"

卫平猛地直起身。"你知道多少?"

"他修得一门蛊惑人心、增益气运的邪术,令身边每个人都信服他。你若不信,亲眼见过就知道。不仅如此,他做了千渠郡仙官之后,大兴土木,劳民伤财，只为修一条运河。"卫湛阳展开一卷地图，抛给对方，"从千渠郡上空俯瞰，这七条河道，连起来像什么？"

"半个'宋'字？"卫平摸摸下巴。

"等运河修成，宋潜机气运更盛，金光护体，更加横行无忌！"

"就算这是理由。但这个人，很难杀。"卫平轻轻摇头，"你今天不是为自己来的，这是家里的意思？"

卫湛阳沉默片刻，忽而厉喝："你不去？"

卫平转了转他的低阶剑。这柄剑他从华微城当铺买来，其貌不扬，但用得极顺手。

就在卫湛阳以为对方要拒绝的时候，终于听到卫平悠悠开口。

他说："加点钱行不行？"

"加多少？"卫湛阳面皮微微颤抖。他无法忍受对方真的变成一个讨价还价的凡夫俗子、市井无赖。

"加多少能买卫真钰这个名字，就加多少。"

卫湛阳莫名松了口气："好，等这件事办成，如你所愿，家谱除名，你与家族，再无瓜葛，我再也不会来找你！"

卫平终于满意。"成交！"

卫湛阳临走时叮嘱："到千渠后，你不要直接动手，潜伏在他身边，赢得他信任，必要时配合另一个人。"

"你们还请了别人？"卫平意识到这件事比他想象中复杂，"是谁？"

"因为你说得对，这个人，很难杀。"

月亮掉进华微山后，宋院门前光线忽暗。

孟河泽的故事告一段落，年轻的外门弟子们意犹未尽。

"孟师兄，宋师兄挖了河道，让大家有水用，然后呢？"

几点灯火从不远处飘来，冷喝声乍响，打破欢声笑语。"聚众干什么？大晚上不回去，明早不上工了？"

三四个执事走近，停在十丈外，警惕地瞪着孟河泽。"孟道友，你已不是华微弟子，为何久留于此？"

孟河泽收了笑，抱着剑站起身。秋夜晚风吹动他衣摆，而他挺拔如松。

执事们向后退去，一人转身就跑，似乎要去禀报执事长。

一群小弟子看得好生羡慕。只有少年得志，一呼百应，才能养出这样锋锐慑人的气势。

"告辞了。"孟河泽笑了笑。

"孟师兄，您还会回来看我们吗？"

众人不舍地望着他，有人轻轻拉他袖子。

孟河泽没有回答，只低声道："哪日觉得难挨，就来千渠找我，我会劝宋师兄留下你们。"

直到孟河泽走远，一个执事才上前警告："你们上山时就知道，私自叛山、逃山就是背叛宗门。宗门若想追究，大可发下追杀令，让你们逃到天涯海角都不得安宁……"

他忽然说不下去。他发现这群人的眼神已经变了，像野兽幼崽露出爪牙。

"我答应过你不再哭。宋师兄，对不起。"何青青双眸微红。

宋潜机无奈地笑笑——每次别人哭都是我道歉，今日居然有人抢先道歉了，孺子可教。

何青青抬手仓促抹泪，衣袖滑落，红光一闪而逝。

心绪激烈起伏时，红灵玉念珠更易迸发光彩。

似曾相识的感觉让宋潜机瞬间坐直身体，一把握住对方手腕："这东西哪里来的?!"

何青青吓了一跳，摘下红灵玉念珠。"是无相大师，他为我改容换貌，并赠此物。"

宋潜机触摸念珠，心中微震："是他。"

一样的刻字笔法、一样的法器，孟河泽的念珠，也是那无相给的。

无相在正道仙门素有慈悲之名，前世满口"扫地恐伤蝼蚁命"的大道理，他一个字也听不进去。这辈子种地后想见见，却一直没见到。

"你可再见过那人？可知他去了哪里？"

何青青摇头："大师行踪不定，这次若不是他主动现身，我师父也找不到。"

宋潜机面色微肃："修炼求快求强乃人之常情，但欲速则不达。这东西有点邪性，你若得了配套功法，且等心性稳固再练吧。最好元婴之后。"

他很少有这样认真说话的时候，何青青便知干系重大。"我答应你，宋师兄。"

宋潜机微笑："周小芸和纪星与你年纪相仿，都是小姑娘，去跟她们玩吧。"

他说完才想起，何青青今非昔比，仙音门多的是人陪她玩乐，根本不需要自己安排。

但何青青乖巧地答应："好，宋师兄。"

客人告辞，宋院重回安静。

宋潜机独自靠在躺椅上，脸色渐渐沉下。

前世没有何青青这号人、这张脸，仙音门的年轻修士只有妙烟一枝独秀。

不只是何青青，孟河泽、纪辰、千渠郡无数人的命运都已悄然改变，时至今日，他已经无法预测未来。

无相大师想做什么？前世孟河泽成为邪道之主真是偶然？卫真钰这个救世主此时在何处？

秋风骤冷，吹动宋潜机披散的墨发。他眼前发丝飘飞，视线模糊一瞬。他感觉自己漂浮在死海上，眼见冰川起伏，夜雾迷茫。

前世的阅历经验、小黑屋见过的光阴长河，不过是浮出水面的冰凌。水下真正的冰山巨大阴冷，不知何时会破水而出。

千渠平原一望无垠，夜穹如盖，笼罩四野。星河如虹，落入地平线。

河工早已收工休息，河道边夜色静谧，只有秋风呼啸。

"这里视线好，月亮比华微宗的更大，离人更近。"周小芸问，"你们最喜欢哪里的月亮？"

三个姑娘并肩坐在树枝上看月亮。这是方圆十里难得的一棵枝繁叶茂的大树。

因为周小芸和纪星都在同频率晃腿，树枝摇动，何青青被迫也晃起来。这种经历对她来说太新奇。

纪星仰头："我喜欢……我来千渠的第一天晚上，我哥开船追你们的船，月亮一路陪着我们跑。"

明月几时有。一生无数次抬头望，真正记住的月亮，不过寥寥几夜。

"何姑娘，你呢？"周小芸问。

何青青想了想："那应该是……在华微宗的时候吧。"

她忽想起陈红烛飘飞的红裙，她们也算一起看过宋院门口的月亮，吹过春夜的暖风。听说对方已经结丹，何青青垂下眼帘——没关系，我也会赶上来的，我早晚能比她更强。

纪星拍手。"那我知道！一定是你拿到琴试魁首那夜，月色如纱，如梦似幻，对不对？"

何青青没有解释，只笑道："那夜月亮冷得很。"

"再冷都过去了，现在人人夸你，你当真脱胎换骨啦。"

何青青摇头。"有时候别人夸你，不是真的觉得你好，而是你这样做对他们有好处。嘲讽与批判是一种控制，但赞美和欣赏同样需要警惕。"

她想，宋潜机不会用任何手段去制订标准，控制别人，所以千渠郡的女孩子不明白这些。

这二人不像仙音门某些女修，总把"姐妹"二字挂在嘴边。但周小芸性格爽朗，像个姐姐，纪星天真稚嫩，更像妹妹。

女修之间互相照顾、互相帮助，就该像她们一样。何青青一时有些羡慕。

纪星噘起嘴："那多累啊，当个修士已经够累了，还要时刻警惕？我是投错了胎，我不喜欢修炼，我该当个凡人。"

"从来只有凡人想修仙，就你得了便宜还卖乖！"周小芸笑骂，"我看透了，你跟你哥都一样。"

纪星忽然大声说道："为什么不能自己选？如果有一天，当凡人也不会被欺负，也能过安稳快乐的日子，千渠才是我真正想要的千渠。"

何青青但笑不语。一张芙蓉面迎着月色，似在发光。

纪星被这美丽的笑容晃了眼。"何姑娘会留下吗？那样我们每天就能一起玩了。我前些日子听宋师兄说，他打算招一个大管家，替他处理种地之外的琐事，最好是个修士……"

周小芸轻斥："何姑娘是仙音门大师姐，怎么能来千渠打理俗务！"

"我不会留下。"何青青平静道。

看月亮很好、吃零食很好、有姐妹有朋友很好,但只有这些不够。千渠给不了她想要的。

孟河泽回到千渠时,黄叶铺满天城街道。

仙音门的宝船起飞不久,只留下仙音天女的美丽传说。

孟河泽一路听得茫然,终于到了仙官府,又见门口长队曲折蜿蜒,一直排到街尾。

徐看山、丘大成正在维持秩序、登记姓名。

"我只是去了一趟华微宗,怎么家里发生了天翻地覆的变化?这是做什么?"孟河泽问。

徐看山:"宋师兄在招管家啊。"

丘大成:"条件很复杂,要炼气期以上,金丹以下,要志向平庸,还要耐心细心,懂农耕优先。谁让宋师兄声名远播,别郡散修都赶来参选了,我们忙得一上午没停!"

孟河泽指自己:"我不行吗?你们怎么舍近求远!"

徐看山拍拍他肩膀:"这是宋师兄的意思,你有打猎队的事要忙,纪辰要修千渠防护阵,别大材小用啦。"

孟河泽还想说些什么,不远处忽然响起一阵低泣声,随秋风飘来。徐、丘二人没在意,孟河泽五感敏锐,好奇地走向队尾。

队尾十余人掩面而出,快步散去。

孟河泽拦下一名退队散修。"道友,你排了这么久,不参选了?"

散修苦着脸摇头。"这位道友,我是想来试试的,可是你看那小子!"

孟河泽顺他手指看去,只见一名布衣草鞋、形容落魄的年轻修士,正在队伍中聊天。

"那小子怎么了?"

"排队无聊,本想随便聊聊。可你知道吗?那位道友身世坎坷,年纪轻轻,家破人亡。刚拜了师父,师父就被师弟杀了,刚定下道侣,准道侣就跟他师兄跑了。

"他独自逃难到千渠,世上没人比他惨,他真的很想进宋院,很想见宋仙官，我听了他的故事，实在不忍心与他相争啊！"

散修抹抹眼泪，挥袖而去。

说话间，那落魄的年轻修士又聊哭三个，队伍继续向前缩短。

孟河泽震惊："世上竟有如此坎坷可怜的人。"

他悄然走近，凝神细听。那诉苦的声音仿佛有魔力，不曾声嘶力竭，只娓娓道来，却更显苦楚，令他心中酸涩。

"喂，这是选拔，不是比惨！"孟河泽扯过那人肩膀，"你叫什么？"

年轻修士任由他拉扯，好脾气地转身，略行一礼："在下姓卫，单名一个平字。道友好。"

"卫平道友，你会煮面吗？"孟河泽心知失礼，抚平对方衣领褶皱。

这卫平的经历简直惨绝人寰。

"煮面？"卫平一怔，微笑点头，"倒也会一点。"

孟河泽打量他，觉得这人各处平平无奇，貌不惊人，气质内敛，但莫名顺眼。

"只会一点没关系，学就是了。你先随我进来吧。别在这儿跟人聊，惹人哭。"孟河泽嘟囔，"一群人在仙官府门口哭什么劲，知道的是同情感动，不知道的还以为给宋仙官出殡。"

"我们怎么进去？"卫平指了指人山人海的府门。

孟河泽一拍胸脯。"走后门，跟紧我。"

卫平边走边赞叹："这位师兄，您一定常伴宋仙官左右，最得他信任！"

这话令孟河泽心中妥帖，比别人夸他剑法好更开心。

少年迎着阳光笑出八颗白牙，每颗都充满自信的味道："我与宋师兄识于微时，共历生死，兄弟情义甚笃，旁人自然比不上。对了，我叫孟河泽。"

卫平低头一笑："我晓得。"

孟河泽，筑基剑修，登闻雅会武试魁首，千渠打猎队统领。

雨夜来客的告诫，在他脑海中一闪而过，似一道明亮电光。"孟河泽剑法战力不如你，但宋潜机遇刺之时，只要孟河泽在他身边，他就多了一条命。"

仙官府雕梁画栋，宋院却偏僻安静。

未进朱门，先闻馥郁花香。

卫平身姿板正，却低垂眉眼，目光只盯脚下，不乱瞟，更让孟河泽满意。

孟河泽道："宋师兄，我带了个人。你看能不能做大管家？他叫卫平，炼气期……"

"当心脚下。"一道清淡声音忽然响起。

孟河泽停步，绕开小径上蠕动的蚯蚓。

卫平这才抬头。

最先映入眼帘的是一双柔软布鞋。修仙界修士大多穿着踏云靴，且衣摆曳地，总会遮住靴子。

然后是沾着泥点的衣摆，样式朴素，没有多余花纹或符纹。这点更与有名望的修士不同。

再往上是宋潜机线条锋利的侧脸。

出乎他意料，宋潜机五官俊美，神清骨秀，有此面相，本该冷傲难接近，此人却气质温和，笑容浅浅。

卫平怔然。

"好眼熟，我一定见过他！到底在何处？"

他思绪飞转，却毫无头绪。

秋风吹，白菊摇。那人正蹲在地上捡蚯蚓，从小径捡起，放回田间。

卫平看得愕然。

宋潜机抬眼，清澈阳光流泻在浓密卷翘的睫毛上。"你是修士，为什么想来宋院做管家？"

"他身世凄惨，如今无处可去。"孟河泽抢答。

"小孟，我在问他。"

孟河泽自知失言。"是，师兄。"

"我……我家破人亡，师父死，师门散，道侣跟人跑了，人生无大志。"卫平回神，讲过一百遍的故事脱口而出。

宋潜机摇头。"不妥。"

孟河泽心想，门外那些排队的，谁知道什么来路，卫平起码是自己带进来的。他向卫平使眼色。"宋师兄,先给他一次机会吧。小卫,去厨房。"

去厨房干什么?宋潜机不解。孟河泽缠着他说话:"宋师兄,我这次去华微宗,遇到了好多新来的外门弟子……"

卫平趁机向厨房走去。看花架、看菜地、看水缸,也看常人看不到的东西。

宋院阵法不算最精密的,像初学者手笔。但阵基、阵材用得极扎实,不惜血本地堆砌珍贵材料,使此阵威力甚大,一击可杀元婴期。

"书画试魁首纪辰,学符不成,学阵居然是天才,即使他不在宋潜机身边,他的阵法也一定在。"

卫平感到头疼,捋了捋额前刘海。

宋潜机很难杀。但谁让钱难挣,屎难吃啊。

聊天气氛正好时,卫平拎着食盒走出厨房,孟河泽沏了菊花茶。"卫道友手艺不如我,师兄多担待。"

宋潜机眼前一黑,端茶杯的手,微微颤抖。

"宋仙官请。"卫平道。

却见那雕花食盒一共三层,层层打开,如莲花绽放。卫平双手翻飞,瓷盘瓷盅被接连取出。

莲菜炒肉、板栗烧鸡、红烧宝塔肉、凉拌佛手瓜、金丝凤尾虾……无一不是色泽鲜亮,喷香扑鼻。

"果脯蜜饯、瓜子花生、时令水果拼盘、三凉三热,荤里带素,我称它为——宋院九宫格。"卫平微微躬身。

孟河泽两颗眼珠快瞪出来。"这……"

不是吧,我在街上随便抓一个,就抓了个厨子?我想让你煮碗面,你一来就发九宫格?

孟河泽:"你这东西都是哪儿来的?"

卫平理所当然,道:"盘子是自带的,蔬菜是从院子里摘的,很新鲜。"

宋潜机好奇道:"你还自带了什么?"

"二十种调料,三十种花苗,四十样种子,罗盘、皮尺、高枝剪、修枝剪等五十种工具,我别的本事没有,只是对内懂些洒扫除尘、炒菜熬汤、栽花种草、洗衣裁衣,上房能补瓦,下地能养鸡,对外略懂星辰礼法、地质气候、开山搭桥……"

后面的话，孟河泽已然听不清了，他感到阵阵眩晕，站立不稳。幸好被宋潜机扶了一把。

孟河泽咬牙切齿。"你还真是有备而来。"

宋潜机依然没有表态，似在思索。

卫平见状微笑一收，眉头轻皱，眸光轻转，瞬间含了两汪泪。"我遭逢大难，已心灰意冷，无心修炼，宋仙官若不收留我，我只能浪迹天涯，不知死在哪里……"

孟河泽怒道："我警告你，你别卖惨啊，我师兄出名的铁石心肠、冷面无私，他不吃你这一套！"

宋潜机拿起筷子，开始吃菜。他吃得很慢，每一口都认真咀嚼。

菜品种类多分量小，摆盘精致，不至于浪费。

等他放下筷子，孟河泽习惯性递绢帕，却被卫平抢先一步。

温热的绢帕擦过宋潜机嘴角、指间。

卫平盯着那双手。

宋潜机不仅面如冠玉，白皙五指也如玉石雕成，骨节如竹节，指甲泛着一层淡粉色，任何人看了，都很难相信这是一双种地的手。这双手天生应该拈棋子、持毛笔，或者握剑。

卫平轻轻眨眼，睫羽斩断秋风。

雨夜来客的告诫再次响起："从没有人亲眼见过宋潜机出手。所以他练什么功法、有什么杀招，根本没人知道。"

湿绢帕擦过手，又有干燥的绢帕呈上。卫平笑问："宋仙官，可还吃得惯？我还会做五十种点心，你喜欢甜的还是咸的？"

宋潜机靠在躺椅上，懒洋洋眯眼晒太阳，像只吃饱喝足没骨头的大猫。"叫仙官听着别扭，你不如随小孟他们一起，叫我一声——"

孟河泽心知大势已去。"我们喊师兄，是因为在华微宗里叫得习惯了，卫道友初来乍到，怎么也能喊你师兄？我总不能称他师弟吧。"

宋潜机一怔。孟河泽今天怎么了？平时最有容人之量。

不待他细想，卫平立刻接话："不妨事。喊仙官太生疏，喊师兄太亲近，那我喊一声先生吧。"他笑了笑："宋先生。"

这称呼端庄得体，但从他嘴里喊出来，孟河泽竟听出几分亲昵、促狭的意味，气得攥紧拳头。

偏宋潜机一无所觉。"随你。今天刚来，让小孟带你四处转转。小孟，照顾一下新来的师弟。"

"好。"孟河泽深吸一口气，缓缓点头。

他搭上卫平的肩膀，两人好兄弟般并肩离去。

刚出仙官府后门，孟河泽立刻变脸，用左手一把抓起卫平的衣领，掼在墙上，右手使长剑横在对方喉头。"你耍我是不是？你刚说只会一点？！"

他出手快、力道大，卫平双脚几乎离地，喉结被冰冷剑鞘抵着，却毫不生气，只笑嘻嘻地握住孟河泽握剑的手。"煮面，确实只会一点，做菜，我会得很多。"

孟河泽浑身一震，猛地甩开手。他剧烈喘气，像一头发怒的野兽，恶狠狠从牙缝中挤出警告，传进对方耳朵里："你到底什么来路，我一查就明白，你最好别让我揪到把柄，否则我饶不了你！"

卫平笑了笑，不在乎地摸摸耳朵。

孟河泽双眼赤红，最后瞪他一眼，甩袖便走。

卫平冲他背影行礼，大声道："孟师兄好走！"

说罢转身向府门走去。分明孟河泽只带他走过一遍，他却熟门熟路。

"千渠郡，宋潜机，哎呀，有意思。"

宋院内，宋潜机轻拍躺椅扶手，喃喃："卫平，哪个卫字？"

"那小子什么时候出现的？谁最早看见他？他从哪个方向进天城的？有没有同伴？"

孟河泽直奔仙官府外的登记长桌，"哐当"一声，长剑被拍在徐看山、丘大成面前，一连问了好几个问题，他越想越气闷。自己走时，宋师兄亲手赠剑，何等风光；自己回来，横空冒出一个卫平，抢尽风头。

徐、丘二人一问三不知。孟河泽来回走动，忽然灵光一闪："纪辰一定知道。我去寻他！"

纪辰操持千渠防护阵，在天城四座城门上暗设录影法器，可回溯一个月之内城门口的影像，将来往人员看得一清二楚。因为千渠新移民日渐增多，鱼龙混杂，他才出此一招。

"你觉得那小子有问题？"徐看山问。

孟河泽神色凶狠。"他叫卫平，很可能来路不对，我会查。我不在的时候，你们多小心！"

徐看山心想，不是你亲自带进去的吗？面上警惕点头："好。"

丘大成道："放心吧孟师兄，这儿是千渠郡，咱们的地盘，他翻不出浪花！"

宋院大管家一职竞争激烈，参选者各有绝活。

卫平之所以顺利入选，自身千般本事只占一半功劳，另一半算托孟河泽的福。毕竟他来之前，宋潜机吃过太多碗面。面条连起来，能绕千渠郡一百圈。

宋潜机本已辟谷，却被孟河泽养成吃饭的习惯。卫平的到来，令宋潜机感受到吃米饭炒菜最朴素无华的快乐。宋院九宫格，才是最健康的饮食模式。

当对方回来时，他主动放下锄头打招呼："还习惯吗？"

卫平抬头，胆怯地瞄他一眼。

宋潜机皱眉，快步上前，伸手指着对方脖子。"你怎么回事？"

出门一次，不仅受了皮肉伤，衣服也凌乱残破了些。

卫平摸了摸脖颈的瘀青，如梦初醒般轻"呀"一声，低声道："孟师兄他不是故意的！"

宋潜机蒙了。"你说孟河泽伤你？"

怎么可能？小孟不是那样的人。

"只是玩闹时力气大了点。"卫平坚强地微笑。

宋潜机转移话题："噢，千渠的修士，小孟都带你认识了吗？"

"还不认得。"卫平眼眸一转，声音更低，答非所问，"多少人想到仙官身边来，却没有机会，我初来乍到，就得此殊荣。不怪他们不喜欢我。"

宋潜机心中泛起一种奇怪的感觉。类似的言论语调，他从没在别处听过。

这个卫平太厌了，厌得毫无救世主气质。

卫真钰就算前期韬光养晦，暗中捡漏，也是天命之子，任性洒脱，狂放不羁,怎会甘居人下,做一个低声下气的仆从?

卫平也想,这个宋潜机未免太普通了。

哪儿有仙官种地、浇花就能拥有一切?他藏得好深。

"没事。"宋潜机安慰可怜的小管家,"明日随我出去走一圈,大家都认识你了,就会接纳你。"

千渠人口增多,公务日渐繁重,但宋潜机只喜欢种地。他决定先让对方参与监工河道,慢慢磨砺,逐渐挑起大梁。

卫平大为感动。"多谢宋先生。我一定好好服侍先生。"

"你不是来服侍我的。"宋潜机笑了笑。

他一笑,秋天的冷风变作和煦春风,卫平忍不住闭眼一瞬。

阳光太刺眼。

秋高气爽,田野金黄。

河道边喊号声震天,河工们赤着膀子挥铁锹,汗水顺着胸膛流淌。只要有人起歌,立刻唱成一片,热闹更胜滚水。

卫平走过这条河道,深感不解。

为什么他们做苦工都能这样快乐?不仅快乐,而且卖命、认真,干得起劲。难道宋潜机真会控制人心的邪术?

一个个谜团接连浮现,在他脑海中飞速旋转。他走过人间千山万水,从没见过像千渠郡这样的地方。

而卫平喜欢解谜游戏。

他拎着食盒走进草棚,将其送给千渠"送鸡队"。

"仙子好,在下卫平,是新来的管家。这里有什么事我能帮忙?"

周小芸接过食盒。"不用客气。我是周小芸,她是纪星。暂时没事情用人,你陪好宋师兄吧。"

卫平毫不在意这种委婉的拒绝,规矩地行礼告辞:"仙子有事,随时喊我。"

纪星望着卫平的背影,啧啧称奇:"我哥是个'二缺'就不说了,孟师兄气势越来越凶煞,宋师兄高不可攀,苍天怜见,来了个小卫平又乖又软,每天眼巴巴跟在宋师兄身后,像只淋雨的小狗,只等宋师兄回头看一眼,

第四章 驱除奸佞,还我师兄

看着真让人心疼！"

徐看山捂嘴含混道："别母性大发啦，孟师兄都说了，那小子可能有问题！"

周小芸冷笑："那他送来的糕饼点心，你别吃呀。"

纪星拿起一块饼。"能做这么好吃的合意饼，他一定不是坏人。"

丘大成吃得不愿抬头。"饼要吃，人也要防，不冲突！"

卫平亲手做的点心，不只送给千渠"送鸡队"，司农刘木匠、司工铁三牛、施工队的队长和打谷场的村长等凡人，也得到一只漂亮的雕花食盒。

一拍盒盖，里外三层自动打开，像莲花绽放，露出颜色鲜艳、香气甜美、状如花瓣的糕饼。

千渠落后淳朴，很少有人见过这样卖相精致、暗含玄机的东西，不由得啧啧称奇。

能吃到宋仙官贴身管家卫仙师亲手制作的食物，不只满足口腹之欲，更是一种特殊荣耀。

铁三牛吃完饭，蹲在沟渠边吹风走神，从怀里摸出一杆旱烟。

卫平入乡随俗，也撩起衣摆蹲在他旁边，还低头凑过去给他点火。

铁三牛吓得差点掉了烟杆。"仙师，这怎么使得？"

"我初来千渠，不懂人情世故，河道上的事情也什么都不懂，正要向大家多多学习。"卫平笑问，"我听说河道图纸都是您画的，我能看看吗？"

铁三牛连声答应。

卫平拿到图纸，问了些如何控制水量、如何防洪调水之类的问题，其间认真倾听，与对方称兄道弟。

最后他状似无意地问道："这七条河道的走向是宋先生要求的吧？"

"当然不是，这个走向目前最合理。水道的功效能最大限度发挥出来，千渠地大沙尘大，不仅要解决灌溉问题，还要分水排沙，保证水流清澈，这是我从所有方案中选出的最优设计。宋仙官看过，只是点了头。"

卫平一怔，不动声色打量对方表情。

没有说谎。

难道只是巧合？宋潜机无意大兴土木，为自身增益气运，只想开河引水，灌溉千渠，造福万民。

他忽然朗笑："我原以为是要讨个好彩头！等按图纸修完，河道满水，修士御剑或乘法器从天上飞过，千渠无高楼，黄土平原一望无际，只能看见七条河道连成的半个'宋'字。天地广阔，苍茫原野为纸，汹涌河水为墨，如此才能彰显宋仙官在千渠独一无二的地位、凌驾一切的权力。"

"'宋'？我看看啊……嘿，真像个'宋'字！你不说我都没察觉，哈哈！还是老兄你眼力好！"

铁三牛激动地招呼刘木匠："老刘，快来！这儿有个新发现，是卫管家看出来的！"

不多时，河工们也放下饭碗，传阅图纸。人群中响起一阵阵惊呼：

"越看越像'宋'字啊！"

"这是老天爷的意思。"

卫平轻轻挑眉。

他对空间、图形、字的间架结构有种敏感直觉，否则不会被书圣看中，也不会在黑店当铺点破"奸商符"的机巧。

宋潜机无意无心之间，却得到这种结果，莫非他就是天命所归、气运所钟？

千渠人皆道"祥瑞"，回家叩拜仙官微缩雕像。

唯独孟河泽颇为不屑。"卫平，你心思不纯，牵强附会，以为这样就能讨好宋师兄吗？我师兄正人君子，刚直不阿，从不好大喜功，搞这些虚头巴脑的东西。"

如果卫平是女修，他真想安对方一个媚上惑主的名头，再摁对方进种荷花的大水缸清醒一下。

卫平正在为宋潜机布菜，闻言委屈又温柔地对孟河泽抬眼一笑："师兄言重，卫平不敢。"

宋潜机今天吃南方菜。吃饭时他一贯认真，不会分神琢磨别人的言语机锋。

三个晶莹剔透的水晶虾饺、三只鲜香浓郁的豉汁凤爪、三枚软软糯糯的鲜肉烧卖、一小碟干脆爽口的白灼芥蓝，配一盅熬了六个时辰不断火的乌鸡枸杞老参汤，最后还有清新解腻的佛手茶饼。

——选用今年大衍宗灵泉边新摘的绿茶制作。

器具、摆盘考究，拼出花团锦簇的图样。宋潜机吃得干干净净。

卫平无视孟河泽的怒瞪，继续道："宋先生，我听说您从琴仙那里得了七绝琴，可变宝船。等河道全部修好，您带我去兜风吧，从天上看看这'宋'字河道有多威风。"

宋潜机擦净手指，直觉对方语气有些怪异，好像前世在哪里听过。

他还是认真纠正对方："千渠不会永远没有高楼，不会永远只有黄土和风沙。以后御剑从天上看，应春天四野皆绿，烟柳画桥，秋天黄叶红叶参差，金色农田麦浪滚滚，冬天白雪皑皑，银装素裹。而不是像你说的，四野茫茫，只有一个字。若河道修好，千渠依然什么都没有，我的名字孤零零地写在天地间，又有什么意思？"

卫平收绢布的手忽然一颤。他猛然抬头，用一种陌生、震惊的目光看向宋潜机。

千万人将他当神明救世主叩拜，千万人心中有了这个"宋"字。但宋潜机心里没有"宋"字，没有虚名声威，没有权力地位。

只有千渠，只有他的百姓。

"值得吗？"卫平听到自己的声音有点冷。

"值得什么？"宋潜机不解。

他想："我下山享受耕种的乐趣，挖河道还不是为了种地？到时候地没种起来，名字先写出来，多羞耻。"

"没什么。"卫平恢复微笑，收拾杯盘狼藉的桌面。

卫平手脚勤快嘴巴甜，还用着一张平凡稚嫩的少年脸，再加上时而楚楚可怜的表情，不出半个月，就赢尽亲疏远近的人心。

除了孟河泽负隅顽抗，坚决不吃饼，其他人喜欢吃甜、吃辣还是吃酸，都被卫平摸得一清二楚。

当孟河泽气得快要咬碎牙、拍碎剑时，纪辰终于顶着鸡窝头带来好消息："我翻遍四个城门的影像，发现他是从西城门进来的，路上与几个散修说过话。顺着这个线索一路剥茧抽丝往上查，我还真摸出一点东西。"

"你行啊！有点本事！"

"不是我有本事，有钱能使鬼推磨喽。"纪辰拍出一沓凌乱的纸，"他从风凛城来，是个不学无术、喝酒赌钱的小混混，没人见过他有朋友亲人。"

孟河泽再不嫌弃他字丑，将每个字死死记在脑海，然后揉碎纸团，想象自己在揉卫平的脑袋。"我看，身世凄苦都是他骗人的话！"

"这人到底哪里不对？"纪辰问。

"哪里都不对！"孟河泽细细讲了事情的来龙去脉。

他本来没指望纪辰，在他看来，纪少爷缺根筋，又傻得需要保护，想对付卫平还差一万个自己。

谁知道纪少爷比他懂。"我在家的时候，叔父、伯父都娶了很多房夫人、纳了很多妾，那些夫人在深宅大院闲着没事干，就喜欢争风吃醋，打压别人，表现自己，制造误会，好得到夫君更多宠爱。你听他说话的调调，看他强装无辜委屈的手段伎俩，你还不明白？"

"明……明白什么？"孟河泽眨眨眼。

这两件事有什么关系？

纪辰点了点他脑袋。"那卫平不是个散修，也不是个剑修，他就是个深闺怨妇啊！"

孟河泽眼前的迷雾终于散开。"我就说怎么不对劲，从没遇到过这种对手！有什么办法能破他的招数？"

卫平的出现，令孟河泽与纪辰的关系迅速升温。虽然孟河泽嘴上不承认，但心里已经拿纪辰当知心换命的好兄弟。

纪辰一拍大腿。"只听卫平大名，不见其人，且让我亲自会会他，你在旁为我掠阵！"

孟河泽一拍宝剑。"好，驱除奸佞，还我师兄！"

卫平今天跟刘木匠回了小岚村，到打谷场帮忙。

半年辛苦，终于到了收获的时候，秋收时，全村老少齐上阵，喜气洋洋如过年。

卫平悟性高学得快，只看过片刻，已经可以独立使用连枷打谷脱粒了。才上手没多久，刘木匠也夸他干活踏实、姿势老练。

一通百通的天赋用在这种地方，卫平心中好笑之余，还觉得有点荒唐。

无论是在家里修炼、在花楼喝大酒，还是在外面杀人混钱花，他都从没想过自己有朝一日要亲手干农活。

谁让千渠有太多谜团，谁让他摸不清宋潜机的底细。

卫湛阳说得不对，不是只有孟河泽在宋潜机身边时，宋潜机才多一条命。只要宋潜机在人群中，他就有无数条命，因为无数人都对他忠心耿耿，愿意舍身救他。

大半日农忙，让卫平迅速与刘木匠拉近关系，已经到了互拍肩膀的程度。

这时候，他想问的话，才能得到真实的答案。

"我听说，千渠大旱时，宋仙官会一门功法，能让枯萎的小苗发芽？"

"没错！宋仙官本事大，能用自身灵力滋养谷苗、麦苗、树苗，那时候他走遍千渠，不眠不休，每到一处，就像这样蹲下施法。"刘木匠单膝跪下，做了一个五指拍地的姿势，"大晚上还有人看见他在田里。"

卫平赞叹道："怪不得大家都很感谢他。"

"不只如此，他还等来了雨。自打第一场雨后，千渠的雨水才多起来，要不然，哪儿有咱们今天的谷子可打？挖野菜去吧。"

"等雨？"

"对，心诚则灵，老天有眼睛！"刘木匠憨厚地笑。

卫平也笑起来。

比起心诚则灵，他更愿意相信是宋潜机强行使用了某种消耗极大、在一定范围内施云布雨的术法，违逆天时，必然付出了很大代价。

宋潜机到底想走一条什么样的路？

卫平没有做过仙官，但他自诩见得够多，通晓仙官管理属地的弯弯绕绕。

修士靠香火供奉和信愿之力增益气运，所以该救苦救难，护佑一方凡尘？

修仙界家族大派的经验告诉修士不能如此。赵家所作所为，是过度剥削，不利于良性发展，是修仙界异类。

按常理来说，应张弛有度，五分榨取，四分施舍，剩下一分放任自流，靠天吃饭。否则无病无灾，谁拜神庙？不痛不苦，谁求仙官？

修士问大道，无时无刻不在争，与同类争资源、与天道争时间。

像宋潜机这样，将时间全部花在造福千渠上，注定付出与回报不成正比。等千渠风调雨顺，人人安居乐业时，人们觉得一切理所当然，就会期望更多。

人的欲望永无止境，有了草屋，想要瓦房，有了瓦房，想要三进三出的大宅院。

有了宅院，又想为什么别人家有宝马香车。

到那时，若仙官无法再满足所有人的欲望。凡人反而会心生怨愤，怪其为何不再施与。

宋潜机耽误道途、为之付出一切的千渠，真的值得吗？

这条没人走过的路，真能走得通吗？

刘木匠站起身，拍拍膝盖上的灰。

日影西落，赤金晚霞照着高高的谷堆。风里吹来谷物的干燥清香，吹散流淌的汗水，妻子给丈夫擦汗，孩子给母亲端水。虽忙碌辛苦，却其乐融融，每个人脸上都洋溢着笑。

这笑容太相似，又太耀眼。

卫平终于问出来那个问题："如果有一天，你们想要的东西，宋仙官给不了呢？"

"啊？"刘木匠没听懂。

卫平将问题重复一遍。

他很想知道，宋潜机不再施与后，是否会失去供奉、失去信仰、失去一切？

"宋仙官从来没有施与。"刘木匠的笑容淡了，面色严肃。

残阳晚照，令他黝黑的肤色、脸上被生活磋磨留下的皱纹刻痕都显得更深刻。

他对卫平说："你看这边的河、那边的路，不是宋仙官一挥袖子变出来的，而是我们村每个人一筐一筐地背、一铲一铲地挖，用自己的双手干出来的！女人在家做饭，男人外出赶工。父亲没力气了，还有儿子，每家每户都这样。我们千渠也富裕过，我们祖上以前也是耕读传家，我们只是想过人过的日子啊！"

"宋仙官来第一天,告诉我们不许跪、不许拜神庙,他说了,不会满足我们任何愿望。"他转头,迎着夕阳余晖望向天城方向,"大家拜他,不是向他求财求物,求他施舍,只求他福寿绵长,岁岁安康。"

小虎在谷堆旁和同伴追赶打闹,刘木匠瞧见,如梦初醒,笑骂着去抱儿子。徒留卫平如遭雷击,愣怔在原地。"只求他福寿绵长,岁岁安康……"

猎猎西风吹起他的衣摆,一路将他吹向春天的华微城。

那时登闻雅会刚结束,他揣着《英雄帖》拓本、摘星局棋谱走进人声鼎沸的赌场,抬头看见"书圣""棋鬼"这两个选项,仿佛看见两条通往相同目的地的死路。

拔剑四顾心茫然,于是他高声喊、下重注。

原来,那个一掷万金赌局是他赌赢了。

卫平喃喃:"第三条路,第三条路有了!"

不远处的两个人走近。

"就是他?你确定?"纪辰问。

孟河泽狠狠点头。

纪辰迟疑:"这不就是个中邪的二傻子吗?咱们两个魁首,要财有财,要貌有貌,欺负一个傻子,不道德吧?"

纪辰当过傻子,在他苦熬心血学书不成的时候,被人表面奉承、背后嘲讽,他知道那是什么滋味。

有些人翻身了,就要变本加厉去欺负别人。纪辰不是这样的人,不管他自己处境如何,他都不想为难另一个傻子。

此时纪辰见卫平其貌不扬、修为普通、痴痴呆呆,竟主动劝孟河泽:"你先莫言语。"

"卫道友好,鄙人纪辰,宋院门下阵师,初次见面。"纪辰上前行礼。

"噢,你好,你好。"卫平仍愣怔,顺口答了一句,继续道,"有路啊,真的有路。"

纪辰以为他说乡间土路。"路本来就在这里,难道你看不见?"

卫平一笑:"哈,我啊?我今天才真看见。"

纪辰郁闷回头,用胳膊肘撞了撞孟河泽,眼神示意"要不然算了呗"。

孟河泽剑柄一转，怒道："卫平！"

卫平如梦方醒，好像刚刚看见两人。"你们也来打谷子？我替全村人欢迎两位师兄。"

"谁是你师兄？装疯卖傻，看我撕碎你的假皮！"孟河泽剑柄一震，剑气激发。

"啊，师兄这是作甚?！"卫平向后折腰，剑气掠过他鼻尖，击中他背后一人高的谷堆。

谷堆轰然散落，流金泻地。

纪辰急忙阻拦："孟兄不可！"

孟河泽已拔剑出鞘。"他一个炼气期，怎么能躲开我的剑气？他必定有鬼，你看好了！"

剑身映着天边霞光，草垛炸裂、草屑飞溅，沾了三人满身。

卫平手忙脚乱、姿态狼狈，却像条鱼，每次都能险之又险地避过。

孟河泽双眼赤红。"卫平，是男人你就还手！"

纪辰左拦右拦，怕孟河泽伤了卫平，也怕孟河泽打到自己。

卫平衣衫残破，敞胸露怀。"师兄要打我，我当然不敢还手啦。哇，这一剑厉害，师兄的剑术是谁教的？好生刚劲！"

"啊！"直到一声惊呼响起。

只见刘木匠失魂落魄。"完了，这人吃的粮、牛吃的草，全混在一起了！"

满地狼藉，三个少年郎一齐停下，低头抠手。

纪辰先赔笑："司农大人，刘兄，刘老哥，我们不是故意的，这就挑拣出来，修士干活快，小问题。"

卫平："是我不好，不知怎么就……"

他偏头去看孟河泽，却见对方已经黑着脸拿起扫帚、簸箕，一副知错劳动的态度，后半句"就惹了师兄生气"，变成"就动起手来"，语气竟十分正常。

如此收拾残局，三个人不得不配合行事。

秋风凉凉，繁星闪闪，月亮钻出夜云，望着他们满头大汗、互相添乱。

卫平最勤快，干农活最利落。纪辰见状从中劝和："孟兄，他跟你说的不一样啊。"

孟河泽嘟囔："他最会做戏骗人。"

直到子夜四更天，打谷场才勉强收拾得像样。

三人灰头土脸，瘫软在高高的草垛上，气喘如牛，毫无修士模样。

纪辰躺在中间，以防两边打架，一声声哀号："我哪儿干过这个！头一遭啊，咱们是不是也算共患难了？"

左右两道声音同时响起：

"我孟河泽七尺男儿顶天立地，谁跟那个娘娘腔共患难！"

"孟师兄赫赫有名何等人物，自然看不上我喽。"

卫平跳下草垛："二位歇着，我得回宋院做夜宵去。夜宵总该有三样小笼、三样点心，不能煮碗面应付了事。"

孟河泽瞪大眼睛，声音微颤："他怎么能说这种话？辰啊，你听见没？他小人得志，欺人太甚！"

"是是。不跟他计较。"

纪辰嘴上安慰，心想，这不是事实吗？

卫平勤快嘴甜，脏活累活抢着干，努力成为合格的大管家。

他从秋收农忙得到灵感，自制"脚踩脱粒机"，得到千渠农民的一致推崇。

他在河道边与刘木匠闲聊，与其合力做出大水车，利用水流之力灌溉农田。

他在孟河泽的打猎队虽不出头，但也不拖后腿，谁要是对他冷言冷语，他只笑笑，反而让人不好意思再排挤他。

后来他用十六种调料按特定比例混合，自创一种腌肉调料，取名"千渠十六香"。用这种料粉腌过的兽肉，能保留鲜香，锁住汁水，轻轻一烤，外酥里嫩，特殊的浓郁香气迎风飘散十里。

外门弟子组成的打猎队见了他，就想起香喷喷的烤肉，情不自禁与他亲近。

卫平除了打理宋潜机膳食用度，还替他解决种地之外的一切琐事，如畜牧养殖、修河修路、天城规划、盖私塾学堂、新移民安家落户等等。

千渠各地有什么需要宋仙官知晓、决断的事，就先报给卫平，等待答复。

卫总管逢人就笑，不知不觉间，春风化雨般征服千渠。

只有孟河泽坚冰一块，冥顽不灵。

至于从前华微宗外门最拥护孟河泽的周小芸、登闻雅会疯狂为孟河泽拉票的纪星，已经开始在点心糕饼零食的甜香味中，看卫平越来越顺眼。

周小芸麻利地打开食盒，嘴上说着客气话："卫总管忙完了？今天怎么有空过来，来就来嘛，还带什么午饭，咦，这是什么汤？"

卫平捧出白瓷小盅。"红颜花炖雪蛤，原料是托人从洪福郡买的，配方是从仙音门传出来的，有助于女修养颜美容、亮白肌肤。"

"这汤，我离家之后，就再没喝过了。"纪星猛抽鼻子，"小平儿，你脾气又软，厨艺又好，我们有你，真是幸事！"

另一只食盒被打开，装着油滋滋的荷叶烧鸡、又脆又香的芝麻烧饼和一壶新酿的桂花酒。

"啊呀，我就知道，卫总管不会忘记咱们！"徐看山撕下一只鸡腿。

丘大成眉开眼笑："好香的酒，有华微城招财酒馆的味道。我闭着眼能找到的，除了赌场，就是酒馆啦！"

卫平笑笑："二位很熟悉华微城？"

"当然，我与老徐本来就是城里人！"

他们有吃有喝，话匣子打开，家底全抖给卫平看。

说与宋潜机夜审会相识，说摘星台山道解围，说那场惊世骇俗的赌局结果。

"人海茫茫，谁知道花一万块灵石那小子现在在哪儿？他害得我们这么惨，他自己知道吗？"

卫平一直倾听，忽然插话："赌赢了，不是很好？为何骂他？"

丘大成怒道："好个屁！十几万人的大赌局，只有两个赢家，这还能好吗？"

徐看山冷笑："人都得罪死了！全华微城的赌场，都不让我俩进门了。但凡参加过这个赌局的人，都说不跟我们玩了！人生没了乐趣，还被宗门扣上'通宋'的罪名，连夜亡命天涯，幸得宋师兄收留！算了，不说也罢。"

"原来如此。"卫平露出同情神色,"那下注的小子当真可恶,他不负责任,太不是人。来,吃块饼。"

"要是让我再遇见他——"徐看山狠狠咬下一口饼,用力咀嚼。

卫总管一贯善解人意。"我们一起揍他。"

丘大成撕咬烧鸡。"嗯,好兄弟!"

每逢饭点,卫平一定在宋院为宋潜机布菜。孟河泽不放心,常带着纪辰也赶饭点来,陪宋潜机一起吃,名曰试毒。

四人同桌而食,孟、卫两人针尖对麦芒,斗在暗处。明处纪辰心大"二缺",宋潜机看不懂千回百转的微妙气氛,吃菜时还感叹那三人像兄弟。

碟碗皆空换汤羹,乳白高汤盛玉盅。

宋潜机品一口,咂摸滋味,喃喃:"最近的汤不对。"

孟河泽拍桌发作,一把揪起卫平的衣领。"你要什么花样!"

卫平笑嘻嘻任他揪。"最近的汤里加了三味灵草,宋先生尝尝,可是比往常更甘美鲜甜,舌尖还有回味残留?"

"小孟,松手。"宋潜机放下汤勺。

孟河泽不甘地放手。"对不起。"

宋潜机道:"卫平,你背后无师门家族支撑,收集灵草本就不易,怎能如此浪费?"

"给宋师……"卫平看着孟河泽的脸色,改口,"给先生吃,怎么会是浪费?它们都求之不得。"

"以后不要放了。我不需要。"宋潜机拒绝。

灵草炼作丹药,才能最大限度发挥药性,直接入菜食太奢侈,只有不差钱的大修士才做得出来。

宋潜机身怀不死泉,日夜滋养经脉,普通灵草对他如同鸡肋一般。

卫平失落点头。

宋潜机:"我有些话要嘱咐小孟。"

卫平善解人意地告辞:"我去洗碗。"

孟河泽眼睛一亮,仰起头,好像一只斗胜的公鸡。"快去吧!"

卫平刚出门,他便迫不及待。"师兄有何要事嘱托?支开姓卫那厮,只管吩咐与我。"

宋潜机："最近天气好，你收拾东西，准备出千渠一趟。"

"什么？"孟河泽面上笑意瞬间凝固，脸色惨淡，"你赶我走？你信卫平，胜过信我？！"

宋潜机想不通。"这跟卫平有什么关系？"

孟河泽眼眶一红。"怎么没关系！定是他向你告状，吹了夜宵风对不对？！"

"孟兄，你别急。"纪辰连忙拍他后背，像安抚一只发怒的狮子。

夜宵风算是什么风？

宋潜机哭笑不得。"没这回事，是我觉得你该冲击金丹了，闭关突破之前，出门游历，增长见识，对你以后有好处。你还说过，想看遍大好山河，游遍修仙界，却一直在华微宗和千渠郡闷着。"

比起前世闯过大风大浪的邪道之主，孟河泽今生经历如浅滩游鱼。虽然他在毒瘴林边缘抵御入侵村庄的凶兽，一样可以磨炼战技，但未曾经过人世打熬，还残存稚气。

孟河泽低头。"师兄用心良苦。"

"你这次下山，有三件事要办。"宋潜机道。

孟河泽抢答："我一定为我千渠、为我打猎队、为我宋院扬出声威！"

"不，见见世面，给剑取个好名字，接你全家来千渠。"

虽然命运轨迹改变，但红灵玉念珠再次出现，宋潜机仍记得前世孟河泽全家灭门之祸。

"……啊，我一件也没猜对啊。"孟河泽挠头，随即笑起来，"正好我也想爹娘了，从前总怕不能衣锦还乡，才不敢去看。"

"修仙界风波恶，人情薄，不似华微宗和千渠郡，我还有三件事要叮嘱。"宋潜机喝了一口菊花茶。

"师兄请说。"

"第一件事，你的红灵玉念珠虽是至宝，当疗伤、保命的秘宝正好，勿做攻击之用。"

孟河泽毫不犹疑。"我明白了！"

"第二件事，我知你是剑修，但也不要小瞧遁术，我传你的五行遁，还需勤加练习。"

宋潜机前世擅长逃命，自创遁术出神入化，多次死里逃生，只是最后一次逃不过罢了。

孟河泽："谨记于心！"

到千渠郡后，孟河泽个子长得更快，五官褪去青涩。宋潜机有时看着他的脸，渐渐看出前世几分熟悉的影子。

"第三件事，一入红尘，恩怨难休，出剑留余地，莫与人主动结仇，若有误会，当及时化解。如果遇到什么人，一定要将你置之死地——"

孟河泽听他语气淡淡，心想宋师兄仁善，雨后满地蚯蚓尚舍不得踩，抢先答道："以德报怨，我不杀他，我感化他！"

他这样说，只想临走时让宋潜机开心、放心。

宋潜机眼前一黑。"不，当然要杀！你杀不了的，传信于我，我去替你杀！"

孟河泽发怔。"啊？"

宋潜机生怕他没听进去。"记住没有？重复一遍！"

孟河泽："传信给你，你去替我……"他说不下去，改口："我立得正，走得端，光明磊落，天若有眼，也该站在我这边。"

师兄真会杀人吗？

他只见过卫平杀鸡烧水拔毛，溅得一身血。自断山崖救他后，宋潜机再不拿剑、再不练剑，连一只鸡都没杀过。

宋潜机摇头。"天道无眼，莫把生命交给运气。"

天道凭什么站在你这边，凭你长得好看？你又不是卫真钰。

纪辰神色微动。"孟兄，你就答应吧，别让宋兄挂心。"

赵仁的凄惨情状在他眼前一闪而过。

赵道友，可惜你走得太早，孟兄没看到宋兄如何行事，才不敢应声。你什么时候回来？我又练了新阵法，还没在活人身上试过，想你。

孟河泽："我答应。"

宋潜机轻"嗯"一声。"没事了，去吧。"

孟河泽放下剑，行礼。

纪辰："孟兄，我送你。"

宋潜机坐在躺椅上，见二人并肩出门，眼含笑意。

秋冬之交，梧桐叶落之时。

孟河泽不得不承认，仙官府有了卫平打理，比他们刚来时更规整、更像样。

孟河泽："我在华微宗外门的时候，最喜欢说两句话，周小芸他们都听得耳朵长茧了！"

"哪两句？"纪辰好奇。

孟河泽假作愤怒，大喝道："莫欺少年穷，我命由我不由天！"

声音在仙官府回荡。

纪辰拍手。"哈哈，说得好，就像你会说的话。"

孟河泽莞尔。"现在想想，第一句不全对。少年穷，所以被哪个执事瞪一眼，就觉得全世界都来欺你、跟你作对，其实世界根本不在乎你。第二句也不全对——"他回头看宋院，朱门前落叶纷飞，却不显萧瑟，只见一片灿灿金黄，"运几分，强求不来，天不由我；道如何，此心光明，我不由天！"

纪辰愕然。"此心光明，我不由天……"

孟河泽揽过他肩膀，低声快速道："走了，照顾好宋师兄，盯着卫平，宋院、天城、千渠的阵法，决不可交给那厮。"

"好！"纪辰深感责任重大，一夜之间，自己成了家中顶梁柱，"你要去多久？"

孟河泽回头笑："我当然不放心千渠，下雪的时候，你就看见我了。"

初雪落时，千渠郡已有十五万户人家。洪福商队骡马往来，商户入驻天城街道，带来丝绸、棉花、瓷器、首饰，挂起招牌，亮起灯笼，市坊渐成气候。

千门万户张灯结彩，而孟河泽还没回来。

卫平向洪福商贾描述千渠未来图景，将千渠的店铺摊位租出去，又组织千渠商队定期前往洪福，带去秘制的调料、香薰、酒水等等，增加两郡贸易往来。

他像一只辛勤的仓鼠，要赶在冬天之前，积蓄过冬的食粮。

宋潜机劝他："你不用如此操劳。"

"我不觉操劳，宋先生，我今天走在街上，看见千渠郡民换上新棉衣，跟洪福人站在一起，几乎没差别了，我就觉得高兴。"

因为前些天忙碌，宋院的九宫格只有"六宫格"可吃。

今日卫平终于得闲，搬出温鼎和木炭，洗切食材，准备好好煮一顿火锅。

他几乎要忘记来到宋院之前如何生活了。

过眼浮华像水里晕散的墨迹，在柴米油盐酱醋茶里烟消云散。

宋院草木凋衰，白玉梅花独秀，花瓣覆着浅雪，暗香浮动。

石桌上，轻薄的雪粒撒了一层，像谁打翻了盐罐。

卫平放下炭盆，忽然停步，眼睛好像被什么东西刺了一下。

一片红叶出现在石桌边，茫茫雪色之中，好似一摊刺目鲜血。

宋院没有枫树，整个天城都没有红叶。从厨房到石桌只有二十六丈，这片叶子神出鬼没，他什么也没感觉到。

卫平拈起红叶，悚然惊醒，转身四顾。

院里无人，冷意从指间传遍全身，冷得他牙齿打战。

那件几乎被他彻底遗忘的事终于重现，那是他来千渠的真正目的——"刺杀之约，红叶为凭"。

"怎么了？"一道清淡的声音响起。

卫平回头，宋潜机披着黑狐裘，跨进朱门，立在漫天薄雪中。

他看见了？！

卫平将红叶攥在掌心，大袖垂下，重重遮掩。

宋潜机看到红叶，看到我脸色变化了吗？

红叶是凡物，毫无术法痕迹残留，就像一片六角雪花飘落梅间，悄然来去，不惊动任何人。

送红叶的人在哪里？可是刚刚走过院墙外？

雪薄，风寒，梅花落。

"没事吧？"宋潜机轻声问，"冷吗？"

卫平见他神色如常，牵动嘴角，摇头。"我没事。我不冷。"

"谁说今日有'拨霞弄'？我来迟了？"

一声大笑落下，纪辰大步进院，金底红花披风迎风招展，领子绲着一圈浓密的白狐毛，独领风骚。

卫平抬眼，眼中寒光一闪而逝。

会不会是纪辰？他主持宋院阵法。叶子刚到，他就出现了。

不可能，他没这个脑子。

"你来早了，我还没调料。不如我们去市坊吃烤肉吧，宋先生觉得如何？"卫平表面不露分毫。

纪辰委屈："风雪天就该吃火锅，滚汤如浪，肉片如霞，'浪涌晴江雪，风翻照晚霞'，吃个烤肉算怎么回事？不应景。何况你做的千渠十六香腌肉料已经远销海外，咱还犯得着去街上吃吗？"

卫平笑了笑："那家主厨得我真传，还自己改良了腌肉配方，用炭用油都更讲究。"

纪辰不信。"能比千渠十六香更好？"

"当然。洪福郡的老饕，为了吃一口刚下烤架的肉，提前半个月排队订位子。"

宋潜机知道那家店是卫平开的，店里厨子原本是河道边的伙夫。"走吧，去尝尝。"

天虽落雪，长街却温暖明亮且热闹。

灯火璀璨，亮如白昼，行人络绎，汹涌如潮。

三人出行，纪辰跑在最前面。"天城真的今非昔比了，卫兄，你真把千渠的商路打通了。从前你说，总有一日，要天城通宵不夜，人人向往。我看有戏，差得不远啦。"

卫平不答。

他不想留在落红叶的院子，出门却更后悔。

一路紧跟在宋潜机身边，目光飘浮。赶高马的富商、推驴车的小贩、叫卖的老摊主、招揽生意的小伙计、妇人怀里流口水的孩子、结伴嬉笑的小姑娘——每个擦肩而过的路人……

他心里有鬼，看谁都像鬼，都像来杀宋潜机的刺客。

纪辰察觉不对。"卫平，你今晚怎么魂不守舍的？"

宋潜机转头看卫平。"你累了，我们就回去。"

他今夜戴幂篱，旁人看不清他的面容和神色。非他所愿，仙官晚上逛街，容易被激动的百姓围住，引发交通堵塞。

"不累。"卫平信口胡诌，"刚才看到一个姑娘从灯下走过，模样很美，才看得呆了。"

谁知纪辰立刻精神抖擞。"舍妹也生得美，你觉得她怎么样？要不要考虑一下？你送红颜花炖雪蛤给她，是不是对她有意？她昨天还向我夸你，说以后你的道侣能天天吃你做的饭，一定很幸福。不得了，你俩一个爱吃，一个会做，天作之合，天造地设，天衣无缝，简直令天怒人怨……"

宋潜机忍不住笑意。

卫平："纪兄，若非今晚，我差点忘了你还是个话篓子。"

换作孟河泽，一定转身溜走，但卫平会转移话题。"到了，这是我开的店，请纪兄赏光。"

门口排号的食客都在咽口水、抽鼻子，油香、肉香、料香，混成一种复杂奇特的香气，勾魂夺魄。

纪辰抬头望。"太平记？你开一家烤肉店，为什么叫'太平记'？招牌也平平无奇。"

"我名为平，本就平平无奇。"

纪辰原地转了一圈，指指点点："你看左边'富贵记'，右边'荣华记'，街对面还有洪福第一商的'锦绣堆'绸缎庄分庄，人家牌匾都比你的大比你的亮，你心理平衡吗？"

卫平无言以对。

"我倒觉得这名字不错。"宋潜机仰头望匾，"享富贵易，得太平难。字也不错。"

纪辰惊道："卫兄，这招牌是你亲笔写的？宋兄可是书画试魁首，摘星台上，一张《英雄帖》打趴天下文墨英雄，他说你字不错，一定是好极了！"

"我……我练过一点。宋先生谬赞。"

说者无心，听者有意，卫平呼吸节奏微乱。

"卫恩人，您来了！快里面请。"

幸而门口伙计机警，一眼认出卫平，当即招呼进门，请上二楼包厢。

门口排队的食客目露羡慕。"他们一定是传说中的天级贵客。"

另一人珍惜地摸摸自己的号码牌。"我再吃两顿，就升地级了！不远了！"

"我才黄级啊。除了吃到天级，还有没有不排队的法子？"

"有，咱们从洪福搬家到千渠，报名仙官府招工，评个'开河先锋''开路先锋'，不仅不用排队，结账还打折。"

"这法子等于没有嘛！"

宋潜机听见，暗笑卫平花样多，心思活。

烤盘生烟，烟云缭绕，滋滋作响。现切肉片亮红轻薄，雪花纹路均匀细腻，遇热瞬间变色，筷子一夹，摁进料碗里。

腌制的烤肉串味道更浓郁，一口咬下，汁水四溅。

纪辰吃得不肯抬头，碗筷磕碰，敲作乐曲。

卫平自己不吃，只给宋潜机烤肉、蘸料。"屋外下雪，屋里吃雪花牛肉，这次可应景了？"

纪辰含糊道："应景应景，好香好香！"

宋潜机道："我自己来。"

对方有时过于细致周到的照顾，令他感觉不自在。就算是亲儿子，也不会事事服侍老子吧？

卫平正要拒绝，忽听一阵渺渺歌声："白刃仇不义，黄金倾有无。杀人红尘里，报答在斯须……"

他们的包厢临街，那歌声带醉意，时断时续，从楼外飘进来。

"对面绸缎庄二楼有人唱歌？"纪辰惊喜道。

卫平垂眼，黑眸微冷。

他耳畔响起一道传音："卫真钰，你说我长得像姑娘吗？"

先前纪辰问卫平为什么魂不守舍，他说看见街上一个漂亮姑娘，看得走神。

"原来从那时候开始，对方就跟着我了，"卫平想，"我却没有感觉到。"

第二次了。

他身下椅子好似变作烤炉炭盆，烟熏火燎令人汗如雨下，难耐至极。

卫平站起身。"我去后厨看看。纪兄，你替我'照顾'一下宋先生。"

纪辰："放心去，我会烤，一定让宋兄吃饱！"

"你们是不是忘了一件事？"宋潜机伸出五指，比画在眼前，"我自己也有手。"

纪辰捶桌大笑。

卫平见纪小少爷懵懂，只好传音点破："夜市鱼龙混杂，小心陌生人打扰。"

纪辰直接张口问："我们坐包厢，怎会有人打扰？"

卫平尴尬点头，转身下楼。

歌声转了几个弯，那人还在对面绸缎庄，乐此不疲地唱，意在请他这个"同伙"一见。

若对方今夜要直接动手，不会轻易显露踪迹，惹人警觉。

无论是求财还是求名，来暗杀宋潜机都不是一个聪明的选择。失手不能及时逃脱，必然要付出生命代价；得手后若露了踪迹，也要承受宋潜机身后靠山的报复。

敢接这种硬活的刺客，除了自己，卫平一时想不到别人。

他没有撒谎。他的确去了后厨，的确视察过切肉、炒料、装炭、洗碗伙计。后厨伙计大多身有轻微缺陷，做粗重农活不方便，能来太平记挣工钱养家糊口，都很感激卫管家，称他恩人。

卫平不好意思，问候厨子、伙计一番，自厨房进菜的后门钻出，悄然绕到绸缎庄门口，直上二楼。

楼下排队的食客捧着免费热茶喝，羡慕地望着被叫到号码的人。

纪辰笑道："卫兄做这生意倒是容易。这半条街数这家店最旺，虽叫太平记，也能气死周围那些'荣华''富贵''锦绣堆'。"

宋潜机道："你觉得容易？"

"有肉有料就能开张。客人自己动手烤肉，轻轻松松日进斗金。还不容易？"

"那你可知，从何处买肉、每天买多少，既要新鲜，还要充足？哪种炭烧起来烟气少不呛客人？店里烟火多，冬天如何通风又保暖？桌椅地板涂哪种漆，防火又防潮？碟碗用哪种，好看又经得住烟熏？制作调料、训练伙计、保证卫生……你愿意做吗？"

宋潜机每问一个问题，纪辰就摇一次头，摇得头晕眼花。"我不愿意！"

宋潜机笑："麻烦在人后，人前才得几分容易。"

纪辰忽道："就像宋兄？我看宋兄做事，也觉事事容易，想必经过许多辛苦。"

宋潜机一怔。

纪辰又挠头。"这生意放在洪福郡，一定更赚，卫兄为什么不去洪福开几家分店？"

宋潜机道："千渠坊初建，他为了吸引更多外地人来千渠，只得如此。"

纪辰大呼佩服，将烤好的雪花牛肉夹进卫平的碟碗里，忽然叹气："我有时候真不知道，卫兄这么忙，恨不得把自己瓣成八瓣，他到底想要什么？"

宋潜机笑问："你想要什么？"

"我？我想要的，已经有了。每天做喜欢的事，琢磨变化多端的阵法，能保护妹妹，被兄弟需要，大家开心，我就开心。"

"你不想做天下第一？"宋潜机问。

纪辰抖开一块缎光锦帕子，擦了擦嘴角的调料。"有孟兄去争天下第一，我可以做天下第一的好兄弟啊！"

雪白的帕子沾上猩红的辣椒粉，似雪地落下一点血色。

纪辰忽然想起什么，兴奋道："宋兄，我今天送来的红叶你看到了吗？全天城都没有这个！"

千渠修士皆知，宋潜机喜欢各种作物，无论花草树木，还是稻谷玉米土豆。有种子最好，没种子有花叶果实，他看了也欢喜。

宋潜机擦手，神色分毫不变。"也算见着了。你从何处寻得？"

"我来的路上有洪福小贩叫卖，很便宜，读书人买来做书签，姑娘家买来簪在鬓角。我就知道你一定喜欢，想给你个惊喜。"

"有心了。"宋潜机说。

纪辰喜道："不客气！"

烤肉渐渐凉透，香味消散，失去诱人的金黄色泽。

这世上为何没有让食物保持最鲜美状态的阵法？纪辰替卫平感到可惜。"他还会回来吗？"

宋潜机望向窗外。

街道灯火通明，人声吵闹。雪花却落得很安静，绵密而轻盈，被一串串灯笼打出的光束照着，飘飘荡荡。

对面楼上歌声已歇，灯火飘摇。

"回不回来，要他自己选。"宋潜机说。

纪辰眨了眨眼，茫然地笑："这有什么可选？"

绸缎庄新开业，一楼多是挑布料的年轻女客。小伙计们妙语连珠，客人挑什么花样都夸好看。

一群少女嬉笑声如百鸟争春，很是动听。

卫平穿过笑闹的人群，直向楼上走去。

"卫总管，今晚来了个客人，非要包场二楼。"绸缎庄掌柜苦着脸，"您看看一楼的绸子？若是没瞧上眼，明早我亲自送一批新货到仙官府，请您挑选如何？"

卫平心情不好，冲楼梯冷冷喊话："裁衣服又不是吃饭，我竟不知，还有包场一说！"

掌柜赔笑，忽听有人道："让他上来吧。"

声音从楼上飘下来，轻得像旋转的雪花，有种轻薄艳丽的感觉，语调也像唱歌。

卫平近距离听到这声音，一颗心往下沉。但他神色仍镇定。

上得二楼，笑闹声忽而远逝。灯静静燃烧，照着四面高挂的锦缎。

洪福锦缎图样繁复，五彩缤纷，只见那"花团锦簇""雪浪水纹""孔雀开屏"……如一幅幅画卷垂落。

卫平绕过重重布架，从储物袋召出了剑。

楼下太平盛景看得见，楼上杀机摸不着。

布架尽头，那人拿着剪刀，伏案剪裁锦缎。他背后垂着巨幅百花缎，烛火照耀下光彩潋滟，令他好像坐在繁花深处。

不用尺子，更不用画线，"唰啦"一声，一刀两断，准到毫巅。

卫平目光一扫，桌上还有针线、顶针等物。

"好手艺。"卫平笑起来，"原来还真有人放着成衣不穿，自己当裁缝？"

那人也笑:"好闲情。原来还真有人放着钟鸣鼎食、通天仙途不要,留在这穷乡僻壤的凡尘,给别人当狗。"

他说着,竟然学了两声狗叫。

卫平不生气,笑意渐深:"蔺飞鸢,我是狗,你又是什么?"

蔺飞鸢换了一把更轻巧的小剪刀,更细致地裁切边缘。"我们都是狗。但我是条无拘无束、没有主人的野狗,比你这家犬当得舒服。你该感谢我,我一来,你终于不用装狗了。"

"谁请你来杀他?"卫平问。

从上楼到此时,他已经问了三句话,但心里真正思考的问题只有一个——此人危险,能不能就在这里杀了?

"当年我欠赵家老祖一个人情,这次他亲自开了口,我就得还。"蔺飞鸢戴上顶针,"我虽是野狗一样的人,也讲'信义'二字。"

卫平:"……但宋潜机并不该死。"

"你何时变得如此天真?没有人生下来该死,只看他的命值多少钱。"

卫平拉开椅子,坐在蔺飞鸢对面。"他们一定出了很多钱。"

陈红烛与卫湛阳订婚,与两情相悦毫无关系,是华微宗与雀舌郡卫家想有更紧密的联系。华微宗和赵家眼看宋潜机坐拥千渠,不断有散修凡人投奔,声势日渐壮大,决不能容忍。

"你不用猜了,华微宗要宋潜机的命做聘礼,事成之后,以一座天级灵石脉矿做嫁妆,送掌门之女陈红烛风光大嫁!至于我,只拿点蝇头小利,一百万。"

一百万。宋潜机确实值得天价。

卫平沉默。他双脚轻动,走近桌案,似要细看锦缎的纹样花色。

"我知道了,你给他当狗当出感情了,不想杀他。"蔺飞鸢忽然大笑,笑声震得烛火散乱,"对不起,但这太好笑了。卫平,你可想过你也有今天?"

卫平握剑的手微动。

蔺飞鸢拈金线穿过针眼,走针灵活,如蝴蝶穿花。"你在这里跟我动手,惊动对面楼上的宋潜机,你怎么解释?"

卫平笑:"误会!你我老相识许久不见。我第一单杀人生意还是你介绍给我的，我怎会想杀你？"

蔺飞鸢没接话，专注地缝了半晌，最后低头咬断拉长的金线，动作熟练而优雅。但他嘴唇殷红，犬牙雪白，卫平看着，只觉得像野兽咬断猎物喉咙。

"哗啦"一声，锦衣飞扬，烛火暗了又明。

蔺飞鸢披上花团锦簇的新袍子，站起身。

他比卫平略高，垂眼看对方。"你不杀他，有的是人要杀他。等他背后大靠山离世，暗杀变明杀。华微宗、赵家、卫家，或许还有别人，上百元婴、上千金丹倾巢出动，一夜之内踏平这小小的千渠郡。你选这路，死路一条。"

卫平握紧的拳头微微颤抖。

他来到千渠之前，从没想到有一天会为一处凡间小郡的命运而愤怒。

"你放过他，他会感谢你吗？你敢告诉他，你是为什么来这儿的吗？"蔺飞鸢身体前倾，低声道，"这事他知道，他能饶你一命？就算他慈悲为怀饶了你，孟河泽、纪辰知道了，饶得了你？还能让你留在他身边？"

卫平猛然后退两步。

——"你最好别让我揪到把柄，否则我饶不了你！"

孟河泽的狠话犹在耳畔。

蔺飞鸢绕过桌案，逼近卫平，在他耳边语气轻快地劝："你跟我一起杀他，他就死。我去告诉他真相，你得死。不是他死，就是你死。聪明人，自己选。"

卫平忽然伸手，一把揽过他肩膀。"死道友不死贫道，当然他死。咱们何时动手？有何计划？"

· 第五章 ·

明刀暗箭，
来者不善

蔺飞鸢说的话，卫平表面附和，心中只信六分。

他说的话，估计对方也半信半疑，所以交代他的计划半露半藏——他知道动手的信号、标记，自己需要做什么事，却不知信号将在何时发出。

卫平试探："不提前说好，我怕到时反应不及。"

蔺飞鸢笑："你又不是主刺，只负责接应我，不需要时间反应。"

"宋院的阵法环环相扣，很难对付，我要提前准备。"

"谁说要潜进宋院杀他？你会在华微宗杀虚云、在你家祖宅杀你太爷吗？"

卫平暗示："如果仙官府还有我们的人潜在他身边，那未尝不可。"

"我知道你想问什么。"蔺飞鸢悠悠道，"向南出了这条街，右转走十步。去吧，晚了可见不上喽。"

卫平快步下楼，楼梯被他踩得笃笃震颤。

掌柜追着送他出门。"卫总管您慢走，有空请宋仙官来赏光啊——"

成串的金黄灯笼从街道两旁的二楼和三楼垂下，雪花穿过光束徐徐飘落，落在行人肩头、脸颊，凉丝丝地冒着寒气。

千渠坊一砖一瓦都倾注着卫平的心血，由他设计监工，招揽商户入驻，眼看高楼平地起，明灯耀彩照八方。

今夜走在这座坊里的每个人，脸上都挂着安宁喜悦的笑意，唯独他不得安宁。

"玉簪、丁香、水仙、红叶……看一看，冬天戴花全街最美，冬天养花过节兴旺！"

卫平一把攥住叫卖小贩的手腕，察觉对方真是凡人，急忙松手。

"卫总管看红叶吗？这可是天城没有的红叶，三清郡特产，早上刚到的新货！"

"哪里来的?!"

卫平一贯见谁都笑,哪儿有疾言厉色的时候。

小贩吓了一跳。"是一个穿花衣的人,今早卖了一箩筐给我,我倒卖只加一点点钱,真不挣什么,都是辛苦钱,这叶送您。"

卫平拍拍小贩手臂,默默转身离开。

——我早该想到。来千渠之后,脑子变傻了,还是越关心的事,越容易被情绪左右?

宋潜机喜好作物,谁得了稀罕花草都要送到他眼前。自己常伴他左右,一定会看到。

蔺飞鸢初来千渠,就用这虚晃一招,让自己疑神疑鬼,疑心纪辰。

那天卫平回来后,纪辰问了几句,宋潜机什么也没问。卫平不知该松一口气,还是该失落。

他白日如常,照样做大管家,照样做九宫格。晚上万籁俱寂,他登上前任仙官居所,天城最高的云楼。

举目对明月,猜测、补全蔺飞鸢计划的细节,低头看天城,地形地貌被刻在脑海,演练对方可能走的刺杀路径。

卫平一天天等待,对方仍不来,且失去音信。

如果不是天城不时出现卖红叶的小贩,绸缎庄夜会就像一场雪中臆想。

只有千日做贼,哪儿有千日防贼。

卫平白天忙碌,暗中准备得越多、越充分,就越觉得不够。

他晚上又开始喝酒。以前天天喝,醉得不知今夕何夕,来千渠之后,再没喝过。

卫平喝完了酒,拍着栏杆骂:"孟河泽,说什么要保护宋师兄,你人呢?留下纪辰那'二缺',他能顶事吗?你别死外面啊!"

独自莫凭栏,因为想不开的容易跳楼。

卫平没跳楼,因为宋潜机需要管家操办一件大事。

"丰收节?是何节日?"

宋潜机正在扫雪、铲冰,他更乐意自己踩着泥水打理宋院,并不让别人帮忙。"我刚才自己想的节日。"

寒来暑往，秋收冬藏。

宋潜机喜欢百花竞放的春，喜欢生机炽盛的夏，喜欢收获累累的秋。

冬天不一样，冬在于"藏"。凡人储藏食物，修士积蓄灵气，世间生机藏在雪下、藏在土里，减少消耗抵御严寒，以待来年又一春。

生死往复，天地循环亦然。

卫平跟在宋潜机身后，不时递热毛巾帮他擦手。

管家的娴静微笑一如既往。"先生为何忽然想过节？"

"大雪之后，天地之间阳气闭藏，阴气上行，适合滋养休憩，放松心情，不宜劳心伤神。若心神缭乱，则有碍修行。"宋潜机看了他一眼，目光隔着冬日凛冽的风，依然温和，"其他事情先放开手，我们过节。"

卫平忽然觉得自己好像赤条条站在雪地里，浑身焦躁无所遁形。

他低下头。"好，我明白了。"

千渠郡要过丰收节，河道、山路、大桥工事暂缓。人们回到村里，在司农、司工的组织下，筹备丰收节大比。

"听说奖品是宋仙官亲自颁发的，是不是真的？"

"比真金真，你要是拿第一，还能跟宋仙官握手！"

不只全千渠喜气洋洋如过年，隔壁洪福郡的刘仙官也发来贺信。卫平前往洪福，采购一批礼花、烟火，请来舞龙舞狮班子，顺便说动洪福郡也派出三支小队参赛展示，大家一起热闹过节。

盛典前一天，主街商铺暂时歇业，街道两侧摆起长条桌，每村村民代表展示当地特色作物。桌上有的放粮食，有的放盆栽树苗。

千渠坊中心搭起大擂台，纪星排练报幕。

少女声音清脆好听，像只报春喜鹊。"甲域一号桌，小岚村'河工队回家种麦子了'小队，选送两石小麦参赛，请上台展示。甲域二号桌，曲河村'比甘蔗汁还甜的甜蜜爱恋'小队，选送十斤甘蔗参赛，请代表上台切甘蔗。花岗村'比帽子更绿'小队，选送八扁担绿豆参赛。"

纪辰露出复杂神色。"卫兄，你搞得这也太……"他想说不成体统，却不好意思，"等孟兄回来，定要说咱们做事不正经！"

"那就让他回来啊！"卫平叼着一根甘草，蹲在台边的柱子上，浑不论地用白眼看人，"让他回来揪着我的领子，骂我王八蛋，骂我不是东西，可他人呢？"

"你……"纪辰呆了呆，好像被他态度吓到。

"我开玩笑的。"卫平恢复正常，跳下柱子，嬉皮笑脸地揽过纪辰肩膀，"他不在，我们更要办好丰收节大比，你看这些来参赛彩排的人，不是很开心吗？谁说比赛一定要正式？都像登闻雅会一样仙气飘飘，不沾烟火，不得喧闹，哪儿有什么意思？"

纪辰思量片刻。"你说得有理。咱们千渠的节日，怎能与修仙界大会一样无趣？"

"你看那边。"卫平伸手指向正与洪福参赛者聊天的人，"他们都穿着新棉袍，戴着新帽子，一样的新样式，千渠人和洪福人哪里差别最大？"

纪辰茫然。"口音？"

卫平摇头。

"肤色？洪福人好像白一点？"

卫平仍摇头。

"那是什么？"

"是腰背。洪福人的腰，挺得更直。"

纪辰咋舌。"这你都能看出来？"

卫平说："腰弯得久了，直起来就难。"

他渐渐发现，千渠人总对幸福和喜悦小心翼翼，好像偷来的好运不敢声张，不敢大声笑闹。

"他们需要真正开心一次。他们也值得真正开心一次。"卫平声音忽低，"谁敢来坏事，我要他的命！"

这天夜晚，宋潜机靠在躺椅上看星星。

冬日恬静的夜晚，夜幕尽头泛着薄红，星辰比夏时稀疏，却更明亮。

卫平从仙官府后门带进三十人，宋潜机随口招呼："来答疑啊？"

却听卫平道："明日千渠坊人多热闹，不好管束，这是我为先生秘密选拔的护卫队。"

卫平选人训练时，没有选天真的纪星，以及随和的徐、丘二人，而是选了更坚韧的周小芸。

其他人也是打猎队出身,与宋潜机从华微宗一路走来,听说要贴身保护宋师兄,表情严肃,强压兴奋。

宋潜机了然。"防止人群踩踏?"

卫平摇头。"引流人群的有我从河工中挑选、训练出的一支城防队。这些人是随行在仙官身边,专门保护你的。"

宋潜机纳闷儿。"我不需要护卫。辛苦了,回去吧。"

放一群人在身边,到底是他们保护我,还是我保护他们?就离谱。给宋潜机找护卫?哪个"伟大天才"想出的荒唐主意?

卫平郑重道:"我觉得你需要!"

他向周小芸使眼色。

周小芸带头喊起口号:"保护宋师兄!保护千渠郡!"

三十人同时喊话,声音低沉,铿锵有力。

宋潜机最后还是默默承认卫平的安排。吃人嘴软。到底吃了无数顿九宫格,对方不做太出格的事情,他愿意迁就一二。

冬日清晨,太阳升得晚,天也亮得迟。

纸窗外落着极细碎的雪花,窸窸窣窣的轻响中,偶尔咯吱几声,是被积雪压下的枯枝和草垛落地的声音。

今年的雪花一定爱极千渠,才落了又落,缠绵不去。

天气越冷,火炕和炉子的温暖越令人留恋。没有人喜欢寒冬早起,今日千渠却早早亮起灯光,各地响起欢乐的人声,邻里相互道喜:

"过节好啊,丰收节丰收,明年也丰收!"

"咱们村派出的队伍,一定能得奖,还能跟宋仙官握上手!"

千渠坊还没开市,天城家家户户已经出门。人们在门前挂上灯笼,一盏盏照亮夜色。

丈夫点灯贴窗花,母亲为小孩穿上新衣,梳头系红绳。然后一家人点了香烛,拜过供奉仙官的小神龛。

神龛隐蔽地嵌在墙内,外面还垂着一层帘子。帘子掀开,才能看见精致小巧、栩栩如生的仙官塑像。

刘木匠灵感如泉涌，每家的仙官像姿态、服饰各异，或站或坐，或严肃或微笑，或穿礼服或穿白袍。

以司农手作的木像为范本，各地工匠推陈出新，上色缤纷而不俗艳。

睡前一拜，一天才算结束，睡得安稳。晨起一拜，一天正式开始，干得踏实。

除了喝果酒醉倒那夜，宋潜机生活极规律，无论寒暑，都在差不多的时间醒来。

他推开门，几次呼吸，让早晨寒冷又清新的空气充盈肺腑。

阶前一排小麻雀闻声扇翅飞起，却不害怕他，像好心为他让路，不慌不忙地落在梅花枝上。

雪已停了，一轮残月，两点疏星挂在曲折遒劲的梅枝间，透出黎明前淡淡的光彩。

宋潜机走到院中，刚拿起扫帚，忽然停步。"不妙。"

灰色麻雀机警地转动乌黑圆眼，扑棱翅膀，震落几分积雪落在他肩头，好像问他：良辰美景，哪里不妙？

"修为又要涨了？就算有不死泉，也不该涨得如此快。"

河里结冰，水还没涨，宋潜机的修为先像春水一样涨起来。

有的修士急求突破，过量服用丹药，突破后境界不稳，灵气虚浮。有的修士根底扎实，不用灵气冲击瓶颈，先反复捶打经脉，等根基扎实，再闭关突破。

宋潜机一直压缩体内灵气，压制境界。如今"地基"打得太扎实，已经无处可打，若更近一步，他只能再上一层楼。

宋潜机闭目，经脉中如烟似雾的灵气不断收缩，渐渐凝为几滴银色液体，轻轻震颤。

天渐渐亮起，冬日朝阳冲破薄雾，庭中积雪在阳光下反射着一层明亮灿烂的银光。

宋潜机睁开眼，雪地亮得晃人眼。他衣发被晨露沾湿，长长呼出一口白气。"希望今日无事，否则……"

"宋先生！"卫平拎着食盒进门，"请用早膳。"

他平时衣着朴素简单，今日换了晴山蓝的新袄，领口绲一圈白绒毛边，平凡面容也显得亲切可爱。

宋潜机吃了热腾腾的皮蛋瘦肉粥和涂着酱汁的薄脆煎饼。卫平为他擦过手,系上厚实的黑色狐裘披风。

护卫队等候在仙官府门口,接宋潜机上辇。

步辇进入千渠坊,积雪消融,温度瞬间升高。坊间红缎飘飘,阳光下鲜艳如火,彩绸横空,像一座座虹桥。

数千人聚在街道两侧,欢呼声震天。

宋潜机不甚自在地挥手,引来更多尖叫。

其他郡仙官偶尔出行,礼乐庄严,百姓伏跪于地迎接,大气不敢喘。宋潜机出行,却给人一种奇特感觉:好像偷偷供在家里的木雕、泥塑或铜铸神像忽然活了,变成一个真人,正在护卫队簇拥下,向他们迎面而来。

"是宋仙官!真的宋仙官来了!"

"宋仙官过节好,看看我!"

"啊,他刚才看了我一眼!"

沿路身穿软甲、手持盾牌的河工经过训练和彩排,一边镇定地隔开人群,留出步辇通行的道路,一边高声维持秩序:"禁拥挤,禁追赶,禁扔花草瓜果、绣帕肚兜等一切杂物——"

宋潜机心想:"不如在我脚边立块牌子,就写'禁止投食、合照五块'。"

卫管家保持着微笑,嘴角弧度僵硬得一成不变,眼珠却警觉地四处转动。

他仰头,目光穿过激动的人群,望向街道边大开的窗户。

"千渠坊的二楼和三楼全部清空,每扇窗户都要留人把守,所有屋顶都要有人。看见形迹可疑的人,立刻发信号通知我。大家辛苦这一次,我请大家吃烤肉。"

徐看山、丘大成听他布置时,只当他担心人多踩踏,或者有人看到宋仙官太激动,想冲上步辇握手拥抱,吓到深居简出的宋潜机。"卫总管哪里的话,咱们都是为了丰收节大比顺利进行,不辛苦。"

卫平又看向屋瓦和飞檐,暗中点头。

"我需要你在千渠坊布下刀网阵,如果有人捣乱,护卫队反应不及时,你就立刻动手。"

"卫兄,过节那天人山人海,众目睽睽。光天化日之下,谁来捣乱不是找死吗?一人一口唾沫,都能淹死他了。"纪辰懒懒地说,"本来的千渠防护阵还不行吗?大过节的,你不是真想杀人吧?"

卫平态度坚决。"我不要护阵,我就要杀阵,一击能杀灭金丹,能把元婴打得半死的有没有?"

"卫兄,我才什么修为?我才学阵多久?你想让我的杀阵有那等威力,就只能发动一次。"

卫平:"够了,对方也只有一次机会。"

纪辰可怜兮兮地打哈欠:"今天这么冷,我被你从被窝里揪出来吹风,还要听你使唤布阵,看在如此兄弟情深的分上,你要不要考虑一下我妹妹?"

卫平摸他凌乱的鸡窝头。"我烤肉给你吃。"

"我不要你烤肉,我要你考虑我妹。"

"行行,考你妹嘛。"卫平连哄带骗,最终骗来纪辰一套阵法。

步辇行至千渠坊中心的高台边,缓缓落下。在纪星清脆的报幕声中,宋潜机上台入座,卫平站在他身后。

左右两人则是他的左膀右臂——司农刘木匠、司工铁三牛。

终于到了宋潜机最期待的环节,谷子、玉米、甘蔗、绿豆、大豆等作物和不同种类的盆栽接连登场。

无论他是问栽培时一天浇多少水,还是问用什么施肥,参赛者都对答如流,恨不得倾尽所知。

宋潜机心中直呼过瘾:"华微宗登闻雅会时,也有人在小楼上办赏花会,听说名花纷纭,我乘兴而去,却发现她们只是一群外行,不懂种花门道。今日我办这丰收节大比,才是名副其实。"

如此饱满的种子,颗颗富有光泽,如此灵动的小苗,冬日也长出翠绿嫩芽。如此多的农耕高手、种地行家齐聚一堂。

纪星高声道:"经过一轮紧张激烈的角逐,河东村'修桥队回家种豆子'小队,选送的六斤大豆脱颖而出,获得丰收节一等奖,请司农颁奖,代表上台领奖。"

宋潜机伸出手。"恭喜。"

河东村村长一声抽气，直直向后仰倒。

宋潜机急忙伸手扶。

旁边同乡用雪拍村长面颊。"不能晕，机会只有一次，晕了就握不上了！下面画师都安排好了！"

村长立刻清醒，一把握住宋潜机双手。"宋仙官，感谢您！"

宋潜机："是我要感谢先生，今日我获益良多。"

台下众人满脸羡慕。

"这下他们村，全都光宗耀祖。谁让人家村长脑子好使，参赛还带了个厨子，现场表演煮豆、炸豆、焖豆，太香了。"

"我们村也不差，洪福商队的人刚才看见我们村的棉花，想订走一批，现在就要付订金。"

气氛最热烈时，千渠坊几乎要被人声掀翻。

卫平丝毫没有放松警惕。直到比赛尘埃落定，宋潜机在欢呼声中挥手走下高台，向步辇走去，他才吐出一口气。

这个节日没有结束，千渠坊还有舞狮舞龙巡街、千发礼花闪耀、唱戏班子登台表演，热米浆免费发放，足以让每个千渠人笑闹一场。

宋潜机最期待的事已经完成，他即将打道回府。

卫平跟在宋潜机身后，神经舒缓，终于感受到节日气氛，嘴角绽放自然的笑意。

恰在此时，一抹刀光在人群中亮起，反射阳光，刺目如雪。

今日千渠坊聚了很多人，不只千渠人，还有隔壁洪福郡的参赛队、其他郡国的商队，以及游历至此来看热闹的散修。

画师们有专用桌椅，占据着视野较好的位置。

挥舞鲜花、彩绸的姑娘们挤在人群最前，争着一睹仙官风采。

老人和抱孩子的妇人大多在后方，那里人流较稀疏。

华美高大的马车、简陋的驴车、拉菜拉粮的牛车拴在路边桩子上，有人撩开车帘伸头看，或站在车上张望。

值守在房顶的打猎队弟子向下俯瞰，整座千渠坊像一锅多姿多彩、内容丰富的大烩菜，一切都暴露在冬日清澈的阳光下。

青天白日，人山人海。

刀光亮起的一刹那，人们以为这是安排好的即兴节目，与舞龙舞狮类似的舞刀表演。

所有人愣怔时，卫平飞身迎向刀光。他没有出剑缠斗，一次打出十八张冰冻符。

刺客瞬间凝固成冰人，保持着出刀的动作。

卫平惊魂未定，心道不好，只见蔺飞鸢模样的刺客全身冒出白烟，眨眼化作一张轻飘飘的人形剪纸，自燃殆尽，徒留一层花衣委顿于地。

"是化身术！来的不止蔺飞鸢一人！"

蔺飞鸢只会刀剑，不通道术。

又一道刀光在卫平背后亮起，他仓促回身招架。

与此同时，不知何处响起凄厉哨音。

道旁惊马嘶鸣，骏马高高扬起前蹄，数十匹马发疯般横冲直撞，房屋倾塌，烟尘四起。

惊呼声、叫喊声、哭号声一齐爆发，人群哄然奔走，场面瞬间混乱。

车倾倒，马嘶鸣，瓜果乱飞，烟花爆炸，火光冲腾。

马踩人，车撞人，人推人。

周小芸嘶声："保护宋师兄——"

宋潜机负手立在原地，不动如山。"去清场。"

他声音不大，却极威严，不容置疑。

周小芸咬牙，高喊："护卫队跟我清场！"

护卫队转头而去，散入人海，勒住发疯的马，背起吓晕的老人，从马蹄下抢出哭喊的孩童。

防护阵开启，柔和金光普照千渠坊，减缓一切冲撞力道。

窗边、屋顶的外门弟子从天而降，扑灭火势，斩破人群中作乱的纸人。

护卫队和城防队迅速组织，场间恢复秩序，好像排练过很多遍，人们紧张地向街外撤离。

一丈高的惊马双眸血红，拉着马车冲向宋潜机。赶车马夫抽剑时，挑扁担的小贩、抱头逃窜的富商、提裙子的女人同时动了，他们脸上惊惶神色消失，一齐出招，前后左右封死仙官退路。

卫平回头，目眦尽裂。谁说刺杀一定要趁月黑风高、四下无人？

蔺飞鸢先前故意让卫平以为刺客只有他一个人。但一场刺杀绝不是两个人的较量。双方各出手段，力量、速度、神通、诡计，倾尽所有。

宋潜机四面无人保护，只有来敌。

四人眼中闪过势在必得的残忍笑意，忽然面前金芒一闪，似刀刃凌空刺来。四人身体被金色光芒贯穿，血光四溅。

骏马倒下，车厢被狠狠摔出，厢内传来一声惨呼，随后没了声息。

房顶上，纪辰腿一软，拿阵盘的手剧烈颤抖，脸色惨白如纸。"好险，好险，四个金丹啊……"

他的杀阵只能用一次，混乱发生时，他知道自己必须在最合适的时机，杀死隐藏最深的最强刺客。

方才人潮汹涌的闹市，顷刻间狼藉遍地，风烟滚滚。纸人燃烧殆尽，人群撤走大半，街道空出。卫平用最快速度掠向宋潜机身边。

眼看尘埃落定，他们已度过此劫。

有人比所有人更快。

出乎意料，倒在宋潜机脚边的车厢轰然爆裂，一道刀光飞出。刀光照亮宋潜机脸庞，反射阳光，很是刺眼。

"宋师兄！"无数声嘶吼几乎同时响起。

刀锋劲气形成一面阻隔屏障，将宋潜机笼罩。吹起宋潜机乌黑发丝，拂过他脸颊，有点细微的痒。他眨了眨眼，好像被刀光刺痛。刀身宽且长，这样一柄刀，杀过无数元婴，一刀下去，能将一座小山从中切开。

宋潜机只伸出一只手，垂落的广袖被劲气吹起，如风中残花。

最后关头，蔺飞鸢仍面无表情地保持冷静。

闹市作乱，乱中杀人。就要青天白日，就要众目睽睽。

被下药的马，裁纸做人的术，马夫、小贩、富商、女人，兔起鹘落，环环相扣。可惜宋潜机毫不犹豫地下令清场，混乱结束得太快，否则他们可以更占先机。

但没人会对已经发出惨呼的车厢保持警惕。宋潜机心思再深，都会下意识认为里面是被误伤的凡人。

蔺飞鸢制订计划时，有人问他有必要做到这一步吗？不就是杀个修为低微、靠山很大的小仙官？

宋潜机看上去像个被保护者，他擅长耕种、喜爱草木，没人亲眼见过他出手。

蔺飞鸢不会被这些表面现象迷惑，他坚信能得到许多崇敬和感佩的人，绝不可能只靠品德或恩情。或者说，他根本不相信品德、恩义、以德服人这些东西。

宋潜机越显弱，他越警觉。

如果宋潜机打开宝匣，砸来一座画春山他该如何应对？用七绝琴呢？用屠龙阵呢？

不管他用哪位圣人的传承，必然动静极大、惊天动地，放在平原或天上云里，一定是大杀招。但千渠坊高楼林立，人潮汹涌，刺杀一起，人仰马翻，大神通不易施展，反而束手束脚。

蔺飞鸢倾尽灵气，斩出最强一刀。刀虽宽大，却足够迅疾。

风起云涌，飞沙走石。

宋潜机手中空空，伸出一只手。他两指微动，竟空手轻弹刀身。

"铮——"

金石相击之声响起。

一刹那，寒意从刀身浸透四肢，刺客动弹不得。蔺飞鸢看到了比太阳更明亮的光芒，感到死亡的阴影和恐怖。

刀身从中间断开，持刀的右手从指头到手腕，骨头寸寸碎裂。

宋潜机只弹出了一滴水。他今晨出门前，为压制境界，将经脉中饱和的灵气百倍压缩，凝结成水。

"希望今日无事，否则……"他望着刺客惊骇、不可置信的眼神，心中补全后半句，"算他倒霉。"

蔺飞鸢本命刀被毁，吐血遁逃。

卫平飞掠而至。"宋潜机！"

他忘了称先生。

宋潜机战力强大，强得不讲道理、不可思议，出乎所有人预料。他没想到，刺客也没想到，接下来封锁搜查，蔺飞鸢逃不远的……

"当心！"一股大力向他袭来，瞬间他被拉到宋潜机身后。

当剑尖穿透宋潜机身体，滚烫鲜血溅在卫平脸上时，卫平才意识到发生了什么。

一个刺客不会只有一种本命法器。不承想，蔺飞鸢重伤之下，竟假作遁逃，反手一剑刺出，刺的却是卫平。

这一剑无声无息，没有灵气泄露，没有破风声。剑身漆黑，即使在正午烈日下，也不见一丝光芒。

明刀、暗剑。

血滴从卫平的脸颊、眉梢滚下。他听见宋潜机闷哼，看见挡在身前、被血染红的背影，一刹那浑身凉透，瞳孔涣散。

宋潜机中剑了。

原来这场刺杀，最后一环是他自己。

蔺飞鸢的本命剑也被宋潜机折断，身形倒飞出去，撞断高台。

护卫队从四面八方奔来。

纪辰红着眼，剑压在刺客后颈。

刺客伏地呕血，被无数柄刀剑愤怒地指着，却抬眼望向宋潜机方向，目光复杂。好像问他为何手下留情，宁愿自己受伤，也要留敌人一命。

"都别动手。"宋潜机说，单手拉回疯魔一般的卫平。

这一剑本来伤不了他。刺客有伪装面容的手段，但宋潜机认出这柄剑时，脑中灵光一闪，匆匆收手换招。是蔺飞鸢的"晦剑"。他不想杀这个人。

卫平脸色惨白，浑身颤抖。"你……你没事?!"

宋潜机毫不在意。"皮肉伤。"

身体在不死泉的滋养下，连血都不流了。

宋潜机走向蔺飞鸢。"押回宋院。"

如果愤怒能杀人，蔺飞鸢和他的同伙已经死了千万遍，而不是像死狗一样被押着。

蔺飞鸢声音嘶哑，盯着宋潜机。"成王败寇，你要杀就杀，要砍就砍……"

他双臂骨头断裂，肺腑重伤，每说一个字，就有鲜血从口鼻涌出，但他还是抬头冷笑："何必惺惺作态?"

熟悉的眼神，熟悉的表情。

宋潜机皱了皱眉头，转身就走。"给他治伤。"

"宋先生，此人……"卫平追上去，却被打断。

宋潜机置若罔闻，大步向前，大声厉喝："谁想杀我，自己提着剑来，我等着——"

他肩头伤口崩裂开，鲜血淌下，滴在青石板上。声音在风烟狼藉的长街回荡，传出千渠坊，传向更远处。

卫平从没见过宋潜机大声说话。

纪辰、周小芸、徐看山、丘大成……每个外门弟子，都没见过宋潜机这般模样。无论答疑、画符、下棋、种地，他一直都很温和、眼中常有笑意。

长街寂静，只有宋潜机的厉喝声，如雷音震荡。

众人愕然。他在对谁说话？为什么他出手时平静、平稳，留余地、有分寸，此时却忽然动怒。

"轰！"

真正的雷声炸开，天光忽暗，天地间灵气纷乱，劫云汇聚。

宋潜机情绪一动，气息直冲云霄，修为再也压制不住。

紫色雷电似一条长龙，在翻滚的黑云中穿行。

雷劫到了！

"退后！"宋潜机转头厉喝。

他必须立刻渡劫。

最不愿发生的事，还是来了。

卫平不走。"我给你护法！"

宋潜机替他挡了蔺飞鸢一剑，嘴上说皮肉伤，肩膀伤口却还在流血。谁知道到底伤势如何，他是不是在强撑。

纪辰表现出前所未有的强硬，强行拉开卫平。"相信宋兄！你想过去替他扛雷，他还要分心护你！"

雷劫乃天道考验，无视任何防护阵，也是天道的恩赐，其中蕴含能量。

修士出关后渡劫，大多选在风水宝地，方便吸纳灵气，还有师父或者家族长辈在身旁护法。

家底更厚者,提前服用炼体丹,增加扛雷力,再服化雷丹,尽可能吸收雷劫中能量,淬炼经脉。

同样是被雷劈,有人表皮焦烂流血,但脱胎换骨,下次突破更顺畅。有人法宝齐出,勉强扛过雷劫,只落得一身伤,除了冲破境界,没得到半点好处。

能从雷劫中吸收多少,要看渡劫者根骨天赋,看护法者经验,也看运气。

仰望雷霆劫云,众人脸色发白,神魂震颤。这是天道力量对修士的威慑,如地震、海啸威慑凡人。

纪辰张着嘴:"怎会如此?我叔父结婴时的雷云也没这么厉害!"

整个千渠郡尽在笼罩之中,整个天西洲同观此劫。

万千修士走出洞府、走出殿宇,会聚在山巅楼顶等开阔处,运起灵气张望。

好事者乘上飞剑,看得更远。

"何方老祖渡劫?"

"电光为浅紫色,此人骨龄尚轻,谁家后辈渡劫?"

"如此声势,难道子夜文殊在天西洲?"

"不对,这是金丹劫,云在千渠郡方向!"

华微山上,飞剑如林。

虚云真人端坐乾坤殿,脸色比雷云更阴沉。

算日子,今日是刺杀之日。

宋潜机不但没有死,反而要渡劫。

赵家祖宅深处,一声苍老的叹息响起。

赵太极知道老祖为何叹气,刺杀失败,蔺飞鸢必然死了。

他不敢进屋,立在白雪覆盖的院中,几乎变作一个雪人,仰头恨恨道:"只愿他已受重伤,无力扛劫。"

宋潜机前世硬扛惯了,此时毫无畏惧。

他面沉如水,双手上举,迅速变化,结出法印,喝道:"来!"

雷霆蓄势完毕，紫电闪烁，黑云裂开缝隙，一道通天彻地的紫色雷光柱形成。

此雷声势浩大，劈中宋潜机后，整个千渠坊恐怕要迎来一场地震。

参加丰收节大比的人已经在城防队引导下撤出千渠坊，聚在主街上。

人群混乱之初受到惊吓冲撞，所幸无人受伤。

纪星运起灵气，高声指挥人群撤离："里面有刺客，都是修士，非常厉害，大家不要进去……"

"宋仙官遇刺，我们逃走了，他怎么办？"刘木匠忽然问。

凡人对修士的天然恐惧在这一刻消失，一批千渠人不愿意走，就近抄起竹竿、扫帚、菜筐。"杀刺客，保护宋仙官！"

群情激愤。司工铁三牛喊道："纪仙子，你带我们杀回去吧！"

"啊？"纪星吓了一跳，"那……那刺客已经被降服了！"

平时挖河道、种地的时候，一个比一个老实肯干，谁承想忽然爆发出如此声势。

天色骤暗，阴云汇聚，紫电闪烁，威压磅礴。千渠人从未见过如此震撼的异象，仿佛只看一眼，就已被抽干浑身力气。

纪星喜道："雷劫来了，宋师兄要渡劫了！大家不要进去，让他专心突破！"

不知谁指天嘶喊道："宋仙官是好人，他不该遭雷劈啊！"

"宋仙官不该遭雷劈！"

纪星哭笑不得。"这是雷劫，是好事呢。"

宋潜机仰头，巨大的紫色电光柱降下。

是降不是劈，竟没有声音。

宋潜机神色一变，眼睁睁看着雷光落下，但他周身升起一层淡淡金光，形成防护罩，将雷电隔开。

金光罩似有温度，天降雷柱如积雪迅速消融，其中丝丝缕缕的紫烟穿透屏障，似甘霖，似薄雪，轻柔地落在他身上、脸上，穿透表皮，穿透血肉，滋润每一根骨头、每一条经脉。

"功德金光护体！"卫平惊呼。

"那不是书里的传说吗？"纪辰愣怔。上一刻他还感觉宋潜机要被劈得九死一生，下一刻柳暗花明金光暴涨。

传说上古大能渡劫，有德者金光护体，尽得雷霆之力而毫发不伤。

宋潜机怔怔放下双手，经脉中灵露向紫府汇聚，凝成一颗飞速旋转的金丹。金丹不断变大，一瞬间冲破金丹初期，金丹中期，金丹后期，金丹大圆满。

他比茫然的凡人更茫然。

"轰！"

他周身威压爆发，碎丹成婴！

元婴迅速吸收雷中能量，光芒四射，不断变化。

宋潜机回神，急忙稳定气息，强压境界在元婴中期。

雷光终于消散，黑色劫云变色，化为彩霞漫天。狂风变得轻柔，风中似有乐声响起。

"宋师兄竟连破两劫！"

卫平、纪辰等人狂奔而来。宋潜机在众人簇拥下吐出一口气，他张嘴想说话，忽然体内净瓶剧烈震荡。

吸收天雷之力的不死泉猛然涌出，将他神识瞬间拉入紫府。

耳畔一片焦急惊呼声，宋潜机向后倒去。

闭眼前只有一个想法：大意了，不死泉也来搞我。

宋潜机站在一片金黄的麦田上。阳光灿烂，微风拂过，麦浪滚滚，似梦似幻。

宋潜机自嘲一笑："不是吧？"

天地至宝之所以珍贵，是因为它们不仅可以攻击、治疗，还能为修士开辟出"界域"。

前世宋潜机被联合追杀，皆因一条不知何处而起的流言：传闻他将用净瓶中的不死泉，自创一方小世界，在其中做创世者、主宰者，不管此世死活。

擎天树一死，服从他的人，他就放进他的界域里做奴隶；反抗他的人，只有死路一条。

人们不信一个声名狼藉的泥腿子真会救世。

宋潜机的界域，如今只是紫府中的虚影，不断波动。等界域凝实之后，显化于外，自成世界，由他创造规则。

这是何等强大的力量和权力。

宋潜机在麦地里躺了一会儿，眯眼晒着虚幻的阳光。

"古籍上说，千渠王的界域是棋枰，苍穹为盘星为子……传说洗剑尘的界域是一座剑林，万剑森森，白骨遍野……光阴长河里，卫真钰化神之后的界域是一片火海，熊熊烈烈，焚烧万物。

"我要是跟人打架，放界域出去，哇，一片麦田，敌人不笑我吗？这合适吗？像话吗？"

宋潜机冷笑三声，净瓶轻轻一震，不死泉神力迸发。

天色忽变，一场疾雨劈头盖脸砸在麦田上。

宋潜机抹脸。"你还跟我闹脾气啊！随便问问都不行？"

"好好，不是你的问题，是我的问题，是我自己不想打架而想种地，才搞成现在这副样子。"

宋潜机诚恳认错后，净瓶微震，雨过天晴，一座七彩虹桥横跨麦田，麦浪更加闪亮。

宝物本无神智，认主之后藏于修士紫府，日夜受修士魂灵浸染。修士修为越高，魂灵越强，宝物的神智也越高。剑有剑灵，器有器灵，宋潜机毫不怀疑，早晚有一天，自己会养出一只不给他面子的泉灵。

不愧是一等一的天地至宝，脾气都比其他法宝大。

一望无垠的麦地惹人流连，但宋潜机不能久留。刺杀在明，劫云浩大，想瞒也瞒不过。恐怕此时全修仙界都知道他在千渠遇刺，也知道他连破两劫，直接晋升元婴的消息。

千渠之内局面可控，但千渠之外，认为这是坏消息的人，或许更恨不得他死。认为这是好消息的人，或许更想让他修炼，让他救世。

难道守着宋院、守着千渠耕种的平静生活，即将变成求之不得的梦幻泡影？

不，宋潜机站在麦田上，振臂扬袖，决不认命！

冬夜北风紧，千渠郡无眠。

月光照不透浓云，仙官府灯火通明。

宋潜机安稳地躺在床上，烛火下面色红润，呼吸均匀，好像睡着了。

卫平抬起手，轻轻摇头。"骨头经脉无碍，吸收雷劫之后，他体内灵气充足，运转顺畅。但他已经结婴，我的神识探不进他紫府。只能继续等，等他自然苏醒，先点一炷安神的回魂香吧。"

纪辰急忙点上熏香。"我去请一位红叶寺的大师来作法，或者请一位仙音门仙子来弹琴，会不会有用？"

"没有用。"卫平神色凝重，"你是阵师，主持千渠所有阵法，此时不可轻易离开。"

纪辰点头。"好。"

宋潜机渡劫昏迷后，卫平第一时间封锁消息，下令封闭所有城门，任何人不得进出千渠。

群龙无首时，他命纪星带人安抚、疏散民众，安排徐看山、丘大成等人排查隐患和寻找可疑者，安排周小芸带人看守重伤的刺客……他像一个真正发号施令的大管家，临危不乱，沉稳可靠，思虑周全，赢得众人信服。

两人怕打扰宋潜机，放下纱帐，默契地退到外间。

"卫兄，经此一劫，我们也算真正共患难、同抗敌的兄弟了。真没想到，除了宋兄和孟兄，我还能交到好兄弟。等宋兄养好了伤，等孟兄回来，我们再一起喝好酒、吃烤肉！"

卫平牵动嘴角，露出一抹苦涩的笑意："好。"

纪辰觉得卫平不对劲，试图活跃气氛："我以前听孟兄讲，宋兄跳下山崖，宁愿自断一臂也要救他的故事。总觉得他说得夸张，哪儿有人能毫不犹豫、不假思索地舍己为人？宋兄断臂时，一定冷静理智、运筹帷幄，算准他们能脱困，才会做此决定。

"但今天我亲身经历一场危难，头脑空空，手脚不听使唤……原来没人能在千钧一发时权衡利弊，如何反应，全凭本能。"

卫平忽然打断："他为什么要救我？！"

声音嘶哑惨厉。纪辰转头，借着透窗的月光看见他布满血丝的双眼，不由得一怔："你……"

卫平望向纱帐，惨然一笑："何至于此，何必救我？"

纪辰神色变了，对方白天正常，现在果然不对劲。

"以宋兄的为人，无论我们谁在他身边，他都会舍身相救。你若因此自责消沉，反倒是辜负他……"他握住卫平手臂，严肃道，"这件事不是你的错，莫再乱想，当心入障！"

卫平在心中嘶喊——怎么不是我的错？我为什么要来杀他？

卫平白天忙于善后布置，不敢分神。只要松口气，眼前就闪过那柄穿透宋潜机身体的剑。

血迹已经擦去，却好像还溅在脸上。

"你去哪儿？"纪辰问。

"我去隔壁找刺客聊聊。"卫平回头，"宋先生醒了喊我。"

刺客被安置在隔壁，在纪辰的困阵中。

"卫管家，你来得正好！"周小芸气道，"宋师兄还说要给他们治伤，可你看这人，他都快死了，还不喝药！"

蔺飞鸢脸色惨白，跌坐在血泊中，头垂在胸前，气若游丝。

卫平接过药碗，温声道："我来。师姐也累了，去歇歇吧。"

周小芸欲言又止。

"师姐不放心？"卫平轻声问。

周小芸打量他神色，冷淡月光下，少年平凡的面容一如既往，却不知为何令人胆寒。

"你医术比我好，我当然放心。但宋师兄说过，这人不能死。你若杀他，如何向师兄交代？"

卫平保证道："我不杀他。"

垂死的蔺飞鸢忽然抬头大笑，笑出满口鲜血。

屋内只剩两人，灯花炸裂，投在白墙上的影子被扭曲、拉长，像两只厮打的野兽。

"我们做个交易吧。"卫平说，"这次算我技不如人，甘拜下风，我们别斗了，好好谈谈吧。"

常言说"三百六十行，行行出状元"。如果抛开职业歧视，蔺飞鸢算是杀手刺客一行的龙头老大。

修仙界很多人表面光风霁月，正人君子，很多门派都自诩名门正道，以除魔卫道为己任。所以很多事不能做在明面上，想杀的人也不方便自己动手，于是黑市应运而生。

若要给黑市刺客排行列榜，蔺飞鸢当之无愧是第一，当然不仅因为他价格最贵、手艺精湛，没有失过一次手，更因为他手下有人。新入行的刺客，多半会提着见面礼去拜访他，交一份投名状，请他介绍一单生意，如此才算在黑市正式开张。

以蔺飞鸢的行业声望，若是单枪匹马来，才是稀罕事。一百万，他大可多请几个人，分工行动。

"卫真钰，你拿什么和我谈？"

蔺飞鸢抬起眼皮看人，像在对卫平翻白眼。"千渠坊的地形图、天城的城防图都是你给我的，若没有你的配合，我也伤不得他。宋潜机受了伤，又硬扛雷劫，若福大命大侥幸不死，等他醒来，我就告诉他，他身边最会摇尾巴的狗，就是刺客主谋。你跟我见面的证据我还留着，你能活吗？"

卫平脸色越差，蔺飞鸢笑得越开心："你那是什么眼神？别想搜身，东西在一个只有我知道的地方。"

卫平攥紧药碗。

他为了取信蔺飞鸢，得到刺杀计划详细的布置，的确给过对方一些"甜头"。他们那时互相演戏，双方都说着真假参半的话。但蔺飞鸢什么都不在乎，卫平却不同。"我不杀你。但只要不治你，你也活不过今晚。"

"你敢吗？"蔺飞鸢笃定道，"宋潜机要我活，你不敢违抗他。"

卫平心想，若不是怕宋潜机生气，一万个你我也挫骨扬灰，撒进千渠河道了。

他忽然笑起来："你说得对，现在我的命在你手里，你的命也在我手里，这很公平。你装作不认识我，我找机会放你走，怎么样？"

"你还想一直留在这儿？给那宋潜机做饭洗衣服？"蔺飞鸢惊叹道，"哈，你真是当狗当上瘾了！"

卫平不生气。"我知道，你在等。你指望有人能放几把火，趁乱来救你。很遗憾，我是这里的总管，刚才排查时，抓了十三个形迹可疑的人。我把他们用捆仙绳绑死，扔进神庙了……忘了告诉你，原来的神庙，就是千渠现在的牢狱。算时间，现在正该做第三轮排查。我一向是宁可抓错一万，不可放过一个。千渠城防在我手里，这座院子也阵法重重，你不信就试试。"

蔺飞鸢脸上嘲讽的神情稍有收敛，他相信卫平说的这几句是真话。"宋潜机不杀我，无非是想从我嘴里问出我背后雇主和同伙。逼问刺客那一套我熟，严刑拷打，打了又治，治了又打。你想要我扛过去，还不说你的名字……"

卫平会意："我会尽快找机会送你走，不让你吃太多苦头。毕竟你留在这儿，对我也没好处。"

蔺飞鸢慢慢摇头。"不够，要我挨打受罪，得加点钱。"

卫平咬牙道："你说个数。"

"跟我一起来的四个人在哪里？"蔺飞鸢问。

卫平道："他们可比你惜命，已经喝了药，在柴房睡着了。"

"五个人走。"蔺飞鸢冷冷道，"我不管你用什么办法，三天内送我们安全离开千渠，否则你跟我一起死！"

"在宋潜机清醒之前，我不会放你们。"卫平深呼吸，语气缓和，"我少时离家，浪迹四海，穷得叮当响的时候，第一单生意是找你介绍的。算起来，你也算我半个师父。"

"我们之间没有深仇大恨，反而有交情、有恩义。这场刺杀是意外。事情走到这一步，大家都不想，没必要不死不休。"他说完，眼神柔和地笑了笑，就像在替宋潜机布菜，温声道，"这药凉了，我去替你再熬一碗。"

蔺飞鸢向他招手。"来，过来。"

卫平微笑俯身，半边身体穿过困阵的光芒。

蔺飞鸢忽然夺过他手中药碗。"你这徒弟亲手熬的药，为师可不敢喝呀。"蔺飞鸢喝酒般仰头，咕噜饮尽，伸手还碗。"凉是凉了，起码没毒。"

"啪嚓！"

卫平扬袖打翻。"不识好歹！"

碎瓷飞溅一地，烛光缭乱。

蔺飞鸢侧头，脸颊被瓷片划伤，淌下一道血线。"宋潜机清醒后第三天。"

卫平盯着瓷片，脸色青青白白，半晌，蹲下收拾狼藉。"好。"

蔺飞鸢开怀大笑:"你看你现在,真的好像一条狗。"

"哐!"卫平摔上房门。

转过身,冰冷月光照着他古井无波的眸子。少年脸上紧张不安、受制于人却无可奈何的急躁表情瞬间消失,他背着手,慢慢踱下台阶。

三日内送你们出千渠,然后杀个干净。他默默想——不管谁想杀宋潜机,是幕后主使还是这几柄刺穿幕布的刀,我早晚都要杀个干净。

纪辰坐在案前拨弄阵盘,他试图集中精神,却总忍不住转头看昏迷不醒的宋潜机,最后摔了阵盘。"纪辰啊,平时听别人夸几句你就飘了,真当自己是天才了,了不起了?你看这次,你还差得远!如果你的阵法再强点,宋兄还会受伤吗?

"依靠孟兄,孟兄可能不在,依靠卫兄,卫兄可能很忙,靠人不如靠己。你是阵师,保护宋兄、保护千渠的责任落在你肩上,你记住了吗?"

"纪师兄!"一阵敲门声打断他的自言自语。

纪辰开门,见是护卫队中的弟子,心情忐忑:"仙官府门口出事了?"

他打起精神,这个关头若是有事,自己必须顶上。

那弟子低声道:"门口来了一位大师,说是云游途中路过千渠,想来拜访宋仙官。"

"请他过些日子再来。"纪辰想起卫平的嘱托,本不欲理会,念着"云游"二字,忽然神色一动,"可知他法号?"

"他自称:无相。"

"啊!"纪辰惊喜道,"来客可是'妙手神僧'无相大师?快快请进来!"

那弟子转身而去。

"等等,不会是冒名吧?"纪辰又叫住对方,"我先在院里见他。"

无相大师医术超绝,善名远播。近年云游八方,据说治病不分修士凡人,只看缘分,就算是一派掌门想找他问诊疗伤,也只能随缘而遇。

纪辰心道:真有这好事吗?我不用出门苦寻,自有天下一等一的医道高手送上门,为宋兄看诊?

不多时,一个老僧随护卫队弟子走进宋院。他穿着半旧的金红袈裟,胸前挂着一串念珠,整个人散发着暖意,立在未融化的雪上很是醒目。

老僧身形高大，面相和善，须发微白，嘴角带笑，双目幽深而平静。

纪辰借月光细细打量来人，确定不是用了某种改形换貌的术法，喜出望外，行礼道："晚辈见过大师。多有怠慢，实不应当。"

老僧含笑点头。"施主客气了。你小时候喜欢在凤鸣院爬树，贫僧还抱过你。"

"多年前的事了，大师还记得！"纪辰心中感动，"那时家父交游广阔，经常请友设宴凤鸣院……算了，不提了，大师，您怎么来千渠啦？"

"云游红尘，无处不可去。"老僧道，"贫僧听闻，宋施主做千渠仙官后，令死地起死回生，功德无量，故而渡劫时有功德金光护体，特来拜访这位宋施主，不知可方便见见？"

"实不相瞒，您来得巧！"此时正需要一位妙手回春的医师，纪辰不假思索，"当然……"

"不方便！"一道声音忽然响起，略显粗暴地打断他。

"卫兄？"纪辰回头，一时愕然。

卫平快步走来，插进纪辰与来客中间，神色冷淡道："您来得不巧，当然不方便。"

若是待客，他太失礼。

"阿弥陀佛。"老僧不以为怪，宣了一句佛号。

他静静看着卫平，目光中没有杀意，却有一种审视之意。

这令卫平浑身不舒服，好像脸上伪装全部被月光洗去，露出属于卫真钰的本来面目。

纪辰急忙介绍二人："卫兄不认得大师吧。这位是'妙手神僧'无相大师。大师勿怪，这是仙官府的大管家，卫平施主。"

他话未说完，脸上喜悦笑容忽然僵硬。

他听到了卫平传音："雷劫后千渠封闭，进出不得。你查过四座城门先前的进出留影，可曾见过和尚？这人是从哪里来的？"

冬夜北风呼啸，吹过高低错落的花架。雪下花木凋零，只留竹枝吱呀作响。

梅花瓣飘零风中，在三人周身萦绕。

纪辰脚步微动，默默从卫平身后走出，袖中的手握着阵盘，确定宋院阵法运行正常，阵材扎实，灵气充沛。

不用卫平说完，他也明白对方的意思。

他不愿相信德高望重的无相大师居心叵测，但如今情形特殊，他不能冒一丝风险。

纪辰忍不住想，如果对方是千渠封闭后潜进天城的，那是何居心？若是雷劫前来到千渠的，真如他所说，欣赏宋潜机功德无量，怎会眼睁睁看着刺杀发生，局面一片混乱？

寒风刺骨，卫平的冷汗已经淌下来。他有种预感，这个无相绝不止表面的小乘境界。

纪辰与卫平无声、快速地对视一眼，心跳如擂鼓。

眼前是敌友不明的强者，背后是昏迷不醒的宋潜机。

不过半夜，宋潜机渡过雷劫、突破元婴的消息已经传遍修仙界。

大多数修士一开始不愿相信，甚至感到崩溃：

"宋潜机，他不是个只会写字、下棋的人吗？摘星局、《英雄帖》才过去多久？"

"不是说他生性风流，喜好舞文弄墨，下棋养花，是个风流雅士，但修为低微，且无心修炼吗？"

"最关键的是，他今年不是才十五六岁吗？难道子夜文殊同辈无敌、第一天才的位子，真要换人了？"

今夜不仅千渠不眠，千渠之外，很多人通宵达旦地等待消息，或直接登上飞行法器赶路，想看看消息是真是假，最年轻的元婴是何模样。但千渠郡暂时封闭，不欢迎来客，硬闯无疑是撕破脸皮。

大多数修士选择聚在千渠隔壁的洪福郡观望。其中有些人身份不俗，洪福仙官刘鸿山只得忍痛割爱，搬出珍藏的玉液琥珀酒待客。但《风雪入阵曲》却不再弹。曲是好曲，但自从上次招待过宋潜机，他再听这首曲子，总觉得心情复杂。

他放下身份，与宋潜机讲交情，本是为突破元婴。谁知自己还没突破，姓宋的那小子先突破了。

这算怎么回事？不讲道理啊。

幸好不是每个人都是宋潜机。

酒宴之上，宾主皆欢。

众宾客争相赞美主人："听说洪福与千渠世代交好，刘道友与宋道友情义深远。不知可否引见一下，让我们见见最年轻的元婴？"

"刘道友也快要突破元婴了吧？宋潜机年纪轻轻能突破，一半靠自身天赋，一半也是平日得你指点啊。"

刘鸿山自从离开华微宗，入凡间做仙官，每日不忿地与凡人打交道，何时被这么多有身份的高阶修士吹捧过？

一时间飘飘然欲飞天，加上酒醉醺醺，他拍着胸脯保证："千渠虽然闭门锁户，但只要我亲自拜访，他一定给我这个面子，谁想见他，明天跟我走，我一定让你们见到！"

当下安排住处，留客洪福。

客人关上门，布下隔音阵，眼中蒙眬醉意瞬间消失。

"这宋潜机太难杀了，陈红烛也太难娶了！"

卫湛阳撑着下巴，悠悠叹气："父亲，华微宗如今看似鼎盛，有虚云即将突破化神境界，还有赵氏一族与他们牢牢捆绑，但我前阵子听说，虚云派人在死海深处寻莲花，他多半有暗伤在身……"

他身旁中年修士冷哼："别以为为父不知道，你是嫌那陈红烛长得不够美、性格不够温柔，你怕她甩鞭子。你心里还惦记着第一美人妙烟仙子。"

"娶哪个女修不是娶？父亲小瞧我了。我是想，或许我们不该上华微宗的船，若要得到大宗门支持，仙音门不好？"

中年修士慢慢倒了一杯茶，反问道："我怎么不知道我们上船了？事成，家族得到灵石脉矿和华微宗的支持，你是最大功臣，下一任家主非你莫属；事败，去千渠郡的是散修卫平，想刺杀宋潜机的也是他，我们家的族谱上，哪儿有卫平这个人？"

卫湛阳表情夸张地叫嚷道："可卫真钰毕竟是我兄弟！"

"你是不是忘了？卫真钰不在，娶陈红烛才轮得到你。家主之位也一样。"

卫湛阳忽然笑道:"玩笑话罢了。我没有心在千渠的弟弟。"

他端起茶杯喝一口,张口吐进花盆:"呸,刘鸿山这个穷鬼,这也配叫茶?"

忽然,敲门声响起,卫湛阳顿时警惕,中年修士神色不变,似早有预料。"进来。"

来者做凡人打扮,满面脏灰,风尘仆仆。

中年修士问:"怎么样?"

"千渠紧急封闭,是因为宋潜机遭雷劫之后,当街昏迷……"

"我就知道没那么简单!老天有眼!"卫湛阳拍案而起,大笑,"劈死啦?!"

来报信的人擦汗。"没,没死成,他有功德金光护体。"

"功德金光?!"卫湛阳惊愕,"只靠一个千渠郡,就能养出功德金光?这是天意吧?我就说陈红烛很难娶。"

中年修士道:"虚张声势而已。他手上定是有背后靠山留下的渡劫法宝。你再回去探探情况,看那蔺飞鸢是死是活。"

"阵法很严,进不去了。"那人紧张道,"就算能骗过阵法,卫总管正在排查可疑之人。宋潜机刚出事的时候,小人趁乱向外冲,分秒必争,才侥幸逃过城防队,冲出千渠郡……"

卫湛阳亲切地扶起他。"真是辛苦你了。"

"不敢。小人能为老爷和少爷做事,是小人的荣幸。"那人忐忑地讨好道,"那三颗筑基丹……"

"当然,当然。"卫湛阳左手摸出一个瓷瓶,吸引对方目光,忽然右手一掌击出。

"啪!"一声脆响,好像酒杯碎裂。

那人惨呼未出,身子软倒,绝了声息。他天灵盖被一掌拍碎,嘴角仍带着期盼的微笑。

"没长进。"中年修士冷冷看着,"跟你说过多少次,不会做得干净点吗?"

说着祭出一盏琉璃灯,轻弹灯芯。

半空中响起一声惨叫,火光一闪,企图逃逸的孱弱神魂燃烧起来,瞬间灰飞烟灭。

卫湛阳弹了弹沾灰的衣角。"就算蔺飞鸢失手死了，也有卫真钰在，他还等什么？宋潜机此时昏迷不醒，孟河泽也不在身边。纪辰我曾见过，是个没脑子的小少爷。"

他越想越觉得刺激。"仙官府和千渠郡说不定就落在卫真钰手里，卫真钰还可以再试一次，杀了宋潜机。"

中年修士道："卫真钰脑子又犯病了，你带人去让他清醒一下。"

"是，父亲。"卫湛阳站起身，微笑行礼。

阴云飘来，挡住清冷的月亮。

宋院微弱的烛火在风中轻摇。

老僧袈裟飞扬，像一朵红花。

他上前一步，笑问："却不知有何不便？"

卫平忽然感到压力扑面而来，像绵绵无尽的海潮。

他只有面对家族中老祖才感受过类似威压。至于书圣、棋鬼，他们不喜欢显露威压。

我还太弱，想保护的人都护不住。卫平咬牙支撑，心中苦笑，早知今日，不该虚度许多时光。

纪辰虽然没有感到压力，但见卫平脸色惨白，大声道："大师，今夜天色已晚，宋兄已经歇下！"

"是吗？"老僧转向纪辰。

纪辰心中一震，像被两道幽深目光定在原地，动弹不得。

对方来者不善。

北风冷彻心扉，吹得宋院摇摇欲坠。

卫平袖中手指微动，院外护卫队弟子严阵以待。

千钧一发时，屋内传来一道声音："我睡醒了。大师想见我，就进来吧。"

无相目光转向紧闭的房门。与两人擦肩而过时，他拍了拍卫平的肩膀，力道很轻，好像前辈勉励后辈。

"宋兄！"

"宋潜机！"

身上压力消失，纪辰与卫平同时开口，一喜一急。

北风稍缓和,花木复静止。

无相站在门前,举手欲推,先自报家门:"贫僧深夜到访,只为看宋施主一眼!"

声音雄浑震荡,好似古刹钟磬。

"有何不可?"屋内人笑道,"只要大师不后悔。"

无相垂目,嘴唇微动。

卫平不知他在默念什么咒,更不知宋潜机为何说"后悔"。只觉那扇门板极薄极脆,仿佛下一瞬就要轰然爆裂,伤了屋里的人。

无相睁眼,眸中红光一闪而过,沉入眼底深处。

"宋施主,贫僧……"

"吱呀!"

话未说完,房门忽然从里打开,像一口巨大黑洞。

纪辰正要迎上,却见老僧浑身一震,似受重创。无相瞳孔涣散,连退十步,退回原地。慌忙闭眼,却淌下两道泪,赫然是血。

纪辰震惊:"这……"

卫平喃喃:"他开了慧眼!"

紫云观有望气术开天眼,佛宗类似术法名为"慧眼",可观修士气运,隐约望见过去、未来碎片。

"看宋施主一眼",自然不是看一张简单皮相。

卫平不知道无相今晚有没有后悔,但他猜对方现在不好受,忍不住暗笑。

老僧声音微颤:"原来如此,原来如此……"

房内走出一人,走过屋檐阴影,立在似雪的月光下。

宋潜机问卫平、纪辰:"没事吧?"

两人摇头。

无相睁开眼,双手合十,双目混浊无光。"宋施主,多有叨扰,告辞了。"

宋潜机不知道对方看见了什么。但前世紫云观观主看他,差点被他周身滚滚黑烟熏瞎。

他从来不怕人看。

无相根本没有看清宋潜机面容,隐约只见一道人形轮廓。那人通身金光，无比明亮，似烈火熊熊燃烧，灿金中夹杂着一丝紫色电光，是残余的雷劫之力。

只一眼，便如万千金针刺目，他双目已伤。

平时不致如此，今夜宋潜机刚突破不久，气运正盛，雷火未灭。

他不该看。

客人已经告辞，宋潜机却不让他走。"大师可有机缘赠我？一串念珠也好。"

无相一怔，摇头。"贫僧方才看过，你我没有缘分。"

宋潜机假意叹息："可惜了。"

无相双目混浊地盯着他。"宋施主气运之强，世无其二，命里自有造化。"

宋潜机礼貌微笑："您太客气了。"

两人说话间，无相已经走到宋院门口，宋潜机道："今夜已晚，天不留客，没事常来啊。"

等人走出仙官府，纪辰再也忍不住。"宋兄，你可有哪里不舒服？"

宋潜机："我很好。"

卫平："这和尚不对劲？"

宋潜机迟疑："他练的确是佛宗正道功法，身上没有一丝恶意。"

他摸不准对方根底，就算有宋院阵法加持，今夜也不一定能留住此人。

无相与上辈子见过的模样毫无变化，慈眉善目，好像张口就要跟他谈论生命和佛法。无论前世记忆还是光阴长河，都没有此人的过去。如果他不曾见过孟河泽、何青青的红灵玉念珠，也会当对方只是一位德高望重的大师。

宋潜机忽然想起："白天那刺客呢？！"

他进入不死泉开创的界域中，由昼到夜，一醒来又遇上无相来访，耽搁这些时间，蔺飞鸢不会已经死了吧？

"刺客"二字一出，卫平稍感心慌，低头道："关在隔壁，喂过药，人没死。"

宋潜机放下心。"你们忙了一整日，都回去歇息吧。"

纪辰喜道："好，今天宋兄有惊无险地突破元婴，我们明天吃火锅庆祝一下？"

卫平惴惴："宋先生，那刺客危险且居心叵测，我想留下守着。"

宋潜机："不必了。"

卫平没底气坚持。"刺客阴险狡诈，擅使挑拨离间之计，先生别听他胡言乱语。不如贴他一张禁言符箓。"

宋潜机只道："回去吧。"

"要杀要剐，动作麻利点。"蔺飞鸢靠着墙，对进门的人说。他虽重伤，神志却清醒，能听见方才院内动静。

本以为外面人遇到麻烦，宋院将有一场恶战，自己可以趁乱出逃。但宋潜机醒了，不露兵刃不出一招，莫名其妙地化解了危局。

"虚伪至极！"蔺飞鸢听宋潜机说"可惜""没事常来"的语气，几乎能想象对方脸上虚假恶心的笑容。

根据他的经验，这种人表面有多光风霁月，关起门来就有多阴毒龌龊。

宋潜机现在关门了，月光被挡在门外，烛火昏昏，人影模糊。空荡房间只听见脚步声回响，蔺飞鸢不愿承认心中恐惧。他想：我今夜若侥幸不死，来日总有机会百倍奉还。

宋潜机蹲下，蔺飞鸢近距离看他的脸，才发现他眼里没有杀气。

宋潜机解开困阵，将人扶起来。他破纪辰设下的小型阵法，只需要一根指头。

蔺飞鸢双臂碎裂，却像不知疼痛。"宋仙官，忘了恭喜你突破元婴。大难不死，必有后福，你是该把我供起来。"

宋潜机不说话，为他把脉后输送灵气，替对方疏通体内混乱灵气。

蔺飞鸢却脸色更差。"你准备唱白脸啊，那谁唱黑脸？卫平不是走了吗？"

等灵气疏通，宋潜机给对方上过伤药，绑起胳膊，又将其周身大穴封死。如此一来，就像受重伤的凡人，几乎没有杀伤力。

"养伤吧。"宋潜机临走前说，"这院子你出不去。"

蔺飞鸢一晚没睡着。他不知道宋潜机想干什么，他怀疑药里有毒，或者宋潜机想治好他，再打他。

第二天，卫平照旧熬了药，宋潜机端药进来。

蔺飞鸢冷笑："宋仙官这样惺惺作态，图什么啊？卫平给你当狗不好使了，指望我也当狗？"

他依然张狂，好像从来没被打过，只要有点气性的修士都无法忍耐。

宋潜机没有生气，只有些无奈："你一定要这样对我说话吗？"

蔺飞鸾夸张地笑："不是吧，宋仙官，你还想听好听的？我收钱杀人，不是收钱卖艺！"

宋潜机低声自语："是我的错，我早知道……"

早知道狗嘴吐不出象牙，与你费这口舌作甚。蔺飞鸾不是孟河泽、卫平，更不是纪辰，不可能说人话。

"什么？你错——唑！"蔺飞鸾倒吸一口凉气。

宋潜机一言不发，猛然出手，一把拎起他衣领，一路将人踉跄地拽到井边，头朝下压进井口。

"这井里阵法，是为上一个想杀我的人布置的。你要不要试试？"

蔺飞鸾只见深井如渊，映不出任何影子，散发着重重阴冷气息。

他疼得一身冷汗，唑唑抽气："不装了？终于装不下去了?!"

宋潜机又拎起他，咔嚓一声，利落卸下他下巴。

蔺飞鸾挣扎。"老子不喝卫平煮的药！"

卫平那厮恨不得他死得悄无声息，谁知道里面有没有下毒。

药汤洒出一半，弄脏宋潜机半边袖子，另一半还是被灌下去。

蔺飞鸾呛得几乎咳出肺，大骂脏话。

宋潜机在他耳边低声威胁："再不喝，下次敲碎你的牙！"

"宋兄！"

恰逢纪辰进院，宋潜机抬手贴了一张禁言符，蔺飞鸾满肚脏话说不出口，回屋狠狠摔上门。

纪辰："我打听到了，那刺客是大名鼎鼎的蔺飞鸾，多少元婴都死在他手上，宋兄好厉害，竟胜了他！"

宋潜机在桌边摆出棋盘，淡淡道："不是胜他，是我欺负他。"

他前世认识蔺飞鸾是三年后。现在对方还没有拿到富贵刀，而他比这一世的蔺飞鸾多活了几百岁。

欺负小孩有什么成就感？一点没有。

纪辰见宋潜机拿棋盘，心里半喜半忧，知道要被杀得落花流水，又期待自己能有进步。

纪辰："宋兄为什么不杀他？"

宋潜机："不是他要杀我。他只是拿了人家的钱，或者谈了一些条件。"

纪辰："宋兄太仁善。"

宋潜机摇头。

他前世认识蔺飞鸢的时候，还在逃避追杀，落魄穷困，七转八折经人带路，找到居无定所的黑市刺客行首。

大雪夜，蔺飞鸢不关房门，坐在火炉边吃烤地瓜。

他高高跷着腿，不用正眼看人。"什么猫猫狗狗都往我这里带啊。"

介绍人怕他发火，唯唯诺诺说了两句好话，匆忙遁走。

留宋潜机独自站在雪地里吹风，望着屋内跃动的炉火。"我想请你介绍一单生意。"

蔺飞鸢吃着烤地瓜嘲笑："你很缺钱？我看你脸长得不错，去隔壁来春馆卖脸吧，应该挣得更多。"

宋潜机压抑气性，因为知道打不过对方。"我不当刺客。我只是暂时缺钱。"

蔺飞鸢吃得正香，没搭理他。

宋潜机问："你杀一个金丹多少钱？"

"金丹这种小活，要不上价的，三十万。"蔺飞鸢说。

"我只要三百，其余都归你。"

蔺飞鸢抬头。"你怎么不说三十呢？"

宋潜机认真思索一番。"也可以。"

"行是吧？"蔺飞鸢惊讶之后，咧嘴恶意地笑，扔出一张画像，"隔壁来春馆，有人想买这人的命。如果这出戏唱完之前你能杀了他，我就给你三百。"

宋潜机见过这人，他知道蔺飞鸢是故意的。此人虽是筑基，身边却有一位金丹圆满的供奉保护。但他没的挑拣，转身抱剑走了，向花月繁浓、莺歌燕舞的勾栏院去。

唱词和丝竹声穿过风声，钻进耳朵，越来越清晰，楼里一派歌舞升平、和乐融融。

宋潜机隐藏气息，混在人群中。

又是妙烟的曲子，凡间也喜欢演奏。修士偶尔下山入凡尘，也喜欢听这些。

多年之后，他数不清伴着这样的曲子杀过多少人，那些人死得无声无息，闭着眼好像沉醉曲中，只是垂下了头。

台上的戏还在唱，水袖飘飘，咿咿呀呀。

宋潜机走出歌楼，血才滴下，惊叫和混乱才开始。

那夜过后，宋潜机算正式开张了。他一身遁术、隐匿术和轻身术，除了适合逃命，也很适合暗杀。

蔺飞鸢留着他赚钱，谁让他便宜好用，一单只收三百。

受重伤也不叫苦、不喊累、不抱怨，攒灵石只买功法、法器、符箓，每天拼命修炼。滴酒不沾，不近女色，生活枯燥，没有任何娱乐。

蔺飞鸢没见过这种人。他觉得就算是大宗门的亲传弟子，也不会努力到这种变态的程度。

宋潜机要么是有血海深仇，要么是有病。

两人同在一个屋檐下，冬去春来，很少碰面，也很少说话。

蔺飞鸢曾提醒对方："我只是借地方给你住，如果你有麻烦找上门，我转身就走，别指望我管你死活。"

宋潜机说："知道。不劳烦你。"

"算你识趣。"

话虽如此，蔺飞鸢的麻烦更多，两人还得互相帮助。

宋潜机过度识趣，蔺飞鸢也不知道自己犯什么病，帮对方牵了一次线。"北海洗沙派想招个客卿，我帮你报名了。"

宋潜机坐在树下磨剑，随风摇曳的破碎树影落了他一身。

"你听见没？"蔺飞鸢抬脚，踢了踢他靴子，"你还看不起海外门派的客卿位子？人家门派再小再破，也是正经山门，你去了独占一座小山头，每年领点供奉，过几年再收几个小徒弟、小道童孝敬你。

"再过几年，凭脸娶个眼瞎的道侣，这辈子舒舒服服、踏踏实实地修炼。你年纪还小，天赋挺好。别整天跟我们这些人混在一起，能混出什么名堂？"

做刺客的，大多出身不好，或被逐出师门，或经脉留下暗伤，道途断绝，注定永远停留在某一境界，心知无缘更进一步。

看不到未来的散修，才选择铤而走险，今朝有酒今朝醉。

宋潜机不想浪费时间闲聊。"华微宗对我下了必杀令，放话要我人头，没有小门派敢收我。"

蔺飞鸢皱眉，望天骂一句脏话，指地又骂宋潜机："你怎么得罪的华微宗？"

宋潜机抬头看了他一眼。"我咎由自取。"

蔺飞鸢等了半晌，见宋潜机没有再开口的意思，临走时又抬腿踢他，不轻不重。"倒霉玩意儿。"

宋潜机是个"倒霉玩意儿"不假，但也命硬。他攒够钱就走了，闯秘境、搏机缘，出生入死。憋着一口狠气，发誓要做人上人。

他一生没有交过任何朋友。谁想杀他，他就杀谁。

后来再听说蔺飞鸢的消息，已是对方的死讯。

蔺飞鸢死得很惨，做刺客的十有八九都没好下场。宋潜机对此早有预料，却想起以前有人对他说过："这辈子舒舒服服、踏踏实实地修炼……"

一局终了，纪辰抓乱头发。"今天不下了，我缓缓。"

宋潜机收子。"好。"

他敲了敲蔺飞鸢的房门。"出来吃饭。"

蔺飞鸢开门，心想：搞错没有，我还吃饭啊？

纪辰真诚笑道："真羡慕你，有宋兄亲自喂你喝药，喊你吃饭。"

蔺飞鸢被贴了禁言符，张嘴发不出声音，下颌骨还隐隐作痛，在心中大喊："你羡慕你来啊！"

这鬼地方到底有没有正常人？都被宋潜机的邪术控住了吗？他先前听说，宋潜机在修一种控制人心、使人无条件信服他的邪术，以此增益气运。

忽然察觉一道不善目光，蔺飞鸢转头，只见卫平拎着一只雕花食盒，神色复杂，盯着他。

蔺飞鸢笑了，心情莫名舒畅。

在只有卫平能看到的角度张开嘴，无声威胁："三天。"

第六章

酸甜苦辣，煮面天才

卫平深吸一口气，别说三天，他现在恨不得蔺飞鸢立刻消失。

"吃饭吧。"卫管家微笑，打开食盒，娴熟地忙碌。

薄薄的肉片、洗净切块的蔬菜、四只蘸料小碗摆上桌。炭炉架起，铜锅白汤烧开。四人围桌而坐，被蒸腾的温暖白雾笼罩着。

宋潜机看蔺飞鸢老实了，撕下他背后的禁言符箓。

蔺飞鸢抄起筷子，却盯着宋潜机面前的料碗。"你跟我换换！"

宋潜机表情疑惑。

蔺飞鸢将自己的碗推过去，理直气壮道："我想吃你的。"

纪辰垮下脸，难得表现出不悦。"宋兄不杀你，是他心慈仁善，给你疗伤，供你吃喝，你还好意思多事？"

卫平传音怒喝："吃你自己的，我没下毒！"

蔺飞鸢无动于衷，他不信卫平，敲着筷子道："不错，宋仙官天下第一仁善，是我多事，但我偏就多事。"

卫平忽然一拍桌，石桌和满桌珍馐纹丝不动，唯独蔺飞鸢那个料碗飞起。"多事不配吃饭。"

青瓷小碗凌空，被纪辰筷头一点，暴烈威压直冲蔺飞鸢面门。

蔺飞鸢双臂有伤，更使不上分毫灵气，电光石火之间，只得折腰后仰。他心知躲不过，眼前忽然一花，横了半截白袍袖子。

宋潜机从半空稳稳截过料碗，好像是别人双手递给他的。

"吃吧。"他把自己的碗推向蔺飞鸢，目光扫过卫平、纪辰，"都一样。"

谁家也没有饭桌上打架的道理。

肉已经煮老，蔺飞鸢抢先下筷夹起，在碗里一蘸，大口咀嚼。

他忽然呆愣，看向卫平，慢慢笑出一口白牙。"这碗可真不一样！"

卫平心里发毛。"住口！"

"啧，百年红山芝的香味，我猜是晒干之后磨成粉，混在汁里。啊，南海虎头鲍鱼，酱炒油爆再切成碎末，细细铺在碗底。还有白玉灵菇、夜星花蜜……"蔺飞鸢好像揪住卫平尾巴，夸张道，"好奢侈啊，山珍海味，做一碗看似一样，实则格外珍贵的蘸料。难怪宋仙官不辟谷，每天能这样吃饭，傻子才不吃。"

卫平对宋潜机无辜微笑："都是街上的便宜货，蔺道友尝错了。"

一边传音威胁："闭嘴，否则看你我谁先死！"

蔺飞鸢嚣张地大口吃肉，还给宋潜机夹菜。"大家都吃啊。纪道友愣着干什么！"

宋潜机淡淡看他一眼，没说责怪的话，蔺飞鸢已经知道他眼神里的意思。——无非是贴禁言符。

他轻哼一声，不再言语。

一顿火锅终于平安吃完。

蔺飞鸢像一张随时会引爆的爆破符。

卫平想留下盯人，但千渠可疑人排查进行到最后一轮，神庙关押着各方势力的暗探，等他去审问。纪辰要去加固旧阵，再挑几名幸运探子实验新阵，两人都不能久留。

只有蔺飞鸢这一个闲人，大摇大摆鸠占鹊巢，四处观察宋院的阵法。

宋潜机没说空话，他眼下确实闯不出这院子。

大部分修士洞府的阵法设为四季常温，无寒无暑，不沾尘埃。宋院的阵法不同，它在普通修士眼中是龙潭虎穴，风雪雨露却畅通无阻。偶尔还有瘦小的野猫沿墙根蹿出，跳过屋脊，爬过围墙。

看过宋院阵法，蔺飞鸢又看宋潜机。他想知道宋潜机到底练的什么邪术。但宋潜机根本不练剑、不打坐，一整日做着与修炼无关的闲事。这些闲事让蔺飞鸢极不适应。

他比宋潜机年长，见过很多年轻修士，刚入行的新刺客年纪不大，总把"世上除了生死，都是小事"这种话挂在嘴边，显得自己很冷酷、很厉害。

等干得久了，杀得麻木，脑袋挂在刀柄上，连生死也是小事。

蔺飞鸢刺杀时周密布置，环环相扣算尽最后一关。生意之外，他活得散漫，听几首小曲，裁几件新衣服，好像他的生活不值得太用心。

宋院却没有小事，宋潜机做每件事都用尽心思。

饭后他站在梅花树下，晒着晴朗的冬日阳光，举起一只小壶。蔺飞鸢以为他在运功，悄然上前。

只见雪水融化，一滴滴水晶莹剔透，从梅瓣边缘滴入壶口，声音清脆。

蔺飞鸢问："这有何用？"

"煮茶。"宋潜机答。

"现在这又是干什么？"

"挑选来年要播的种子。"

蔺飞鸢忍不住问："种子不是都一样？"

"不一样。"宋潜机道，"颗粒饱满、没有伤痕的才是好种子。你要是想学，我可以教你。你看这颗，中间有点瘪……"

蔺飞鸢："谁要学这个？！"

宋潜机继续拨弄桌上种子。"除了杀人，你总要学点别的东西。"

"除了杀人，我用不上别的手艺！"蔺飞鸢冷笑，"我看你就有病。"

如果不是有伤，他想拎起宋潜机的衣领大喊：你是书棋双绝宋潜机。当世最年轻元婴，天赋超越子夜文殊，直逼洗剑尘的宋潜机。你是千渠郡之主，你的敌人正磨刀霍霍，多少人盯着你想杀你，你整天在干什么？

宋潜机站起身。"是你有病。你该喝药了。"

不多时，他从厨房端来药碗。

蔺飞鸢嫌恶地别过头。

宋潜机："我刚熬的，不是卫平熬的。"

蔺飞鸢垂眸。乌黑药汤涟漪轻摇，映出他的影子。

"为什么？"

为什么给我治伤？为什么不杀我？为什么不问我？

好像那场刺杀随大雪融化，不留一丝痕迹。

宋潜机不明白。"卫平熬，你又不肯喝。"

"我……我……"蔺飞鸢想说些什么，却见宋潜机抬手。

熟悉的姿势。

他顷刻暴怒："我自己来！自己来行不行？！"

铮铮铁汉,"咔嚓"一声,自己卸了下巴咕噜灌药,又"咔嚓"一声推回去。

宋潜机无语,收碗时忍不住提醒:"……既然自己来,张嘴就可以。"

蔺飞鸢沉默一瞬,一脚踢坏竹篱笆。"都怪你这破院子,老子都住疯了!"

宋潜机不客气,一张禁言符贴上他后背。

蔺飞鸢张口发不出声音,愤恨地瞪他。看他种水仙、剪枝条、修篱笆。

一天悄然而过,不觉月上西楼,灯火阑珊。

对蔺飞鸢来说,这一天过得太慢,又太快。

晚上卫平来做夜宵,香喷喷的梅花糯米糕穿在竹签上,裹满蜂蜜和果仁。

卫平亲自拿起一串递给蔺飞鸢,顺便传音:"明晚子时三刻,三声鸟鸣为信。"

蔺飞鸢喜好甜口,舍不得扔。

他掰下一半,招来墙角瘦小的花猫。"你先吃。"

没死。蔺飞鸢笑起来,满意地把另一半糕饼塞进嘴里。

土黄小猫轻轻蹭他小腿,发出细弱的叫声。

蔺飞鸢心想,这鬼地方,猫都像狗,黏人又没出息。

冬天地里荒芜,倒不怕菜园被猫狗破坏,所以蔺飞鸢养猫的事,宋潜机视而不见。

千渠郡边界,北风呼啸。

卫平训练出的卫队通宵巡防,全盔全甲,步伐整齐。

"纪师兄,又来看阵?"周小芸打招呼。

"我再补一补。你们忙,不用管我。"

苍茫夜色忽被隐约火光照亮,纪辰放下阵材,眯眼眺望,火光蜿蜒,来势汹汹。

近日想潜入千渠一探究竟的修士,大多偷偷摸摸,做贼一般怕被发现。这次来这么多人,是想兵临城下?

"领头的是孟师兄啊!"城头打猎队弟子放下探镜,高声呼喊。

城外人应道:"我回来了,开门——"

确是孟河泽的声音。

纪辰不肯撤阵。"且慢!"

孟师兄去接家人,最多带回两驾马车,怎么带回一支望不到边的队伍?

队伍中除了四个凡人,全是低阶修士。而且灰头土脸,身上带伤,足有数千人。

怎么看都不对劲。

他盯着孟河泽的身影走近,警惕道:"你怎么证明?"

孟河泽举起宋潜机为他铸的剑。"我还要证明?你仔细看看我!"

纪辰摇头。"不行。你设法自证。"

先前他还仔细看过无相大师,结果如何?说明他看人不准。

周小芸见纪辰怀疑,立刻挥手,两排弓弩对准城下。

众目睽睽,情势紧张。

孟河泽没空多说话,只从怀里摸出一块铁牌,高高举起。"这个行吗?"

那牌上字迹歪歪斜斜,十分丑陋,火光下勉强可辨"打猎高手"四字。

纪辰大喜:"快快开门,我的字独一无二,天下没人仿得出!孟兄,你回来可太好了!"

孟河泽身后队伍响起一阵赞叹:

"好特别的书法,果真难仿!"

"这位就是书画试魁首、阵师纪辰吧?"

孟河泽大感丢人,立刻将铁牌塞回怀里。

队伍终于进入城门,宛如小溪汇入大海。

"孟兄,他们是谁,你家亲戚?"纪辰问。

孟河泽:"他们是华微宗这一届外门弟子,说来话长,一路上出了许多事,让大家先安顿下来吧。"

徐看山震惊:"好家伙,放出去一个,拐回来一群!"

"跟我来吧。"周小芸笑了笑,对表情忐忑却难忍激动的小弟子们说,"回来就没事了。"

不知为何,队伍中爆发一阵呜咽。

孟河泽打量阵法和城防。"这是出什么事了?我走时还没有这些。"

纪辰犹豫，徐看山表情苦涩。

孟河泽惊觉不好。"快说！"

纪辰传音道："宋师兄丰收节遇刺……"

孟河泽眼前阵阵发黑，天地忽然颠倒。

纪辰一把扶住他。"所幸没有大碍，孟兄，孟兄，你怎么了？"

孟河泽缓过神，从牙缝里挤出几个字："卫平在哪儿？"

纪辰见孟河泽这般模样，心知若让他此时寻到卫平，一场恶战在所难免。

两边都是兄弟，伤了谁他都不愿意。"真的不怪他，你不在的时候，他尽心尽力保护宋兄，千渠坊防卫森严，只怪那刺客太狡诈！你看，大家扛过这一劫，反倒比从前更团结。"

徐看山等人纷纷劝阻，替卫平说好话：

"宋师兄已经醒了，身体无碍。今天太晚了，明早再见宋师兄和卫总管吧。"

"卫总管忙里忙外，不容易。"

冷风一吹，孟河泽头脑清醒些。他出门这趟，历经风波，性格比从前沉稳。乍听宋潜机遇刺，才乱了方寸。有纪辰阻拦，他今夜注定见不到卫平那厮，不如先退一步。

"你们都着急什么？我没想去找他麻烦。"

说罢撩开车帘，扶下四个老人。"这是我爹娘，还有家里的管家和厨娘，以后就住在天城了。爹、娘，他们都是我的朋友。"

众人热情招呼，紧张气氛瞬间消弭。

孟河泽家人下车时神色稍显不安，站在儿子身后。"争先，这就是千渠郡啊，你说的那宋师兄在何处？"

"宋师兄在天城仙官府。"

四人被众人围着一通问候，顿觉这些仙长、仙师与凡人无异，不像从前见过的仙人高高在上，渐渐放松下来。

孟家上下几十口，是青鹿郡数得上的大户。当年华微宗来收外门弟子，孟夫人本不想让孟河泽去测灵根，谁知孟河泽翻墙偷跑，自己报名，一测即中。

全城轰动，皆道孟家有子，名河泽，字争先，人中龙凤，要去修那"长生不老、移山填海"的大本事了。

孟家连摆三天流水席，排场煊赫。

唯有孟夫人问收徒长老："仙师大人，我儿入得仙门后，可还能回家小住几日？"

长老严厉警告："仙凡有别，若是斩不断俗缘，只会耽误他仙途！莫再妄想！"

孟老爷安慰夫人："争先这孩子，自幼聪慧。以前遇到游历的大师，赠他一串红灵玉念珠，也说他有慧根，可见他命里注定与凡人不同！"

话虽如此，孟老爷仍眼含泪光。

孟河泽临走时神采飞扬。"管他什么仙凡有别，等我入了内门，成了真正的仙师，就衣锦还乡！"

收徒长老眼神冷漠。"修仙之后，你便什么都不记得了。"

孟河泽这次还乡，出乎孟家意料。孟老爷、孟夫人见到儿子喜极而泣，管家与厨娘是夫妻，膝下无子，大半辈子待在孟家，也将孟河泽当儿子一般。

四人收拾东西，无论何处都愿去。其他堂兄堂弟、丫鬟侍从故土难离，畏惧变故。孟老爷也不勉强，出手大方地分了家。

新来的外门弟子眼眶微红，小声抽泣。

周小芸担心，道："可是路上受了苦？我懂些医术，谁身上有伤，就来让我看看。"

弟子们摇头。"再苦也过来了。到了千渠，就不怕了。"

有人道："是见孟师兄有爹娘相伴，一时想家。"

"这有何难？"周小芸笑道，"宋师兄先前说过，谁家里还有亲人在世，都可以接来千渠。全凭自愿。"

小弟子却犹豫。"可宗门长老说，若要求仙，先斩尘缘。"

周小芸不屑，道："我们宋院门下弟子，不搞那一套。那些出身修真家族的修士，自小在家中修行，后来离家拜师，师父也没让他们斩尘缘。一族数百人甚至上千人，没听说谁修为高了，就与谁断绝关系，反倒互相提携，资源共用。却对凡人出身的外门弟子说'斩尘缘、成大道''宗门就是唯一归宿'，这是什么道理？难道只因为他们的亲属是修士，我们的亲属是凡人？"

新来的外门弟子阵阵抽气，惊讶不已。

有人道："师姐这话，我倒是从来没听过。但细想确实有理。"

周小芸笑道："进了千渠，你以前没听过的多着呢。"

纪辰悄声嘱咐徐看山等人："这里辛苦你们，我得去找卫兄报声信，让他先躲躲。"

孟河泽威望高，卫总管人缘好，两人平时却不对付。

"你快去吧，我们这边也盯紧孟师兄。"

纪辰连夜寻卫平，想象自己是重任在肩、维护千渠团结稳定的英雄。

卫平很好找，不在宋院，就在边防、神庙大牢等处。因为要安排统筹，总有人见过忙碌的卫总管。今夜出人意料，好像卫平凭空消失了，传信符也不回。

"不是去宋院做夜宵了吗？"

"不是去毒瘴林那边了吗？"

"不在神庙大牢吗？"

纪辰四处查问，却只得到一句句反问。

当他站在天城大街，面对苍茫夜色拿出阵盘时，心里滋味莫名。

"追查敌人下落，才会动用阵盘啊，卫兄，得罪了……"

卫平今夜不正常，绝对有事瞒他！

孟河泽安顿好家人，像小时候一样翻墙而出。

仙官府、宋院的阵法不防他，他随时可以推门进去。

朱门还是从前的朱门，宋院还是熟悉的宋院。月色如昨，去时梅花未开，归时梅香满园。

孟河泽喜色还未上眉梢，忽听一阵歌声随夜风、梅香飘来。

完全陌生的气息令他皱眉。

院里石桌上点着灯，冬夜里火光幽幽。那人披着百花锦簇的外袍，竟坐在宋潜机的躺椅上，靠着宋潜机的靠枕，腿上还蜷缩着一只瘦弱小猫。

他闭着眼、跷着腿，一根指头轻点扶手，似打节拍，悠悠哼唱："白刃仇不义，黄金倾有无。杀人红尘里，报答在斯须……"

孟河泽不懂乐曲，但那声音低沉，分明是名粗豪男子。好似大雪夜怀揣白刃，十步杀人，端的杀气凛然。

此人危险。

他右手下意识握住冰冷剑柄。

正要上前质问，只听曲调一转，又变成咿呀多情的女声："我只道铁富贵一生铸定，又谁知人生数顷刻分明。想当年我也曾撒娇使性，到今朝哪怕我不信前尘……"

这尖细声音竟出自一人之口！

像个女娇娥叹息自己落入凡尘，身陷命运牢笼，只能回忆往昔光彩。

孟河泽眉头皱得更深。

宋院清净之地，怎么能有这样乌七八糟的人，唱这种乌烟瘴气的曲子？卫平那混账去哪儿了？他这管家怎么当的？

蔺飞鸢不必睁眼，已察觉生人来访，却懒得理会。今日他算摸清形势了。只要宋潜机不让他死，在这宋院谁也杀不得他。

本是牢狱，却比自家还安全。但来客威压外泄，气势凶煞。

土黄小猫喉咙里发出呜呜声，脊背耸起，背上毛根根上竖。猫眼圆瞪，龇牙咧嘴，色厉内荏地警告来人。

蔺飞鸢不唱了，眯眼打量握剑少年。"大半夜的，你找哪位？"

少年模样俊朗，身板结实，披着一身月光站在花架下，一动不动地紧盯着他，像只黑豹蓄势待发。

蔺飞鸢心道：一个即将突破金丹的筑基期小子，也敢来我面前露威压，逞威风？

孟河泽听见他问"你找哪位"，全身血液冲上头顶。何方贼子竟敢鸠占鹊巢，反客为主？

他冷冷道："这儿是宋院，你又是哪位？"

蔺飞鸢思索片刻，咧嘴一笑。他知道这人是谁了。

接到刺杀委托后，宋潜机身边有什么人，那些人的背景经历、战力杀招他都仔细查过。

原以为这些情报已经无用，但此时他无比庆幸。

他清楚如何只用一句话，就让来人瞬间失去理智。"找宋潜机是吧？他在后厨给我熬药呢，你不如明天再来做客。"

"铮！"

剑光破夜！

梅花碎，猫惊跃！

孟河泽剑势刚猛迅疾，当头劈下，似要连人带椅一分为二，换了普通修士早跌下躺椅，逃命去了。但蔺飞鸢并非普通修士，他是敢杀元婴的金丹，常年生死一线，就算此时灵气被锁、重伤未愈，眼力仍在。

他纹丝不动，稳坐钓鱼台。剑锋停在颈间，划破他绣着花瓣的衣领。

"你是谁?！"孟河泽厉喝。

蔺飞鸢伸出两指，轻轻敲击剑身。"好好说着话，动手作甚？没大没小，谁教的规矩？"

孟河泽胸口剧烈起伏，他觉得自己忍不住了，只想将这妖人砍死。

"小孟。"身后忽然响起一声轻唤。

"宋师兄！"孟河泽惊喜地抽剑回神。

却见宋潜机手里当真端着药碗，他眼眶登时泛红。

——我才出门多久？不过从秋到冬，几场雪的工夫，师兄已经沦落到给别人熬药了。

"这位是蔺道友，暂居宋院养伤。"

宋潜机一句话，令孟河泽满腔怒火霎时冷却。他回敬蔺飞鸢一个得意眼神：谁主谁客，还不明显？你不过是个养伤的病患，我不与你计较。

蔺飞鸢端碗喝药，故意拿乔："今晚这药真苦，不如你中午熬的好喝。"

那语调婉转，似在唱戏。孟河泽听得一阵反胃。

"不可能。"宋潜机纳闷儿，"这就是中午熬的，我只是回锅热一下。"

蔺飞鸢脸色青白变化，重重放下碗。

"哈哈哈哈！"孟河泽爆发大笑，笑罢忍不住好奇："却不知，这位蔺道友身上的伤是怎么来的？"

他出剑时已经看清，这是一位灵气被封的金丹。

在千渠郡，谁会对宋仙官的客人下这样的重手？

宋潜机:"我打的。"

院内忽然沉默。孟河泽震惊无言。

蔺飞鸢霍然起身,大步回屋,狠狠摔上门。

孟河泽笑得狂拍石桌——让你这妖人炫耀!

宋潜机坐回自己的躺椅。"你笑什么?"

"见到师兄开心,听说师兄突破元婴,我更开心。"

宋潜机微笑。

孟河泽见他心情好,主动坦白:"我这次出门,不只接回家人,还带回了华微宗这一届的外门弟子。"

宋潜机心中一跳,笑容僵硬。"几个人?"

"全部。"

宋潜机抱起小靠枕。"这样啊……"

孟河泽心中忐忑。"师兄不高兴了?"

宋潜机诚实道:"有一点。"

孟河泽立刻认错:"对不起,宋师兄,我知道错了。"

宋潜机以前对孟河泽说,想做什么就去做,不用在乎他。不是空话。但他这次确实有点不高兴。

宋潜机问:"你错在哪里?"

孟河泽:"我错在晚归,师兄遇刺时,我竟不能在旁保护,让师兄涉险。"

"不对。"宋潜机摇头,"我不需要保护。"

"我错在给千渠带回麻烦。这批外门弟子随我叛宗,华微宗绝不会轻易放过我们。我逞一时英雄,自己揽下的事情,该自己解决!"

"不对。"宋潜机仍摇头,"我也不怕华微宗。"

孟河泽脸皮涨红,酸涩又气恼,道:"我错在不该对蔺道友出剑?可他实在太……"

"与他何干?!"宋潜机叹气,"既然能带这么多人回来,此行必定横生枝节,波折重重,你错在没有传信给我。"

孟河泽怔然:"我……我怕麻烦师兄。"

宋潜机:"你遇事不说,我怎知你有没有受伤,有没有遇到应付不了的强敌，身上带的符箓够不够用，钱够不够花？"

"师兄！"孟河泽眼眶微红，鼻尖酸涩，"我的伤都好了！"

宋潜机站起身。"你等等。"

孟河泽独自愣在院中，心想：我才刚回来，就算犯错在先，宋师兄也不会要找家伙打我吧？

等过了片刻又想，若是真打，就让他打，只要师兄消气，挨两下也没什么。

"哐当"一声轻响，宋潜机在石桌上放了一物。"过来。"

孟河泽定睛一看，竟是一碗面。

冬夜北风吹，面汤冒着白色热气。月光和烛光下，面条色泽晶莹。

滚烫的汤汁，令他从里到外泛起热意。"师兄。"

"我第一次煮面，不知味道如何。"宋潜机道，"尝尝。"

他看人做过几次，总觉得不难，应该比修炼和种地容易。

孟河泽喜出望外。"既是师兄亲手做的，一定绝佳。"

他迫不及待抄起筷子拌面。谁知面条越搅拌，汤汁颜色越混浊，蔬菜越稀烂。面碎成片，黏糊糊粘在一起。

孟河泽心中预感不妙，刚吃一口，眼泪差点掉进碗里。

世上竟有如此怪味！

宋潜机见他神色微变，紧张道："不好吃吗？不合口味就倒掉吧。"

孟河泽连忙道："好吃好吃，特别好吃！"

宋潜机伸手要拿碗。"让我尝尝！"

孟河泽吓得埋头扒面，管他酸咸苦辣甜什么古怪滋味，囫囵吞进肚中，亮出干干净净的碗底。"我吃完了！"

宋潜机笑起来。"真的这般好啊……"

——下厨天才竟是我自己。下次再做一碗，请卫平也尝尝。

千渠坊刺杀后，长街狼藉遍地。屋宇倾塌，店铺残破，到处是灵气冲击和爆炸后的焦黑痕迹，令人扼腕叹息。

白日里热火朝天地赶工重建，晚上工匠们回去休息，只留下一堆木板、朱漆、青瓦、铁钉……

纪辰手持阵盘，在断壁残垣间穿行，借阵法隐匿气息，脚步落地无声，像一道影子。终于在太平记错落的残骸中瞥见熟悉人影。

卫平深夜来千渠坊做什么？

不对，不止他一个人。他们站在月光照不到的阴影处，卫平的背正好挡住另一人的身影。

纪辰没有靠得太近。

"我父亲让我带人来，但我念着兄弟情分，不忍心看你执迷不悟，被奸人迷惑。"卫湛阳轻轻踢着一块烧黑的牌匾，感叹道，"所以我一个人来了。卫真钰，你少时离家，只有我还拿你当弟弟。"

卫平笑道："心领了。你走你的登仙道，我走我的千渠桥，是死是活，各凭本事，各安天命。"

"我不明白，你不喜欢束缚，要逍遥，要自在，可你现在在干什么？"

"求自在。"卫平道，"自在不是四海为家浪迹天涯，我心自在，才是自在。"

"如果没命，还如何自在？就算我不娶陈红烛，卫家不蹚这浑水，华微宗也不会放过他。你知不知道，华微宗数千外门弟子夜闯山门，投奔孟河泽，一路逃往千渠？这次仇怨结在明处，你跟在宋潜机身边，只有死，没有活！回头吧，还来得及！"

卫平："我给你的令牌，一炷香后失效，千渠阵法会立刻攻击你。你还有一炷香时间离开千渠。跑快点，还来得及。"

卫湛阳听闻此言，脸色忽冷，好像卸下一张"苦口婆心"的面具，露出冷漠的本相。"我倒要看看，你能走出一条什么样的路。"

话不投机半句多，卫湛阳忽而靠近卫平，低声快速道："你的新兄弟在背后看着你，去灭口吧。"

说罢潜入阴影深处，瞬间消失无踪。

卫平慌忙转头，只见十丈外立着一个人。纪辰表情失魂落魄，似不可置信。

卫平浑身一震，大脑空白——被发现了。

拔剑杀纪辰灭口？他做不出。

难挨的沉默后,纪辰幽幽开口:"看来你是不会考虑舍妹了。"

"你半夜出来见面的姑娘,可是那晚去太平记的路上遇到的?"

卫平呆怔:"啊?"

那天红叶忽至,宋院三人冒着薄雪去吃烤肉。纪辰问他为何魂不守舍,他信口扯谎,说看到一个漂亮姑娘,看得呆了。

纪辰问:"若不是她,你也不会故意约在你们初见之地。可惜良辰美景不再,只余断壁残垣。"

卫平忙点头。"这件事,你能不能替我保密?"

"可你有喜欢的姑娘,大大方方交往便是,我们都会祝你好,为何要躲躲藏藏?"

纪辰想到此处,目露怀疑之色。卫平来见的,真是一个心仪的姑娘吗?若不是,他还能见谁?深更半夜密会,商量什么?

君子不窥友之私。他方才没有运起灵气,偷听卫平说话,是因为仍愿意相信对方。

"这是因为,因……"卫平心思飞转,谎话张口就来,"因为她是来拒绝我的!不想被人看到。我是千渠总管,天城谁不认得我?我与她有缘无分,不好平添闲话,让她遭人议论。"

纪辰怀疑目光变为同情,甚至有几分欣喜:"原来如此,天涯何处无芳草?不如考虑一下舍妹!"

卫平震惊于他转移话题的能力,不管说什么,九曲十八弯总能转到"舍妹"身上。

这大概是某种特殊的能力。

"我方才失意,暂时无心儿女情长,一心只想建设千渠。"

纪辰:"理解理解。对了,我是来告诉你,孟兄刚才回来了!你明早若见到他,多忍耐几分,少刺激他两句。"

卫平想:有孟河泽在,宋潜机的安全总能多些保障。

纪辰想:我不止一个好兄弟,总有人能考虑我妹。还是要在孟兄身上下功夫。

"他说什么,我都不会与他计较。"卫平低声道,"今晚你既然撞见我的事,这就是咱们兄弟的秘密,还请你莫让旁人知晓。"

纪辰气道:"我纪辰岂是搬弄是非、拿兄弟情伤说闲话的长舌小人?!你未免太将我看低!"

两人当即击掌为盟,纪辰信誓旦旦:"今夜天知地知,你知我知,我连宋兄、孟兄都不说!"

卫平微笑:"好兄弟。"

有时一个谎言就像华美锦袍上的补丁,若不想被人看见,就用更多针线缝补遮掩,最后落得一件千疮百孔的旧衣。

卫平虽一夜未歇,早上依旧准时出现在宋院,端上小笼汤包和枸杞黄桂粥。

人高马大的少年郎们围桌而坐,宋潜机顿觉桌子狭小,空间逼仄。

是时候准备一张大圆桌了,最好桌面可以转动。

孟河泽像煞有介事地轻叹:"我就少吃点吧,昨晚宋师兄亲自下厨为我做夜宵,吃得太多了。"

话音一落,纪辰、卫平、蔺飞鸢都停下筷子盯着他,神色各异。

纪辰好奇道:"宋兄还会做饭?我竟不知。"

宋潜机点头:"略懂一点。"

"略懂,那就是不好吃呗。"蔺飞鸢轻嗤。

"师兄说略懂,就是精通的意思。"孟河泽笑道,"我走南闯北,从未吃过昨晚那样特殊的阳春面。"

想这一路上风风雨雨,历经磨难都没让他折腰。昨晚刚出仙官府,他就扶着墙吐,吐得腰都直不起来、胆汁都要吐干了。

卫平如常微笑,好像嫌他幼稚,不跟他计较。

宋潜机心想:难道我做饭比种地更有天赋?

"下次多煮些,请大家一起吃。"

"好啊,我要吃两碗!"纪辰喜道。

宋潜机:"吃一锅都可以。"

孟河泽紧抿着嘴,肩膀微微抽动,瞧着纪辰似在忍笑。

冬日晴朗的清晨,五六只麻雀落在梅枝梢头,缩着毛茸茸的脑袋,机灵地转着小圆眼睛。

饭桌上也其乐融融，以互相问候，宋潜机由衷欣慰。原以为孟、卫、蔺三人凑齐，恐鸡飞狗跳，不得安宁，看来是他多虑了。

孟河泽似乎十分思念卫平，揽着卫平的肩膀低声说话："我新带回来一批弟子，等会儿你随我去看看。"

卫平给他夹菜。

蔺飞鸢边喝粥边思考着什么，温驯得像一只鸽子。

纪辰左右搭话，闲不下来。

饭后孟河泽开口："宋师兄，昨晚的事……"

他用眼神示意蔺飞鸢去避嫌，后者好像没看懂，坐得比纪辰还稳。

宋潜机："没事，说吧。"

修仙界事情越大，传得越快。恐怕不出半日，华微宗外门弟子集体叛逃这桩丑闻，就要传遍四大洲。

"此事说来话长，要从虚云掌门之女陈红烛与卫家少爷卫湛阳订婚说起……"

"吧嗒"，卫平正在收拾碗筷，手稍抖，青瓷磕出刺耳的脆响。

"这事我听说过！"纪辰一脸想看热闹的兴奋，"登闻雅会书画试，在山壁上写诗的那个卫湛阳，宋兄还记得吧？那天我与宋兄初识，我画鸡蛋，你画土豆花！"

孟河泽知他话多，无奈打断："陈红烛的嫁妆，是一座天级灵石脉矿。"

"哇！"纪辰夸张又捧场地惊呼。

蔺飞鸢轻翻白眼，心想：八百年前我就知道。本来那座矿里，还有我的一百万块灵石，足够买一柄极好的刀。如今事情办砸，兜里只有预付的五十万。

孟河泽："天级与天级之间也有差别。华微宗不舍得已经开出的富矿，四处探测，找到一处内藏玄机的地级矿，据说再深挖一千丈，就能挖出灵石岩，刚好可以到天级。"

蔺飞鸢心想：真是越有钱越抠。

"为了赶上订婚大典的良辰吉日，执事堂将外门弟子分作小队，每队二十多人，下令加紧开矿，日夜不休。多干一个时辰，多加十块灵石，哪队挖矿道最快最深，哪队弟子就能全部进入内门。本来一年只有一个内门名额，这次有二十多个，谁不想冲破头去拼去抢？"

纪辰："就算修士体质远超凡人，但那是一群炼气期小弟子，未免太辛苦。幸好可以铺设保护阵法，带防护法器。"

宋潜机做过外门弟子，前世为攒钱也挖过矿。"这样日夜赶工，矿道里根本来不及铺阵法。"

孟河泽面色沉重。"矿井坍塌时，有一队弟子埋在地下两千三百丈。二十三人，无一生还。"

纪辰脸上笑容消失。

那些弟子十四五岁，怀着进入内门，攀登仙梯的梦想，却埋在深不见底的灵石矿里。

"执事下令继续赶工。订婚吉日临近，怕冲撞喜事，秘不发丧。尸体一卷竹席裹起，埋在采矿场的山坡上，又怕魂魄有怨，特设阵法镇压……"

"岂有此理！"纪辰拍桌。

"这事被其他外门弟子发现，混乱爆发，才有了后来夜闯山门，集体叛逃一事。我上次去华微宗送谷子，曾在宋院门口见过他们，说'哪日觉得难捱，就来千渠找我'，路见不平，我不能坐视不理！我们冲出包围，分头逃亡，在华微城外会合，登上七绝宝船，才甩开追击的长老，一路赶回千渠……"

孟河泽出门前身家丰厚，宋潜机不仅给他钱财、符箓，宝船也让他带走，以备不时之需。

蔺飞鸢不信。"华微宗的山门，岂由一群外门弟子说闯就闯？暴动一发生，恐怕他们还没闹出寝舍，就被抓回去了。你以为大宗门的阵法是摆设，执法堂长老是吃干饭的？"

孟河泽："华微宗内有人出手相助，主动与我联系，他们才能跟我会合。"

纪辰："是谁？"

孟河泽看了宋潜机一眼，表情极复杂。"陈大小姐。"

"又是她！"纪辰咋舌，"陈小姐都要订婚了，还没忘了宋兄啊！这婚事到底能不能成？"

蔺飞鸢、卫平看宋潜机的眼神也变了。

"不愧风流之名远播。"蔺飞鸢古怪地道，"面子真大。"

得到一位出身高贵还肯放下身段的漂亮女修帮助，的确会让大部分男人觉得有面子。

"我没有面子。"宋潜机却认真解释,"她这样做,是因为她想,遂心所愿,与我无关。"

"此事全由女儿一人所为,与旁人无关。"陈红烛说。

戒律堂幽暗的烛火照亮她侧脸,火苗在她眸中跳跃。

华微山兵荒马乱、不得安宁的夜里,只有此地一片死寂。没有人大声痛斥。堂上十余位峰主、长老目光复杂,偶尔叹气几声。

无言的失望、愤恨化为刀剑,压在少女肩头。

从前谁敢让华微宗大小姐、虚云真人的掌上明珠带伤跪在戒律堂冰冷的地砖上?

"事到如今,你还护着那小子?你从小顽劣跋扈,不修礼法,宗门上下极尽包容,为父何时不顺你意?"虚云的声音微微颤抖,"可你还知不知道你是谁?!"

"我是陈红烛啊。我因宗门享尽尊荣,愿奉献一切守护宗门。"陈红烛脊背挺直,直视虚云,"我不是在帮宋潜机,我是想救华微宗!"

"孽女!"

虚云浑身颤抖,又要抽剑,被戒律堂长老刘鸿风急忙按住。"掌门真人,外门已误,而订婚大典将近,万不可再误大事。"

众人纷纷劝阻:"掌门三思!"

"这个关头,大小姐的名声,就是华微宗的名声,家丑不可外扬!外门弟子叛逃,我们须得一口咬定是受奸人引诱,与大小姐无关。"

"宋潜机不仁不义在先,我们发难,才更占道理。青崖和紫云观那两位也挑不出错。"

陈红烛低声轻笑。

"你还笑!"虚云呵斥道。

陈红烛不笑了。

"我教女无方。订婚大典之前,陈红烛禁足于戒律堂,不得踏出半步!"虚云目光扫过众人,"多事之秋,劳烦诸位各守其责。"

今夜能来此的,除了各峰峰主,只有掌握实权或背靠世家的长老。

众人应是后告辞，留下虚云与陈红烛这对父女，相对无言。

等最后一人走远，审堂大门关上，虚云忽然叹气，弯腰扶起女儿。"还疼吗？"

他显露人前的愤怒渐渐消失，变回一位苍老的父亲。

陈红烛起身，双眸蓄泪。"女儿不孝。"

"你这是何苦？"虚云痛惜摇头。

陈红烛笑起来："父亲见过夜里的矿场吗？灵石从深矿里被外门弟子一筐筐背出来，闪着微光，很是漂亮。我站在半山腰，俯瞰千疮百孔的采矿场，看见发光的灵石被送往各处，就像一条条流动的星河。就像登上摘星台，一抬头，看见满天闪烁的星星。连风都一样冷。"

虚云一怔，缓缓开口："摘星台建在华微山之巅，灵石矿深入地下两千丈。有地下的千千万万个星，才能撑起天上的一个星。你应当知道，你生来就在天上。"

"地下的无底洞填进多少条无辜性命？！只为我的订婚大典，为了让我嫁给一个不认识的人，父亲，这不好笑吗？"

虚云沉声道："不是为了你，是为了宗门！你因此心生愧疚，放走他们。不过半月，再招一群人，矿还是一样开。世上想求仙的凡人，比天上的星星还多。"

"你再招，我就敢再放，直到你们彻底醒来，看见这个世界已经变了，有了宋潜机那种人，有了千渠郡那种地方，他们有处可去！"

虚云："你到底要干什么？！"

"我要——变法！"陈红烛眸中火焰燃烧，"我要建立新的内门遴选制度，进而打破内外门界限，我要让宗门选出更多人才，而非困于门户出身。"

"如此变法，犹如翻天。"

"翻天就翻天！"

"你！"虚云的巴掌高高抬起，陈红烛瞪着他，毫不闪躲，不退反进。

虚云闭上眼，猛然放下手。"刚才那些人，都是看着你长大的。就算你能翻天覆地，换一群人上来坐，位置坐久，他们也会变成原来那一群。这天，你翻不动。莫再妄想。"

"父亲，你让我试试！"陈红烛握起父亲的手，"若是成了，开此先河，天下修士人人向往华微宗，宗门何愁不兴旺。"

虚云睁开眼，目光恢复平静。他抽出手，向后退一步，退出烛光照亮的地方。

由父亲退回掌门真人的位置。

"下月十五，良辰吉日。这段时间，你就在戒律堂安心反省，你袁师兄会辅助为父，为你筹备大典。"

陈红烛一眨眼，淌下两行泪。"女儿……不想嫁。我不想嫁他。"

虚云不应，忽然换了话题。"你与那孟河泽里外勾结之后，为父开始想一件事。宋潜机真的与那个人有关系吗？他当日拿出的证据，没有一件是实证。从登闻雅会到千渠郡，那个人根本不曾现身，更不曾为他出过头。有消息说，最近棋鬼病得很重，书圣老得很快。那个人依然不见踪影。"

陈红烛起先愣怔，越听越心慌，预感不妙。"您的意思是……"

"既然宋潜机先一步撕破脸面，宗门未尝不可在明处杀他。你若再妄言妄行，就是逼宗门杀他。"

虚云话音刚落，转身离去。缩地成寸，一步跨过门槛。

"父亲！"陈红烛匆匆追出。

沉重大门轰然闭锁，将虚云的身影隔在门外。

"哐！"陈红烛拼尽全力砸门，却砸在坚不可摧的阵法屏障上。"爹，爹——"

深夜寂静，少女的嘶喊和哭声回荡在戒律堂。

"你这是当爹，还是当师兄啊？"蔺飞鸢不耐烦地问。

今日来找宋潜机答疑的外门弟子确实有些多，其中许多人第一次见宋潜机，好像看到某种珍稀动物，问完也舍不得走。

"这就是传说中的宋师兄啊。"

"师兄瞧着，也不过十五六岁吧，竟是元婴境界了！"

宋院诸人用过早饭，纪辰前往神庙，随机抽取今日练习阵法的对象。卫平被孟河泽拉出仙官府"叙旧"，宋仙官身边只剩混吃养伤的蔺飞鸢。

蔺飞鸢灵气使不上，却还摆着金丹强者的架子，理所当然地赶人。"动作快点，下一个，下一个！"

"这种修炼基础问题怎么不懂？来，我这儿有一本古籍，回去看完再来啊！"

"下次还书？不用还，老子都背过了！要刻印？随便随便，快点走！"

冬日暖阳照着宋院青瓦，梅花枝上麻雀叽叽喳喳。黄白相间的小花猫轻盈一跃，跳过墙头。

答完疑散场时，宋潜机气定神闲。蔺飞鸢气得够呛，累得直喘。

宋潜机将窗台上的水仙花端出来晒太阳。白花含苞而含香，翠叶细长而亭亭。

蔺飞鸢手痒，蹲在地上，伸出一根指头戳花苞，被宋潜机拍开。

"花苞娇嫩，莫乱动。"

蔺飞鸢嘟囔："小气。"

他手指下移，改敲花盆。素净白瓷广口矮盆盛满清水，被敲得一声声脆响，像一首曲子。

宋潜机知道蔺飞鸢喜欢听曲唱戏，前世他们刚认识的时候，住在来春馆隔壁。后来几次逃亡，他们都住在歌楼戏园或绸缎庄、裁缝铺附近。

蔺飞鸢敲了片刻，忽然抬头看他。"宋潜机，我做这行生意，失手了，就算没人来救我，也该有人来杀我，生死由命。你不必……"他想说"你不必替我担着"，出口变成："不必给自己没事找事，我不领情。"

宋潜机没理他，从厨房端出一碗药。"喝。"

蔺飞鸢一饮而尽。

药是好药，各种灵草不惜血本，入五脏化为灵气流。

也对，宋潜机不做刀尖舔血的生意，却从来不缺钱。

蔺飞鸢盯着碗底残留的黑色药渣，念念有词："我还是想不通。"

"想不通什么？"宋潜机问。

"你为什么这样对我？我根本不认识你！你不会是庙里救苦救难的菩萨，割肉饲鹰以德报怨，看我作恶多端，就想下凡感化我吧？"

宋潜机微笑，夺过碗就走。"那我还不如去感化一只猪。"

蔺飞鸢竟没有发怒，反而一拍手。"说得对啊！猪还能宰了吃肉，我这种泥潭里的烂人，活该不得好死，你感化我有什么用？"他摸摸下巴，"你是不是有一位朋友，长得很像我，但他已经死了？"

宋潜机脚步一顿,摇头。"我没有朋友。"

蔺飞鸾不是前世的蔺飞鸾。所有他前世见过、杀过、有义或有仇的人,这辈子全都变了,只剩他一个人带着前世记忆。

蔺飞鸾又猜:"你想让我养好伤,替你杀人?直说,你想杀谁。"

宋潜机继续走。"杀人这种事,我没有假手于人的习惯。"

蔺飞鸾追上来。"别指望我留在这破院子跟你种地!"

宋潜机心想:开什么玩笑,这种美事轮得到你?

直到他拿起锄头翻地,蔺飞鸾仍追在他身后,像梅花枝头的麻雀。"那你到底想让我干什么?你非憋着不说,你不难受,我难受!"

宋潜机扬起一张禁言符。

蔺飞鸾直愣愣挺着脖子。"来贴,往这儿贴!不让人说话算什么?你看我还有手有脚!"

宋潜机心想:再不给这人找点事干,恐怕这一日都不得安宁。

"打猎队送来的皮毛都在库房,你给我裁一件大氅吧。"

"什么?"蔺飞鸾怒道,"你当我是你家裁缝?!"

"不裁衣服,就跟我去挑种子。"宋潜机说,"我看你还有手有脚。"

片刻沉默后。

"……库房怎么走?"

仙官府后门,背阴的狭长小巷,卫平被揪着领口压在墙上。他抬起手背抹去嘴角血迹,用舌头顶了顶腮肉。

有两颗后牙松动了。

孟河泽这一拳没留情,卫平却笑起来:"宋先生替我挡了一剑,你打我一拳,我不还手。"

巷子很窄,仅容两人并肩而行。阳光被灰檐挡在外面,分毫洒不进。

卫平初到千渠郡,府门前排的队人山人海,沸反盈天。而孟河泽引他走过这条阴凉小巷,推开一扇隐蔽小门。

那是他第一次进仙官府,见到宋潜机。

那时孟河泽一边晃着手中长剑,一边开玩笑:"你可是我走后门带进来的人,以后一定要跟我一伙啊!"

现在孟河泽右手攥紧拳头，左手攥着卫平衣领，手背青筋根根暴起。"你不用跟我装模作样！这次千渠坊刺杀，一定与你有关！"

卫平不挣扎，靠在墙上，歪着头笑："孟师兄，说话要讲证据。"

"我不是纪辰那种傻少爷，我不讲证据，只凭直觉！"孟河泽剑鞘一横，压在卫平颈间，"离开千渠，别逼我动手！"

卫平是宋潜机身边管家，一日三餐服侍左右，更参与千渠建设，一手办起千渠坊，对千渠郡影响已深。孟河泽不想让宋潜机感到失望，他想让卫平自己走。

"我不会走，你该防的也不是我。难道你还不知宋院养伤的是谁？也对，你昨夜刚回来，别人可不敢告诉你。"卫平对长剑视若无睹，紧盯孟河泽瞳孔变化，"他就是这次的刺客主谋，蔺飞鸢！"

孟河泽浑身一震。"如此危险的人，岂能留在宋师兄身边？"

卫平像鱼一般从他手下挣开，抚平衣领。"先生仁善，说他只是收钱办事。不仅不杀他，还给他治伤，让他住在宋院里。蔺飞鸢是黑市最贵的刺客，杀过的元婴不计其数。狼子野心，根本养不熟。"

孟河泽牙关紧咬。

卫平凑在他耳畔笑道："既然不能在宋院杀他……今晚子时三刻，我把人骗出来，我们一起杀了他。"

孟河泽后退两步，好像第一次认识卫平。"但师兄不想杀他。"

卫平压低声音："你不说，我不说，先生怎么知道？只以为是他自己跑了。"

孟河泽沉默，卫平的提议太有诱惑力。他就要答应时，忽见对方眼中的笑意，猛然惊醒。"你有事隐瞒师兄，还想让我变得像你一样？妄想，我岂会跟你上一条船。"

卫平心道可惜。"好吧，脏活累活我来干。"

他叹了口气，作势要走，忽然左手如爪，毫无预兆地直袭孟河泽肩头。

孟河泽一惊，回剑格挡，却被卫平右手一掌打向肋间。

巷子逼仄，不方便腾转，动起手来拳拳到肉，快如闪电。一时间深巷风声飒飒，劲气激荡。

因背靠仙官府，两人都没有运灵力动法器，拳脚过了二十来招，卫平速度更快一分。

"你骗宋先生。"卫平笑道,"你在华微山下受的伤,根本没好。"

孟河泽冷冷瞧着他。

卫平转身走出小巷。

孟河泽:"你去哪儿?"

"千渠坊战后重建,我去督工。孟师兄又跟着我作甚?"

"我得盯着你!"

千渠坊一半商铺已经重新开业。街道一边是断壁残垣,运送木材油漆的板车进进出出,木匠、铁匠、泥瓦匠热火朝天地忙碌,另一边却是招徕客人的酒楼小二、推车叫卖小吃的商贩、挑绸缎选绢花的姑娘。

毁灭之后新生,蓬勃生机从每片新瓦、每块青砖上透出来。

"宋师兄就是在这里遇刺的?"孟河泽问。

"是。"卫平点头。

孟河泽还想说点什么,比如复盘那场刺杀,但不断有人向卫平打招呼:

"卫总管来了,尝尝糖葫芦?"

"卫总管好,买点白菜吧,回去给宋仙官包饺子!"

卫平见谁都笑,不停应和。

"今天的菜真水灵,我要两棵。"

"孟师兄吃糕吗?洪福人摆的摊子,来尝尝吧。"

遇到需要帮忙的,他挽起袖子立刻动手,推个车、补个瓦,从不嫌麻烦。

反倒是孟河泽有些不自在。他发现卫平的笑容变了,不是那种嘴角弧度完美,看似柔和却虚伪的假笑。

卫平笑得双眼弯弯,真心真意。

蔺飞鸢从库房挑选了三块好皮毛,抱了满怀,远看像一只黑熊。

他嘟囔:"没灵力,做事真麻烦。"

走进宋院,又见宋潜机忙碌,不由得嫌弃。"你挑这么多种子干什么?"

"等来年开春,我要在天城里种一片'种子田',寻找提高亩产量的方法。代代培植优良品种，以后全千渠的谷种，都从'种子田'里优中择优。"宋潜机说。

蔺飞鸢心想：我是在说你生活无聊，不是真的问你为什么、做什么。但宋潜机认真答了，他也不好意思再嫌弃。

"你到底修的什么功法？我怎么从没见你修炼，一身修为哪里来的？"蔺飞鸢已经可以确定宋潜机没有练习蛊惑人心的邪术，因而更加好奇，"你如果不想说……"

宋潜机直白道："我修炼一门沟通自然，有益耕种的功法，名为春夜喜雨。"

蔺飞鸢心想，我闯荡修仙界这么多年，从没听说过此法。

"不知是哪位大能所创？可是绝密传承？"

宋潜机笑了笑："我自己想的。"

蔺飞鸢无言以对，只将满怀厚重皮毛搬进屋里，狠狠摔在桌上。

人比人，气死人。这像话吗？真该让其他修士都来听听。

因为卫管家在千渠坊被卖白菜的小贩拉住，热情推销，所以宋院今天中午吃白菜猪肉馅水饺。

饺子白白胖胖，饱满地掉进黑色料汁里，蘸满香醋、酱油、辣子、芝麻。一口咬下，汁水四溢，香气满口。

卫平几次打量蔺飞鸢神色，见他吃得专注，忍不住传音提醒："莫忘了今夜子时。"

蔺飞鸢不答，大声道："卫总管，你去给我买三匹布，还有针线包。布要锦绣堆的好绸缎，记得只要今年最新的花样，还有剪子，要洪福郡昌华街最东口老铁匠铺的。"

卫平脸色骤变，又传音道："你不走？"

蔺飞鸢开口说："饺子好吃啊，对了，再给我买一把琵琶，平时唱曲没伴乐，浑身不得劲啊。"

宋潜机看了蔺飞鸢一眼，暗含警告，后者才不再说话。

饭后卫平将蔺飞鸢扯进厨房，说要让他洗碗，否则不会帮他跑腿买东西。门一关上，洗碗的还是卫平。

水池里水声哗哗，碗碟撞击不休，卫平低声道："千渠如今犹如铁桶，就算是我，要送走五个人也不容易，错过这一次，以后……"

蔺飞鸢一边挥手，像在驱赶一只飞虫，一边偷吃灶糖。"我在这里好吃好喝，宋潜机又不杀我，我为何要走？"

"你的生意怎么办？"卫平压着怒火问。

"年末封箱，歇业啦。"

"你的同伙怎么办？"

"宋潜机说他们在地里挑粪干活，人都没事，你别想诓我。"

卫平摔碗，来回走动，像只暴躁的雄狮。

蔺飞鸢说的话他不信。虽然好吃好喝，却不能用灵气，宛如凡人，不能出宋院半步，与囚禁无异。这种刀尖舔血的人，怎么可能安心受困？难道他还想计划第二次刺杀？

"别怕，就算我留下，也不会拆穿你。快去给我买剪刀、针线包、绸缎、琵琶吧。"

"喵。"卫平一惊，却见一只猫灵巧地蹿进窗户。

蔺飞鸢熟练地抱起猫，有一下没一下地摸毛。"等我彻底养好伤，再休养一段时间，如果心情好，我就走喽。"

自从进入宋院，他骂人都骂得少了。出生入死、水里火里、刀光剑影从梦里消失，只剩下挑一颗种子这样天大的事。

卫平冷冷道："你今夜不走，我就在黑市放出风声，说你刺杀失败后，被宋潜机像狗一样拴在宋院，受尽虐待折磨，让你名声扫地，以后的生意做不成！"

蔺飞鸢心想，好小子，够阴狠，却笑道："你断我后路，那我就一直不走了，看咱俩谁先疯，你去啊。"

卫平转身出门，走得气势汹汹、衣袖带风，差点撞在纪辰身上。

蔺飞鸢抱着猫跟在他身后，挺着腰踱步。

纪辰呆愣："今日这是怎么了？孟兄看着就不太高兴，你们怎么都不高兴？"

蔺飞鸢大声道："我高兴啊！纪兄弟，会打牌吗？"

卫平回头，面无表情。"我也高兴。"

"没看出来。"纪辰摇头，"我不打牌。城门外刚才有人送来请柬，请宋兄下月十五赴宴。我去找宋兄。"

一张请柬放在石桌上，光彩照人，令小院蓬荜生辉。宋潜机不用打开，只看那红底金花，还有华微宗的徽记便心中了然。"陈红烛的订婚大典？"

纪辰道："宋兄料事如神！但华微宗为什么请我们？"

蔺飞鸢抱着猫笑："黄鼠狼请鸡吃饭，你说为什么？"

"那我替宋兄去。"纪辰自告奋勇，"反正宋兄不喜欢这些场面。"

"不，我去。"宋潜机说。

卫平、纪辰惊讶地看着他。

陈红烛订婚大典，华微宗必大宴宾朋。各门派、各世家齐聚。以宋潜机的性格，决不乐意应付。

蔺飞鸢皱眉。"你以为他们真想请你？！大门派一贯的手段，搞不死就拉拢，这是为了让你暂时放松警惕。"

"大家都想见我，我就出门见。"

宋潜机心想，省得各方势力心如猫抓，三天两头派眼线来千渠探路，不如大大方方现身，让他们一次看个够。

孟河泽这次带伤回来，年轻人要面子，在外面被打得半死，回来也不好意思说。自己如果不现身，以后千渠其他人，还如何出去行走？

最重要的是，陈红烛订婚大典的时间正合适——深冬万物休养，正是农闲时节。出门一趟，一劳永逸，不耽误明年开春的农忙。

想到生机盎然的开春，宋潜机眼中浮现笑意。

纪辰见宋潜机唇边笑意，暗想，宋兄待陈大小姐也不是心意全无吧。否则华微宗有那一群掌门长老不怀好意，龙潭虎穴般的地方，谁会以身犯险？大小姐两次摆手，宋兄就算铁石心肠，无意儿女私情，怕也有几分感动。

只听卫平柔和笑道："我只是个买菜做饭的总管，修仙界的事情我不懂，本不该多话。但先前孟师兄带回那批外门弟子，说我们已经和华微宗撕破了脸面，我想这次订婚大典，他们早有准备……"

他向纪辰使眼色，暗示对方劝阻宋潜机。

纪辰会错意，忽然心生豪情，拍桌而起。"早有准备我们也不怕，既然宋兄心意已决,我就陪宋兄闯一遭!"

"……"

卫平看看激动的纪辰,再看看跷腿摸猫的蔺飞鸢。

带不动啊。孟河泽你又跑哪儿去了?

宋潜机问纪辰:"你想去?纪家亦会来人。"

"我没做对不起他们的事,不怕见!"

宋潜机点头。"那便去。"

他又看向卫平。"平日劳你辛苦,年终岁末,一起去玩?"

卫平见宋潜机目光明亮,似暗含期待,差点一口答应,咬了舌尖才改口:"多谢先生好意。可我不喜欢出远门,就留在千渠郡,等你们回来。"

宋潜机略感遗憾。"好吧。"

蔺飞鸢斜眼看卫平,古怪地笑。夜夜睡在不同地方的卫真钰是谁?南海上踏潮头、西山巅看日出的卫真钰是谁?为了杀一个人,千里夜奔的卫真钰又是谁?

他语调转了几个弯。"哎哟,原来卫管家不喜欢出远门啊。"

"我更喜欢待在家里。"卫平转身,在旁人看不见的角度冷冷瞥他一眼。

现在宋潜机闯龙潭虎穴更重要,卫平没心思跟蔺飞鸢多计较,回头微笑道:"先生决意远行,我先去准备。"

"准备什么?"宋潜机问。

"自然是带够符箓、法器、灵石。"卫平心想,还要再加紧训练护卫队。

"不必忙了。今日晚饭也不必准备。"宋潜机道,"叫上小孟,一起来吃就好。"

纪辰大惊:"宋兄要亲自下厨?!"

"我给你们煮面。"宋潜机问,"如何?"

先前孟河泽说他做面极好吃,其他人都说想吃,他便记下这件事。

"当然好!"卫平欣喜道。

纪辰一声欢呼。

孟河泽今日登上每座城墙、角楼,检查安防,询问丰收节前,卫平做下的部署。他不得不承认,卫平确实细心警惕,已经做到最好。换作自己,也不一定能及时揪出刺客。

宋潜机遇刺,似乎是一场意外,只怪刺客太强,而且是团伙作案。

可是我冤枉了卫平?孟河泽一边想,一边向天城的家中走去。

自从接来爹娘和管家夫妇,他在天城也有家了。虽然没有孟府大院的富丽堂皇,上下几十口的热闹,但温馨平实,令他能心中熨帖。

一阵风吹过,轻烟飘出院墙。冷冽的空气中,忽而多了温暖的香气。

"是蜜汁烤肉的味道,还放了千渠十六香!"孟河泽惊喜。

孤身在外闯荡漂泊时,最想这口家乡味。或者说,是想念打猎队一起打猎、夜里点着篝火烤肉喝酒、唱歌聊天的时光。

随风飘来的,不仅有熟悉的烤肉香,还有阵阵欢乐笑声。

孟夫人守礼,孟老爷严肃,很少笑得如此大声。

"在家聊什么呢?"孟河泽侧耳细听,其中还有一道少年声音。

孟河泽脸上笑意瞬间消失,破门而入,大喝一声:"卫平!"

院里点着烤炉,炉上挂着吃了一半的羊腿,桌上温着热酒。

而孟夫人正拉着卫平的手,双眼竟泛泪光。"卫管家,多谢。"

"卫平,放开我娘!"孟河泽大步上前。

孟夫人却开口招呼儿子:"争先啊,你有这样的好朋友,娘就放心了!都说在家靠父母,出门靠朋友,娘替你高兴。从前听人说,仙家无情,看来都是瞎话,修士也是人啊。既然是人,就该有父母、有朋友。"

孟河泽一时愣怔,什么情况?

"伯母您太客气,平日里孟兄关照我更多。"卫平低头一笑,羞涩腼腆。

他像那种性格老实、勤快肯干、最讨长辈喜欢的好少年。若在私塾里,所有家长都会劝自家孩子跟他做朋友。

孟河泽怒瞪他,传音道:"谁是你的伯母?!"

只听孟老爷欣慰道:"卫总管亲自送来千渠特产,为我们置办吃穿用度,还亲自下厨烤肉。我家争先都不如你这般细心哪。"

"我是孟兄亲自带进宋院的人,这管家一职,全靠孟兄替我求来。我二人情同手足,八拜之交。"卫平对孟老爷道,"伯父、伯母,万万不要与我客气,若不嫌弃,就当我是你们干儿子。叫我小卫就好,孟兄不在的时候,我来孝敬、照顾二位。"

孟河泽咬牙切齿。"你竟说我跟你情同手足？我怎么不知道？"

卫平毫不尴尬，只是笑容黯淡勉强，令人心疼。"在我心中，一直如此……但我修为不如孟兄，确实高攀了。"

孟河泽震惊地看着他——你说的是人话吗？谁上午在暗巷打了我？不是你？

孟老爷见状轻咳两声："争先啊，虽然你做了修士，但做人的道理都是一样的。交朋友是交心，互相帮衬，彼此扶助，不在乎修为一时高低。爹教过你的立身之道，你可还记得？"

孟河泽勉强笑道："是，爹，儿子当然记得。"

孟老爷又敲打儿子两句，孟河泽一一答应。

被卫平看到自己当儿子的一面，孟河泽恨不得钻进烤炉，硬着头皮道："爹、娘，我和卫总管还有些话要说。"

"好了，你们年轻人多交流。"孟老爷欣慰道。

孟夫人临走前，回头温柔地笑："小卫下次再来，就别忙着下厨了，也尝尝伯母的手艺。"

"好，伯父、伯母，下次见。"

"你搞什么?!为什么来我家?!"等父母回屋，孟河泽冷下脸，一把揪过卫平，一路扯出院门。

"我搞什么？"卫平懒洋洋任他扯，"我来一趟，伯父、伯母多开心啊。他们从住了大半辈子，最熟悉的青鹿郡，搬到人生地不熟的千渠郡，身边虽有孝顺儿子，有忠心老仆，也会不习惯吧？"

"我今日给他们介绍千渠风土人情，带他们去逛了千渠坊，还买了许多新鲜玩意儿。你娘喜欢打牌，我介绍邻居阿姨做她牌友，你爹爱下象棋，我介绍街口下棋的大爷与他认识。我做了这么多事，你不谢谢我，反而骂我，是何道理？"

孟河泽听得不好意思。"我……我谢谢你！"他回过神，"但你若是居心叵测……"

"我没空叵测。"卫平打断，"宋潜机要去华微宗，赴陈红烛的订婚大典。这才是我来找你的正事。"

"你说什么?!"

卫平重复一遍："这事你管不管？"

孟河泽神色变得冷静且严肃："宋师兄已经决定的事，我改不了。为今之计，只有早做准备。"

卫平心想，幸好有孟河泽，比纪辰靠谱得多。

"我建议加急训练护卫队，最好能练成一套剑阵，你做阵枢，布阵御敌时同进同退，事半功倍。"

孟河泽点头："这事不用你操心，我会安排。"

卫平得他保证，心情甚好。

轻咳两声，他学着孟老爷语气道："争先啊，我知道你争强好胜，一心求道。可你也要与朋友好好相处，好朋友是一辈子的事。修士寿命长，有朋友陪伴，才不孤独啊。儿子，爹不多说了……"

"滚！"孟河泽扬了扬剑鞘，作势要打人，却不敢真动手。若卫平回去哭惨，他爹娘还不是要打他？

卫平问："你让我滚，我就先滚。晚上在宋院吃面，你来不来？"

他两句话连在一起，好像煮面的人是他自己。

"我要去练剑阵。"

卫平从道旁折下一条枯柳枝，在孟河泽眼前晃，惹得对方不耐烦地偏头。"不去了。"

"说话算话，不反悔吗？"

"都说了不去！快走！"

卫平微笑："既然你不来，那碗宋先生亲手煮的面，我就替你吃了。"

孟河泽恍然：原来在这儿等着我。他暗笑，天道好轮回，让你机关算尽太聪明。

面上故作懊悔，冷哼道："便宜你了。"

当晚，卫平也故作遗憾："孟兄有事要忙，来不了，没口福了。"

为了这次晚宴，纪辰买来一张红木圆桌，放在院中水井边，就算七八人同桌吃饭，一样坐得下。

有孟河泽拍胸脯保障在先，纪辰、卫平乖乖坐在桌前，拿着筷子翘首以盼。

蔺飞鸢嗤笑："辟谷的修士，却像饿死鬼投胎一样，真是奇了。"

纪辰："等宋兄煮好了，有本事你别来抢！"

"谁稀罕跟你们抢大锅饭？我整日待在宋院，下次让他专门煮一碗给我。"

蔺飞鸢轻哼一声，抱猫回屋。

宋潜机做饭，与种地一样认真讲究。他系好围裙，先将胡萝卜、土豆等切成小块。刀落无影，每块菜丁竟切得一般大小。

再挑剔的厨子，也会夸他好刀工。

然后他认真地尝了每一种调料，确定哪个是盐、哪个是糖，分辨哪罐是醋、哪罐是酱油。

卫平不论做什么菜，舌尖回味总有几分余甘。宋潜机想到此处，和面时顺手撒了一把白糖。

面条下入给蔺飞鸢熬药的大锅，面条在滚水中翻腾。

"治蔺飞鸢的药，用了三十八味珍稀灵草，锅中有灵草香气和灵力残留，正好不浪费。"宋潜机微笑自语道，"我这种散修泥腿子，有钱了也一样会过日子。"

吃面必须有酱油和醋，他估摸着倒入些许。

倒完见颜色乌黑，宋潜机暗自摇头，色香味缺一不可，便加入火红的辣椒油、辣椒面、干辣椒丝等等。

"加些红色果然好看许多！还差点翠色。"

"卫平自制千渠十六香，由十六种香料混合炮制而成，香气馥郁芬芳，风靡千渠，远销洪福。我放十种，虽不如他，但也差不多。上次给孟河泽煮面，我没来得及尝，不知究竟是何滋味。"

宋潜机举筷挑面，欲先试吃，厨房外响起卫平的声音："先生可需要我进来帮忙？先生忙碌许久，我担心……"

宋潜机放下筷子，将面条盛入大盆，倒进锅里汤汁，解开围裙。"不必，已经好了！"

卫平接过面盆，微微抽动鼻子，心骂蔺飞鸢的伤还不好，害得厨房整日弥漫药味。

面刚上桌，烛光下热雾袅袅，汤汁闪闪发光。

"我先来！"纪辰抢先下筷。

宋潜机在他心中无所不能，是天才更是全才，世上最美味的面，不知是何滋味。

面条入口，纪辰嘴角抽动。"这……"

"可是难吃？"宋潜机稍感紧张，"我改进做法，比上次多放了两味料。"

"宋兄亲自准备，用心良苦，岂会难吃？"纪辰对上宋潜机明亮双眼，捶胸顿足，"是太好吃了！"

"真的好吃？"宋潜机说，"我尝一口？"

"不！"纪辰闻言整盆端起，捧给卫平，"卫兄，这盆宋兄亲手做的面，我让给你了！"

卫平见纪辰神色激动，不由得感动，暗想这傻少爷，还真拿我当兄弟了。

他立刻接过，埋头大吃一口。

"呃！"卫平哽咽。

用心良苦，果然很苦。

"可合口味？"宋潜机关切道。

卫平舌根发麻，嘴里像含着一百响鞭炮，一阵疯狂点头。"好好吃。"

"既然好吃，你哭什么？"宋潜机递上手帕，示意他擦泪。

卫平匆匆抹泪。"我……我感动。一想到吃完这盆，便再没的吃了，我不舍。"

宋潜机笑起来："不必如此，还有半锅。我不与你抢便是。"

卫平眼前忽明忽暗，阵阵眩晕。

再看，纪辰双手合十，满脸歉意地起身。"我去拿锅给卫兄。"

好家伙，平时怎么不见你跑这么快？

卫平狼吞虎咽，长痛不如短痛。这盆酸甜苦辣，又黏又糊的面状物，不正像跌宕起伏、变化莫测的人生吗？

卫平回去吐了半宿，心里却不埋怨宋潜机。

只想："好啊，纪辰，你给我等着。"

后半夜点了青灯，铺开纸页，磨墨润笔，奋笔疾书。

第二日上午,他换上新衣,精心准备后拜访纪星。

深冬时节,荒原滴水成冰,河道已停工,河工们回家准备过年。孟河泽归来后,自然接过城门守卫、城内巡防工作,还要与周小芸一起训练护卫队。

纪星闲下无事,回到天城,带人建私塾。

见卫平进门,纪星激动地跳起来。"小平儿,我等你许久了,你最近没空过来,我还挺想你的。"

她嘴上说着想卫平,眼神却盯着卫平手里的食盒,急着伸手接过。

卫平长臂一绕,将食盒藏在身后,另一只手从怀中摸出两本册子,塞向纪星张开的五指。"纪仙子,请先看这个。"

两本册子足有三指厚,翻开便是蝇头小字,密密麻麻。其中夹杂许多画线空格,看得纪星头晕眼花。

"《修仙界三百六十条基础常识》《引气入体后你必须知道的七十二件事》,什么东西啊?"

"你是一个初出茅庐的炼气期,今晚打坐忽觉胸闷气短,灵气吸收效率不高,你认为是以下原因:甲、这就是传说中的瓶颈,我快突破了;乙、修炼之地灵气不足,应增加身边灵石或寻找新的风水宝地;丙、先从自身找原因,观察经脉中是否有杂质堵塞;丁……

"本题必选一项,选对得一分,选错不得分。"

纪星越念越茫然,飞速向后翻书,竟然还有多选题、论述题、辨析题等等。

卫平笑道:"是我昨晚编写的题册。等你做完,我会打分。"

"你……你考我?"纪星狠狠摔书,不忿道,"为什么?!"

卫平一脸真诚。"纪仙子,莫怪我。是你兄长拜托我来考你的。你若不信,可以去问他。"

"我哥?"纪星咬牙切齿地骂亲哥,"好你个纪辰,找死!"

又对卫平亲切微笑:"我哥搞错了,你考我,不如去考他,他修为比我强多了。"

卫平单手轻晃食盒,遗憾道:"我今日得空,特意炖了红颜花雪蛤汤,又炒了蜂蜜板栗,蒸了三道小笼点心,仙子若是不做……"

纪星瞪他一眼，气势汹汹翻开第一页。"我做，我做！"

卫平下午去千渠坊督工，纪辰来得比他预料中早许多。纪辰双目微红，脸色铁青。华丽的法袍衣袖残破，贵重的玉冠歪歪斜斜，头发毛糙如鸡窝。

卫平佯装不知。"纪兄，这是怎么了？莫不是遭人打劫？"

纪辰崩溃道："我说考虑我妹，你也答应考我妹。但不是这种'考我妹'。你妹啊！你以后不用考我妹了！"

他想，原来脾气再好的修士，情场失意后也会变成变态。正常人没受过痛彻心扉的情伤之苦，哪儿能编写出《修仙界三百六十条基础常识》这种变态题册。

卫平替纪辰整了整衣衫，一脸真诚地抚平褶皱。"纪兄，我怎敢为难令妹？我是见最近新来的外门弟子缺乏常识，总打扰宋先生也不方便。"

"咱们千渠越建越好，消息传出去，很快会有一批凡人出身的年轻修士投奔我们。人多力量大，千渠修士变多变强，才能与华微宗之流抗衡。我便想开设一间书馆，再编写一套题册，开版印刷成百套，任由他们借取。培养自学能力，节省宋先生时间。"

纪辰颤抖的身体渐渐平静。"真的？"

卫平点头道："令妹纪仙子天真可爱，自幼生活在你的保护下，她对修炼缺乏兴趣，更缺乏闯荡修仙界的常识。看她答题，我就能看出哪些题需要变形，重复出现加深记忆，哪些题是真的基础，连令妹都能不假思索地答对。还能看出如何改进题册，让枯燥的修炼趣味横生。"

纪辰觉得这话隐约不对，又说不出具体哪里不对劲，只得点头。"原是我误会你。你真的需要考我妹啊。"

卫平握住纪辰的手。"纪兄，我编这套题册也需要你，你可愿意帮忙？"

纪辰喜欢被人需要、受人依赖的感觉，这让他觉得自己已然脱胎换骨，跟曾经的废物彻底不一样了。

"既是为了千渠，为了宋兄，我义不容辞！"他与卫平击掌，"从今日起，我们一起考我妹！"

"纪仙子那边，恐怕还要辛苦你。"卫平道。

纪辰豪迈道："她又打不疼我，只是丢些面子，不怕。"

没有任何学渣能在做题时保持好心情。

纪辰每次送题册都战战兢兢。纪星做题时不让他走，做烦了就捶两拳，调节心情。冥思苦想时捶两拳，开拓思路。做出来再捶两拳，以示庆祝。

等题册写满密密麻麻的墨字，纪辰便功成身退，轮到卫平端着食盒上场。

"仙子做题辛苦，快歇歇，多吃一些。"

九宫格摆上桌，荤素搭配，颜色亮丽，热气扑鼻，感动得纪星眼泪汪汪。"小平儿，你手艺越来越好了。今天这银耳百合红颜花甜汤，甜而不腻，非文火慢炖三个时辰不能出味，喝一口舌尖留香。你待我可真好。"

卫平谦虚道："仙子谬赞，汤都是一样的。"

"咱俩不也是一样的？都是为编写题册。"纪辰挠头，纳闷儿道，"怎么你就次次挨夸，我就天天挨打？"

卫平忍着笑。"有吗？没有吧。"

纪辰气道："你是不是故意的？"

卫平揽过他肩膀，哄道："纪兄、纪少爷、纪大阵师，等题册问世，你就是'纪编修'啦。我替全千渠年轻修士、莘莘学子感谢你。"

在纪辰无畏亲妹铁拳的牺牲奉献下，第一版题册很快编写完成。一经问世，就立刻得到外门弟子的热烈欢迎。

封面题目下，却没有署卫平的名字，只写着"千渠郡纪辰编"。其中"纪辰"二字龙飞凤舞，大而醒目。

纪辰捧着题册找到卫平，很不好意思。"题目都由你编写，我怎敢居功邀名？"

卫平微笑道："不，这是你应得的。"

后来无数个挑灯夜读的孤寂时刻，千渠年轻修士们最刻骨铭心的爱恨不在华微宗，不在同伴或暗恋对象，全投在"纪辰"二字上。

爱是因为有人关心他们的修炼进展，做完题对照答案，互相讨论，受益匪浅。恨是因为题目多变，描述具体，且用词辛辣，语气嘲讽，令人印象极深刻。

只提笔做一次，就像亲身经历过题目中的困境：

"纪辰的新题看了吗？越来越变态了！那道'前有筑基修士拦截，后有初阶妖兽追杀，同伴在我背上，重伤失去意识，而我还在吐血'的大题，你们选了什么?"

"别提了,我还未做那道,昨晚刚与友人奋战半卷,抱头痛哭一宿,纪编修好狠的心。"

"到底什么样的狠人,才会出这种题目!"

卫总管还是那个受人欢迎、亲切随和的卫总管。纪阵师则变成苛刻严厉、令人畏惧的纪老师。

年轻学子路遇纪辰,立刻让路、行礼,若是不得不搭话,也先称一声"纪师好"。

两人并肩同行于千渠坊,纪辰渐渐看出不对劲。"他们好像有点怕我,为什么?"

卫平坦然胡扯:"刚来千渠胆子小,怕生。"

"那为何不怕你?还跟你说笑。"

卫平掩嘴轻咳:"你最近修为进步快,威压泄露,令人畏惧。"

纪辰点点头。"是这样吗?"

卫平转身,跟推板车的小贩打声招呼,买了一串晶莹剔透的冰糖葫芦递给纪辰。"吃吧。莫再多想了。"

糖葫芦像裹在冰壳里的红色火苗。纪辰咔嚓咔嚓地咬起糖衣,酸酸甜甜,很是可口。

卫平微笑。

让面之恩,终于报答。

· 第七章 ·

寒冬花开,
我点麻烦

当纪编修之名响彻千渠时，年关也近了。

今年千渠百姓不必担心挨饿受冻，也不必冒寒风挖草根。家里有余粮，还有置办的年货，一家人可以围着火炉炭盆，过一个富足新年。

给田里除过草、施过肥，剩下的居家时间，正是人们腌制咸菜、酿造米酒、说亲嫁娶、缝补被褥、剪裁新衣的时候。

宋院仅有最后一项活动，且由蔺飞鸢独自完成。

"除夕之前我最忙，你可知为何？"

蔺飞鸢示意宋潜机试新衣。

宋潜机腰背挺直，张开双臂。"这时生意最好。一过年关，元宵之前不开张。"

"对。"蔺飞鸢惊讶地看他一眼，"我还会劝客人们，一年到头了，欠下的债，就去还，该了的恩怨，就去了，该杀的人，就去杀，不要拖到明年，明年涨价。"

但今年他在宋院唱曲、裁衣、喂猫。

那只骨瘦如柴的小冻猫子，已经被他喂得长大一圈，皮毛浓密，油光水滑。每天安逸地卧在檐下窗台上，像一个黄白相间的大毛团。

纪辰有次逗它，它爱搭不理，逗急了还会亮爪子挠人，龇牙咬人。气得纪辰骂它猫似其主，不识好歹。

"有时候我真怀疑，你就是我上辈子喂的猫，这辈子报恩来了。"蔺飞鸢低声说。

"衣服很美。"宋潜机微笑，"你想得更美。"

蔺飞鸢吃瘪，一边整理毛领，一边警告道："穿这身行走修仙界，别说是我做的。"

暗红的大氅垂落，领口镶一圈黑狐毛边。衣摆用金线绣出条条云水纹，针脚细密，像河里流淌的水、天上飘散的云。

"不说。"宋潜机点头，象征性地照顾一下对方的面子和名声。

蔺飞鸢从不夸人，只轻哼道："真是人靠衣装，马靠金鞍。你看看你，田里农夫变天上仙尊了。"

宋潜机原地转一圈，配饰金玉相击，声音清脆。"有些烦琐厚重，活动不甚方便。"

他更喜欢柔软轻盈、随时能干活的衣服。袖子卷起能插秧，靴子结实能下地。

蔺飞鸢怒道："你是去赴宴，不是去打架杀人，要方便干什么？华微宗阵法厉害，在宗内动手你讨不到便宜。到时发现不对劲，立刻跑路逃命，有多快跑多快，明白吗？"

宋潜机摇头。"这次是他们请我，要跑也不该我跑。"

虽然他跑得很快，但他这辈子懒得再跑。

"平时多好说话，怎么这时候犯倔？"蔺飞鸢皱眉，"你把我的灵气封印解开，让我施术改换形貌，隐藏修为，假扮护卫弟子跟你同去。"

"伤好了？"宋潜机问。

"我……"蔺飞鸢想说好了，怕对方赶人，自己没理由再多留；想说没好，又怕宋潜机说没好就留下养伤，别凑热闹。

"我"了半天，无言以对。

"想去便去，随你。"宋潜机不同他计较，推门而出。

屋外薄雪飘飞，像风中零落梅花。

他的竹枝条花架、菜地篱笆，都镶着一圈毛茸茸的白边。

纪辰、孟河泽正坐在桌前等饭。两人用筷子蘸了雪水在桌上比画，讨论剑阵演练。

卫平端出热气滚滚的羊肉暖锅，欣喜道："先生新衣真好看。"

纵然是阴天，烟红色衣料依旧反射暗光，细看熠熠生辉，贵重且低调。

"确实不俗！"纪辰抬头，对孟河泽低声道，"宋兄心里还是有陈大小姐一席之地啊。你看他不仅愿意去，还专门换一身新衣服。你何时见过他穿礼服？我是从没见过。"

孟河泽抄起筷子另一头，点了点纪辰的脑门。"你这脑子里，整天都在想什么？"

"想舍妹的终身大事还没有着落。我的终身大事也空空落落。"纪辰畅想道，"陈大小姐的订婚大典，一定有许多年轻女修参加。不知这次去华微宗，我能不能遇到一位温柔娴静、没有暴力倾向、不爱捶人的美丽仙子……"

他学符不成的时候，从不敢想这些事。如今自信心增强，白日也敢做美梦。

孟河泽眉头皱起，嘴唇紧抿，连连摇头，表情极难看。

卫平诚恳道："纪兄既然有此志向，我便在千渠为你祈福，祝你马到成功！"

纪辰大喜："多谢卫兄吉言！"

穿这一身礼服吃饭，袖子能掉进锅里，幸好有卫平布菜。"先生，我与纪师兄主编的《修仙界三百六十条基础常识》《引气入体后你必须知道的七十二件事》反响很好，我准备增加印量，销往洪福。不知定价多少块灵石合适？"

千渠郡灵石矿的开采和管理由卫平负责，宋潜机从不过问。仙官府日常用度、千渠郡水利土木工程的大额开支，他统统交给卫平。但卫平总是向他报备。

宋潜机想了想："一块灵石如何？"

"一块？太低了些。"卫平稍显迟疑，"恐怕只够我们印刷、售卖的成本。"

对千渠之内的弟子白给，对外面总该赚点钱吧，旁人看到加入千渠好处多，才会积极投奔。

宋潜机却道："那套题册和答案册以常识、基础为主，只有凡人出身、缺乏师父等长辈教导的年轻修士才用得上，但他们都没钱。"

他很清楚，各门派外门弟子两手空空，散修如果不做杀人越货的生意，比外门弟子还穷。定价若高，能买得起的，不需要；极需要的，又买不起。卫平心血白费了，纪辰的打也白挨了。

"宋兄说得好！就像宋兄当初收留我们，不图名利回报一样。"纪辰拱手道，"卫兄，劳烦你及时开版印刷，让每个无人指引的年轻修士，都能学到最新知识，做到最新题册。"

"这是自然，大家放心。"卫平含笑点头。

我这就买通商队，铺设渠道，把全套题册销往大陆各地，让"纪编修"严厉残酷之名远播四海。等到那时，纪辰还想找女修看星星看月亮，风花雪月谈天说地？你走在街上别人都会争着让路。哪个女修瞅你一眼，都吓得浑身哆嗦。

孟河泽见卫平笑容灿烂，直觉哪里不对劲，但纪辰喜气洋洋，他也没有办法。

大雪停歇时，宋院诸人登上七绝宝船。

他们出发较晚，已有许多门派、家族陆续抵达华微宗。

华微宗赶工重修了乾坤殿等殿宇楼阁，远观更显巍峨大气。

前来观礼的各派代表以年轻修士为主，鲜衣怒马，高声谈笑，为白雪覆盖的山林增添许多颜色。

山脚华微城人山人海，挤满看热闹的人。

陈红烛这场煊煊赫赫、轰动八方的订婚大典，终于要开始了。

大典前一日，天气晴朗。

虚云大弟子袁青石带着内门弟子们在山门前迎接宾客。掌门虚云真人、各位峰主端坐乾坤殿，含笑饮酒，倾听乐声。

逝水桥上铺着火红的烟霞缎，一路铺到主峰。

"订婚大典在华微宗办，等到合籍大典，便要在卫家祖宅办。"

"弹指之间，红烛也长大了。"

他们说着陈红烛的事，好像十分关心爱护她，而陈红烛还在戒律堂，今晚才被允许出门。

卫湛阳身穿灿金礼服，带领一众卫家族人，站在逝水桥头接受宾客祝福。

礼节烦琐，贺词无趣，他笑得嘴角僵硬，正觉头脑有些昏沉，忽见华微宗的道童高声唱喏："仙音门到——"

众人瞬间清醒，一齐转头。

好像一阵春风拂面，吹来阵阵花香，令人神清气爽。

"那是妙……妙烟仙子。"有人喃喃，"咱们都沾了湛阳的光啊。"

妙烟不仅美，而且出尘脱俗。她清瘦高挑，今日穿一件湖水碧的纱裙，垂及脚踝。莲步轻移之间，裙角如水波泛起涟漪，像一幅水墨画。

微雨扁舟独行，水澹澹兮生烟。

众人呆怔却不只是因为她。

妙烟身侧的女子，许多人第一次见。她肌肤如玉，朱唇如丹，五官浓丽而不媚艳，反倒长眉挺鼻，有三分英气。华服曳地，云鬟高堆，金步摇在阳光下闪着熠熠的光。乍现眼前，像一朵浓墨重彩的牡丹。

两人本来各有千秋，难分伯仲。但妙烟身后一众女修皆学她打扮，衣裙样式、颜色皆相似。

一眼望去，延绵水墨长卷中，一朵牡丹炽烈盛放，独占鳌头。于是水墨颜色转淡，只能看见牡丹。

"我只知这世间有千娇百媚，姹紫嫣红，却不知还有如此美人。"卫湛阳喃喃，"可惜我要娶陈红烛。"

"妙烟仙子确实无人能及。"身旁有人道。

卫湛阳摇头道："妙烟我从前见过，我是看妙烟旁边的美人。"

身旁人不赞同："她虽美丽，可冷冷冰冰，脸上没一丝笑意，远不如妙烟仙子温柔完美。若能让我选，当然还是妙烟仙子更好！"

虽然隔着十余丈，他们谈论声音极低、动作极隐蔽，却没有传音。

何青青耳朵微动，眼风一转，瞥了瞥淡然如故的妙烟。修士耳聪目明，她知道妙烟和其他人一样能听到，只是假装听不到。

似乎修仙界默认，评论女修不必传音，低声避开就好。

何青青忽然冷下脸色，缩地成寸，一步走到众人面前。

"啊。"她身后侍女惊呼，急忙跟上。

妙烟脸色一变，停步不前，眉头微蹙。仙音门的队伍不得不停下。

众人一惊，不知她要做什么，方才比较妙烟、何青青的那人尤其惊惶。

何青青道："这位道友，华微宗瑶光湖冬日结冰，平滑如镜，你可去过了？"

"还……还不曾去，仙子何意？"

"快去照照镜子吧。"何青青摇头,"看看自己什么模样。"

"你!"那人会意,脸色涨红,"你身为仙音门弟子,怎可口出粗鄙之语!"

仙音门女修一贯以妙烟仙子为榜样,何时出了这种异类?

何青青道:"我如何说话,我师父都不管,你能管教?"

"这位仙子,方才得罪了。"卫湛阳行礼,"我向你赔罪。"

何青青转头打量他。"你就是陈红烛的未婚夫?"

"正是……仙子笑什么?"

他本来气恼对方不留情面,只是心知理亏,不得不当众展示风度,但美人一笑,刀光剑影化作绕指柔,一时呆怔了。

何青青笑道:"我听说你临的《英雄帖》,已经有十分相似啦。"

昔日登闻雅会书画试,若无宋潜机写《英雄帖》,应数卫湛阳的石壁留书最出风头。

书圣在摘星台请众考生观帖看字,卫湛阳不得不服,回家闭门苦临四句残诗,终于练得一气呵成,字形与原帖毫无二致,以此证明自己不输宋潜机。

此时听美人笑问,卫湛阳甚为自得,轻咳一声:"《英雄帖》,原也不难。仙子若喜欢,我写给你看。"

何青青笑意更深,低声快速道:"你不喜欢陈红烛,却不敢违抗婚约,此为无胆。你想做卫家少主,却没有联姻之外的办法,此为无谋。如此无胆无谋之人,也不必学什么《英雄帖》啦。"

乍看两人言笑晏晏,但卫湛阳身边人听得一清二楚,当即怒发冲冠。"你大胆!"

却被卫湛阳横剑拦住。

何青青说完便走,卫湛阳喊道:"仙子且留步,还不知……"

何青青回头瞧他一眼,眼眸微眯。

身后侍女战战兢兢唤道:"大师姐。"

"青青师姐。"妙烟的声音恰好响起。

"走吧。"何青青转身而去,裙摆随风,毫不留恋。

卫湛阳目送她走过逝水桥,直到她的身影被云雾遮掩,消失不见。

他痴痴怔怔道:"原来她就是仙音门大师姐,何青青。听说仙音门现在的灵石矿,一大半都由她管理,她还训练出一批外门心腹,怪不得什么也不怕。"

"你惯骄傲,遭同辈女修当面侮辱,你不生气?"身旁人暗推他一把。

卫湛阳道:"你不懂。她能与我说这么多话。一定是待我不同,想吸引我注意。否则刚才那么多人都看她,她为何不理旁人,专门过来与我说话?"

"若非妙烟仙子拦着,她就要打你了吧?哪里待你不同?你不是不喜欢陈红烛那种骄纵女修吗?"

"但她生得太美,这就叫'唯有牡丹真国色''任是无情也动人'。"卫湛阳怔怔道。

一日热闹散尽,月亮悄然挂上墙头。

华微宗新一届外门弟子还未招,外门寝舍寂静如坟。

宋院小径杳无人迹,荒烟蔓草之间,未消的积雪痕迹斑驳。那扇门上了锁,朱漆褪色,铜环锈绿。

陈红烛走出戒律堂,本该回无忧殿,不知为何游荡至此。但见桃树老枝盘虬,树影投在白墙上,线条凌厉而萧索。墙上还有一个女子的影子,柔美绰约。

陈红烛停下脚步。有人比她来得早。

那人身穿锦葵红的华服,青丝在月光下闪烁光彩,瀑布般覆满肩背。

陈红烛觉得这背影有几分眼熟,正欲开口,那女子已经回头。"我们又见面了。"

"是你。"陈红烛不认识这张脸,却记得对方的声音。

她怔了怔才出声:"何仙子好。"

何青青立在宋院阶前,令陈红烛生出沧海桑田、斗转星移之感。好像她们昨天还并肩坐在石阶上等人。

"我……我相信他。他让我等,我就等。"

"我赌他今晚不会回来的。我也等。"

而今桃花凋零,石阶覆满青苔。

世事难料。此一时，彼一时。只有宋院墙头明月依旧，青山如昨。

何青青也打量陈红烛，对方没有穿从前的红衣，而是披着一件白袍，通身素净，鬓边无一根珠钗，不像明天就要订婚的女修。

陈红烛低声道："我听说，你今日在逝水桥上，骂了人。"

何青青满不在乎。"人是我骂的，你恼了？"

几句口舌之争，原本不会传得沸沸扬扬。但在订婚大典前面斥其未婚夫，便有不给华微宗面子，不给陈红烛脸面的嫌疑。

陈红烛却摇头。"不，何姑娘。我知你好意，我心领了。"

何青青心中一动。"你明白，也不枉你我曾在此地，同对一场月光。"

陈红烛默然。

她们数面之缘，且立场不同，远称不上朋友。但今日旁人说尽祝贺，只有何青青替她说一句话。

何青青忽问："你觉得，他会来吗？"

陈红烛道："听说他在千渠过得很自在，如果我是他，一定不来。"

何必自投罗网，自讨苦吃？

明日便是大典，各方宾客已经入住，宋潜机还没到。

陈红烛不想抱希望。"就算他来，又能如何？"

"我相信他会来。"何青青笑了笑，"要不要打个赌？"

陈红烛好像回到从前，骄傲地扬起头。"赌就赌。"

"砰！"青山外，一束红色烟火升上夜幕，灿然盛放。

何青青、陈红烛一齐转头望。

今夜华微城是座不夜城。华微宗掌门下令，城内彻夜燃放烟火，祝贺陈红烛明日订婚。

千渠郡天城最早仿照华微城构建，街道布局相似。纪辰想看华微城的阵法，其他护卫队弟子也想进城凑热闹。

七绝宝船便在城外收起，宋潜机一行人走走停停，吃吃喝喝。

城内华灯高照、人潮如织，各地散修都来凑热闹。

纪辰玩心重，搭着宋潜机肩膀，一路大呼小叫，还跟每个路人都热情打招呼："同喜，同喜啊！"

宋潜机觉得好笑，知道的是卫湛阳订婚，不知道的还以为纪辰是新郎。

孟河泽始终警惕，身姿笔挺，单手按剑。蔺飞鸢扮作普通弟子，脊背微弯，极不起眼地混在宋潜机护卫队中，他面色冷静，眼神扫过每个路人。孟河泽目光偶尔对上他，竟生出一种微妙的惺惺相惜之感。

二人缓和关系，全靠纪辰。

等他们逛到华微宗山脚下，山门快要关了。

执法堂弟子们提着纱灯在门前迎接晚到的宾客：

"请柬拿在手里，要检查。"

"晚来的往后排，都别插队。"

需要热情招待的大宗门、世家白日已入住，此时才到的，多半是海外门派，还有依附华微宗的小派、小国的代表。来迎接的内门弟子自带躺椅，坐在里面偷懒。

山门外，修士们老老实实排队、闲聊，并不着急催促。

孟河泽等人看宋潜机。

宋潜机看着天上烟花，站到队伍最末。于是一行人排在他身后。

前面修士回头，与他搭话："喂，你说宋潜机这次会不会来？"

宋潜机还未回答，队伍更前方有人道："在千渠都会遇刺，他还敢出来吗？"

他们顺势换话题聊起来：

"遇刺他也没死啊，反而突破了，我听说，他抓了刺客，却不杀人。那刺客被他关在宋院里，快没人形了，还不能死。"

"刺客失手的时候，就该自爆金丹。如今落在刺杀对象手中，当然是被严刑拷打，变着花样日夜折磨，以报一剑之仇。"

纪辰与孟河泽暗中对视，交换一个幸灾乐祸的眼神。不管蔺飞鸢在宋院如何蹭吃蹭喝、唱曲抱猫装大爷，在外人眼里，他都被狠狠整治了。

蔺飞鸢轻啧一声，揉揉耳朵，心里狂骂卫平。

那些人越说越荒唐，快走进山门时，重点转到宋潜机身上：

"杀人不过头点地，宋潜机下手未免太狠了。"

"真是人不可貌相，外表光风霁月，内心阴暗毒辣。"

蔺飞鸢握拳，忽然低头疾走，却被人一把拉住。

宋潜机问："你去干什么？"

蔺飞鸢反问："你没听见他们说什么吗？！"

宋潜机无奈道："之前卸你下巴，是为了让你喝药。封你灵气、绑你的手，也是怕你乱动，伤了自己。你胡言乱语的时候，我才贴你禁言符，并非有意磋磨你……"

"现在说这些作甚！"蔺飞鸢怒道，很快声音又低下去，"我当然知道。"宋潜机纳闷儿。"那你为何生气？"

"谁说我是气你？"蔺飞鸢道，"我气他们搬弄是非，辱没你的名声。"

登闻雅会后，宋潜机名声极好，风流才子，书棋双绝。如今又是最年轻的元婴天才，却被人说得像个死变态，以折磨人取乐。

蔺飞鸢心想。那些人找不出污点，就无中生有，以讹传讹，只为了满足自己的阴暗心思。怎好意思自称仙家名门？

宋潜机却想。我一个种地的，我要什么名声？名声太好，冼剑尘找上门怎么办？

"这种事，我不在乎。"他说。

蔺飞鸢恨铁不成钢。"算我在乎行不行？他们这样说我，我不要面子？"

宋潜机点头。"那好吧。"

"什么好？"蔺飞鸢一怔。

他见宋潜机走上前，在山门外拦住那群修士，认真道："不造谣，不传谣，从每个人做起，修仙界更清净、更美好！"

蔺飞鸢扶树狂笑，瞬间消气。

那群人茫然呆怔，面面相觑。

一人最先回神，喝骂道："你是哪里来的？关你何事？"

"我也是来赴宴的。"宋潜机说道。

蔺飞鸢急得拍树干，放出你元婴境的威压啊，抽他们大嘴巴啊，宋潜机你干什么呢！

执法堂弟子提起纱灯，照亮宋潜机的脸。

"是你！"山门内响起一声惊呼。

众人寻声看去，喊话那人身穿华微宗内门弟子服，本来在接待其他宾客，此时浑身打战，伸出一根指头。"你是宋潜机！"一边转头招呼："快来人，注意保护我。"

气氛顿时变了。宋潜机示意孟河泽等人勿动。

赵济恒看看左右，安慰自己这是在华微宗，宗内高手如云，决不能露怯。于是大喝一声，震得树上积雪簌簌而下。"你怎么来了？！"

宋潜机心想：许久不见，这小子依然缺点脑子。不过看在对方送过躺椅，且躺椅十分结实舒服的分上，他面露微笑："你们发请柬让我来赴宴的。"

赵济恒脸色青白，结结巴巴："你……你还真敢赴宴！"

宋潜机："赴宴又不花钱。"

"宋潜机来了！"

——这个消息打破深夜寂静，惊醒整座华微山。

赵济恒因为宋潜机，晚上做噩梦吓醒许多次。他总梦见对方半夜杀回，抬起一掌，将自己推下断山崖。就像那时推孟河泽。

等宋潜机真站在眼前，他反而没那么害怕了。"怎的不花钱？陈师姐的订婚宴，你不送贺礼？"

宋潜机招手。"小孟。"

孟河泽一拍储物袋，呈上一方玉盒。

赵济恒不敢接孟河泽递的东西，他二人算来也有过节。

他向后仰，好像盒里装满爆破符，下一刻就要炸。"这……这是何物？"

"冬小麦。"宋潜机笑道，"礼轻情意重。"

他带的贺礼，都是自己种的，当然不花钱。

"洞箫什么？"赵济恒如惊弓之鸟，"没听说过！"

难道是一种法器，做成了乐器形状？就像仙音门音修擅长的那些？

纪辰站出来，高声道："我们受邀而来，既有请柬，又有贺礼，还有什么不合礼制之处？"

"这……没有。"赵济恒无言。

"那就有劳了！"纪辰拱手一笑，大步欲进山门，被一群执法堂弟子团团围住。

孟河泽抢先到纪辰身前，护卫队弟子见状一齐跟上。

黑暗中双方剑拔弩张，纱灯明灭，如鬼火点点。

其他宾客见势不妙，向后退去，再没人聊闲话。

人们都盯着宋潜机，等他开口。

宋潜机心想：我跟一个连冬小麦都不认识的外行，有什么可说？

于是他轻叹摇头。叹息穿透风声，气氛更僵硬沉重。

赵济恒心里打鼓，欲进反退，踉跄一步，嘶喊道："不许动——"

喊声竟带哭腔。

"远来是客，不可失礼！"一声咳嗽响起，来者背着手，甚是威严，"宋仙官，掌门真人派我亲自来迎你。"

"刘长老，好久不见。"宋潜机道。

戒律堂长老刘鸿风，前世今生都是对方审他的案子。此人族弟刘鸿山，便是被他忽悠的洪福郡仙官，至今还没突破元婴。

月夜重逢，宋潜机有些见老相识的熟悉感。

刘鸿风同样唏嘘，当年这小子在外门，混得像条狗，怎看不出他还有如此造化？从最年轻的仙官，到最年轻的元婴境。身边有登闻雅会武试魁首孟河泽，约等于有一位憨不畏死的护卫。还有拥有纪家财富的纪辰，约等于有一座移动的人形灵石矿。

念至此处，他像吃了一万只苍蝇，却笑道："宋仙官，请进——"

乾坤殿灯火重燃，帘幔卷起，殿门紧闭。

"宋潜机，终究还是来了。"虚云真人道，"你看他如何？"

刘鸿风道："除了纪辰和孟河泽，他还带了二十余人，都是从宗门走出去的外门弟子，明显是来示威的。"

"这些年轻修士身陷我宗，却毫不露怯。可见已经过严格训练，对他忠心耿耿，不惜性命。"

殿内众人容貌不同，焦灼的神色却如出一辙。

刘鸿风继续道："宋潜机能训练出一支这样的护卫队，他根本不甘心做仙官，早有自立为王之心——只是时间早晚。只想种地？这话谁信？"

众人纷纷摇头。

虚云沉声道："千渠郡，本就与宗门再无瓜葛。"

赵太极忽然大笑："是啊，一片死地，起死回生了，却跟宗门没关系了！"

"千渠人口已翻了一番多，还在飞速增加。今天修渠挖出灵石，明天修路挖出火油矿，如果后天挖出一座大能洞府，藏满宝物和传承，你们也不稀罕。"

说不稀罕是假话。乾坤殿诸位，没人不心动。

赵太极又道："宋潜机已经毁了神庙，我等的金身塑像，全被他熔了！"

若说千渠变富饶，只关乎权力财富，这件事则关乎地位尊严。再加上外门弟子两次"出走"，华微宗高层不得不愤怒。

他们已经习惯既定规则，漫长的修道生涯中，从未遇到过这种事。因为不存在宋潜机这样的"异类"。

虚云笑道："他如今仗着背后有靠山，赌我们不敢在明处杀他。"

"竖子猖狂，若无宗门引他踏上修仙道，他何来今日？"一位峰主急道，又想起那群外门弟子，忍不住加上一句，"一群忘恩负义的东西！"

"莫急，且让他以为……我们真的不敢。"虚云道。

"掌门的意思是？"赵太极试探。

"处处让他三分，好好招待他们。"虚云眯了眯眼，"等宴会结束，我要他们心满意足、毫无戒备地走出山门……"

模糊人影落在纱幔上，光影扭曲，狰狞得不似人形。

片刻后，大殿再次安静了。众人鱼贯而出，神色不再焦灼，反而有种跃跃欲试的兴奋。

殿内只剩两道人影。

"青石。"虚云唤道。

一名青年修士深深行礼，恭敬至极。

"你可觉得，为师做得太绝？"

"弟子知道，师尊都是为了宗门未来。"

"不，为师有私心。"虚云语气变了，威严稍减弱，"红烛也是你看着长大的，我知道你视她如妹，她如今这般模样，是谁害的？"

袁青石摇头。"师妹遇到宋潜机之前，活泼可爱，只是骄纵了些，无伤大雅。现在却想着什么变法，唉。"

变法，那个不能说名字的人都做不到。天下第一又如何，落得远走天涯的下场，看似潇洒不羁，实则孤家寡人。

有些事，世上根本没人能做到。

袁青石心道，早知如此，那晚逝水桥头，不该让师妹遇见宋潜机。

因为是同辈师兄，这件事他比虚云这个父亲知道得多。最初只是因为同样不喜欢妙烟，陈红烛才对宋潜机特别关心，像小孩子闹脾气过家家。谁能想到以后？

"所以为师不仅是为了宗门，也是为了女儿。"虚云蓦然起身，推开窗户，任由山风灌进大殿，满殿纱幔飞卷，"只要宋潜机活着，必然会误了红烛一生！"

他像个慈父一样，双手扶起徒弟。"红烛走了歪路，不知还能不能回头了，宗门早晚要交到你手上。"

"弟子惶恐！"袁青石道，"待师父寻得死海银莲花，治愈身子，晋升化神指日可待，我华微宗必千秋万代。"

虚云突破不成，身怀暗伤，需一味药疗伤的事本是隐秘。宋潜机夜闯审堂时，曾以此事做局，写下"死海莲花落，生门云里开"。若无陈红烛搅乱，宋潜机凭这句诗，早已自圆其说，脱身下山了。

虚云听着徒弟表忠心，面上毫无喜色，他派去生云海峡的心腹已许久没有消息。

他低声道："这次的事，交给你指挥，能办好吗？"

袁青石浑身一僵，稍显迟疑，却在虚云冷脸前回神，郑重道："弟子必然不负师父重托！"

"砰、砰！"烟花竞放，千丝万缕散落，像一场辉煌灿烂的流星雨。

宋院阶前，何青青与陈红烛一齐仰头望。

寒风吹来若有若无的硝烟味。夜空色彩变幻，一朵未熄灭，下一朵又亮起，灿金或绮绿，猩红或银白。照得她们面容一时妖异，一时圣洁。

"如果没有你的订婚大典，我也看不到这样美的烟花。"何青青感叹。

"烟花虽好，转瞬即逝，空余青烟。"陈红烛话未说完，小径外有人高声唤道："大小姐，我等本不该打扰，但您该回去了。您还要为明日大典做准备。"

陈红烛皱了皱眉，喝道："催什么？！"

那边静了静，又一道人声响起："大小姐，还请不要为难我等。卫公子亲自来接您了。"

脚步纷乱踏来，陈红烛跳上桃花树望了一眼。不仅有执事长和执事，还有戒律堂、执法堂的人。二十余人成群结队，好像怕自己跑了，不知是来护送还是来押送。

何青青轻声道："是他来了吧？"

陈红烛眼神一亮，拍手笑道："对，若非他来，怎会如此？"她声音忽又低下去，"其实这种时候，我倒希望他不来"。

"他既然来了，我就要去见他。"何青青笑道。

陈红烛不由得目露惊讶。她发现何青青不仅怯弱之气一扫而空，竟还比寻常女修大胆百倍。

"若妙烟知道，怕要气疯。"陈红烛道。

仙音门女修身份越高，规矩越多。妙烟决不会半夜三更，无拜帖、无通传与男修士相见。

何青道："我师祖琴仙旧疾发作，我师父绛云仙子、妙烟的师父望舒仙子，都留在仙音门侍疾。我是妙烟的师姐，师姐要去哪里、见什么人，师妹可管不得。"

"我从前不喜欢妙烟，现在却觉得，她一定也有很多难处。"陈红烛轻叹。

"我知道你想说什么，她只要不挡我的路，我便不想与她为难。我面前的敌人实在太多，她若愿意往后站一点，我就看不到她。"

何青青笑起来，精致的面容在烟花光影下显得色彩斑斓，令陈红烛想到修成人形的精怪山魅。想起关于仙音门大师姐的某些传言，再看身边少女，她觉得夜风开始变冷。

烟花已散，圆月依旧。

"值得吗？"陈红烛问。

何青青没有回答她。"每个人，都只能走他自己的路。上路，就不能回头了。"

陈红烛想，等圣人们相继隐退或陨落，修仙界注定旧落新起，谁知道未来的事。

今夜的烟花和月光，过去之后，不会再有。

那自己呢？自己将何去何从？

外面催促声再起，嘈嘈杂杂，纷乱灯火渐近。

"我也想见他！"陈红烛忽道，她看着何青青的眼睛，"不是明日大典时乾坤殿上见，今夜就见！现在就见！"

为了不让宋潜机和其他宾客拉近关系，他们一行人居住的客院位置极偏僻，偏到宋潜机推开窗户，只能望见断山崖上惨白的积雪。

空山相对，寂寞如雪。

其他门派世家，如紫云观、青崖书院、红叶寺、仙音门等，能看见云海大阵五色鲤竞跃的美景。卫家、赵家、纪家等大世家，能看到深冬结冰、平滑如镜的瑶光湖。

登闻雅会时，棋鬼、书圣、琴仙忽至，华微宗上下深感压力，连掌门虚云都头疼得不知如何安排。当过一次畏首畏尾、战战兢兢的东道主，这次终于扬眉吐气，真正感受到主场优势。

——想让宋潜机看雪，就让宋潜机看雪！

孟河泽检查器具、对茶水点心试毒、铺床叠被，忙里忙外。纪辰拿着阵盘上蹿下跳，忙得像只陀螺。

宋潜机："不用忙了，我们只住一夜。"

纪辰手上没停。"万一半夜有刺客怎么办？"

蔺飞鸢懒洋洋举手。"刺客在这儿，别喊了。"

孟河泽路过，捶他一拳。"你还挺骄傲是吧？"

没外人的时候，蔺飞鸢仍保持着易容，隐藏着修为，却大摇大摆地占了宋潜机的躺椅。"喂，人家洪福郡的刘仙官，住在承平宫。就让你住这破瓦屋，都是一样的属地仙官，你还是个元婴，这不是欺负人吗？"

"这里不好吗？"宋潜机问，他立在屋檐下，看晶莹的冰挂在月光下闪闪发亮。雪水顺着锥尖滴滴答答地淌下来，溅起水花，凝成冰霜，化作一地乱琼碎玉。

他看得舒服，只可惜一件事，这么好的地方，怎么没种些耐寒的花草蔬菜？

"行吧，你说好就好。"蔺飞鸢飞身跃上屋檐。宋潜机面前的两三根冰挂掉下来，摔成七八瓣冰花。

蔺飞鸢招呼孟河泽、纪辰："都回去歇着吧。我今晚在屋顶。"

纪辰眨着茫然的大眼睛问："你一晚上在屋顶干什么？看月亮？"

蔺飞鸢没好气地说："我们刺客没有晚上！"

孟河泽轻哼一声："想守夜就直说。走吧，他是刺客行首，没刺客能进来。"

纪辰固执地走到院门外，打下最后一块阵材，确定阵成。

一抬头，他忽然惊叫："谁说没刺客！这不是两个……噢，是仙音门的道友来了？失礼失礼。"

那两名侍女身穿仙音门湖水碧衣裙，低眉顺眼地提着碧纱灯。远望像两点鬼火从黑暗中飘来。

侍女身后，一名女子穿着锦葵红礼服，略低着头。

"何仙子啊，快请进。"纪辰在千渠郡见过何青青，知道她是来找宋潜机的。

两名侍女分立于院门两侧，提灯等候。

少女不语，低头跨过门槛，匆匆路过笑闹的护卫队弟子，走进宋潜机所在的院子。

"何仙子，你怎么……"纪辰直觉古怪，凝神细看，忽然惊叫，"你是谁？！"

两道人影闪过，"哐当"一声，小院门关上，蔺、孟二人已经一前一后堵死来客退路。

那少女开口："我服了易容丹，只能保持一盏茶的工夫。"

"你是……"孟河泽觉得这声音极耳熟。

"陈道友好。"宋潜机的声音响起。

纪辰猛地拍手，竟十分激动："我果然没有猜错！"

宋兄与陈大小姐果然互相有些意思。

纪辰从小学过许多大族礼法，但宋潜机对他来说是例外。他觉得如果宋兄杀人，他会埋尸。如果宋兄今夜与女修花前月下私奔逃婚，或明朝大殿之上当众抢亲，他也会帮忙。

孟河泽看他一眼，冷冷道："控制一下你脑子里乱七八糟的想法。"

纪辰惊道："你怎么知道我在想什么？"

宋潜机进屋，倒了杯热茶。

陈红烛低头随他进屋，呼吸急促，心几乎跳出胸腔。她不由得责怪自己冲动，直到宋潜机将茶递给她，她才感到僵硬、冰冷的指尖渐渐回温。

房门被宋潜机打开。他又开了所有窗户，放一段雪亮的月光进来，接着对纪辰道："点灯。"

纪辰点了桌角一根小蜡烛。

屋子不大，足以照明，只是朦胧昏暗些。

宋潜机看他一眼："点所有灯。"

一时间门窗大敞，明灯高照，屋内敞亮，如同白昼。

一位身份高贵的女修订婚前夜，扮作别人模样来此。何况宋潜机还有名声风流在外，蔺飞鸢浪荡惯了，见状本想起两句闲哄。但宋潜机摆出这样严肃的阵势，脸上没有一丝轻浮笑容。

蔺飞鸢顿觉起哄无趣，一拍纪辰肩膀。"干活啊，看什么看，你的阵法不试试？"

"你跟我试吗？"纪辰顿时来了兴致。

陈红烛默默咽下一口粗茶。还是第一次在宋院尝到的茶，熟悉的难喝的味道。但这次她没有咳嗽，她此时不知该说什么。

何青青身上好像有一种天不怕地不怕的力量，跟她说两句话就着魔，陈红烛提心吊胆地躲过所有巡查弟子，晕头晕脑兴冲冲地来了。

不来后悔，来了也后悔。陈红烛看向屋外，她素来骄傲，如果此时遭人起哄调笑，恐怕恨不得拔剑杀人。

所幸宋潜机身边那三人很平静，对此视若无睹，仍旧忙着自己的事。好像她没有夜奔，只是和宋潜机路上遇见，说两句话而已。

陈红烛终于长舒一口气，眼眶却蓦地红了。

宋潜机摸出一张帕子。"你莫哭。"

他表面镇定，心里慌得没谱，别哭，千万别哭。

幸好陈红烛不接，反而瞪他一眼。"我没有哭！我哭了吗？"

烛光下，她脸色异常惨白。

"好，好，对不住。"宋潜机无奈道，"陈道友，深夜来访，所为何事？"

陈红烛低头。"我想见你。我应该怨你，却要来谢你。"

"是我该谢你。"宋潜机道，"小孟，喀喀，孟河泽的事，多谢你了。"

陈红烛忽然生气，好像要甩鞭子。"你以为我是为了你？还要你感恩报答?!"

似乎他们每次见面，她总是说两句就生气。

"自然不是为我，也不图我报答。"宋潜机平静道。

"你知道就好！喂，我刚才见到何姑娘了。"

宋潜机点点头。仙音门来赴宴是意料之中的事。

陈红烛不看宋潜机，转头看向窗外。"说来不怕你笑话，看看她，再看自己，我就想，人一生的好时候总有定数。我少时要风得风，要雨得雨，已经占尽好处……"

窗外是枯树衰草，荒山积雪。

陈红烛道："现在就像春天过去，冬天到了，这茫茫白雪地，再开不出红花。"

"虽是寒冬，但花愿不愿意开，总要试试。"宋潜机笑道。

陈红烛不解。"怎么试？"

她随即也笑了，这只是一句比喻，借景抒情。宋潜机迟钝，似乎没明白她的意思。

不等对方回答，陈红烛道："我该走了。明天，你……你小心些。"

她也没更多话可说，这趟冒险已经结束。

宋潜机送她出门。

陈红烛回头望，见那人穿着崭新的礼服站在雪地里，身姿笔挺，大袖垂落，纹饰华丽。平实温和与不近人情这两种气质奇妙地杂糅在他身上。

等陈红烛走远，蔺飞鸢道："什么拈花惹草，名声风流，都是假的，这人没劲透了。"

孟河泽冷冷道："宋师兄君子风度，你这种人懂什么？"

蔺飞鸢一贯秉承"我可以自黑，别人不能黑我"的原则，立刻挑衅："我这种人？我哪种人？你说啊。"

纪辰老实劝架："你们别吵啦。"

卫湛阳不情不愿地走在通往无忧殿的路上，时而打量身边女子。

因为白日里逝水桥的事，传出几句风言风语。父亲让他来接陈红烛，说几句软话，以示爱重，他不得不来接。

一路两人无话，途经瑶光湖时，他决定先开口。

"红烛。"他轻咳一声，身后众人刻意与他们保持距离，给他们留出独处空间。

系着白披风的少女忽然停步，传音道："你走吧。不用送了。"

卫湛阳一呆，只觉这声音耳熟，大惊失色。"青青仙子，是你?!"

"嘘——"何青青食指竖起，放在朱红的唇边，轻声传音道，"你不会说出去的，对吧？"

卫湛阳向身后摆手，示意那群人走得更远。他双眸闪光，激动得脸色通红。"当然，当然！我知道，青青仙子都是为了我。"

何青青心想，他在说什么玩意儿？

卫湛阳却想，她冒风险扮作我未婚妻的样子，深夜与我相会，何等情深义重，我们一定是一见钟情，两情相悦！

月光下的瑶光湖极美，琉璃似的冰面上浮着袅袅寒雾。湖心石亭如珠，两岸琼花玉树，身边人好像被笼在仙云中。

天地皆银装，良夜雪景，谁不迷醉。

"世人都说，妙烟仙子是天下第一美人。可我觉得她不真实，每个表情都一样，看她就像云端观湖，不见湖水，只见寒雾。"卫湛阳生出勇气，"青青仙子，我一定要告诉你，你才是我见过最……最美的人。"

"你喜欢我这张脸？"何青青幽幽道。

"当然不只是脸，在下岂是肤浅之人？"

卫湛阳心思飞转，陈红烛拥有宠爱，华微宗可以为她陪嫁灵石矿。但陈红烛没有实权，合籍之后，华微宗的事务依然由虚云做主。

与之相比，当然是仙音门更好，大师姐何青青更好。

幸好订婚大典还没举行，还没到覆水难收的时候！

"我今夜回去禀明父亲，明天就退婚！"卫湛阳激动道。

何青青有些惊讶，更多的是摸不着头脑。"你要退婚？"

"为了仙子，纵使千难万险我也愿意。"

何青青忽然大笑,声音震得枝头积雪簌簌。

卫湛阳脸色发白。"小声些,莫让人发现你不是红烛。"

何青青瞥他一眼,转身离去前,轻笑道:"就这点胆子,还退婚啊?"

冷月照残雪,千山披银辉。

宋潜机出门时,说他要去"看看花"。

纪辰很奇怪。"大冬天、大晚上哪里有花?"

蔺飞鸢觉得他太心大,身在敌营,也改不了看花弄草的毛病。

宋潜机指了指窗外。"不远。"

孟河泽、纪辰执意要跟。

三人夜上断山崖。山间积雪踩上去软绵绵,还发出轻微的"咯吱咯吱"声,很是可爱。纪辰玩心重,团了个雪球从背后砸孟河泽。

孟河泽一偏头,雪球飞进深渊,不闻半点回声。

崖下白雾升腾,望不到底。崖畔古松横斜,松针半凋,盖着云朵般的厚厚雪层。

宋潜机知道,这是华微山树龄最长的一棵树,外表并不雄伟高大,四季总是一个样,春时虫鸣鸟叫,细雨点翠,它没有因此更茂密。冬至飞鸟寂灭,群山寒彻,它也没有枯萎。千年间经历风霜雨雪、雷打电劈、烈火焚烧,根须深入地下,四通八达,几乎与华微山融为一体。就像一个大家族中最年迈的老人,没有最强的力量,却有最深厚的根基。

宋潜机摸了摸粗糙的树干,从净瓶中取了一滴不死泉的泉水,伸手点了点树梢。

他和不死泉的交情越来越好了,最早无法触碰它,后来可以取出瓶口氤氲的水雾,现在已经能取用一滴真泉。

孟河泽、纪辰知道他喜欢触碰植物,不以为怪。

他们与宋潜机保持距离,不去打扰。

"这是我与宋师兄真正认识的地方。"孟河泽对纪辰道。

"我知道,你同我说过,共历生死,险死还生,与赵执事斗智斗勇。所以你一直感谢他……"纪辰还在扔雪球玩。

孟河泽摇头。"现在不是感激,如果非要说,应该是感到安慰。"

他接过纪辰抛来的雪球。"我在外面刀光剑影，只要想到宋师兄稳稳当当、安安宁宁地住在宋院里种菜养花，我就觉得心里熨帖。无论我漂泊多远，世事多艰难，总有个归处……

"结果我一回千渠，就听说师兄遇刺，还替卫平挡了一剑，我当时怎么想？我跟卫平这浑球不共戴天！"纪辰正要劝，又听孟河泽低声道："但现在我希望他在这儿。"

纪辰松了口气。"我也是，他其实人不错，还挺可怜的，被喜欢的姑娘拒绝之后……"

孟河泽警觉。"你说什么？哪儿来的姑娘？"

纪辰立刻捂嘴，目露惊恐。"我没说过！"

"你就说了。"

"你听错了！"

一个个雪球高高抛起，如流星坠地。两个人前后追打，跑出宋潜机身边，却突然一齐停步。

扔出去的雪球，被人打回来了，带着劲气，炸成冰晶粉末。

孟、纪二人顿时变色。

宋潜机拍了拍老树，算作告别。

"莫动。"他前行数步，示意孟河泽收剑。

黑暗中破风声凌厉短促，雪亮光芒闪烁。

"那边有人练剑？"纪辰好奇道。

"不是练剑，是练刀。"宋潜机道，"一人练刀，两人在旁掠阵。"

"师兄认识？"孟河泽有些惊讶，"好锐的刀风。"

宋潜机点头。子夜文殊，习惯子夜时分于僻静处练刀。

华微宗广邀宾客，处处热闹，没有比宋潜机这里更荒僻的地方。

子夜文殊的黑刀名为雪刃刀。大暑天看此人一眼，清凉解暑、提神醒脑，大冬天看此人……

冬天谁还想看他？雪地不够冷吗？

宋潜机转头就走，孟河泽、纪辰匆匆跟上。他这样貌似失礼，却是最识趣、最省事的做法，直接表明"无心打扰"。

修士之间若非同门、朋友，看对方修炼功法不礼貌，容易犯人忌讳。

不小心撞到，就像误入有人的温泉池，当作不曾见过最好。

宋潜机"咯吱咯吱"地踩着雪，子夜文殊的修为又增进了。比前世此时更强。

为什么这样的天才一直没有引起冼剑尘的注意？因为他寡言少语，雷打不动，一言一行皆如标尺，永不犯错。

他绝对是冼剑尘最讨厌的那类人。——子夜文殊脸上写着"无聊"，不，他简直就是"无聊"本人。

光阴长河中看，冼剑尘性格极度自我，收徒弟不只看天赋，更要脾气对胃口。救世主卫真钰虽然随他习剑，但也被他整得苦不堪言。

冼剑尘的性格缺陷和怪癖，多得能吓死密集恐惧症，做事全凭心意，无迹可寻。

宋潜机宁愿应付一百个虚云，也不想跟他扯上一点关系。

听着背后刀风声，他陷入沉思。只要自己以后与子夜文殊保持相似境界，且落后一步，就能减少被冼剑尘盯上的概率。万一真见到冼剑尘，他就立刻装成子夜文殊。

好主意！

踩雪声停下，宋潜机静静等待，任月影西移，夜风吹拂，寒露降临，忍不住微笑。

"宋兄，怎么了？"纪辰问。

"我有些事要办，你们先回去吧。"

二人不走。

终于背后刀风静歇，宋潜机回身，大步向前，高声道："在下宋潜机，子夜道友好，初次见面，冒昧打扰——"

孟河泽与纪辰对视一眼，看见彼此眼中震惊。

练刀者是子夜文殊，宋潜机为何主动打招呼？他从不主动结识修士，莫非青崖院监是位隐藏的种地高手？

一个是曾经最年轻的元婴，成名多年的天才。另一个后来居上，从登闻雅会到渡雷劫，才短短一年。

在宋潜机面前，旁人不好多提子夜文殊。在子夜文殊面前，青崖众人也不提宋潜机。

两人有些王不见王的意思。

宋潜机无故去而复返。子夜文殊身边两人，比孟河泽、纪辰更警惕。

"院监师兄，宋潜机来作甚？"身穿墨青衫的书生道。

"他还带了两个人，看，那个就是'纪编修'！"淡紫衫书生道。

孟河泽出门游历一趟，就带走华微宗外门弟子，名声大盛。纪辰足不出户，在青崖的名声却胜过孟河泽，全因数套署他名字的题册。

青崖书生以博览群书、学通四海为荣，千渠题册又以题目多变、难度变态著称。

修仙界最强的一群做题家，绝不会轻易认输。

帮助外门弟子和散修入门的题册，他们做来简单，做完便大肆笑闹嘲讽一通：

"题型确实新颖，真有几道令人抓耳挠腮，拍案叫绝，可惜没什么难度。"

"只有没见过世面的泥腿子们，才觉得这东西宝贝。"

不多时，流言传入卫平耳中。他不生气，更不争辩那本就是专供"泥腿子"的基础题，只微微一笑，又出了"进阶版"，还题着纪辰的名字。

噩梦从此开始，青崖诸生被摁在地上反复精神虐打。无数个挑灯苦战的深夜，都要指着纪辰的名字大骂。今夜真看见纪辰本人，如何不心情复杂。

至于对宋潜机，那更复杂。

因临摹《英雄帖》而崇拜、佩服他的大有人在。但宋潜机远在天边，院监近在眼前，威望经年日久地累积，在青崖诸生心中近神，非一张字帖可动摇。

当两者被外人反复谈论、比较时，子夜文殊众多的拥护者，不由得对宋潜机生出微妙的敌意和忌惮。

雪刃刀映着月色，一段寒芒照在雪地上，比月光更凉。

一声刺耳声响，子夜文殊收了刀。"湖心亭，我见过你。"

这是反驳对方说"初次见面"。

宋潜机走得更近，笑着寒暄："又见面了，好巧啊。"

子夜文殊抬眼，直直看着他。

天上月，地上雪，黑衣、黑刀的人。此人挂刀而立，黑白分明。他皮肤苍白，嘴唇薄而缺少血色。若非颈间露出淡青色血管，整个人就像一尊白玉像。眉骨高，眼窝微陷，睫毛浓密地覆着，显得眼神更幽深。

宋潜机看懂了这目光的意思——你有事吗？

熟悉的冷气，宋潜机深吸一口气："子夜道友，我来是有一件事找你商量。"

他没有再多废话，或绕圈子、攀关系。

子夜文殊又吐出两个字："请讲。"

宋潜机笑起来："你以后快要突破的时候，能不能传信告诉我一声？"

这次子夜文殊还未开口，他身边的墨青衫书生已叫道："宋仙官，您这话是何道理?!"

大道之争，修士素来图快图强。第一只有一个公认的，第二可以有无数人自称。

"我不想引人注目，我想每次慢你半步。"宋潜机对子夜文殊诚恳道，"当然不会让你白辛苦，你如果需要法器、符箓……"

青崖那两个人听在耳中，好像宋潜机故意炫耀他这次突破占尽风头，还炫耀千渠郡物产丰富，他身家今非昔比。

淡紫衫书生打断："你不要欺人太甚！我青崖不缺你千渠那点东西！"

"箐斋，梓墨。"子夜文殊道。

两人闭口不言，瞪着宋潜机，神色犹愤愤不平。

纪、孟二人也瞪回去。

四只斗鸡目光厮杀。

宋潜机走得更近。

子夜文殊不喜生人近身，本想横刀阻拦，却不知为何，没有动手。

"子夜道友，我是真心诚意，你能不能考虑一下？"宋潜机赤手空拳，气息松弛，全无防备。

子夜文殊微微蹙眉，好似疑惑："我们从前认识吗？"

宋潜机一噎："一面之缘，不算认识。"

这辈子确实不认识。前世二人在血河谷秘境中相遇，危机所迫，名门天之骄子和散修泥腿子同行一个月。一个月里日夜不眠，用尽手段协作求生,也用尽手段互相防备。

说是朋友,实在太勉强。两人性格迥异,气性上头,都骂过对方许多狠话。说是敌人,子夜文殊死前,明明有机会杀他,却没有动手。

子夜文殊死后,宋潜机有段时间回想起来,还感到一种孤独求败的寂寞。

断山崖风声呜咽。

冰轮悬照,树影婆娑,子夜文殊沉默着。

他这样冷脸,好像随时要出刀,身后两个名唤箐斋、梓墨的书生不禁心中惴惴。

宋潜机浑然不怕,甚至热切地笑着:"这世上的人,原本谁都不认识谁。只要你愿意,我们就算认识了,我还可以做自我介绍。"

话说出口,落在地上,几乎溅起雪浪。

孟河泽心想,宋师兄今夜怎么如此反常?非要跟子夜文殊过不去?

纪辰却想,这两人无冤无仇,宋兄视名声如浮云,绝不是小气之人,难道是因为……因为青青仙子?!对啊,怎能忘了她,陈大小姐对不起了,原来宋兄心里还有何姑娘!

纪辰忍不住微笑,孟河泽右手按剑,左手戳他,气恼地传音警告:"这等紧要关头,你还胡思乱想?!对面快要拔刀了!"

子夜文殊终于开口,问道:"你练什么剑?"

宋潜机摇头。"我不用剑。"

子夜文殊看着他,目光淡漠,语气却认真:"不,你用剑。"

宋潜机沉默片刻,没有说谎或敷衍。"是,我曾用剑!"

"剑在何处?!"子夜文殊道。

箐斋、梓墨顿觉激动,只要姓宋这厮回答,自家院监下句一定是"拔你的剑"。

两虎相遇必争一王,敢当面挑衅称"慢你半步",就要让他看看厉害。

"剑在……"宋潜机本想说剑在心中,紫府中净瓶一震,提醒他如今只有不死泉,"剑在当铺,我当啦。"

子夜文殊脸色微变。

夜风呼啸,吹起他黑衣。

宋潜机在对方严厉的目光下忽觉理亏。他知道战意被打断一定难受，只好低头扯扯礼服袖子上的流苏。"咱俩不是商量互通消息的事吗，牵扯刀剑作甚？"

纪辰撇嘴，小声嘟囔："若非当剑换绿漪台，何来你这元婴郎？"

"小纪！"宋潜机低喝，"莫胡言。"

子夜文殊已经听到了。"是你。"

登闻雅会上，何青青弹奏《风雪入阵曲》助他突破。子夜文殊曾偶然听说，何青青得了别人送的琴，才有惊鸿一曲。

"是我。"宋潜机只得点头。

不远处亮起灯火，积雪被踩踏的声音在静夜里格外明显。是华微宗执法堂的巡防弟子，将巡至此处。

子夜文殊淡淡道："告辞。"

他转身离开。青衣、紫衫书生匆忙跟上。

箐斋气道："他这样戏弄人，我们凭什么还要忍他？！"

梓墨劝道："身在华微宗做客，喜宴不好见血，院监师兄是以大局为重。"

子夜文殊平静道："他没恶意。"

两人回头望，竟看见宋潜机站在原地挥手告别。

没恶意，是什么意思？

恰好他的喊声顺着夜风传来："子夜道友，明天见啊！"

"穿上礼服也不像正经修士，一身散修的红尘浊气。"箐斋更气，"什么书棋双绝、风流倜傥、淡泊宁静，全是假的，他就是个死缠烂打的无赖！无事献殷勤，非奸即盗，师兄莫被他迷惑了！"

梓墨："无赖事小，或许还变态。我听说他抓了刺客不杀，把人关在宋院里日夜折磨。"

子夜文殊忽然停步，回头看两人，目光如冰雪。

两人一惊，脸色煞白，一齐行礼："院监师兄，我知错了。"

"何错？"子夜文殊面无表情。

箐斋擦冷汗。"一时气极，背后妄议他人，犯了口舌。"

"院律如何？"子夜文殊问。

梓墨低声道："无凭不议人，议人不避人。说人是非者，必是是非人。"

"伸手。"子夜文殊扬起刀鞘。

冬月躲进夜云，雪地骤然暗了。

宋潜机望着三人背影远去，没入纷乱树影中，负手转身。"小孟，知道他住哪儿吗？"

孟河泽："青崖的修士，都住在太和殿。"

宋潜机脚步轻快。"好啊，明天半路堵他。"

此人软硬不吃、油盐不进，哭穷卖惨他视若无睹，武力逼迫他宁死不屈，比大陆尽头的坚冰还硬。但比起面对冼剑尘，宋潜机宁愿面对此人，毕竟前世他已总结出一套对付子夜文殊的办法。此法不易模仿，但精髓就是三个字——不要脸。

纪辰顿时兴奋，拍手大呼有意思。"堵他堵他！"

孟河泽实在忍不住："师兄招惹他干什么？师兄从前不喜欢找麻烦。"

宋潜机笑道："找点小麻烦，是为了以后避免大麻烦。"

孟河泽不明白，却也笑道："师兄开心就好。"

卫湛阳叩门时，已吹了一路冷风，他相信自己头脑已经清醒，但何青青的影子仍挥之不去。

怪哉，这仙子可是修了什么蛊惑人心的邪术？怎么自己一见到她的脸，便心神摇曳、热血上头。

但仙音门是大宗门，名门正派四个字，"名"在第一。何青青又是绛云仙子的唯一亲传，根本没必要再冒险修炼邪术。

他思量间，敲门声稍乱，屋内中年人呵斥道："因何事慌张？！"

卫湛阳低声道："父亲，事关家族兴衰荣辱，不可拖延。"

门开了，又悄然关上。

屋内响起争执声、茶壶破碎声、椅子翻倒声，终于静默无声。

"她以后做了仙音门掌门，仙音门就是我们的。江山、美人，我都想要。"

"此事乃家族议定，老祖都点过头，你说改就改，哪儿有这般容易？！"

卫湛阳扶起倒地的椅子。"父亲放心，若是退婚，我们一定独占道理，更全脸面。"

中年男人目光闪了闪。"你想设计让陈红烛主动退婚?"

"何青青与陈红烛本来在一处,既然何仙子来见了我,陈红烛去了哪里?去见了谁?"卫湛阳冷笑,"当然是宋潜机。"

中年男子稍惊。"她有这个胆子?!"

"她本来没有。但宋潜机风流成性,惯会引诱女修。"

最初他们为了与华微宗和赵家三方结盟,以参加刺杀宋潜机做投名状。如今宋潜机不仅没死,还晋升元婴,坐拥千渠,八方投奔,势力渐大。

在修仙界众人眼中,他早晚要自立为王。

他们派出的卫平,也一去不返,为宋潜机所用。

卫湛阳道:"若大小姐订婚大典前跟人私奔了,我们再编一出'红烛夜奔'的戏文,唱遍修仙界。到时候,华微宗哪儿还有脸面跟我们闹翻?"

中年男子笑起来:"世上没男人愿意给自己戴绿帽子。"

卫湛阳深吸气:"做大事要狠。"

中年男子陷入沉思。

卫湛阳娓娓劝道:"父亲,如今形势对我们最有利。华微宗和赵家与宋潜机已成死仇,他们在前面,而我们在后面。进可攻,退可守,更可以徐徐图之。且让他们先去斗,最好是斗得宋潜机元气大伤,千渠也彻底独立,与华微宗没有关系。"

"卫平在千渠影响已深,他的身份还没有点破,什么时候点破,由我们说了算。只要时机足够好,宋潜机必杀他,两人必成仇。到那时千渠一乱,就是我们的机会。"

一个与华微宗无关的、富饶的千渠郡。一个比陈红烛更有权力的何青青。谁能不心动?

"你有几成把握,能在明天大典开始前,让陈红烛主动退婚?"

卫湛阳道:"儿子心中已有定计。"

中年男人闭了闭眼。"那就去做吧,老祖那边,为父来担当。"

竹林间琴声停了,好像叮咚泉水瞬间结冰,不再流淌。

抚琴的女子抬头问:"你出去了?"

何青青望着那女子不说话，目光似含冷意。

直到妙烟唤她："大师姐。"

何青青才笑起来："是呀，回来迟了。"

妙烟没有带侍女，只带着一张琴。何青青也是独自归来。

白雪压弯翠竹，偶有吱呀声。

她们第一次正式相会，也是在华微宗的竹林里。那时气氛很热闹，唯有何青青格格不入。

她不敢拒绝任何人表现出的好意，将完整《风雪入阵曲》倾囊相授。

"红烛明日订婚，你莫误她。"妙烟道。

她一贯对别人的私事没有兴趣，今夜不知为何反常。或许因为陈红烛算是她表妹，或许好奇何青青到底去见谁。

"师妹，这跟你没有关系。"何青青笑道，"你有时间，多想想自己的处境。"

妙烟因《风雪入阵曲》心障难破，而望舒急于压制绛云，对得意徒弟的心不在焉日渐不满。师徒之间的嫌隙，连外人都看得出来。

妙烟毫不动气。她气质高贵宁静，在外人面前，从来没有生气的模样。

那样不美。

她只平静道："大师姐，我认为，你的处境比我更危险。"

修行一途，何青青确实下了苦功，背后还有绛云供给。可是有本事闯出名声的修士，哪个不是日夜勤恳，苦心钻研？

妙烟即便拥有最好的天赋，享用最好的资源，仍旧不敢懈怠地努力。经年累月地积累，才有今日成就。

如果这种差距能被苦功抹平，那所求的仙途才是笑话。

妙烟很确定，对方一定用了非常手段。

何青青笑容消失，从她身边走过。

"我会知道的。"妙烟说。

何青青明白她在说什么。

时间匆匆过去，自己已经拜了师父，修了新术法，得了新法器。那首曲子像一根稻草，她攀着稻草上了岸，稻草的使命便完成了。

她向前拼命奔跑，偶尔回头，只能隐约望见那个人立在月光下的影子。

唯有妙烟，还活在那场风雪中，画地为牢。

· 第八章 ·

以寡敌众,
花开花落

"宋兄,咱们好像来早了。"纪辰左顾右盼,前后只有一片晨雾。

天空才泛起薄薄的冰蓝,月亮的残影还没消退。宋院一行人已经装备整齐,守株待兔。

此地是一处三岔路口,也是青崖诸生前往主峰的必经之路。道旁有座山亭,名作百花亭,春日里繁花盛开,它藏在花丛深处。

华微宗内门弟子常结伴来此,嬉游赏景。可惜如今寒冬萧瑟,不见浮花浪蕊,只余积雪皑皑。

宋潜机坐在晨雾弥漫的亭中。"不早,他很快就来。"

子夜文殊,子夜练刀,练毕打坐修炼,卯时收功,然后拿出随身携带的小册子,开始认真地写日记,一般半炷香的工夫写完。若非半路遇险、重伤,或其他紧急情况,他就保持着这样无聊又规律的作息。

宋潜机好奇那本日记的内容,却不曾偷看过。那时他们虽然同行,但关系时好时坏,他怕看到子夜文殊在小本本上画圈,咒他早死。

宋潜机一度以为,大门派的大弟子都像子夜文殊这般。每日梳理修炼心得,是一门必修功课,回家后师父会检查。正经人都写日记。

后来才知并非如此。

蔺飞鸢弯弯腰给他整理礼服的衣摆,像个本分的护卫队弟子,却凶恶传音道:"找一针一线绣的,别压出褶子!你坐端正行不行,你以为你在宋院种地啊?!"

宋潜机认错:"抱歉。"

他挺起脊背,下巴微抬,撑起前世大能的架子。

不多时,他忽然听见一声轻唤。清脆的少女声音,如鸟鸣打破寂静清晨。"宋师兄,是你吗?"

紫云观观主没有来,骊英带十余名紫云观弟子赴宴。行至百花亭,隔着淡淡寒雾,望见亭中人。

那人模样没大变,侧颜依然俊美,个头好像高了些,身形更挺拔。

春夜里的落魄酒鬼,变成了气质高华的仙人。

鹅黄罗裙的少女向亭中奔来。她身后的紫云观弟子欲伸手阻拦,迟了一步,只好由她去。

都知道她年纪不大,却与观主同辈分,伴在棋鬼身边,无拘无束,自由惯了。

少女笑颜如花,身姿轻盈,裙摆在风中飞扬,似乳燕投林,令众千渠弟子眼前一亮。

"又一个。"纪辰挑眉眨眼,孟河泽给了他一剑鞘。

宋潜机起身,端正道:"骊道友好。"

"还真是你,差点认不出你了!"骊英眨眨眼,"你喊我什么?你要么叫我名字,要么叫我骊师妹,称道友是什么意思?难道你不认识我?"

宋潜机有些尴尬。这小姑娘见过自己耍酒疯的样子,好像还被吓哭了。

他温和道:"自是认识,骊师妹。"

骊英喜道:"真没想到你会来,你能不能再写一首诗送给我?"

她竟想一出是一出,取出打棋谱的簪花小笔和手札,立刻要宋潜机写字。

"又作诗?"宋潜机汗颜,"我不会。"

他没有舞文弄墨的爱好,最多写出格律不严、韵脚错乱的打油诗。

不等对方开口,他先转移话题:"棋鬼先生可好?"

骊英笑容微僵,点头后又摇头。"好,也不好。"

登闻雅会结束后,师父好似了却心愿,心情舒畅,笑口常开。身体却一日日地衰弱下去,清醒的时间越来越少。

紫云观内也不是铁板一块,许多从前没有的问题接踵而至,骊英不得不面对。

身心疲惫时,她取出"种土豆"这三个字看看,总忍俊不禁。纸页已经泛黄,磨出毛边,她依然珍惜地带在身上,小心地翻看。

每看一次就想:轰动天下的《英雄帖》,本来是写给我的。最后三个字只留给我一个人,他们谁也不知道,谁也猜不出!

念及此,她忽然对宋潜机传音:"你跟我同路进殿赴宴吧。你坐我旁边,华微宗见了,便会猜测你和我师父还有联系,不敢在宴席上为难你。"

宋潜机觉得她天真可爱,却道:"多谢骊师妹,不必了。"

骊英还要再说些什么,不远处一声娇喝响起:"宋仙官!"

一只白虎踱出晨雾。它几乎一人高,除去额上花纹如火焰,全身无一根杂毛。红瞳如血,神宇威严。

紫衣女子跃下虎背,鬓边娇艳的琼玉花一颤,悠悠飘落两三瓣。

宋潜机微怔,走到亭外招呼:"丰道友好。"

丰紫衣没有与大衍宗弟子同行。她喜好玩乐,趁着陈红烛订婚大典各派相聚,昨夜约了七八位交好的女修通宵打牌,今早才一起赴宴。

骊英看到了"大衍宗公主",丰紫衣也看见了"紫云观小姑奶奶"。

两人行过礼,气氛有些微妙。

宋潜机觉得自己今天不该进这亭子,名字都不吉利。

但这事怪谁呢?要怪就怪子夜文殊,昨天有什么大事?今早日记写得这么慢。

"不是吧?"纪辰笑容枯萎,欲哭无泪地扒拉孟河泽肩膀,"又一个?!讲道理吗?我还一个都没有!"

孟河泽铁面无私地扔他下去。

"宋仙官,登闻雅会一别,还没来得及恭喜你突破。"丰紫衣爽快道,"我养的母食铁兽产崽了,回头送一只到你千渠郡,你养大了就能当坐骑,算是贺礼!"

她的白虎在她身旁静卧,像只懒洋洋的大猫。

"仙子的好意,我心领了。"宋潜机道,"只是食铁兽金贵,我养不活。"

宋院的猫都是蔺飞鸢喂的,他自己还靠卫平吃饭。食铁兽那样贵重的灵兽,还是留给精通御兽的修士吧。

纪辰忍不住好奇:"我曾听闻食铁兽乃上古异种,既食铁,也食竹,作战凶恶勇猛,可是真的?"

"当然是真的!"丰紫衣笑道,"纪公子果然博学,不愧是编修。"

纪辰愈发激动:"而且食铁兽毛色黑白相间,很是特殊……"

宋潜机轻咳一声:"真黑白相间的来了。"

众人回头,只见青崖二十余人昂首挺胸,大袖飘飘,从另一条山道走来。为首者子夜文殊气势内敛,穿黑衣、佩黑刀,肤色苍白。

"倒是应景。"骊英扑哧一笑。

丰紫衣一愣,随即大笑。她身后众女修掩嘴笑成一团。

青崖众人未走近时,先听见黄莺出谷般的笑声,又闻起伏错落的轻笑,如珠落玉盘。而后看见青涩稚嫩活泼的骊英、明艳爽利的丰紫衣,还有七八名女修。如春回大地,白雪上开出朵朵鲜花,群芳争艳。

定睛再看,"百花亭"的三字匾额下,映着一道清瘦人影。他身边翠羽黄衫、姹紫嫣红,而他淡淡笑着,不知是无奈,还是泰然自若。

青崖诸生顿时警觉,暗中传音:

"他们笑什么?难道笑我们?还是笑院监师兄?"

"那人便是宋潜机宋仙官吧。"

"什么《英雄帖》,我看是英雄掉进脂粉堆。大早上便与女修调笑厮混,果然风流成性。"

箐斋没由来地气恼:"他昨晚还纠缠师兄,现在倒是左右逢源、春风得意了。"

子夜文殊继续朝前走,目不斜视。

纵世间万般好颜色,他眼中却似只有黑白。

顾忌院监在场,青崖众人嘴上一言不发,眼睛瞪着宋潜机,毫不掩饰地流露出不屑、鄙夷,隐约掺杂几丝羡妒。

恰在此时,宋潜机开口唤道:"子夜道友,等等。"

梓墨心中闪过不妙预感,抢先道:"你还想干什么?"

子夜文殊停下,看向宋潜机。

宋潜机越众而出。"早上好,吃了吗?又见面了。"

子夜文殊不会寒暄,张嘴勉强吐出一个字:"巧。"

"不巧,我在堵你。"宋潜机笑道,"我站这儿一盏茶的工夫了。你终于来了。"

"他们两个,很熟吗?"丰紫衣喃喃自语。

骊英茫然摇头。"没听说过他们认识。"

子夜文殊微微皱眉,感到疑惑:"为什么?"

没有战意，为什么缠着他？没有恶意，为什么提出奇怪的要求？没有得到任何回应，为什么还这样坚持，不肯罢休？

宋潜机一拱手。"有你在前面挡着，我比较安心。"

子夜文殊怔了怔。"无理。"

他带着一众弟子离开。

他俩说的话，似打哑谜，旁人一句听不懂。

宋潜机快步追去。

孟河泽一招手，千渠弟子们精神抖擞，大步跟上。

纪辰落后几步，拉过后排的蔺飞鸢传音："你能不能抽空给大家做一套劲装？穿出去行走修仙界，好体现我们千渠弟子的精神风貌……"

蔺飞鸢气笑了："小朋友，我一个刺客行首，你当我是什么人？你家裁缝吗？！"

纪辰挠头。"对不起，我是看对面穿得整整齐齐，发带颜色都一样。咱们这边穿得像染缸，差点气势啊……"

护卫队弟子虽出身华微宗，却不愿再穿华微宗的外门弟子服。这次来赴宴，都穿着自己最好的衣服，什么样式、什么颜色都有。

蔺飞鸢瞪他一眼。"回去量了尺寸再说。"

两人这边传音，孟河泽一回头，虽不知道他们在商量何事，但看表情一定不是正事。脑中再次闪过某个自我唾弃的念头——还是卫平靠得住。

宋潜机继续游说："你知道，我是认真的，而且这件事对你只有好处，没有丝毫坏处！何乐不为？"

子夜文殊需要第一天才的名声，或者说，整个青崖需要这名声。

子夜文殊摇头。"有好处，却无理。"

宋潜机笑道："对对，你有原则，'事无理，不可行'。但今天大喜的日子，能不能破例一下？"

子夜文殊奇怪地看了他一眼。

不用开口，宋潜机已经明白这眼神的意思，一时无语——人家大喜，与你何干？订婚的又不是你。

通往主峰的大道宽阔，宋潜机与子夜文殊并行在先。后面青崖弟子、千渠弟子排出十二列，互相提防。最后是骊英、丰紫衣等人。

"他们两个，关系何时这么好了？"骊英百思不得其解，"性格天差地别，轨迹毫无交集。"

不只是她这样想，当两人并肩走进大殿时，东道主也大惊失色——子夜文殊何时与宋潜机交好？

为此次订婚大典，华微宗将宫阁殿宇翻修一新，处处红绸飘飞，喜气洋洋。霞烟锦铺满逝水桥，桥下五色鲤被喂得肥美异常，迎着朝霞腾跃出云海。乾坤殿两侧摆放上百张矮几，中间依然留有开阔空地。

虚云端坐高位，不怒自威，看八方来贺，心中满意。

直到子夜文殊与宋潜机同时出现，虚云和华微宗一众长老心中同时"咯噔"一声。

引路的道童犯了难，不知该将他们引向何处，下意识看执事长脸色，执事长也拿不准，又急忙看虚云掌门脸色。

虚云却想，子夜文殊今年在青崖闭关，宋潜机一直在千渠，两人根本无暇私交，难道这背后是书圣的意思？

他不动声色，既然想让宋潜机放下戒心，必要忍得一时。

稍一踟蹰，子夜文殊脚步不停，已经跨过门槛。

道童急忙将他引向事先安排的座位，子夜文殊刚坐定，谁知宋潜机紧随其后，很自然地坐在他旁边。

青崖和千渠众人站在两人身后。

执事长上前道："宋仙官，这桌本是留给紫云观观主的，仙官们坐在后面……"

骊英笑道："我师兄没来呀，宋仙官坐吧，我坐你旁边。"

说罢已经入座。

丰紫衣和她身后女修与宋潜机告了别，才回各自门派落座。

听过宋潜机名字、研究过他字帖和棋谱的人遍布修仙界，亲眼见过他的人却不多。至少大殿内各门派世家的代表中，许多人还是第一次见宋潜机。

跟严肃沉着的子夜文殊比起来，宋潜机笑似春风，如传言中一般俊美风流。他穿着做工精致、低调华美的礼服，身后站着孟河泽、纪辰和一众弟子，来势汹汹，不像属地仙官，倒像一派掌门、一方霸主。

殿内众人不由得暗中议论：

"那人就是宋潜机？他不仅敢来，还敢带以前华微宗的外门弟子来，这不是打东道主脸面吗？"

"他还坐在虚云眼皮底下，虚云真能忍。"

"宋潜机早有自立为王之心，自然不愿与其他仙官同坐，偏要出风头，坐显眼的位置。"

"哎，仙音门的仙子们来了！"

忽然一阵香风吹入乾坤殿，花香袭人。步摇乱响，环佩叮当，裙摆如滚滚浪潮，果然是美人如云的仙音门到了。

妙烟在偏殿准备稍后弹琴，其他女修由何青青带领赴宴。

她第一眼看见宋潜机，就要上前打招呼。却见那人左边是子夜文殊，右边是骊英。她想了想，径直走向宋潜机对面的位置。

虽然相隔半座大殿，距离稍远，却时刻能看到。

"后面怎么安排？"引路道童问执事长。

执事长头疼。"反正都坐乱了，随便吧。"

宋潜机看见何青青，略略点头。

后者笑起来，艳光如刀。

青崖诸生一时有些目眩神迷，彼此传音：

"何仙子在对我们笑吗？她笑得真动人。"

"当然，毕竟是院监师兄救回来、从我们青崖走出去的人物。"

他们回以与有荣焉的微笑，何青青却不笑了。她不像妙烟那样永远保持淡淡微笑，日常面如冷月，因而笑容更珍贵。旁人看她，只觉她的美貌有种攻击性，令人浑身发冷，却无法忍住不看。

长时间面对子夜文殊，则是一件很辛苦的事。

青崖诸生受他管教，他是令人膜拜的偶像、神像，绝不是可以亲近嬉笑的朋友。其他门派的亲传弟子、天之骄子与他打交道，就算与他修为相仿，也会感到压力。但宋潜机好像失去了对温度的感知，一直对子夜文殊笑得明目张胆，还从储物袋中摸出一只玉盒。"我带了点特产，送给你做纪念。"

子夜文殊不接。"何物？"

宋潜机认真道："麦子，我自己种的，长得很好。"

子夜文殊看着他不说话,似无言以对。谁家修士会送麦子?

宋潜机长臂一展,将玉盒塞给他。

箐斋、梓墨要拦,见子夜文殊已经握住了盒子的一角,两人只能收回手。

纪辰戳了戳孟河泽。"你有没有觉得……有点冷?"

"不可能。"孟河泽面无表情,"乾坤殿设有恒温阵法,寒暑不侵。"

纪辰低声道:"我不是这个意思。"他扬眉眨眼,看看仙音门又看看青崖:"对面冷,旁边也冷。"

孟河泽拉他换了位置,让纪辰离子夜文殊更远。"现在有没有好一点?"

纪辰:"……"

"堂哥!"纪辰忽听见一道极熟悉的声音,一激灵,打了个寒战。

"还冷?"孟河泽转头问蔺飞鸢,"带披风了吗?"

蔺飞鸢大怒:"你当我是裁缝还是你妈?"

"不冷不冷,热得很!"纪辰连忙制止两人,对快步走来的少年冷淡道:"有事吗?"

那少年与纪辰面容有些相似,穿着打扮也如出一辙。孟河泽虽不认得,却大概能猜到对方身份。他横剑挡在纪辰身前。

"小星怎么没来?登闻雅会后,你们一言不发地跑去人生地不熟的千渠郡,家里人都很担心。"

纪光声音抬高,引人注目。任何外人听见,都会觉得他真心关心纪辰,而纪辰不为所动,冷漠无情。

另一位中年男人走过来,和蔼微笑:"小辰,等大典结束,就随我们回白凤郡吧。跟族人在一起,总比跟着不知底细的外人强。"

他说到外人时,刻意看了一眼宋潜机。

纪家众人聚来,男女老少言辞恳切。纪辰叔父的姬妾们甚至低声抽泣,怨纪辰不孝。"你不回家也罢,让小星回来也好,她从小娇生惯养,怎么吃得惯千渠的食物?"

硬碰硬孟河泽不怕,听一群女人哭却无比头大,只能收回剑柄。心想:纪星都被卫平喂胖了一圈,哪里像吃不惯的样子。

"堂哥,就算曾有误会,家人之间,吃顿饭就没事了,在外面玩了这么久,总该回家。"纪光劝着,眼中闪过得意的笑。

四周宾客的寒暄声停了停，很快嘈杂渐起，开始议论此事：

"自纪仙尊陨落后，纪家全由旁支支撑，纪辰这样一走了之，未免太无情了吧。"

"谁知他是不是受人蛊惑，连自己族人也不认了。"

他们故意不传音，不是为难纪辰，而是想看宋潜机如何应对。

俗话说清官难断家务事，利益一旦扯上血缘，总能扯出许多是非。宋潜机若不拦，名声在外的仙官护不住身边人，必遭嘲笑。他若阻拦，必有挑拨谋财的嫌疑和污名。

华微宗一众峰主、长老冷眼旁观，幸灾乐祸。

纪辰脸色彻底冷下。心想：你们不过是欺我年纪轻，以为我好糊弄，大庭广众之下顾忌脸面，不敢把事做绝。我偏不如你们愿。

来赴宴之前，他已经做好面对一切的准备。

"叔父，堂弟，我当初离家，不过是因为……"

"喀喀！"宋潜机忽然打断。

纪辰见宋潜机摇头，只得忍怒不言。

宋潜机道："各位来此，是要接他回去了？"

他还坐着，没有站起来的意思，态度散漫。

殿内众人神色兴奋。

纪光暗示警告："这是我们纪氏家事，宋仙官不姓纪，不方便插手吧。"

"那是自然，多谢你们来接他！"宋潜机笑道，"可惜他的钱，已经在千渠花光，不然我一定放他随你们回去。"

纪光脸色一变。

中年男子摇头，似是失望、痛惜。"宋仙官何等风流人物，为何提那俗物？我们来接纪辰，是为了血浓于水的亲情，不是为了几块灵石！"

"说得好。"宋潜机叹气道，"纪辰在千渠练习布阵，灵气输出不稳，经常引爆阵基，炸房毁地。他的钱赔光之后，吃穿用度皆由千渠供给，他又像从前一样吃用最好的，开支颇大。如今只能做工抵债。债不还清就放人，我如何向千渠子民交代？"

纪家数人震惊无言。女眷们忘了哭，帕子掉在地上。

孟河泽忍着笑，好个卖身千渠、做工抵债的可怜小少爷！好个铁面无私的宋扒皮。

宋潜机:"'血浓于水,游子归家'合乎人伦道理,'杀人偿命,欠债还钱'更是天经地义。只要你们提前还清他欠的钱,他立刻就能走,我敲锣打鼓放鞭炮抬花轿送他走。"

纪光叫道:"怎么可能?纪辰离家时,明明带走了……"

财不外露,他的话立刻被纪家主打断:"小辰欠下多少?"

宋潜机不假思索:"不多,六百万块灵石。"

"你这是狮子大开口!"纪光沉不住气,脸色已涨红,"无凭无据,你堂堂仙官,讲不讲理,凭什么扣人?"

"我最讲理。纪辰练习阵法的事,全千渠皆知。每笔损耗都记在账本上,件件有凭据,我给了八折友情价。"宋潜机没抬眼皮,"亲情无价,你们谁付一下?"

看热闹的殿内众人哄笑,纪辰恨不得拍手叫绝。

纪光说了几句阴阳怪气的话,讽刺宋潜机斤斤计较、心机深重。

"我在千渠做工很辛苦。"纪辰眼睛瞪圆,显得十分委屈可怜,"叔父、堂弟,你们会替我还债吧?不过六百万,我父亲活着的时候,可是给旁支留下……"

中年男子低咳一声,打断他:"小辰,你长大了,在外行走敢作敢当,这种事要靠自己。我看宋仙官只是磨炼你,没有为难你的意思。你跟着他,练好功法,多学本事啊。"

他说完转身就走,纪家女眷们急忙捡起帕子跟上。

骊英带头拍手笑:"纪编修真可怜,一个大活人,不值一堆灵石。"

纪光听着宾客说他们"贪财、卖子",犹不甘心地站在原地,张口想说些什么。

纪辰抢先道:"我人回不去,但心里记挂你们。我带了点千渠土特产。堂弟,送你了。"

"什么特产……"纪光低头一看,一口气差点没上来,"《修仙界三百六十条基础常识进阶版》?!"

进阶版还叫常识?这莫不是……传说中令青崖做题家鬼哭狼嚎、夜夜做噩梦的死亡习题?

再看旁边青崖学子脸色,已经比玉案上琉璃盏里的绿蚁酒还绿了。

纪辰关切道:"做完这本,再来找我要。"

纪光汗如雨下,匆匆告辞。

青崖诸生盯着题册,面色铁青,愤愤不平地互相传音:

"别人的家事,宋潜机就算占道理,也不好这样横行霸道吧。"

"这次可不是背后传谣,是咱们亲眼所见。"箐斋道,"宋潜机果然不是什么正经人,一定要防他不怀好意地接近院监师兄。"

宋潜机顶着各种复杂目光,吃着白玉盘里的合意饼,还分给身后的弟子们吃。

"看我作甚?"他对子夜文殊笑道,"这个好吃。不过在我千渠郡,还有更好吃的。"

卫平的手艺,当然比华微宗厨子的好。

子夜文殊面色不改,声音却传进宋潜机耳中:"为何不惜声名?"

对方本来不用蹚这趟浑水,或者可以做得更漂亮,少遭非议。但他偏要做得最简单、最粗暴。

宋潜机不传音,微笑道:"我要声名有什么用?"

子夜文殊不再问。

宋潜机与传闻中判若两人。

纪辰收起题册,扬眉吐气,对蔺飞鸾传音:"你发现没?子夜文殊坐在旁边,宋师兄好像活泼许多。"

他心想,这种话说给孟兄听,只会挨骂,幸好有蔺兄在。

蔺飞鸾对宋潜机背影翻白眼,冷笑:"谁知道他什么毛病。就喜欢招惹不好惹的。"

千渠郡宋仙官的热闹没看见,只看了白凤郡纪家的热闹。华微宗这些东道主有些意兴阑珊。

"红烛准备得如何了?"虚云招来执事长询问。

距离大典正式开始,还有一个时辰,按照流程,陈红烛该在后殿焚香梳妆。她将换上里外四层、曳地三丈的礼服,头戴缀满西海鲛珠的金冠,腰佩精致的灵玉和璎珞流苏。

钟鼓一响，吉时到了，才能现身人前。

"方才小姐身边的侍女来回话，已经梳妆妥当。"执事长顿了顿，似在犹豫该不该说，"卫家少爷过去了。"

虚云眉头一皱，转头看向身旁的中年修士："卫真人。"

卫湛阳的父亲做出惊喜神色，笑道："他可能想去看看，有什么能帮上忙的地方。他们年轻人之间，感情好得快。"

"噢。"虚云点点头，"湛阳有心了。"

昨天卫湛阳逝水桥失态，传出几句不好听的风言风语，虽是捕风捉影，但惹得华微宗不满，便向卫家施压。今天卫湛阳表现得殷勤热络，早早捧着自家红烛，实在正常。

吉时将至，无论两人感情如何，都已无可转圜。

宾客们故意大声闲聊，尤其是依附华微宗的小门派和属国，更要借此机会表现忠心：

"卫少爷青年才俊，大小姐美丽高贵，两家从此珠联璧合，当真是喜事一桩。"

"有幸亲眼见证一对璧人订婚，是我等的缘法。今日沾过这气运浓厚的福缘，修炼之道必然更加顺遂。"

"诸位同道，请。"虚云举杯，"粗茶劣酒，招待不周之处，还请包涵。"

众宾客随之倒酒豪饮。

席间懂酒的修士激动不已，对东道主赞不绝口："六百年绿蚁陈酿，外面有灵石也买不到，真是下了血本。"

"如果没有大小姐订婚大典，哪儿有我等口福。"

宋潜机知道自己喝醉是什么德行，他不敢碰手边的酒壶，只吃些瓜果点心、精致菜肴。别人举绿蚁酒邀他，他只能举碧玉汤盅喝汤。

华微宗自酿的灵酒，虽不如大衍宗独门手艺酿出的酒滋味醇厚，但胜在灵气丰富，添加多种灵草，有疏通灵脉、活血滋补的效用，最适合深冬补气。

宋潜机招呼孟河泽等人："大家喝，别浪费。"

孟河泽严肃拒绝。蔺飞鸢抢过酒壶，猛灌一口，击鼓传花般请弟子们喝。

弟子们外出打猎，只喝粮食酿的浊酒。几杯绿蚁灵酒下肚，精神抖擞，满面红光，好像回到打猎队烤肉的时候。

大殿金碧辉煌，各门派的弟子都恭谨地立在各派代表身后，只有千渠这边有说有笑，有吃有喝，怡然自得，好像在自家后院。

这场景令其他弟子羡慕不已，也让许多人酸溜溜地表示不屑：

"一群泥腿子，宋潜机也不管管他们？"

"没有规矩，尊卑不分，成何体统。难道千渠都是这种修士？"

旁边的骊英见了，却笑道："原来宋师兄对下面弟子这般宽厚，我从前听说宋院门下，甚少约束，却各个忠心耿耿，看来是真的了。"

"他们不是我的弟子，也不是手下。"宋潜机道，"只是暂时跟随我修行。你情我愿。忠于自己就是道，何谈忠心于我？"

"你情我愿……"骊英稍怔，喃喃道，"有多少门派的规矩，能让人心甘情愿？"

"子夜道友！"那边，宋潜机已经举起汤盅，邀请子夜文殊，"我以汤代酒，敬你一杯？"

子夜文殊微微挑眉，好似迟疑。

"宋仙官见谅，院监师兄一向不喜饮酒。"箐斋板着脸，严词拒绝。

"我来替师兄喝吧。"梓墨笑道。

宋潜机笑道："清规戒律，偶尔破一次也无妨，来，我先干了这半碗参汤。"

青崖诸生同感无语。怎么会有宋潜机这种人？院监师兄肯定不惯他的毛病。

子夜文殊却举杯一饮而尽。他放下酒盅，眉头舒展，嘴角微微翘起，一瞬间又恢复如常。

宋潜机暗笑。有人当众相邀，为了不"失礼"，子夜文殊才会"勉强"举杯。要做万众楷模，当然要远离口腹之欲、酒色财气，他越是端庄，别人越不敢冒犯，怕玷污神仙。

但宋潜机知道他想喝。

前世血河谷中杀得乏了。四面八方、无穷无尽的魔物发出山呼海啸般的嘶吼，如潮水滚滚涌来，其他人重伤躲在洞内，只有他们两个能勉强抵抗，天地间仿佛只剩他们还活着。

灵气枯竭、血液流干、麻木疲惫之时，唯有靠仅存的求生欲望支撑躯壳。

宋潜机抹了把脸，他握着剑，用扯下的半截袖子，将剑柄与手紧紧缠在一起。

"喂，死人脸。"宋潜机喊道，"如果这次没死，你最想干什么？"

子夜文殊又在擦刀——用一块沾满血污的残破帕子。即使浑身狼狈脏污，他仍保持着习惯，一丝不苟。

他轻声说："我想喝酒。"

宋潜机大笑、咳嗽，不在乎腹腔伤口崩裂，血流如注。"不是吧，你还没喝过酒？！"

其实他也没喝过，只看过别人喝，但这时候显然面子更重要。

"喝过，好喝。很多年前了。"子夜文殊问，"你呢？"

宋潜机吐出一口血沫，大声道："我想见妙烟！都说修仙界第一美人天仙之姿、倾国倾城，老子还没亲眼见过，怎么舍得死？"

子夜文殊皱眉。

宋潜机知道这是嫌弃他粗俗的意思，却不在乎。"这次不死，我请你喝酒！"

"我带你去见妙烟仙子。"

"名门正派，说话可要算数啊！"

他们侥幸活下来，酒却没有喝。当宋潜机亲眼见到妙烟时，已是子夜文殊死去很久之后了。久到一场又一场的大雪覆盖修仙界，健忘的修士们不再提起他的名字。

"妙烟仙子到——"华微宗执事长高声道。

阵阵抽气声中，宋潜机回过神，神色恍惚地夹了一筷子蟹膏。蟹膏滋味甘醇，盛在面前剔透玉盘中，颜色金黄偏橘，就像妙烟今日的桔色曳地长裙、金色臂纱。

"华微山这地方邪乎，想起谁谁就来。"宋潜机叹气。

妙烟气质出尘，力求"举重若轻，毫不费力"的美感，极少穿色彩艳丽的衣服，戴华贵的首饰。

但今天场合特殊，她受华微宗邀请弹奏一曲，庆贺大典。于是她盛装出席，鬓边珠玉映照满殿光辉，令众人惊艳、呆怔。

纪辰低声道："宋兄恍神了，原来他也喜欢看美人啊。"

孟河泽："胡说，宋师兄从不以貌取人，还有'红粉骷髅'的名言警句传世！"

纪辰吐舌尖。"我差点忘了。"

宋潜机上辈子想见难见，重生之后不想见、懒得见的人，已经近距离见了三次。逝水桥、赏花会、乾坤殿，换作其他年轻修士，当觉三生有幸。

华微宗能请来妙烟仙子奏曲，也是一种荣耀。

妙烟开口，声音轻柔如纱。"贺红烛订婚大喜。"

众宾客站起身，以示敬谢。

虚云道："有劳仙子。"

妙烟竟没有召琴，而是从侍女手中接过一面琵琶。琵琶面绘着凤尾长羽，丝弦闪闪发光。

等她在大殿中央站定，众人才入座。

"有幸听过妙烟仙子抚琴，还不曾听仙子弹琵琶。"

"有好酒疏通灵脉，还有仙音调理灵气、助人开悟，华微宗不愧是大宗门。"

只有宋潜机觉得不对劲。"凤凰台？"

妙烟精通多种乐器，本命法器为琴。她的琴声最能助修士修炼。她的琵琶名叫凤凰台，同样很有名，却极少现于人前。

据说弦动时，有凤飞凰舞的虚影飞出琵琶面，可谓"凤凰台上凤凰游"。

宋潜机曾听妙烟说："琴有九德，若别有目的，心不澄净，抚琴易损琴身灵气，还是不弹的好。"

宋潜机当时还不明白什么叫"别有目的"，劝道："你不想弹的时候，就不用弹，谁也不能强迫你弹。"

直到他快死的时候，妙烟怀抱琵琶赶来，弹了半首《霸王卸甲》。

他明白得太晚了。

宋潜机埋头又吃了一口蟹膏。今天大喜的日子,妙烟能有什么目的?

妙烟立在大殿正中,目光扫过众宾客,如愿看到人们惊艳、痴迷、渴求的表情。

她喜欢站在万人中央、受人尊敬,却不喜欢拥挤。此时的距离就恰到好处,场合气氛也正好。

虽是陈红烛的订婚大典,但过后人们再提起,未必还记得陈红烛装扮,只会记得妙烟弹过一首曲子。

如果换作从前,她定会十分满意。但今天不一样。她更忐忑,更激动,像很多年前初学音律,对丝弦陌生而充满好奇的小姑娘。

她想为一个困扰已久、渐成心障的谜语求一个答案。

与内心坚固如山的囚牢相比,何青青带给她的压力,轻如微尘。

"仙子,这满堂宾客,你心里最希望是谁?"侍女为妙烟梳妆时,忍不住问。

她摇头不答。

此刻妙烟立在殿中,目不斜视,下巴微抬,余光却能看到大殿两侧宾客。

每个人都在看她,唯独宋潜机在埋头吃蟹膏。

"我只希望不是他。"

妙烟轻轻点头,示意东道主可以开始了。

虚云抬手,忽然扬起拂尘,万千银丝滑过半空,乾坤殿的琉璃瓦闪过一阵波纹,迅速"褪色"。

虚云拂尘落下,华微宗其余五位峰主一齐起身,召出本命法器。

殿内众人惊异地抬头望,隔着透明的屋顶,能清晰望见碧蓝色长空上流云的纹路、飞鸟的轨迹。

云海奔涌如海啸,形成飞速转动的旋涡,欢腾的五色鲤沉入云层深处。

五道蕴光从殿中飞出,冲过透明的琉璃瓦,在云海上凝成五片花瓣虚影,聚合成一朵。

奔腾的云海托起花影,花影迅速扩大,覆盖整座华微山,像一把擎天巨伞。

刹那间,天地间灵气异变,足令修士心神震颤。

"华微宗的云海大阵动了!"

殿内惊呼阵阵,千渠众弟子同样震惊。

"好气派的大阵。"纪辰喃喃道。

华微宗众人顿觉扬眉吐气。

这场面原本安排在登闻雅会出风头,谁想到大会三圣齐聚,东道主反而小心翼翼,不敢班门弄斧。

宋潜机上辈子见过,而且见到的是改良版。

他一时间忍不住笑。这糊弄一下没见过世面的年轻人还行,真打起架,威压再强的光影都不顶事,都是迷惑对手的虚招。

他知道华微宗大阵真正的杀机,藏在看似祥和无害的逝水桥上。

蔺飞鸢对纪辰、孟河泽、宋潜机传音:"看仔细了,这就是大宗门护山阵法的力量。当虚云开阵时,五位峰主合力注入灵气,华微山内所有无生命的死物,一花一草、一石一木都由他们绝对掌控。所谓大宗门千年的底蕴、积累,不是你拿头硬撞就能撞破的,下次小心点,别去人家家里送菜!"

孟河泽知道他在说自己,竟然没有反驳,点头道:"那夜若不是有陈大小姐舍身帮忙,恐怕我们就困在宗内了。"

纪辰踌躇满志。"早晚有一天,我也能让千渠有这么厉害的阵法!"

"不对。"宋潜机摇头道,"草木不是死物。"

蔺飞鸢被他这种关注点噎到,敷衍两句:"好吧好吧,你宋院草木比人还像人,都听你的话。"

"不对。"宋潜机依然坚持,"任何地方的草木都不是死物。就是华微山的也一样。"

蔺飞鸢扑哧一笑,懒得再惯他。"它们若有灵,你让它们开花,看它们听不听你的。"

宋潜机不再言语。

他想起断山崖畔老松。那棵与山同寿、经历千年风雨不死的老树,不知道有没有回应自己的心意。

阵法催动至极点时,忽听"铮、铮、铮"三声锐利声响,好似刀剑争鸣,令人心惊。

修士收了惊呼,大殿一时寂静。

原来是妙烟仙子按弦。

琵琶三声强音,随即声音如瀑,从美人的指尖流泻而出,拨人心弦。

宋潜机深吸一口气,微笑变无奈苦笑。

改编版《风雪入阵曲》。

又来啊。

不好吧。

卫湛阳循着陈红烛的目光望向窗外,心中微微一动。

华微宗为了今日支撑门面,一定耗费许多灵石,下了很大功夫。所以他只能成功。

不成功,便成仁。

他深吸一口气:"红烛,我方才说的事情,还请你仔细考虑。你只有这一次机会了。"

"是吗?"

不知为何,陈红烛的神色有些恍惚,她好像心不在焉,有其他重要的事在思考。

侍女已经退下。空旷的后殿内点着清淡熏香,只剩他们两人相对。说出的每句话都有阵阵回音。

"是啊。我是为你好!"卫湛阳情真意切,"我知道你心里有他,我最不愿意夺人之美。更重要的是……"他刻意顿了顿,吸引陈红烛注意,"我知道令尊打算如何杀他。"

陈红烛眉头微蹙,终于正眼看向对方。"何时?"

"妙烟仙子弹响琵琶时,杀局就开始了。"

陈红烛摇头。"以我对父亲的了解,他绝不会在我的订婚大典上亲自动手。"

她刚才听侍女说,宋潜机坐在子夜文殊和骊英中间。就算那个不能说名字的人不再露面,还有棋鬼的紫云观、书圣的青崖书院。这两座靠山还没放弃宋潜机。

大喜日子当堂见血,不吉利,损气运,更容易误伤宾客,引起争端。

"虚云真人当然不会。"卫湛阳道,"琵琶声配合云海大阵,威力增加十倍,是乱人心神的引子。妙烟仙子的天音术,可以悄无声息扰乱一人或数人,不会惊动其他宾客。待宴会结束,宋潜机放松警惕,轻松愉快地走出山门,半路陡然面对刀光剑影,却发现自己根本不想拿起剑,他怎么办?"

陈红烛微微一颤。"他怎么办……"

她涂着艳红的口脂,身着盛装,稍一动作,满冠金缕,腰间环佩清脆作响。

卫湛阳低声道:"你听,妙烟仙子这次祭出了凤凰台。"

琵琶呜咽,隐约从正殿传来,声声催人,似裂帛碎玉、金戈铁马。

"果然是凤凰台。"陈红烛身形颤抖得更厉害,像一只风中枯蝶。

卫湛阳不由得微笑,却听盛装少女叹道:"那也是他的事,是他该打的仗。"

"你不救他?!"卫湛阳震惊之下,急道,"我知道你一定想救他,你莫灰心,只管去,我会留在这里,帮你拖延时间,足够你们逃去千渠……"

虽是晴天,然大殿幽深阴寒,总有阳光照不到的地方,所以仍点着灯。

琵琶声中,飞凤灯燃烧,火苗蹿高。

话已经说得足够清楚,他以为陈红烛会感恩戴德、欣喜若狂,疾奔而出。

但陈红烛只静静望着他,瞳孔中两点焰火飘摇。"我有一件事不明白,还请解惑。"

"请说。"卫湛阳深呼吸。

这种身份高贵、被父辈宠坏的草包大小姐,他见过太多了。

他原本不以为意,此时却有些心慌。

"你认为我与他有私情,为什么?"

卫湛阳心想:这不是明知故问吗?

他迟疑道:"若不是为他,你何必助孟河泽脱困,放走外门弟子;若不是为他,你为何昨夜去见他……"

陈红烛:"如果我说,不是为他,是为人间不平事。你们信不信?"

她不问你信不信,而问"你们"。

"何来不平?"卫湛阳仔细想了想,忽然摇头轻笑,"采矿死了几个外门弟子?唉,红烛啊,这是没办法的事,灵石不会自己从地里蹦出来!矿洞狭窄崎岖，十几岁、身量未成的少年才钻得进去。地下空气稀薄，凡人呼吸困难，有灵气护体的修士才能活动如常。两个条件加起来，只有那些凡人出身的外门弟子最合适。是他们不甘做凡人，自己妄想攀仙途逆天改命，怪得了谁呢？若他们回家种地，一生也要劳碌奔忙，经天灾人祸，不死在矿道里，就死在黄土堆下。"

卫湛阳总结道："要怪就怪同龄不同命，下辈子投个好胎吧。"

"你这样想啊。"陈红烛轻声道。

盛装少女转身走近窗户，向外望去。

窗台边有一层薄薄的积雪。殿外云海奔腾，头顶五彩蕴光流动，耳畔琵琶嘈嘈，隐约有宾客欢呼。

视线尽头，群山披银，万峰素裹。江河寂寂。

在一片盛世太平、奢靡喜乐的景色里，身边人说着冷漠无情的话，好像并非不可原谅。

因为她面前只有两条路。一条是背负污名、与宋潜机离开，舍弃宗门，远赴千渠；另一条是留下来，完成订婚大典，让卫湛阳谋算落空。

明显后者更明智。

琵琶声转入激昂，万马齐喑。

卫湛阳心里略感不耐，面上仍做出忧心忡忡的表情。"红烛，今日之后，你就见不到他了。你甘心吗？"

"我甘心吗？"陈红烛喃喃自语，似是迷茫。

云海大阵上空，五瓣花虚影旋转，像一只遮天大手，华微宗一草一木尽在笼罩中。

不甘又如何?!

激烈情绪像烈火焚烧，却只能留下灰烬。

她话音落下，忽然一阵风起。朔风寒冷，吹过她鬓边的却不是雪粒，竟是纷飞的花瓣。

陈红烛怔然，抬手拈起无端的落花。

窗边一树桃花开了。那株桃树以肉眼可见的速度抽出新芽，绽放花苞。几乎同时，桃花、梨花、杏花、樱花、梅花，满庭的花都开了。

视线尽头，一棵棵花树，一片片花瓣，次第盛放。花海席卷千山。

海潮般扑面而来、汹涌奔腾的满山春色，盖过翻腾云海，挣脱大阵束缚，直直冲入她眼帘。

陈红烛像被巨浪冲击，卷进花海中随波逐流，一句话也说不出。

千树万树，芽苞竟开。

"人一生的好时候总有定数。我少时要风得风，要雨得雨，已经占尽好处……就像春天过去，冬天到了，这茫茫白雪地，再开不出红花。"

"花愿不愿意开，总要试试。"那人笑着说。

卫湛阳也看到了百花。

他只想，华微宗云海大阵竟有违逆天时、枯木回春的效用，以前可从未听说过。可惜虚云这番功夫，终究是白费了。

陈红烛蓦然转身，一身珠玉金缕脆响。

她直视卫湛阳的眼睛。"我不甘心。何道友说，每个人都只能走自己的路。"

卫湛阳大喜。"这就对了。快随我一同——"

话未说完，声音消失，剧痛袭来，他无法言语。

他低头，看见一柄穿腹而过的利剑。

卫湛阳嘴角凝固着上扬的弧度，眼神透出不可思议的震惊。两种情绪混合在同一张脸上，甚是滑稽。

陈红烛疯了吗？

陈红烛平静抽剑，鲜血喷涌，溅落在她妆容美丽的脸上。

这是虚云年轻时的佩剑，为女儿订婚而重铸，名为百花杀。是她的嫁妆之一。我花开后百花杀。

今日是她的订婚大典。

卫湛阳毫无防备，过于震惊。一时张着嘴，只能发出模糊浑浊的声响，像被人死死掐住脖子。

"你知道我爱用鞭子，但鞭子只是用来吓唬人的。一柄杀人的剑，不该轻易示人。"陈红烛的剑尖淌着血，她轻声道，"去吧，逃命去。"

片刻寂静后，凄厉的惨叫声冲破大殿。

《风雪入阵曲》原曲激烈悲壮、苍凉宏大，本不适合在喜宴上弹奏。经妙烟改编后，此时的琵琶曲节奏更轻快，昂扬而不哀伤，如百兽朝拜，万军凯旋。

殿内众人神思随乐声牵引，飘上九霄，遨游云海。

何青青习得同道，因而受影响不深。她隔着半座大殿，越过妙烟的身体观察宋潜机表情。

宋潜机低着头，偶尔借礼服大袖遮挡，偷偷吃口蟹膏。好像这曲子跟他没关系。

"妙烟想试探出谁是作曲者？"何青青略一思索，召出绿漪台横放膝头，按兵不动。

"铮！"妙烟素手轻拨。

前篇末了，凤凰台灵压大涨，琵琶面轻轻一震，金色凤凰虚影冲出，环绕美人飞舞。霎时殿内金光灿灿，乐音中似有凤凰清鸣声。

妙烟扫弦，凤凰轻盈一转，飞向华微宗众人。

虚云微笑，轻抖手中白色拂尘，万道银芒散落，与金光交织。

凤凰尾羽拂面，华微宗众人精神大振。所过之处，满殿修士无不心潮澎湃，神采奕奕，浊气排空，灵气顺畅。一时各显神通，祭出各色法器，应和此曲。

乾坤殿沐浴熏风花雨，万丈光华。

参加过登闻雅会的修士不由得暗忖：

"同样的曲子由妙烟仙子弹奏，确实比那夜青石潭畔，青青仙子奏得更精妙啊。"

"青青仙子占着大师姐的名头，但妙烟仙子才是真正的仙音门第一人。"

凤凰翱翔，至紫云观处。

骊英俏丽一笑，召出簪花小笔，凌空轻点，朵朵墨色桃花飞出，与凤同舞。

紫云观众弟子忍不住喝彩。

骊英的座席紧邻宋潜机。

琵琶弦声转急，飞凤引颈长鸣，根根羽毛流泻金光。

出身外门的千渠弟子何时见过这等场面，不由得睁大眼睛，嘴巴微张。

妙烟微微转头，盯着宋潜机的脸，不知想看到什么。

她手下拨弦不停，乐声越发急促，如战鼓催逼。

千渠众人心神一晃，露出痴痴微笑。

蔺飞鸢传音喝道："天音术，当心有诈！"

但纪辰、孟河泽已入迷幻之境，一时见彩袖殷勤，美人歌舞，一时见霞光遮天，白日飞升。

蔺飞鸢喝不破，稍一分神，自己也见金山银山、绫罗绸缎，狠心咬破舌尖。

何青青直觉不对，面色微变，正要催动绿漪台，宋潜机忽然仰头、启唇。一声长啸，甚凌厉，直冲云霄，盖过凤鸣，压下琵琶。

千渠郡众人顿时耳目一清。

妙烟乐声受制，脸色微白。

只听宋潜机唱道："看人间过眼云烟，空啊还是空——"

他竟手持玉箸，大声击节而歌："千金易散尽，梦醒还是梦！"

幻象彻底消散。

孟河泽、纪辰对视一眼，浑身冷汗。

宋潜机还在唱："笑今生醉卧红尘，恩怨几时休……"

妙烟闷哼一声，凤凰虚影溃散！琵琶声戛然而止。

所有目光都落在宋潜机身上。

孟河泽忽然福至心灵，伸出食指蘸了蘸盘中残余蟹膏，皱眉咂摸两下，变了脸色。"谁给师兄吃醉蟹了？！"

"醉蟹又怎么……完了，醉蟹含酒！"纪辰惊魂未定。

宋潜机脸色不红、眼神不散，敲着玉案唱着歌，根本不像喝醉的样子。

"醉蟹也配叫酒？别瞎操心。"蔺飞鸢传音道，"他刚还破了妙烟仙子的天音术。"

孟河泽顿觉形势危险——

他们随琵琶声陷入幻境，旁边青崖和紫云观的弟子却毫无察觉，再看对面仙音门，只有何青青面露忧色。而以虚云为首的华微宗众人皮笑肉不笑，继续催动云海大阵运转。祥和喜乐之下，竟杀机四伏，暗潮涌动。

纪辰还有些茫然。"妙烟仙子与我千渠无冤无仇，为什么针对咱们，只因为宋兄从前说过她一句不好？"他甩了甩头，"我差点忘了，妙烟本就是陈红烛的表姐，虚云掌门的亲戚！云海大阵的破绽我看不出，咱们从哪边跑路？"

孟河泽按住他。"跑什么路，琵琶停了。"

琵琶声暂歇，宋潜机仍在唱："孤寒非我愿，仙途不可期。人世多烦忧，不如仗剑游！"

词说"烦忧"，但他歌声潇洒慷慨，响彻大殿，有气冲斗牛、响遏行云之势。

似一时兴起，随意应和。

殿内宾客心潮澎湃，随节奏敲击玉案，连连叫好。唯独妙烟额上沁出冷汗，指尖扣紧琵琶，微泛青白。

她因脸色苍白而稍显虚弱，惊讶地望着宋潜机，眸含水光，令人怜惜。"宋仙官，懂音律吗？"

她的声音清丽温柔，一声唤出，大殿欢呼声霎时停下。

有人发现事情不简单。方才凤凰金影溃散，妙烟仙子的琵琶声戛然而止，竟是被宋潜机的歌声压制了？

箐斋忍不住道："妙烟仙子好心为我等弹奏仙乐，他为何非要压人一头……"

这话想说给子夜文殊听，暗示宋潜机无礼。却被后者低声喝止："慎言！"

子夜文殊没有受到琵琶声攻击，也不懂天音术，但他能隐约感觉到云海大阵灵气异常变化。宋潜机多半在被迫应对。

众人都看着妙烟楚楚可怜的脸，只有宋潜机不抬眼。

他看着盘中酒酿蟹膏微笑："区区小道，不足挂齿。"

"小道？"妙烟惊愕，不由得重复一遍，"宋仙官以为，音律是小道？"

殿内一时喧哗四起。

好狂。

不仅是狂，他狂得没边了！

一句话，得罪妙烟，得罪妙烟所有爱慕者。更得罪仙音门，甚至不将天下音修放在眼中。

这次连蔺飞鸢都有点崩溃。"他喝多就这样？"

仙音门众女修素来自矜身份，努力学得像妙烟仙子一般笑容完美，滴水不漏，这次却一齐变了脸色。她们平时多受追捧，不曾当众受过这种气。

"宋仙官什么意思？"

"侮辱我师门，你若说不出道理，今天休想善了！"

何青青回头，冷声喝道："住口。"

众弟子愤愤不平，激动之下口不择言：

"大师姐该帮妙烟师姐，怎能偏帮外人?！"

"事关门派声誉，我们就该讨个说法！"

何青青脸色青白。

纪辰伸手欲扶宋潜机。"那个，宋仙官喝……不……吃醉了，诸位仙子见笑……"

可是谁会相信，有人吃蟹膏也能醉。

"要什么说法？"宋潜机甩开他，双臂大袖一振，笑道，"谁若不服，只管上前来！"

满殿哑然，一半因震惊，一半因怒气。

宋潜机回头。"谁带琴啦？"

好像问中午吃什么，谁带了千渠十六香。

千渠众人猛抓头发，狂抠手指。

"我长这么大，连琴都没摸过！"

"打架咱们不怕，大不了舍去一条命，可宋师兄邀人斗乐，我们又不是音修！"

他们正要齐心合力按下宋潜机，忽听殿内一声赞叹："好气魄！"

众宾客看向殿内首座，竟是华微宗掌门虚云。虚云满意微笑，像个欣赏后辈的前辈。

旁边，赤水峰峰主趣太极也笑道。"宋仙官少年英雄，今日既然要与仙音门众仙子在音律之道分出高下，我等就来做个见证。为喜宴添彩，点到为止，不伤和气。"

有人道："敢夸下海口，就要亮出本事，否则就算是喜宴上，也不能善了！"

这是妙烟仙子的狂热追随者。

"陈大小姐的订婚大典上，能见证这样一桩修仙界奇闻大事，我等感谢东道主！"

这是依附华微宗的小宗门和属国。

"只听说宋潜机书棋双绝，从没听说他还懂音律啊。"

这是看热闹不嫌事大的中立修士。

妙烟已收起柔弱神色，挺直脊背，低眉调弦。"仙音门，请宋仙官赐教！"

她不笑时，嘴角天然下垂，有种清冷倔强之感。许多迷于外相的人才意识到，妙烟不只是第一美人，更是仙音门弟子第一人。年轻一辈的音修中，没人能在她最擅长的领域质疑她。

"还来？"孟河泽伸手拔剑。他心想：对方有阵法护持，欺人太甚。

蔺飞鸢立刻按住他，传音道："喜宴之上，对方用音攻，旁人看不出来。我们动刀剑，只会落下乘！"

有华微宗抢先表态，一场赌上门派荣辱的比试无可转圜。

众宾客屏住呼吸，等宋潜机应对，却见宋潜机身子探出，轻声对子夜文殊说了句话："子夜道友，可否借玉凤箫一用？"

子夜文殊稍怔。

他常年在外除魔，那支玉凤箫是书圣所赠。因为制箫所用的清灵宝玉有抵御魔气、清心安神的效用。

他从不吹奏，只随身携带防身，旁人便不知此物在他身上。宋潜机如何得知此事？可是书圣或院长告诉他的？

子夜文殊淡淡道："我若不借，你将如何？"

"我立刻认输啊！"宋潜机说得理所当然，"还能如何？"

豪言壮语刚放出去，竟然说认输就认输，分明是个名人，却视个人名誉为无物。

子夜文殊心想，世上怎么会有这种人？

"这次多谢道友，下次教你吹。"宋潜机笑道。

子夜文殊回神，才发现玉凤箫已经递到对方手里。"不必。"

虚云一抖拂尘，五位峰主会意，协力催阵。

天空花朵虚影向下压去，引动云海中旋涡飞速运转，大阵威压提升至极。

骊英面露忧色。"我相信宋师兄是真喝醉了……"

何青青嘴唇微抿。这次与方才不一样，冲突已经摆在明面上。妙烟很聪明,将她和华微宗的暗中盟约,变成整个仙音门的事,令自己无法出手帮宋潜机。

丰紫衣烦躁地撸虎毛。

琵琶声再起,如银瓶乍破。是原版《风雪入阵曲》。

一声凤吟,金凤虚影未现,琵琶面上先飞出十只凤鸟,引颈振翅,一齐冲向宋潜机。

妙烟肃穆敛容,与先前判若两人。

宋潜机将玉凤箫转了一圈,掂了掂轻重,才凑在唇边。

他身后千渠众人忧心忡忡,殿内大半人幸灾乐祸,但他好像真的不怕丢人。

连他的箫,都是刚从别人手里借来的。

自登闻雅会后,《风雪入阵曲》风靡修仙界,各种改编版层出不穷,成为各大仙宴的保留曲目。人们大多认为此曲是古时先贤所作,而妙烟仙子让这首曲子焕发新生机。她是当之无愧的"第二作者",当世最懂此曲的人。

宋潜机一直窝在千渠种地,远离修仙界,不知其中的弯弯绕绕。他只在隔壁洪福郡刘仙官那里听过某个合奏版,据说也是妙烟仙子改编的。

他不留情面地指出其中谬误之处,刘仙官甚感尴尬,这件事自然没有传出去。

此时琵琶声来势汹汹,凤鸟虚影俯冲而来,金色羽毛根根竖起,如火焰燃烧。

千渠众人霎时精神紧张,明显感到大殿温度升高、空气灼热,好像四周烧起一把真火。

火烧眉毛时,箫声忽起,初时低沉,甚幽咽,甚轻柔。若有若无,如春风吹雨,细细洒落。

凤影被一阵微雨冲散,清凉似无形屏障升起,笼罩千渠一众弟子。

孟河泽额上冒汗,紧握剑柄,传音道:"我们尚如此辛苦,宋师兄又当如何?不如趁早杀出去!"

蔺飞鸢收起一贯浑不论的表情,肃容道:"再等等,他还稳得住。"

除宋潜机身后的千渠弟子,其他宾客只觉得乐声和谐相融,不似斗法,反而搭配得天衣无缝，令人心潮澎湃。

许多人低吟应和，似入曲中之境，体内灵气运行得越来越顺畅。

妙烟指尖一勾一挑，琵琶声如登高峰，险而又险地更高一层。一时众人眼前似出现孤峰绝壁，似剑指天。

那夜幽潭畔，何青青弹奏的《风雪入阵曲》，胜在真情真心，直抒胸臆，动人心弦。

如一人天涯独行，风雪重重，与全世界为敌。

但她没有妙烟多年苦练、臻于化境的纯熟技巧，更没有凤凰台和云海大阵的双重加持。

若论乐曲本身威力，自是此时最强。

只见宋潜机神色轻松，箫声一转，如履平地般翻过险峰。众人眼前群峰消解，只余风吹云动，一阵细雨打湿落花。

"我听不懂，箫声明显不如琵琶声高。"孟河泽问蔺飞鸢，"宋师兄是不是落下风了？"

他在宋院听过蔺飞鸢唱曲，一人变声作数人，忽男忽女，忽粗忽细，知道对方略懂音道。

"并非如此。"蔺飞鸢皱眉道，"凤凰台五行属火，表面音色清越，如凤鸣凰吟，实则暴戾刚烈，如凤凰吐火。宋潜机借来的这支玉箫，质地偏寒，音色冷冽，似有清心驱魔之效。两者相克，妙烟仙子暂时讨不了便宜。"

孟河泽恍然："所以宋师兄放着七绝琴不用，专门去借箫？"

"七绝琴是琴仙法宝，一旦奏响，灵压克制百器。以其对阵仙音门后辈，有仗势欺人之嫌，容易落人口实……"蔺飞鸢说到此处，对宋潜机背影骂道，"这都什么时候了，身在重围，还装君子？这般怜香惜玉吗？"

"宋兄没有装君子。"纪辰擦擦汗，琵琶声令他汗如雨下，"我相信他是真君子！"

大阵之下，殿外风起云涌。

乾坤殿上，红绸翻飞，玉案摇晃，杯中绿蚁灵酒随音浪旋转，泛起涟漪。

箫声渐强时，金凤挣破琵琶面，翱翔九天。

一声鹤唳，华微宗修士豢养的白鹤破云，翩翩起舞，随后有苍鹰、黑雕等猛禽振翅而来。

林间黄鹂、喜鹊、杜鹃等无数鸟雀出巢，飞上枝头，声声鸣叫。

"百鸟朝凤！"有人惊呼道。

虽是深冬雪后，华微山所有禽鸟被唤醒，一齐引颈高歌，为琵琶乐声助阵。

妙烟的支持者们声势大振：

"登闻雅会上，梦芷仙子的琴声也引来百鸟，可是与妙烟仙子比，却像表面繁华，虚有其表的样子货。"

"妙烟仙子无人能及！"

琵琶声肃杀如刀，似冲锋号角，千万道鸟鸣冲入宋潜机耳中。若换一个普通元婴境修士，此时已被冲散识海，打成白痴了。

"妙烟杀疯了啊。"丰紫衣急忙捂住白虎耳朵。

众宾客没有被曲中杀意针对，但灵兽对声音更敏锐，白虎狂躁地甩尾，险些失控。

其实妙烟并不好受，箫声如一张大网缠绕着她，她想摆脱控制，却感觉自己逐渐逼近极限，像紧绷的琴弦即将断裂。

宋潜机笑容渐淡。

箫声喑哑，《风雪入阵曲》转入第二篇。

疾雨散了，朔风吹雪，百鸟哀叫。

金凤再次溃散，妙烟脸色惨白，眉头微蹙。

"妙烟师姐，我来助你！"

何青青身后，一名粉裙女修霍然起身，召出一张碧蓝流光的琴。

"铮！"琴声乍起，如一柄长剑劈入琵琶、玉箫合奏中。

"梦芷仙子也来了！"有人呼道。

一时三声缠斗，妙烟压力一轻，得以喘息。她紧咬牙关，心中发狠，将全身灵气倾注琵琶！

风雪声中，凤鸣喝断西风！梦芷渐渐拨弦不稳，身形摇摇欲坠。

"没想到宋潜机如此厉害，竟以一敌二，还能不落下风。"

忽闻一声裂帛音，刺耳至极，打断曲声和谐。琴上一根羽弦断裂。

仙音门中，持瑟、笛、箜篌的音修见状一齐起身。"我等来助师姐！"

同为音修,道行越深,越知曲中凶险。

妙烟此时不是一个人,她代表整个门派年轻一辈。她决不能输。

陆续有人站起,各式乐器加入合奏,法器五彩斑斓的蕴光照耀大殿。声遏行云,气震九霄。

仙音门众志成城。

合奏不是简单的加减,每道乐声叠上,威力便增强数倍。

辉煌壮丽的合奏声中,琵琶声势大涨。

阵法力量借助乐声更强盛,华微宗五位峰主全神贯注倾注灵气,云海泛起波涛。

乱云尽数搅碎,如雪片纷飞,碧蓝晴空下,竟似落了一场大雪。

宋潜机眉头微蹙,唇边玉箫微微颤动。

孟河泽气得发抖。"他们竟如此不讲理,所有人打我师兄一个?!"

此时他只恨自己不懂音道,帮不上忙。

有人强辩道:"宋潜机敢放话挑衅,就要有挑战仙音门所有人的准备。"

"咱们杀出去?"孟河泽传音问。

"再等等!"蔺飞鸢面沉如水。

"还等啊?"纪辰抓乱头发。

"等!"蔺飞鸢喝道。

众人紧盯宋潜机,只见他面上泛起不自然的潮红,好像下一秒就要吐血昏迷。他却闭上眼。

宋潜机确实受阵法影响,气血翻涌,胸口胀闷。

箫声入重围,越走越孤寒,但这万众一心的壮大气势,反而令他渐入佳境。

他闭目不见,决定忘记身在何处,只管自己吹得开心、吹得尽兴。

他很久没有摸过乐器了。玉箫质地光滑,清凉感沁人心脾,像一柄剑。

合奏至终篇,四周音浪滚滚,面前苦海无边,身后追兵无数。他一个人握着冰冷的剑站在天地间,独对遮天狂潮。

一身转战三千里,一剑曾当百万师。

宋潜机心中大呼痛快!

箫声彻底失控!忽如铁马踏冰河,忽如万树梨花开。千变万化无穷无尽。

几道断弦，仙音门中陆续响起闷哼声。三四名音修再难支撑，跌坐于地。

殿内凤箫声动，玉案上酒盅炸裂，云海中五色鲤狂舞。

众宾客震惊无语。有人渐觉呼吸困难，不敢再听。

宋潜机思绪飘出乾坤殿，神识沉入自身"界域"中。

这次大陆尽头不是雪原，没有千军万马的围剿。他看见风吹麦浪，阳光下一片金色海洋。

这是他今生的界域。

他睁开眼。霎时，天地春回。草木复生！

宋潜机感到一股磅礴生机注入灵台，他昨夜洒在华微山老树的不死泉，竟得到千百倍报偿。

"铮！"凤凰台断弦，妙烟一口心头血喷出，溅落裙上。

阵法已与她乐声交融，催阵者同时遭受反噬。

天空花朵虚影骤散，大阵骤乱，云海间灵气狂暴撞击，发出阵阵雷音。

合奏崩毁，仙音门乐团折戟而归。

箫声依旧，妙烟怔怔望着断弦，好似不可置信。

"师姐！"众音修凄惨对视，感到一阵绝望。

忽然有琴声又响起。

众人不由得骇然，此时谁还敢战宋潜机，不要命了吗?!

何青青轻抚琴弦，和着箫音，轻唱道："风一程，雪一程，知君仙骨无寒暑，千载相逢犹旦暮……"

她声音曼妙，毫无杀气。冷艳美丽的容颜也似笼着一层柔光。

乾坤殿外云雪停了，和煦的阳光洒下，微风轻吹。

宋潜机的箫声随琴音渐低。

风雪刀剑消失，"孤帆远影碧空尽"，琴箫归于一处。

一曲毕，大殿悄无人声。

在如此震撼人心的乐音浸染下，众修士五感灵敏至极，竟像修炼顿悟时，能清楚听见丝丝风声、阵阵鸟声、云海翻涌声、五色鲤拍尾声。

还有花朵绽开的声音。

"啪、啪——"

如同气泡破裂，柔嫩的花苞一齐怒放。

"花开了！"骊英转头，惊喜道。

不只是一朵花，华微山所有的花都开了，天上地下，花海漫漫。天地生机勃发，众修士闷涨堵塞的灵脉重新通畅，不由得欢呼雀跃。

"花开了，开得好！"

"我屏障松动了，今日回去就能突破。"

"原来我从前没听过真正的仙乐……"

千渠弟子离宋潜机最近，得益最多。而后是宋潜机身边人。

宋潜机递出玉箫。"多谢了。"

子夜文殊怔然不动，箐斋连忙接过。"不谢不谢，宋仙官太客气。"

"不知何时还能听到宋仙官再吹一曲？"梓墨拱手道。

青崖诸生笑容满面，连连夸赞。

纪辰小声嘟囔："这也变得太快了吧。刚才还恨不得离我们八千里远。"

华微宗众人脸色皆白，赵太极脸色铁青，唇边溢出鲜血。

他受乐声影响，出力最多，一身灵气尽付阵中，阵法乱时，遭受的反噬最严重。

"琵琶声断，为什么各位峰主吐血，掌门真人脸色也不好？"骊英忽然开口，"是云海大阵啊！我方才就觉得不对劲。不是说好点到即止，怎么还有大阵助威……"

她身后弟子急忙俯身拉她衣袖。"小师叔，你就算知道也不能说出来！这样人家很没面子！"

骊英又大声道："你说得对，那我假装没看出来行不行？"

"行啊，小师叔话不过心，童言无忌，掌门真人大人有大量，不会怪罪你的无心之失！"

这几句一唱一和，众宾客不由得掩面窃笑。

华微宗的附属宗门想笑而不敢笑，强行忍耐，脸憋得通红。

赵太极轻咳一声："前日修行出了岔子，听仙音忽有所感，逼出一口瘀血，疏解郁气，再正常不过，与阵法有何关系？"

他不解释还好，刻意解释，反而欲盖弥彰。

虚云暗恨不已。

"妙烟仙子今天累了。"虚云转移话题,"快扶仙子去后殿休息!"

他也受了反噬,旧伤未愈,又添新伤,心里恨不得将宋潜机千刀万剐,面上却只能微笑。

众人这才越过仙音门众女修,看向妙烟。只见妙烟发髻散乱,失魂落魄。

原来她也并非时时完美呀。丰紫衣暗想。

"多谢宋仙官手下留情……"何青青起身行礼,"没有用师祖的七绝琴指教我等。"

宋潜机点点头。"不谢。"

仙音门其他仙子花容失色,模样实在凄惨。

美人落难,最易惹人怜惜。

妙烟的爱慕者们因此愤恨不平。"这宋潜机太过分!既然本事这么大,就不该与人比斗。说好是点到即止,下手却如此狠,有失强者风度!"

经何青青提醒,众人才想起宋潜机身上还带着七绝琴这件大杀器。如果真有心为难,将玉箫换琴,一百个妙烟、一千个仙音门弟子合奏也不够他打。

他们只得哑口无言。

宋潜机忽道:"抱歉,我刚才说得不准确,音律不是小道。"

他一说话,众人心中滋味复杂——打都打完了,现在道歉有什么用?今日之后,天下皆知仙音门除了大师姐,年轻一辈没一个拿得出手。

妙烟勉强笑道:"宋仙官不必道歉,同为喜宴献礼……"

事已至此,对方递来台阶,她没道理不走下去。她擅长挽回局面,让这场凶恶的斗法和平收场。

"我的意思是,你修的才是小道。"宋潜机打断她。

妙烟话音戛然而止,面如金纸,唇无血色。

精准打击。

有些人将声名看得比生死重要。让他们失去光环,当众出丑,比让他们受千刀万剐更难受。

"宋潜机真赢了妙烟仙子!"

"何止是妙烟仙子,若非青青仙子在,仙音门今日真下不来台!"

"青青仙子天资出众。年纪虽小,却后来居上,不愧是真正的大师姐。"

妙烟脑中嗡嗡作响,不愿再听。她深吸一口气,低头收起残破的琵琶。

侍女担忧得泪眼蒙眬,上前搀扶,却听见她喃喃自语:"不是他,不是他,真的不是他……"

什么不是他?

妙烟脚下踉跄,险些跌倒。

恰在此时,后殿传来一声凄厉惨叫!只见卫湛阳浑身是血,跟跟跄跄奔至前殿,嘶声大喊:"陈红烛疯了——"

一道火红影子紧随其后,陈红烛手持百花杀,杀气凛凛。

乾坤殿内垂下的红绸、红纱被百花杀的剑气搅碎,好似鲜血漫天泼洒。

众人还未反应,那两道人影一晃而逝,已冲出殿门。

大殿只留下卫湛阳的嘶喊声回荡:"救我——"

"湛阳!"

"红烛!"

虚云真人和卫真人身形最快,将两人截在逝水桥上。

众宾客哗然,随之奔出大殿。

玉案被撞翻、酒盅被踏碎,庄严喜庆的殿宇,霎时一片狼藉。人们从失魂落魄的妙烟仙子身边掠过,无人关心安慰她,甚至无人在意她。

兵荒马乱中,宋潜机悠悠起身,微晃了一下。

纪辰和孟河泽一左一右搀起他。

宋潜机不情愿地挣扎两下。"干什么,我像喝多了吗?"

蔺飞鸢凑近问:"那你懂不懂种地?"

宋潜机:"特别懂嘛!"

蔺飞鸢招手:"醉大了,架走!"

纪辰:"好嘞!"

宋潜机清醒的时候,会谦虚地说只懂皮毛,千渠农民中的耕作高手都是他的老师,都比他精通。因此千渠以农为本,修士从不轻视凡人。

现在他被人架走,还回头招呼:"子夜道友,外面出事了,你不去看看吗?"

子夜文殊没说话，默默站起身。

青崖诸生对宋潜机露出感激的亲切笑容。如果院监不愿去，他们想看热闹也不能去。

拥向逝水桥的宾客们，大多抱着这般看热闹不嫌事大的心态。

订婚当日，女方拔剑追砍未婚夫。修仙界千年不遇的奇事，背后该有何等复杂的恩怨情仇？

桥上铺着锦缎，如一道长虹，桥头一树桃花在雪中盛放，落英缤纷。

云海涌涌，风烟聚散。

卫湛阳被卫真人挡在身后，匆匆吞下止血灵丹。

他发冠不知丢在哪里，鞋也跑掉一只。披头散发，一手捂紧伤口，礼服上满是血污。

他本不至于如此狼狈。陈红烛那一剑来得太出人意料，刺醒他眼看就要成真的美梦。

为什么？他们分明要达成共识了。

虚云也想拦下陈红烛，但后者双目泛红，横剑于颈前。"都别过来！"

"红烛，你干什么?!"虚云又气又急，深觉面上无光，"放下百花杀！"

陈红烛不为所动，长剑在颈间划下一道血痕。

华微宗众人顿时惶急。

卫湛阳心思一转，既然已经撕破脸面，就看谁能先发制人。"陈红烛，你想杀了我，好去找他对吧？"

他抬手指去，桥头众人大惊，都怕沾一身腥，争着向后避，似大海退潮。原地不动的宋潜机等人如礁石般显露出来。

卫湛阳的手正指向宋潜机。

一阵窃窃私语声响起，谁也不知道陈、卫两人在后殿发生了什么，但显然情势危急，眼下什么都可能发生。

陈红烛放走外门弟子的事，虽被华微宗封锁，但仍挡不住风言风语传出。

骊英莫名有些慌张。"喂，这是你们卫家和华微宗的事，你不要含血喷人啊。"

卫湛阳恰好喷出一口血，很是应景。

宋潜机站在桃花树下。"都看我做什么？"

"看你好看。"蔺飞鸢没好气道,心想:你真是喝大了,不怕虚云那老匹夫恼羞成怒,拔剑砍你?

陈红烛冷笑:"是我要杀你,与他人何干?"

卫湛阳从卫真人身后探出头大吼:"你……你敢说,你不是为了宋潜机?"

陈红烛环视四周,对上无数张怀疑的脸。

她仰天大笑,扬手摔了头上金冠。"我敢!"

精美的金缕冠坠地,千颗鲛珠崩散。

虚云从没见过女儿如此模样,好像不管不顾,什么都不放在眼里。

他意识到事情彻底失控,脸色由红转白。"红烛,冷静些!"

华微宗众人纷纷喊话:

"大小姐,别闹了。"

"有事慢慢说,先把剑放下,别伤了自己。"

陈红烛长发随风飘扬,她举起左手,以右手持利剑一划,嫩白掌心霎时涌出鲜血。"我陈红烛以道心立誓,自今日起以身奉道,为宗门奉献终生,永不出嫁!"

热血洒下逝水桥,整片云海的五色鲤迅速聚集。

它们以血肉为食,密密麻麻向上跳,因过于急切,发出长蛇吐芯般的咝咝声,争相吞食她的鲜血。

从前无比美丽的景象,此刻只让人浑身发寒,胸中作呕。

场间一片死寂,没人再想看什么热闹。

"你胡说什么?这不是开玩笑的事!"虚云喝道。

陈红烛凄凉一笑。

"你们不信我,我就敢发誓。我此生不会与宋潜机合籍,更不会与他私下见面,否则就叫我不得好死,尸骨坠入云海大阵,受万鲤啃食,毫发不存!"少女抬高声音,"言出无悔,还请天下英雄做个见证!"

华微山回音阵阵,所有弟子都听得一清二楚。

虚云浑身颤抖,愤怒至极。

他想厉喝、想怒吼,却先淌下两行泪。"红烛啊,红烛,你怎么如此糊涂啊……"

他捶胸顿足,像个失败的父亲。

袁青石声音颤抖。"师妹，你……你何至于此？"

百花杀今日出鞘饮血，染了两个人的鲜血。

陈红烛长裙纷飞，如烈火燃烧，脊背挺直，神情决绝。

这是她的订婚大典，她不是谁故事的配角。她是今天的主角。

华微宗众人欲劝解，张口语不成声，竟微微偏过头去，不忍再看。

逝水桥上，只余一片叹息。

直到卫真人含怒开口："你想奉道就奉！追杀我儿，是什么道理？修仙界各派在此，你们华微宗定要给个说法！"

卫湛阳没想到陈红烛做得这么绝，眼看攀扯不上宋潜机，众宾客又被陈红烛震慑。

他狠下心，猛拍逝水桥的栏杆，竟流下眼泪。"红烛，我与你相识不久，但扪心自问，是诚心诚意待你，你为何如此绝情？"

他伤口还在流血，形容凄惨，众人又隐约觉得他可怜。

"陈大小姐这次确实有失道义。今日婚变，将两家长辈置于何地？"

"就算她不愿意嫁，也不该拔剑杀未婚夫……"

何青青向前走，却被梦芷拉住，低声问："大师姐，你去干什么？"

仙音门众女修神色关切，都向何青青暗暗摇头。"大师姐，这事与你没关系的。"

方才有何青青在，仙音门才没有丢失颜面。因此她们感谢何青青，不想对方蹚这浑水，沾上腥气。

冷风吹过何青青的脸，吹来淡淡血腥味和几瓣沾血的桃花。她越过重重人影，只能看见陈红烛飞扬的裙摆。

她觉得荒唐。这到底是一个什么样的修仙界？一个什么样的世道？女修要自证毫无私心，竟只能用这种鲜血淋漓的办法。

她只能发誓奉道，她的父亲、她的师兄、看着她长大的长辈才会彻底相信她。

何青青喃喃道："我不要在这样的世道过活。"

"大师姐说什么？"

何青青猛然挣开梦芷的手，大步走出人群。

她一开口，所有人都看向她。

因为她说:"卫公子,你昨晚不是这样说的。"

卫湛阳脸色霎时惨白,两行泪水还挂在脸上,"诚心诚意"却成了笑话,显得有些滑稽。"青……青青仙子!"

"你说你不喜欢她,想要退婚,还说要与我合籍,你忘了吗?"何青青微笑道。

众人再次哗然。

"这是什么情况?"

"中间还有仙音门大师姐的事?!两家变三家了?"

陈红烛方才发毒誓与宋潜机没有瓜葛,因此所有矛头都转向卫湛阳。

女修们尤其看不过眼。

丰紫衣冷哼道:"原是你负心薄幸,订婚前夜还勾三搭四。换了我,也要放虎咬你。"

骊英道:"陈小姐脾性刚烈,岂能受此侮辱?当然想杀他了!"

仙音门众女修觉得丢人,不愿露脸,只能拼命传音、打手势让何青青回来。

陈红烛惊愕地望着何青青,她没想到对方会站出来。

何青青向她微微点头。

陈红烛鼻头微酸,差点落泪,大声道:"诸位,今日非我杀他,是他卫湛阳负我在先,我与他势不两立!"

"好!"丰紫衣喊道,"这才是我认识的陈红烛!"

众人纷纷叫好。

何青青笑容明媚,如冰雪融化,卫湛阳却觉得浑身发冷,慌张四顾。"我……我……"

他急忙传音:"青青,我骗她的,你先不要作声,不然我们都会很麻烦!"

卫真人拔剑喝道:"妖女!休得妖言惑众!"

何青青依然笑着,好像没听见传音,没看见刀剑,轻松地逼近两步。"你敢发誓你没说过?陈大小姐发了毒誓,不如你也发一个,看看你俩谁先应誓呀。"

卫湛阳步步后退。"这……誓言岂可儿戏?"

"你不敢发,我敢!"何青青忽然冷下脸色,转身对桥头人群厉声道,

"若我今日欺骗诸位，就叫我……"

忽然有什么东西飞过众人头顶，只留下影子。"咔嚓"一声，何青青背后三尺远，落下两截桃花枝。花枝从中间断裂，像被利剑砍断。

虚云真人怒喝："卫拾德，你还想杀人灭口吗？"

卫真人冷哼一声："与我何干？"

何青青越过众人，正看见宋潜机收回衣袖的手。

纪辰惊道："怎么回事？"

宋潜机："无声无息无形剑，是卫真人的绝学。"

孟河泽："宋师兄离这么远，如何察觉？"

宋潜机拍拍桃树。"因为华微山的花都开了。"

"师兄说醉话？"孟河泽不明白这两件事有什么干系，一晃神，宋潜机已经走出人群。

"啊，宋师兄干什么去？"

"宋兄此时不方便出面！"纪辰想伸手阻拦。

"算啦。"蔺飞鸢靠着树干，拍打袖上落花，"拦也拦不住。"

孟河泽、纪辰无奈对视，觉得挺有道理。

醉酒之后的宋潜机，想做什么就做什么，想一出是一出。刚才在乾坤殿上他们都没摁住他，现在也不能强行将他打晕带走。

宋潜机顶着一圈惊奇、复杂的目光走上逝水桥。

他方才突破大阵封锁，令百花齐放。华微宗众人因此戒备他，纷纷看向虚云，等掌门发话。

虚云只看着陈红烛，慢慢靠近。"红烛，咱们先止血好不好？这是心头血啊！"

他脊背微弯，好像一息之间苍老许多。

何青青对宋潜机轻轻摇头，低声唤道："宋师兄……"

就算陈红烛发下的誓言已经将宋潜机撇清干系，他也难免遭人背后议论。正常人避之不及的麻烦，宋潜机竟还主动站出来。

宋潜机走到何青青身前。

"你跟这事没关系！"何青青喝止他。

宋潜机停下。"那你跟他有关系吗？"

他指了指卫湛阳。

何青青摇头。

"既然没有关系,那你是路见不平,拔刀相助。"宋潜机笑道,"助完了,自然就没事了。"

卫湛阳大惊。"青青仙子,你不能这样,我们难道不是两……"

"两情相悦"还没说出口,宋潜机又问:"你认识他吗?"

何青青如实道:"见过两次。"

卫湛阳抢着道:"虽只有两面之缘,但我与青青仙子是一见钟情!"

陈红烛已与他反目成仇、无可挽回,他必须做出决断,先留住何青青和仙音门。

仙音门众女修听闻此言,俏脸微红,向后退去。

"你可曾向他许诺什么?"宋潜机问。

"不曾。"何青青道。

"不,我们明明说好了……"卫湛阳浑身凉透。

他这才发现,从始至终,何青青确确实实没答应过他任何事。

宋潜机道:"卫道友,你看,这种情况应该叫一厢情愿,不能叫一见钟情、两情相悦。"

他语气认真地讲道理,反而惹得众人哄堂大笑。

丰紫衣大声笑道:"我还以为有什么海誓山盟,让你负心薄幸舍了红烛,原来是你一厢情愿,纠缠别人啊。"

"我没有说笑话。我虽然不太懂这些事,但我知道……"宋潜机想了想,"有时候我们男修士会产生错觉,知错要改。"

上辈子他以为自己与妙烟是两情相悦,到头来也是误会一场。

桥头笑声更响亮。

逝水桥浑然一体,卫氏族人无缝可钻,恨不得跳桥。

"放肆!"卫真人手中剑换了方向,"宋潜机,你搬弄是非是何居心?你为什么护着这个勾引人的妖女?是不是与她有染!诸位看看,这妖女生得这般模样,哪儿像仙音门不染尘埃的仙子?"

卫真人心中大恨。

何青青所为离经叛道,她在场的同门都不愿出头,宋潜机凑什么热闹？

"混账，敢污蔑宋师兄！"孟河泽大怒，却被蔺飞鸢拉住。

"有道理就讲道理，骂人却是为何？"宋潜机笑了笑，从袖中摸出一只玉匣，"发血誓大动干戈，损伤元气，我有一宝，可证真伪。"

玉匣打开，丝绒上躺着一朵淡紫花瓣黄蕊小花。

"此花模样普通，其实封着一道失传已久的真言咒。花听了假话，立刻凋谢，你有什么话，就说给它听。"宋潜机道。

卫湛阳低头细看，只见花上确实灵气盎然，不似凡品。

众修士探头张望，没一人辨出根底，都以为它是哪种稀有、绝种的灵植。

"宋潜机竟还有真言咒？"

"他靠山硬，身上多几件好东西不足为奇。"

否则谁会把普通植物事先收进精美的灵玉匣中？

宋潜机看向桥头人群，微微挑眉。他刚才拿同款玉匣装小麦送了子夜文殊，希望品性正直、眼不揉沙的院监不要揭穿他。

青崖诸生对上宋潜机目光，误以为宋仙官孤立无援，寻求帮助。

宋潜机吹奏玉箫时，他们离得近，获益多，当即喊道："发血誓伤身，这下有了真言咒，没顾忌了吧？"

箐斋："卫公子，我们都信任你，你快说句话啊！"

梓墨："卫公子，你与青青仙子何时何地、定下什么盟约，说出来让我们听听？"

子夜文殊回头，淡淡看他们一眼。

两人心惊胆战地摊开手。"犯了口舌，认罚，师兄打吧！"

子夜文殊只是转回头。

众人已经顺着他们的话风嚷起来。

卫湛阳牙关紧咬，心中信了三分。

众目睽睽下，宋潜机郑重地拿起花，他不得不张口："我与青青仙子……"

他喉中像堵了大石，终究支吾无言。

何青青道："我与这位卫道友，毫无男女私情。"

淡紫小花盛放如故。她想起琴试前夜，她就对着这样的一朵花说真心话。

宋潜机合上匣子。

孟河泽惊奇不已，暗暗传音："宋师兄何时炼了这宝贝？可这不是……"

他想说土豆花，又怕自己眼花。

蔺飞鸢啐道："宝贝个屁，我亲眼看着他从盆里拔下来！大冬天天寒地冻，植物在地里不能生长，他搬了盆子在屋里种的！"

纪辰忍笑："宋兄也会诳人啊。土豆花拯救世界。"

三人传音说笑，桥头宾客不知，只顾欢呼。

华微宗众人恨死宋潜机不假，此时却更乐意见到卫家吃瘪的狼狈模样。

婚变险成两家丑闻，现在彻底保全了陈大小姐的名声，只有卫湛阳背了骂名，抬不起头。

他们自然昂首挺胸、扬眉吐气地围上陈红烛，冷冷瞪着卫氏族人。

"红烛在我华微宗，自幼受尽宠爱。"虚云喝道，"你们当她好欺负？"

只见卫真人竟扬起巴掌，狠狠扇向卫湛阳。"孽障！你怎么背着我做下这种糊涂事？"

这一巴掌当机立断，打给众人看，自然打得极重。

卫湛阳被打得跌倒在地，连滚三圈，爬不起来。

他惊愕地捂脸，疼得嘶声，抬头涕泗横流。"父亲！"瞬间脸颊高高肿起，嘴角迸裂涌血。

卫真人声如雷霆："我没有你这个儿子，这便回禀老祖，将你这孽障从家谱除名！"

"我们走吧。"宋潜机对何青青说。

孟河泽等千渠弟子一齐迎上来。

何青青越过宋潜机背影，看见默默隐藏在人群后方、神情别扭的仙音门女修们。她从风暴中心全身而退，她们却不敢与她对视。

"诸位下山吧。"虚云的声音借助阵法传开，"今日见笑了，请恕我招待不周。"

喜事变丑事。不出半日，就能传遍修仙界，华微宗自然无心待客。

众宾客也识趣地告辞，没人责怪东道主失礼。来时安排周到，礼节繁复；去时匆匆忙忙，客人自便。

陈红烛脸色惨白,被父亲、师兄、同门其他人簇拥着走向乾坤殿。

掌心伤口愈合,却留下一道疤痕,依然刺痛。

她进殿前忽然停步,抬头看桃花。桥上人潮涌动,余光隐约望见何青青和宋潜机的礼服袖子。

从开始到落幕,她和宋潜机没有看过彼此一眼。

陈红烛摊开手,一片花瓣落在伤疤狰狞的掌心。

从逝水桥上相遇算起,他们相识日短,交集也不算多。

那时宋潜机是外门领袖,每天守着宋院一亩三分地,身边有孟河泽和一群弟子。

她是掌门之女,独来独往到处晃悠,挥鞭子想抽谁就抽谁。因为好奇那个不能说名字的人,她才接近宋潜机。

其实这样浅薄的缘分,放在修士漫长的生命中,不到一朵花开的时间。

她送过宋潜机一只红色的小纸鹤,是特制的传信符。今天宋潜机千里迢迢来闯龙潭虎穴,送她满山花海。

以后……

没有以后了。

"小师妹今日受了大苦。"袁青石捧起陈红烛的手,痛惜道。

"不苦。"陈红烛跨进殿门,挺起胸膛,"值得。"

第九章

千难万险,
富贵在天

"哪里值得，美玉哪儿经瓦砾碰？"虚云气道，"往后万不可如此胆大妄为！"

陈红烛淡淡道："爹、师兄、各位长辈，我已经发了誓、奉了道，不必担心我会偏帮外人了吧？"

华微宗众人低下头。

陈红烛之前放走外门弟子，却说不是为宋潜机，是为宗门。没人相信她，还将她关在戒律堂反省。

此时旧事重提，气氛难免尴尬。

众人心里嘀咕：好像是我们逼得陈红烛闹喜宴、发毒誓一般。

"现在说这些干什么？"一位峰主打圆场，"咱们先出去，让掌门给红烛疗伤吧。"

"小伤而已。"陈红烛喊住他们，"下一次招收外门弟子，我去下山收，收来由我管，行不行？"

"恐怕不合规矩。"赵太极眼神暗示虚云。

陈红烛对虚云道："父亲，宗门声誉受损，必会影响收徒，女儿愿挑此重担！"

她语气强硬，殿内众人又恰好心虚。

虚云最终点头。"好吧，且让你试一次。"

陈红烛又点出主管灵石矿、藏书楼、传功堂等地的长老，与他们一一辩理，讨得不少便利。

众峰主、长老见势不妙，急忙找借口告辞。不多时，大殿只剩三人。

虚云去取珍藏丹药，给陈红烛补气血，袁青石看着师妹苍白的脸，欲言又止。

"师兄，你有什么话想说？"陈红烛问。

"我想说，你可能不想听。就算你发誓奉道，大家都信你没有外心……"袁青石觉得现实残忍，叹气道，"你想在宗内变法，也依然困难重重。今日是例外，以后你再找他们，他们都要躲着你了。"

陈红烛笑道："师兄说的是实话，我有什么不爱听？"

"你知道就好，我真替你担心。"袁青石还想说些什么，忽然眼睛一亮，"妙烟仙子！"

陈红烛转身，只见侍女扶着妙烟从后殿缓步走出。

"仙子这就要走？再休息一会儿吧。"袁青石道。

妙烟受邀而来，受伤而归，令他有些愧怍。

"不打扰了。"妙烟微笑，"替我向虚云真人告辞。"

她嘴角笑容弧度如故，眼神却有种难以掩饰的落寞。

陈红烛看着妙烟，神情渐渐变得怜悯。就在这一时刻，她发现自己不再讨厌对方了。

她们虽是表姐妹，衣着打扮、性情脾气却天差地别。但今日两人都穿礼服，都脸色苍白，从侧脸的某个角度看，便能隐约看出容貌相似之处。

袁青石看得呆怔，目送妙烟的背影远去。

"还看？"陈红烛打趣他，"追上去送送？"

"不是。"袁青石皱眉，"我怎么觉得，妙烟仙子没那么美了？不是容貌变化，是那种感觉，唉，我说不清楚。从前像九天玄女，浑身散发仙光，现在……"

现在她依然是大美人，却没了众星捧月的光辉。似乎单论容颜，青青仙子也不输她。

袁青石猛摇头，将这种想法甩出去。

"分明是华微宗请仙子来的，最后却弄成这样，他们……"侍女愤恨的话没说完，被妙烟打断。

"是我自己答应来的，怨不得旁人。"妙烟平静道，"人外有人，天外有天，年轻一辈中我不是第一，自当知耻后勇，勤勉苦修。"

侍女孽儿打量她表情，小心翼翼问："仙子确定作曲者了吗？"

妙烟一怔，很快摇头，像在说服自己。"不是他。"

"也对！"颦儿道，"仙子如此钟爱这首曲子，如果曲作者当真活着，一定是仙子知己。"

登闻雅会上，琴仙留下"功业千古……英雄末路……"的乐评，说这是死人写出的曲子。世人因此普遍认为，作曲者一定历经沧桑，人生大起大落，年轻修士谱不出这样的意境。

只有妙烟锲而不舍地寻找。

妙烟很早就知道，不是世上所有人都喜欢她，但她有种莫名其妙的直觉，她觉得至少宋潜机不该这样对她。

第一次，他们在逝水桥上相逢，宋潜机视若无睹。

第二次，赏花会上，自己赠花主动示好，却被他拒绝。

第三次，便是今日，杀伐决断的曲，毫不留情的话。

宋潜机与许多姑娘的关系都不错。她们有的青稚可爱，有的明艳泼辣，还有何青青那样气质凌厉、陈红烛那样骄纵任性的。

准确地说，宋潜机对人脾气好，不拘男女和门派。面对自己，却显出无缘无故的冷漠，看水里的莲花，都比看她的眼神更亲切。

侍女担忧道："这次回仙音门，仙子就闭关吧。"

"为什么？"妙烟问。

侍女心想：这不是很明显吗？乾坤殿上输了这一仗，除了要面对望舒仙子的震怒，外界的议论也少不了。

"我……我怕仙子受委屈。"

妙烟闻言笑起来："我从小长在这华微山，就算雪天在后山迷路，也不会有人出来找我。毕竟华微山这么大，有天赋的弟子这么多，走丢个吃闲饭的算什么……"

侍女惊奇地瞪着她。

妙烟从来不说这些。她对"不光辉"的过往绝口不提。

此时不知是说给侍女听，还是说给自己听："我不会被打倒。有争议，总好过无人在意。"

下山的路上，白雪皑皑，鲜花满路。

山道两旁，桃花、梨花、杏花次第开放，一蓬蓬、一簇簇，像粉烟，又像红雾。

何青青和宋潜机并肩走在最后。

孟河泽本来在前面带队,不知为什么又跟蔺飞鸢吵架了,两人团了雪球互相扔。纪辰和千渠弟子们忙着拉架,后来也加入战局。

少年们追追打打、吵吵闹闹地跑远了,一路上扬起晶莹的雪粒和飘飞的落花。

何青青看宋潜机。"你不管吗?"

宋潜机无奈笑笑:"管什么,一天吵十次,转头又和好了。要是小卫在,闹得更厉害。"

"小卫又是谁?"

"噢,我新招的管家,做菜很好吃。"

"你身边的人,我都不认得了。"何青青听着远处的吵闹声,"仙音门可不能这样。"

千渠弟子肆无忌惮,笑骂快活,仙音门出尘绝俗,人人端庄。

"你还要回去吗?"宋潜机问。

忽然一阵朔风起,花香里带着冷意,洁白梨花瓣漫天飞舞,像一场大雪,要从地上飞上天空。

深冬花开,雪回风转,时间开始倒流。何青青恍惚回到春天,回到相识之初。

春风拂面,晴光潋滟。

"我在青崖的时候,很羡慕妙烟仙子那样的女修,她高贵美丽,人人喜欢。到了华微宗,也羡慕陈红烛那样的大小姐,她有家族和门派的宠爱,有追求者讨好,可以撒娇耍赖不讲理。进了仙音门,我羡慕师父,她修为高强,性格更强,不怕人言,也不怕孤独。后来我谁也不羡慕了。人只能走自己的路。"何青青听见自己的声音飘散在风中,"宋师兄,我要回去。我不会后退了,谁拦我的路,我就对付谁。如果天地都来阻拦我,我就改天换地。"

宋潜机没有说不好或者说"你不该如何",只说:"如此,难免辛苦。"

风渐渐停下,花瓣落地,混作雪泥。

何青青说:"我生来命途多舛,不站在山顶,就跌进深渊。"

下山路上，青崖诸生遥遥缀在千渠队伍后。

子夜文殊依然面无表情。

书生们仪态端正，风度翩翩，却在子夜文殊背后悄悄传音：

"人家好像在说话，咱们这样跟着是不是不太好？"

"下山只有一条路，我们没有跟，我们也下山啊！你回头看，难道走我们后面的人，都在跟着我们吗？"

梓墨问："那我们为什么不走快点，超过他们？"

箐斋："因为……因为……院监师兄好像有话跟宋仙官说？"

"你看我的脸，是不是比上次见面的时候更美？"

宋潜机听到这个问题，停下脚步，左右仔细瞧了瞧。"对不起，我看不出。"

何青青笑了笑："宋师兄心无杂念，自然看不出。"她取出一只玉瓶。"这个给你。"

宋潜机盯着瓶口，察觉到某种熟悉气息，不由得皱眉。"何物？"

"是对修士有好处的东西。"

"何物？！"

"这是……"何青青深吸一口气，传音道，"擎天树根的汁液，可助修士提升修为！"

至于被同门推下矿洞，发现擎天树根系才得来此物的事，她没有提。

宋潜机一怔，擎天树？！

是了，如今修仙界表面风调雨顺、一团和气，实际邪道妖魔群龙无首、东躲西藏。

在寻常修士眼中，没有正邪之间的大战，没有天崩地陷的大灾，末日之景遥遥无期，谁能预测一百多年之后的世界？

宋潜机摇头。

"你不要？"何青青讶然。

"我不要，劝你也别要。"宋潜机严肃道，"修为如何，赶不如等，捷径有时是弯路。且人活一世，草木一秋，只要是树，生机总有定数，早晚要迎接死亡。"

何青青心道：擎天树不是普通的树。这种庞然大物支撑天地，与日月同寿，怎么会死？何况我只取一点汁液，就像从海里取一滴水。

"我晓得了。"她收回玉瓶，"但宋师兄，不是每个人都像你一样……"

宋潜机、何青青停在原地说话，尾随其后的青崖诸生很惊慌。

"他们怎么停下了？院监师兄还往前走？"

"废话，我们现在是光明正大地走路。要是人家停我们也停，那叫跟踪！"

"有道理！哎呀，要撞上了，师兄打招呼吗？"

何青青的话没说完，她看到了青崖众人。"我该走了。"

"保重。"宋潜机说。

梓墨喜道："何师妹，不，何师姐！"

他们觉得何青青应该会对他们——至少对子夜文殊说些什么。

学院中不少人私下认为，她被院监救回来，没有青崖就没有她，以后走得再远，也是青崖走出去的师妹，但何青青只是淡淡点头。

子夜文殊同时点头。没有更多的话说，两人擦肩而过。

好像萍水相逢的道友。

青崖诸生过于热情的笑容僵在脸上，有些尴尬。

幸好宋潜机主动开口："子夜道友，青崖各位，又见面了，好巧啊！"

"不巧，我在跟着你。"子夜文殊说。

箐斋、梓墨传音狂吼：

"就算是真的，师兄也不能说出来啊！"

"这话让人家怎么接！我受不了了，快挖条地缝！"

宋潜机自然接道："子夜道友考虑好了？"

这句话其他人听不懂，愣怔无言，子夜文殊知道宋潜机是问之前的请求——每次突破，能不能提前告诉他，让他早做准备？

子夜文殊没有回答，反问道："如何开花？"

在华微宗最强的云海大阵下，如何瞒过所有人，施展雪地开花的术法？

不只子夜文殊不明白，在场宾客以及东道主都想不通。

只有千渠弟子对此习以为常。他们觉得在三年不下雨、天干地裂的千渠郡，宋师兄都能等来一场雨。开出几朵花算得了什么？"

箐斋急忙解释："院监师兄的意思是，不知宋仙官用了什么术法……"

话未说完，宋潜机道："我知道你想问什么，没有用术法，我也没有在阵法上动手脚。我只是昨晚跟它们商量过。愿意开就开，不愿意开就算了。总要心甘情愿才好。"

老松与华微山同寿，根系四通八达，它传递消息，将不死泉渗入土中，分给其他花草。

"我也没有出手伤人。那时乐曲与阵法融为一体，破了曲，也就破了阵，他们是受阵法反噬，自伤其身。"

子夜文殊依然看着他，黑白分明的眼睛眨了眨。

宋潜机低头，扯着礼服袖子的流苏。"我都说清楚了。你是不是不信？"

刚才在逝水桥上，他拿玉匣里一朵土豆花诓遍全场，恐怕已在对方心中信誉值为负。

子夜文殊却郑重道："多谢。"

真正能颠倒春冬的不是阵法，能凝聚人心的不是对强权的恐惧。就像追随在宋潜机身边的弟子、投奔千渠的逃民和散修。这世间的事，纵有千难万险，也怕心甘情愿。

然而知易行难，有几人能真正做到？

子夜文殊想，所以书圣将画春山交给宋潜机。

宋潜机大喜："不谢，只要你能答应我……"

话音未落，风声尖锐，一团白影呼啸而来。

子夜文殊下意识按刀，但他很快意识到这不是暗器。

刀风太利，拔刀容易误伤旁人，于是他只侧身躲避。白影擦过他耳边，有些凉意。

同时又一团白影砸来，宋潜机顺手挥袖一打。

"啪！"一个雪球打在子夜文殊偏过的肩头。

宋潜机："……我不是故意的。"

一回头，白气扑面，眼花缭乱，千渠少年像一阵热浪，从他们身边呼啸而过。伴随着叫喊声、笑闹声、奔跑声，还有不堪入耳的脏话。

"孟河泽你这个王八蛋！今天不把你摁进雪里，我就不是你大爷！"是蔺飞鸢。

"谁用冰块？到底谁'他妹的'用冰块阴我？"是纪辰。

枝头积雪被笑声震落，洒了子夜文殊满头满肩。

子夜文殊怔然。他是移影术的高手，只要他想，他可以躲开每一片雪花，不沾湿半点衣角。

"这群小兔崽子！"宋潜机气笑了，尴尬地伸出手，想替对方拍雪，"道友见笑了，他们平时不是这样的。只是今天高兴，有点上头。喀，这也不是我教的。"

青崖诸生震惊无语，彻底蒙了。

"这些人在干什么？也不像冰嬉啊。"

"不知道，言行粗鄙，无礼妄为，哪里有修士的样子？但他们好像……很开心。"

又一团白影袭来。

"宋师兄一起来啊！"

宋潜机礼服长袖一卷，团起雪球甩回去，怒道："来个头，谁还胡闹！"

半空劲气激荡，雪尘飞扬，像一场冰晶雨簌簌落下，少年们哄然大笑，顷刻作鸟兽散。

宋潜机再看子夜文殊的一身白雪、青崖诸生震惊的眼神，不由得叹气。

功败垂成，都怪家里一群不争气的。

却听那人轻声道："我答应了。"

"宋兄，我们刚才是不是让你丢人了？"纪辰小声问，"我回去就督促卫平写最新题册，寄给那些做题家，好好补偿他们！"

"不用，大家都表现得特别好。"宋潜机心情不错，脚步轻快。

"真的？"孟河泽问。

"当然了！"宋潜机自信道。

蔺飞鸢试探道："你酒醒没？"

宋潜机："我就没醉。"

来时严阵以待，去时轻松快意。

深冬日头落得早，与青崖诸生告别后，天色近黄昏。千渠弟子们走出山门回头望，华微山巍峨的宫阁殿宇在夕阳下闪烁金光，却莫名有些冰冷。

"真就这么容易出来了，回去这一路，他们不会还来找麻烦吧？"

"他们自己的烂摊子都没收拾干净，哪儿还有闲心找我们的麻烦？"

"就算要对付，他们也该先对付卫家！"

"哈，让他们斗。"

宋潜机笑道："去逛街吧。"

弟子们一阵欢呼。

华微城到处都是议论今天上午的事的人，其中大多是凡人和赶来看热闹的散修。

被砍伤的卫湛阳、发誓奉道的陈红烛，还有胜过妙烟仙子和仙音门众人的宋潜机。足够各大酒馆茶楼说半年。

纪辰去给妹妹挑珠花，孟河泽去给爹娘买糕饼。

一片粉饰太平中，蔺飞鸢心里忽然闪过一个念头。他不想扫兴，但这是刺客的职业病——如果再让我杀宋潜机一次，我一定选在此时。

"怎么了？"宋潜机问。

街道华灯初上，人流如织，商铺鳞次栉比。更多小贩在路边摆摊，大声招徕客人。

蔺飞鸢目光一一扫过。

那些端碗的乞丐、抱小孩的妇人、吃甜糕的小孩，都像刻意伪装、不怀好意的眼线。那些裁布的剪刀、片牛肉的小刀、玩杂耍的飞刀、打铁的大锤，都像蓄势待发、随时飞出的凶器。还有垂着帘子的马车、拉着大桶的牛车、蒙着白布的箩筐里面，都好像躲着几个修为高强、专杀元婴的刺客。

"没事，职业病犯了。"蔺飞鸢猛摇头。

华微城令人眼花缭乱，他的脑子也要乱了。

宋潜机指了指。"真想去就去吧。"

蔺飞鸢顺他手指方向，望见绸缎庄门口"新到芙蓉锦"的牌子。"不要侮辱我的业余爱好。"

——我一个刺客行首，入行多年从未失手，能不能对我有点基本的尊重？

"好，好。"宋潜机想给对方一些零钱，让他拿去买布料，"大家都去玩了。"

他一摸储物袋，没钱。

"因为他们去了,我才不去。"蔺飞鸢依然跟在宋潜机身后晃悠。

孟河泽、纪辰等人是正常人思维,他是刺客思维。越太平越警觉,越恐惧越贪婪。

"你……带钱了吧?"宋潜机问。

"干什么?"

宋潜机看他神情,就知道他一定有,转头对卖汤包的小贩喊道:"老板,来两笼。"

"要两笼干什么?我又不吃!"蔺飞鸢道。

他这种人,总会把全副身家带在身上,以防哪天人突然死了,钱还没花完。

那就亏大了。

霞光渐散,路边点起纸灯笼。

摊子地方小,两人缩在矮条凳上。

蔺飞鸢抖出一张手帕,慢条斯理地擦筷子。"到点吃饭,你还是不是修士?都是宋院给你惯出的毛病。哎,给你。"

"今天高兴嘛。"宋潜机接过筷子。

子夜文殊答应了他的无理要求,及时与他互通消息。以后每次突破,他都可以控制在对方之后。

他还找到了压制修为的办法。华微山开花时,天地生机灌注灵台,他再次看到自己的麦田。

麦子长势喜人,麦田比从前更辽阔。其中几根麦穗,隐约有化虚为实的迹象。

以后体内暴涨的灵气,他就用来固化界域。这只无底吞金兽可以源源不断地吸收灵气,宋潜机再也不嫌弃拿不出手的麦田了。

有此两条,洗剑尘来了他也能糊弄一下。

现在回千渠,不耽误开春播种。

汤包上桌,喷香热气扑面而来,蔺飞鸢夹走最大的一个,等宋潜机开始吃,半笼已经空了。

别人高兴的日子对酒当歌,纵饮狂醉,他只能吃几个汤包。

整条小食街,摊贩卖的大多都是热吃食,深冬腊月暖人脾胃。

一阵阵白雾穿过灯笼淡黄的光,模糊了食客的脸。

热雾飞向夜空,像渺渺仙云,幽幽青烟。

无忧殿藏在仙云间。

帷帐垂落,青烟袅袅。

陈红烛服下丹药,脸色已恢复红润。她静静地躺在床上,呼吸均匀,显得十分乖巧。

"还是你小时候好,再任性耍赖撒娇,都是小打小闹。"虚云叹气,"好好睡一觉吧。"

他点了安神还梦香,无声地关上门。

"让红烛休息。"他吩咐侍女,"不许旁人进来打扰。"

"师父。"袁青石低声道,"弟子去了。"

他表情镇定,双拳紧握,眼神却透出紧张不安。

"箭已在弦,不得不发。去吧。"虚云拍拍大弟子的肩膀,微笑道,"为师相信你能做好。"

白鹤振翅而起,载着袁青石飞入夜空,一声鹤唳落下,甚是凄厉。

送别徒弟,虚云走向后山。没有道童服侍,也没有执事、长老跟随,他独自走进一间隐蔽的暗室。

室内青烟浓浓,弥漫着陈旧木料的腐朽味道。无座椅,无灯台,无纱幔,乍看空空荡荡。

入夜后,华微宗各大殿宇光华璀璨,亮如白昼,很少见这样昏暗的屋子。

屋内响起五道声音:"掌门真人。"

华微宗五位峰主站在黑暗中等候已久。

虚云点头,推开一扇小窗户,放一段月光入室,照亮墙壁——满墙牌位,幽光森森,摄人心魄。

四面八方,大小不一、字体各异的长生灵位密密麻麻,一层层垒向高处,高不见顶。

此地竟是宗门祠堂!

宗内前辈强者陨落后,他们的灵位便供奉在这里,享受凡间长生不息的香火供奉,受华微宗属地内信愿之力浸润。

十年、百年、千年，日日夜夜，无声地庇佑宗门。

祠堂重地，无大事不开门，换句话说，只要开门，必有大事。

如果今日陈红烛的订婚大典顺利进行，她和未婚夫就也要来拜这祠堂。现在喜事成了丑事，但掌门和峰主们依然来了。

他们点上香，躬身拜了三拜，恭谨地奉香入香炉。

虽然早有计划，但真正事到临头时，依然有人犹疑："真要走这一步？"

"这是最好的时机，他们绝想不到。"赵太极冷声道，"杀了宋潜机，夺回千渠郡。千渠矿藏，我赵家不取一分，尽数奉交宗门！"

"赵峰主高义！"此言一出，其余四位峰主信念大定。

其实他们都清楚，矿藏事小，宗门地位事大。

天西洲境内，华微宗本一家独大。许多弱小门派、小国小族，不得不依附这棵大树，向华微宗献宝进贡，屈膝讨好。其实他们并不信服华微宗，甚至对其暗生怨恨，只是无旁枝可依，为生存低头。

千渠本如幼苗萌发，初露尖尖角，各方翘首观望，只有些凡人出身、一穷二白的散修敢去扎根。

今日喜宴上，宋潜机吹奏一曲，一人对战仙音门乐团，大展锋芒，若放任宋潜机顺利回到千渠，重归宋院，不知有多少弱小势力拖家带口赶去投奔。

毕竟千渠郡灵气逐渐恢复，宋潜机也不收税。

华微宗高层都明白这个道理。

虚云沉声道："开始吧。"

众人一齐划破掌心，拍向供桌，口中念念有词，声音从低到高。鲜血溅落，在地砖上汇成涓涓细流。

冷风从窗户涌入，吹散浓重烟气，寒意彻骨。上百块灵位微微颤动，发出哗哗声响。

空旷祠堂好像一瞬间变得极拥挤，渐渐有人感到空气不足、呼吸困难。"掌门真人，成……成了吗？"

虚云断喝一声："显！"

幽微月光斜照入户，拉长他们的影子，祠堂里分明站着六个人，墙上赫然多了一道影子！

那骷髅状黑影飞速覆上皮肤，化出五官。

有位峰主猛地颤抖。"师……师父……"

虚云怒喝道："名字万万不可说！"

那峰主立刻警醒，闭口不言。

七道、八道、九道……一道道虚影在青烟中袅袅升起。

直到室内挨挨挤挤，尖锐的嘶喊声由弱变强，几乎震破耳膜。

虚云抬头看，数百道人形黑影在半空狂舞。它们嘶吼、怪笑、冲撞，四面墙壁剧烈震动。

若非阵法护持，磅礴灵压早已撑爆祠堂。

赵太极第一次参与仪式，乍见这般诡异景象，他本能恐惧，双腿发颤，却眼神大亮，难抑兴奋。

这次宋潜机纵有三头六臂，通天之能，也必死无疑！

一个门派底蕴如何，要看它占据哪处风水灵脉，庇护多少方势力，收有多少本秘籍，开采多少座灵矿，占据多少件法宝，以及门内有多少位化神、大乘、小乘、元婴境强者坐镇，这样的强者又教养出了多少名天赋异禀、能在年轻一辈数上号的天才弟子。

但这些都只是"明牌"，看得见，摸得着。

沧海横流，潮起潮落，谁能长盛不衰？中小宗门若一时落魄，只能将希望寄托在"下一代"，大宗门则多一条路，就像华微宗，这一代没能出化神圣人，还有上一代。如果上一代也没有，上上一代总出过。

代代传承，生生不息。

后辈遇到不好解决的麻烦，还有先人兜底。先人留下的"后手"，便是一个门派暗处的底气、底蕴、底牌。它包括护宗大阵、不能轻易动用的压山秘宝、瞬间转移的逃生通道。

以及，先辈本人。

当然，他们不再是真正的人，肉身已散，只有一点残魂强留人间，神志半失，生前恩怨尽忘，只为庇护宗门而存在。

自华微宗开宗立派以来，人烟聚集往来络绎，逐渐有了华微城。这座城背靠仙门，家家户户供奉香火。信仰之力根深蒂固，是宗门不可动摇的根基之一。

宋潜机如今就在这座城里。

他吃过汤包，庆祝了今天的收获，用蔺飞鸢的钱买了单，继续逛街。

越走行人越稀疏，月光渐渐暗淡。夜越深，风越大。

风吹过宋潜机礼服的大袖。街上人少，蔺飞鸢也放松下来，决定买一套针包犒劳自己。

"两位公子看点什么？"

摊贩的板车上琳琅满目，不只有针包，还卖绒线、绣帕、香囊等小玩意儿。

蔺飞鸢俯身凑近了挑针。

忽听宋潜机问："我们在哪儿？"

他懒得搭理，冷哼一声："我就说你喝大了。这儿不是华微城，还能是千渠郡？"

"这儿不是千渠郡，也不是华微城。"宋潜机说。

蔺飞鸢抬头，他忽然意识到什么，瞬间寒毛耸立。

"小孟他们呢？"宋潜机的声音依然镇定。

"不是就在那边……"蔺飞鸢眯了眯眼。

来路隐在浓稠夜雾中，已不可见。繁华闹市如梦，转瞬即散。

摊主似乎听不懂他们说什么，仍问道："公子买吗？"

阴云飘来，遮了月光。猩红灯笼挂在街道那头，如两点鬼火在风中飘摇。夜风灌入长街，整条街仿佛流动起来，像一条奔涌的河。

"呀，这次下血本了。"宋潜机喃喃，"搬来一座城杀我。我想躺着的时候，非要让我站起来。"

街道尽头的夜雾中，现出一道人影，海水涨潮般，密密麻麻的人影现出来。

"带剑了吗？"宋潜机问蔺飞鸢。

蔺飞鸢面无表情。"在千渠坊被你砍断了。"

孟河泽、纪辰等人第六次回到原点。

纪辰手持阵盘，飞速演算。然而无论他如何努力，阵盘只偶尔颤动，显出混乱无序的线条。

走完一条街，还是一样热闹的街。循环往复，像走在一个环上。

说不着急是假话，但阵形依然整齐。

这次出来的二十四名弟子，皆是打猎队好手、护卫队中佼佼者。

到了第七次，纪辰直接收起阵盘，停下摇了摇头。

孟河泽惊道："你放弃了？"

纪辰脸色有些苍白。"孟兄，要先有阵，才能破阵。"

"什么意思？"孟河泽皱眉。

"这不是阵，不分生门死门，所以没有破阵之道。"纪辰道。

有弟子咽了咽口水，勉强道："不是阵，那是什么鬼东西？"

"是一处真正的空间。"纪辰叹了口气，"我们早已不在华微城。简单来说，是有人取了华微城某一段时间的投影，放入这个空间，让我们以为自己一直还在华微城。进入他人空间，如鳖入瓮中，要受法则限制了……"

队伍中一阵骚动。

孟河泽高声说给其他人听："这空间如果真的厉害，大可直接杀了我们，看来它也不是全能的！"

"当然。"纪辰回神，也高声道，"虽然我的阵盘失灵了，宋兄给大家的符箓也不能用，但我们的修为还在，我推测这个空间的法则限制很简单——无法使用法器，只能依靠自身。"

长街如故，人潮汹涌，繁华太平，笑声阵阵，不知何处暗藏杀机。

孟河泽道："那就准备打吧。"

长剑如凡铁，无法吸纳灵气，但他依然紧紧握在手中。

听他这么说，众弟子反倒松了口气：

"咱们从外门走出来，那时也没什么像样的法器傍身，更不习惯用那些东西。这条法则，限制不了我们多少。"

"管他什么鬼地方，闯一闯再说。"

纪辰问孟河泽："你怕不怕？"

孟河泽："怕什么，我一身正气，魑魅魍魉岂能近身？"

纪辰："我没有这东西，能不能借我蹭点？"

"这时候你还说笑话？"

"这时候才要说笑话啊!"

纪辰其实笑不出来,他有个毛病,习惯表现乐观,而且越丧越乐观。

他不停说话,活跃队伍气氛,好像区区小场面,不足为惧。他清楚这法则之所以没有针对他们,是因为要针对宋潜机。

宋潜机有画春山和七绝琴傍身,约等于多了两条命。就算遇到比他高出两个境界的强者,舍下前辈的脸皮来强杀,他也可以自爆法器保命。

但此时此刻,他一无所有。

在纪辰眼中,无疑是最坏的情况。

"你的七绝琴呢?"蔺飞鸢急道,"白天吹曲子那么厉害,快拿出来弹啊!"

"一入此地,法器无效。"宋潜机道,"借我一柄剑,我知道你还有。"

一个正常的刺客,绝不止有一柄剑。

"记得还!"蔺飞鸢摸出两柄剑,将值钱的那柄递给宋潜机。

无穷无尽的人潮涌出夜雾,向街心两人走来。

宋潜机接剑时,已经看清了那些人的面容。

方才街上擦肩而过的路人,此时眼神空洞,目光呆滞。男人、女人、老人、小孩皆满脸麻木。他们行进速度一致,如牵线木偶,行尸走肉。

起初脚步缓慢,好像牵线者还不熟练,而后速度逐渐加快。

宋潜机抬头望,夜空漆黑,阴云滚滚,冷风大作,黑云中似有鬼魅穿行。

果然如此,又来了。

宋潜机嘴角露出一丝讽笑。

蔺飞鸢闯过许多杀阵,经过数不清的险恶风浪,自认脑袋别在腰上,天不怕,地不怕。但此地无比诡异的气氛,实在让他心底发凉。

"他们是人吗?"他问宋潜机,声音微颤,"这座城里的人,想要来杀我们?"

上一刻生机鲜明、活色生香的一座城,满脸喜悦、活生生的路人,一转眼物换人移。

"这里不是真实的华微城。他们也不是真人。这些人没有神志,只能被人指挥。指挥者一定也在城中。但为了不被我发现,他会尽力隐藏。"宋潜机语速轻快,语调平稳。

"你怎么知道?"蔺飞鸢皱眉。

对方太镇定、太清楚,如果这人不是宋潜机,他几乎要怀疑是敌人派来的卧底。

"我遇到过。"宋潜机说,"很久之前。"

就算面对光阴长河,看过一百遍"末路雪原"的结局,看到心如平湖不起波澜。看过一千遍"初登仙途"的经历,看到嗑着瓜子跟旁白聊天,自己嘲讽自己。但前世万种经历中,他依然有某几个不愿再看的画面、下意识想要忘记的回忆。

类似此刻。

"太好了!"蔺飞鸢大喜,豪情顿生,"有一不怕有二!你上次怎么闯出去的?"

他等了片刻,没等来回答,正要再催,却听对方笑道:"不告诉你噢。"

蔺飞鸢笑容消失,怒发冲冠。"你有病啊?酒醒没醒?!"

宋潜机没理他,认真地叮嘱:"在我找到指挥者之前,你尽量与他们周旋,不要下死手,明白吗?"

"我明白,我会保存灵气。"蔺飞鸢点头,深深呼吸,绽开笑容,"咱俩闯过这次,也算生死之交了。我往右引开他们,你往左去找指挥者,等我数完一二三,咱们同时动身——哎,宋潜机!我去!"

话未说完,宋潜机身法太快,背影瞬间没入夜雾中,蔺飞鸢再也看不到。

华微城中,多高楼、多广厦。宋潜机掠过一座座楼阁的屋顶,如一只飞鸟在林间起落。

滚滚浓雾中,他路线明确,没有绕任何弯路,好像笃定目标所在处。

指挥者操纵人群爬上楼顶,试图阻拦他,但宋潜机的速度更快。

天上刮起大风,强大的气流欲将他吹下,宋潜机顶风而行。偶尔陷入重围,他表情镇定地挥剑,就像砍倒一棵棵树。

宋潜机自言自语,声音很轻:"你们可以在华微宗动手,也可以来千渠,最好亲自动手,别再假手于人……只是不该又来这一套。我现在有一点生气。"

城是假的，人是假的，假天假地，假世界。但杀人的"感觉"是真的。只要能感觉到鲜血溅在脸上的温度，能听到惨呼和哀号声，能看到堆积如山的尸体和骸骨，那真假有何分别？

他不让蔺飞鸢下死手，对方以为是要节省灵气，以待大战。

他也没有解释原因，更不想说出真相——上辈子他杀了一座城的人，才找到指挥者。

他想活，不想死。但一座华微城有百万人，男女老幼、贩夫走卒，高矮胖瘦不同的人，每张脸都不一样。任何人杀过这一场，就算能活下来，也会精神崩溃，从此拿不起剑，变成任人宰割的猪羊。

上辈子他们以这座假城引他入瓮，不仅想要他的命，还想诛他的心。

这辈子城里还有他从千渠带来的人，年纪都很小，不到二十岁。晚上做着"纵剑千万里，闯荡修仙界，天地任我游"的美梦，白天团雪球砸在同伴身上。

夜风凄厉，天上一道黑影如蝙蝠俯冲而来，尖声怪笑。

磅礴灵压碾向宋潜机，混合强烈的死气，像一场海啸扑向孤岛。

活人身上有"活气"，呼吸之间，生机盎然。死人身上有"死气"，两者天然相克。而残魂的主人，已死去数百年，死气至浓。

"飘在天上的死人来杀我，地上的活人也来杀我。"宋潜机说完，忽然昂头，高声喝问，"既然身死道消，为何还要留恋人间?!"

他手中剑如凡铁，礼服大袖破损，被狂风卷起。

"留恋人间"四字，声声回响。

残魂已失神志，无法使出生前神通。单凭灵压冲击的力量，仍如一座大山迎头砸下。

以正常元婴修士的肉身强度，如果选择硬抗，立刻就会被碾成肉泥。如果想凭身法躲避，残魂纠缠不休，"死气"和怨念依然会淹没他。

宋潜机张开嘴，横叼长剑，双手结印，喉中爆发断喝："界！开！"

刹那间，汹涌生机爆发，金光大作，冲破浓雾，照亮屋顶。黑影冲入金光，穿过他身体，竟然凭空消失。

袁青石出现在城门前，手持一面巨大白幡。城门高大雄伟，"华微城"三个大字挂在他头顶。他手中白幡笼着淡淡红光，猎猎飘扬。

袁青石额上渗出一层细密冷汗。

师父将这件事托付给他，千叮万嘱必须万无一失。

他心里同样清楚，此事关系到宗门兴衰。

华微宗不能失去凡间供奉的香火、其他势力的依附、天西洲一洲霸主的地位。与宋潜机——不，是与千渠郡，已到了你死我活的境地。

有时候你死我活，不是因为私人恩怨，而是因为立场、阶层、利益，这些看不见、摸不着，却又十分重要的东西。

他已经换了十二处位置，宋潜机也换了八条路，每条都能最快通向他所在之处，且速度越来越快。

这儿本来是他的主场，他穿行自由，能感知城中一切。

起初，这种全知全能、操控傀儡的感觉险些让他上瘾。而敌人陷在城中，应当五感迟钝，神识无法穿过浓雾，就像孟河泽、纪辰，还有其他千渠弟子。

宋潜机如何知晓他在哪里？为什么强大的魂魄伤不了对方，反而被"吸收"？

根本没有道理。

他印象中的宋潜机，是大殿上击节而歌、吹奏玉箫的疏狂公子。

世人皆知，宋潜机喜爱花草，精通下棋写字，凭借摘星局、《英雄帖》，得圣人青眼。今天喜宴之后，还要加上精通音律、不重礼法这两条。

的确是个天才。袁青石想，但这种人被斩断靠山和法器倚仗之后，应该不难对付。

本该是稳胜的一局，现在他隐约感觉事情已经超出掌控。但他人在"城"中，无法联系师父和宗门。

"去！"他咬牙挥动白幡。

猩红光芒闪烁，天上又有十道黑影一齐飞向某处。残魂没有神志，只能依靠引魂幡驱动、指挥。

他是持幡者，即牵线者，他决不能被找出来。

恰在此时，他耳朵微动，听见风里传来的声音："我对生机的感知很敏锐，除了我们千渠来的人，你是城内原住民中唯一的活人。别跑了。"

是宋潜机的声音。

袁青石脸色瞬间惨白，身形如轻烟消失在原地。

"今夜出得华微山，混入凡间做凡人。走犬斗鸡种田地……"宋潜机手起剑落，又打翻一个人，是刚才卖汤包的店主，继续吟道，"潇洒短命过一生。"

他重生回来的第一夜，用匕首挂在断山崖的山壁上摇晃。山林寒风吹过他的外门弟子袍，他望着无底深渊，心里念着这首打油诗。

今夜他吟了诗、砍了人，开着界域收残魂，一路高歌向前，前世一幕幕重现眼前。

——少年走出尸体堆叠的长街，半条胳膊露出森森白骨，浑身浸在污浊的鲜血、泥浆、髓液、呕吐物中，看不出完整人形。

当他走到牵线者面前，问对方到底为什么这么恨他，为什么要用这种方法杀他时，对方反而吓破胆，被他利落地一剑斩首。

山穷水尽时，不比修为和术法，比谁心更硬、更狠。

"事，我已经做绝了；人，我也杀得倦了。我不想再走以前的路，为什么你们就是不明白呢？"

"我不是天命之子，我不是主角，我救不了世界。我想种地，这也有错吗？种瓜得瓜，种豆得豆，我喜欢新生，不喜欢死。土地和草木比人可靠，它们永远不会对你说对不起……"宋潜机自言自语，说完忽然叹了口气，"能杀出这座城的，真不是人。能操控一座城去杀人的，也不是人了。你还年轻，难道你师父没教过你，有些底线被打破了，人就回不了头了。怎么能让你来干这种脏活累活？"

袁青石僵硬地转过头，看见宋潜机平静的脸。他浑身颤抖，刹那之间，感到比死亡更大的恐惧。

宋潜机声音淡淡，略带倦乏之意。

他字字能听见，却一个字也听不懂，更不敢细想。

"啊！"一声厉喝，招魂幡猩红的光芒照亮半座城。

天际黑云翻涌，无数道黑影冲出，如凶恶的鸦群扑杀猎物。宋潜机被滚滚黑潮死海淹没。

他站在浪潮中心启唇："界，显！"

净瓶轻吟振荡，金色光芒大放，大地春回般的生机从他紫府涌出。

阴阳生死，相冲相换，一体同源。

没有死亡，何来新生？

重生后，宋潜机很少真正生气，除非有人拔了他种下一年、精心呵护的蔬菜花草，或者触碰他的底线。

现在这种情况属于后者。

宋潜机并不好受，他的界域虽然得到不死泉的滋养和华微山的草木生机，但形成时间尚短，远不到最强形态。一次性吸收如此多的强大残魂，已经超出界域的承受能力。

但他不在乎，界域破碎可以重建，受伤可以疗养。他此时已发了狠心，今夜再不能善了。

"你怕什么？"宋潜机对发抖的袁青石笑道，"难道我一个活人，比一群死人还可怕吗？"

黑色死气汇成浪潮，向宋潜机奔涌，与他身上金光对撞，却被不断吸收，形成一个巨大龙卷风。

外层阴风阵阵，鬼哭狼嚎；内层金光灿灿，生机勃发。

巨大冲击下，"华微城"摇摇欲坠。

袁青石本以为必死无疑，宋潜机破局，必先杀他泄愤。

却听宋潜机道："去吧，回去告诉你师父，我这就去拜山门。"

他急忙奔出数丈，忍不住回头望一眼。

宋潜机站在光明与黑暗的中心，表情平静，眼神却好似从尸山血海里爬出来，提着剑找人索命般凶狠。

像神明，又像妖魔。

一眼骇得他心惊肉跳，不敢再看。

他手心摊开，召出一座华微城形状的微雕。"破！"

四面景物瞬间支离破碎，真实的天幕原原本本露出来。东方竟已泛白，几颗疏星挂在西边犹暗的夜幕上，正是拂晓时分。

青色剑光跌跌撞撞地冲向华微宗。

祠堂青烟飘荡，层层垒砌的长生灵位闪烁着幽暗的红光，像黑夜里恶兽睁大的眼睛，从四面八方注视着堂内众人。

"希望这次少些损耗。"有人后悔道，"唉，杀鸡焉用牛刀！他再大本事，到底只是个元婴中期。"

其他峰主纷纷称是。

"此言差矣！"赵太极道，"杀鸡，就要用牛刀，一次永绝后患。"

先人残魂属于珍贵资源。如有消耗，还可以飞回灵位中，再受香火供养，日渐恢复。如果彻底魂飞魄散，则不可再生。

对于能否杀死宋潜机，他们毫不怀疑，只心疼这次付出的代价。

只有虚云一言不发，微微皱眉。

夜深更漏寒，声声催人。

他看向窗外微亮的天空，心中有种不妙预感，挥之不去。

青石办事稳妥，怎么还未回来？

"不好！灭了！"忽然有人惊叫道，"师父的灵位灭了！"

赵太极一震，冷笑道："看吧，我说这小子确实有本事，不用牛刀，怎么杀得了？"

但有浮城、亡魂两大底牌撑腰，他成竹在胸，不以为意。

话音未落，满墙灵位幽光闪烁不定，如狂风中烛火飘摇。

"这，怎么回事！"

华微宗众峰主骇然失色。

"师父！"一声惊呼响起，袁青石跌跌撞撞冲进祠堂，满目惊惧，颠三倒四，"宋潜机，要来了，他要杀来了！"

一片不可置信的寂静中，清脆的断裂声响起。众人眼睁睁看着无数灵位龟裂、坍塌，飞速化为粉末。

祠堂转眼成空。

虚云在这一瞬间，怀疑自己产生了幻觉，或者在做梦。

"祖宗基业、祖宗基业啊！"他一动不动，好像看见华微山地震倾塌，"没了，全没了……"

人无法阻拦风烟逝去，就像无法阻止岁月流逝，时代更迭。

粉末随风飞去，消散无踪，只留下一张空荡荡的供桌。好似一只大手

第九章 千难万险，富贵在天

轻轻一抹，抹去自开宗立派以来的沧桑历史、先人代代传承的心血。

"啊——"赵太极爆发一声怒吼，"竖子尔敢！"

众人极度愤怒之余，竟也隐隐生出恐惧：这样也杀不了宋潜机，这人难道有不死之身？

他没死就算了，居然不抓紧时间逃命，还敢诛杀残魂，还要提剑杀上山门？！

他疯了吗？

"站起来！"虚云转头，对年轻的徒弟厉喝，"你给我起来！"

袁青石赶忙扶着墙壁，勉强站稳。"宋潜机他不是人，我亲眼看见，他可以吸收残魂！"

虚云一掌劈倒供桌。"管他是不是人，敢毁我祠堂，一百个千渠也不够他还。"

袁青石第一次看见师父如此失态，瞬间吓清醒了。

虚云沉声道："传我号令，召集门派内所有元婴长老，除去远游、闭关、养伤者，一律在乾坤殿集合！"

"是，师父！"袁青石明知此时不宜开战，但见诸位峰主个个双目赤红，怒发冲冠，只得应声。

虚云突破化神失败后，寻药未得，深居简出，不再亲自出手。今夜亲眼见证祖宗基业被毁，急火攻心，哪儿还顾得上更多。

钟声越敲越急，响彻华微山，宣告门派遇险。

鸟雀惊飞，走兽嘶吼。

昨日才敲过喜钟，如今又敲战钟。宗内人人面色凝重，心神不安。

各峰地动山摇，一道道遁光从天而起，划破黎明前的夜空，汇向乾坤殿。

宋潜机看着袁青石的剑光远去，很快眼前蒙上一层血雾，再看不清任何景物。

黑色浪潮中，凄厉的嘶吼、怪笑、尖叫声几乎刺破他耳膜。"死气"如漫天蝗虫过境，金色麦子在"死气"的一次次冲刷下倾折。

光泽渐暗，狼藉遍野，颗粒不存。

虽然做好牺牲界域的准备，但宋潜机仍隐隐心痛。

"啊呀，你在流血啊。"

恰在此时，他听见一道人声，只觉这声音故作夸张，无比欠打。

"你是谁?!"宋潜机七窍流血，五感只剩痛感，气势却如神魔降世。

他看不清那人的脸，隐约只见一道高大人影，大步穿过黑浪和金光，稳稳站在他身前。

"我路过。"那人围着他转，"收手吧，够了。"

宋潜机受"死气"影响，心生烦躁——袁青石刚走，你就跑来路过。

——条条大路，你偏要走这一条？你们能动手，凭什么要我先收手？

"你是华微宗的人！"

那人笑道："以前也算是。"

宋潜机怒道："滚开，别挡我的路！"

那人又说了一句话。宋潜机没听清，根据语气和经验判断，应该是句骂他的脏话。然后他听见笑声和咒语。

含义不明的咒语以某种特殊节奏，两个字或三四个字一停顿，从来人口中接连吐出，化作一只只白色蝴蝶。

生与死的争斗，忽然混进一群翩翩起舞的灵蝶，环绕宋潜机飞舞。

太突兀，就像这个突然出现在这里的人。

蝴蝶穿过风暴中心，找到不同的魂魄附上，好像轻飘飘落在花瓣上。黑色残魂剧烈颤抖，竟迅速"褪色"，由黑变白。

金光挣破束缚，不死泉生机爆发，宋潜机压力顿消。

——这是什么古怪咒语？连死气浓烈的残魂也能镇压，我前世纵横天下，竟闻所未闻。

那人一口气念了上千字，最后吟道："魂归来兮，亡者还乡。"

宋潜机只见白皙的指尖穿透金光，向他眉心点来。他没有感觉到任何恶意，却不愿被这来历不明的人点中，猛然偏头闪避。同时手中一剑刺出，不为伤人，只想逼那人收指。

他的剑刺空了。

那人轻"咦"一声，手指被迫转向，依旧擦过他眉骨。很轻，却留下一道浅淡的红痕。

眉骨灼烧起来，令宋潜机浑身一震。

交睫之瞬，眼前人影消失，他回到了自己的界域。

遍地狼藉的金色麦田上，一团团白光在麦穗间跳跃，照耀着残余的麦地。

毫无死气怨念。

原来"蝴蝶"不是咒语生成的，而是残魂生前的名字。

"我知道你是谁了。"宋潜机摸了摸眉骨。

你念出上百个名字，为什么不留下自己的名字？因为你的名字是天下最大的禁忌。

乾坤殿前，数百元婴修士神情肃穆，整装待发。破晓时分，晨风卷雾，吹得他们衣袍猎猎。

虚云从殿内取出多年不见天日的镇山宝剑，捧在手中。五位峰主紧随其后。

今日便是华微宗的大日子。

临近大殿门槛，他们忽然一齐停步，变了脸色。

"掌门真人……那里……那里写着几行字。"有人伸手指道，"好眼熟。"

短短一瞬，谁能在乾坤殿留字，而他们毫无所觉？

众峰主的熊熊怒火像被泼了一盆凉水，只剩白烟升腾。他们不敢再向前，好像那行字是吃人恶鬼。

"难道是那个人？"虚云沉声问。

"……是。"

虚云道："念！"

镇山宝剑破除一切障眼法，他手持此剑，看不到地上写了什么。

赵太极深吸一口气，低声念道："一别两百年，不知你们最近可好。我知道大家都很想念我……"

虚云心道："到底谁想念你？大家都想你死！"

"但我懒得见你们。"赵太极继续念。

字是用手指蘸酒水写的，旁边还有几点指印，歪斜扭曲，像稚童随手涂画。"那小子好歹是我名义上的徒弟，你们这样杀他，我的面子过不去。

我还没死的时候，他就不能死。"

虚云手持镇山宝剑，剧烈喘息，勇气忽生。他扬手，一剑狠狠劈下！

"又有字了！"有人惊呼。

赵太极凑上前细看。"就知道你会出剑。不多说了，赶时间，有缘再聚——"

虚云忽而大喝："快住口！"

与此同时，字迹不断显现，赵太极已经下意识念出声："洗剑尘亲笔。"

他悚然惊醒，急忙举剑，以撑起一道保护屏障。

太迟了。

"轰——"

殿内烛火熄灭，云海翻涌，雷霆震怒！一道惊雷狠狠劈下，轰向乾坤殿殿顶。

烛灭，砖裂，琉璃碎。大殿倾塌。

剑气被"洗剑尘"三字激发，无视华微宗一切阵法防护，顷刻将整座乾坤殿夷为平地。眨眼之间，逝水桥轰然断裂，云海破碎，五色鲤化作血水。

准备出征的修士们御剑奔逃，溃不成军。

一道道剑光歪歪斜斜，争先躲避空中纵横的剑气，不时从空中被打落下来。

乾坤殿前，乾坤颠倒。

洗剑尘留名时，顺手又留下一道剑气。如果虚云不出那一剑，赵太极也不会念出他的名字。名字上的剑气就不会被激发，殿顶的雷霆也不会发作。

华微山上空被层层烟尘遮挡，一道剑影滑过，极不起眼。

"还是这么蠢。"剑上的人笑了笑，抛下一只空酒壶。

酒壶落地的刹那，剑影冲破华微山上空延绵数十里的尘埃云，飞出天西洲群山万壑，向遥远的死海飞去。

黑色大海波涛汹涌，缓缓托起一轮金光喷薄的朝阳。

洗剑尘停了剑，坐在剑上晃着腿，吹微咸的海风，听滚滚不绝的涛声。

黑海生金日，可惜没人可跟他天涯共此时。

世上大部分修士不会来这种地方，来了也是找死。其找死程度仅次于借他的名、仗他的势、装他的徒弟。

洗剑尘本来想给宋潜机一些教训，让他知道年轻人不能撒谎。

他做了两百多年的第一剑，没见过谁敢打着他的旗号招摇撞骗。而且不骗地上凡人，不骗普通修士，专骗华微宗这种大宗门，以及书圣、棋鬼、琴仙这些一方强者。

骗得他们昏天黑地团团转，捶胸顿足声声叹。

宋潜机不该被称为"千渠之王"，他分明是"千王之王"。

然而等他真正看见华微浮城中的少年，面对铺天盖地的残魂不肯退让，固执地想用满身生机冲破死气，他忽然改主意了。

洗剑尘摸出新酒壶，仰头喝了两口。视线尽头，朝阳已经跃出黑色波浪，普照大海。

宋潜机就像这轮初升的太阳。

"以后有空了，我再好好教你。"洗剑尘想，"我有许多东西可教。"

他站起身，张开双臂，大笑着将自己抛向死海，像一颗陨星从天外砸落。

大海分作两半，怒浪滔天。顷刻间天崩地裂，海兽嘶吼。

"出来！"洗剑尘大喝。

声音震荡回响，压过冲霄浪声。

"出来！"

他在找什么东西，还是找什么人？

年轻的"千王之王"——不，"千渠之王"宋潜机，站在遍野狼藉的麦田上，看一团团白光上下跳跃，在他的界域里撒野。

华微宗历代强者的残魂，被洗剑尘以"姓名咒"唤醒后，神志逐渐恢复。

那个人拍拍衣袖，轻飘飘飞走了，给宋潜机留下一个大型认亲现场。

"哟，这是哪里啊？好多土黄色灵植啊。"

"太师父，太太师父！你们怎么也来了？"

"贫道乃华微宗第六代掌门真人衡玄，尔等又是何人？"

"本座乃华微宗第二代掌门撼天老祖，陨落前夕，一缕残魂宿于长生灵位中，而今却在何地？"

最后一道威严、苍老的声音响起："吾乃华微宗开山祖师，华微真人。今年是何年？宗门现今如何？"

华微宗毕竟独霸天西洲多年，祖上阔过。一个个光照日月的名字报出来，能吓死当世大部分修士。

宋潜机却不理会。

他叼着一根麦穗，双手抱胸贴着麦秆。"你们是怎么来的，真想不起来？我帮你们回忆回忆？"

这是他的界域，他谁也不怕，何况是一群没了死气和灵压的"没牙老虎"。当即以千渠郡种地开头，以华微宗注定没落结尾，一通掉脸输出。

上一世宋潜机晋升化神后，华微宗已经由盛转衰，跌出一等大宗门之列，成了天西洲普通的中流门派，他一字未撒谎。

片刻后，众白光暴跳如雷。师父破口大骂徒弟忤逆，师祖又骂师父不争气。光团们在他麦田上吵吵打打，撞来撞去，互相"推锅"。

"你小子把掌门之位传给虚云，宗门落得这般地步，我不撞你，还能撞谁？"

"太师父，您别急着撞我，那边那憨货收了赵太极为徒，合该先撞他！"

他们发现无法伤害彼此，又一阵唉声叹气：

"儿孙自有儿孙福，我含辛茹苦一世，已经对得起宗门了。死去万事成空，不想了。"

"想我入门时，宗门何等辉煌荣耀，'华微'二字，谁不敬仰。而今天道轮转……算了。"

"吵什么？过年吗？"宋潜机吐出小麦穗，挺起腰背，站端正了，"你们被我的生机之力净化，没有彻底消散，已是修仙界奇迹。休得在此放肆！"

众白光静了静，不叹气也不抱怨，一齐冲他大笑：

"你是谁家后生，现居何山、何峰、何洞？"

"你师父是谁？还不出来管教你！"

宋潜机大喊："我没有师父！我不需要师父！"

衡玄真人道:"年轻人,你就算跟师父吵架,这话也不能胡说。师徒没有隔夜仇。"

华微真人道:"你眉上红痕,便是你师父留下的契约。这是我华微宗的古契。你师父命你照顾我等,对否?"

契约?宋潜机摸摸眉骨,被洗剑尘指尖擦过的地方依旧微微发热。

似乎冥冥中被一道细线缠绕,将他和某个人建立联系,将这些魂魄绑在他的界域里。

宋潜机冷笑:"灵兽才有契约!这东西能奈我何?"

好你个洗剑尘,你要是留着他们有用,为什么不养在自己的界域中?你的界域万剑成林,白骨成堆,一根草都养不活,就惦记我这生机勃发、没有杀气的麦田吗?

把我这里当什么,"麦地养老院"?

众白光七嘴八舌,火上浇油。

"后生,既然是你师父的嘱托,你以后就要孝顺我等。"

"你这界域还有什么好东西?速速呈上!"

"且去搜罗宝物,为我等滋养魂魄!"

宋潜机心道:孝敬你个头。我自己亲生父母早逝,我尚无缘尽孝,如今活了两辈子,却要给一群华微宗的老祖宗养老?

世上哪儿有这种好事?

他一只手指天,喝道:"雨来!"

不死泉毫无反应。麦田寂静。

白光没有五官,但宋潜机在一个个光团中看到了疑惑,空气里飘满尴尬的问号。

宋潜机轻咳一声。

他默念两句好话,先哄不死泉开心。"我知道你的意思,擅自带一群人来这儿是我不对,我也不想的。但这时候给我点面子行不行?"

"打雷!"他再指天。

"轰!"

电闪雷鸣,倾盆大雨!祥和宁静的麦田转眼间天昏地暗,飞沙走石。天上雨水如针尖,地上麦芒更锋利,扎得白色光团四散逃窜,大骂宋潜机是修仙界不孝子。

"看清楚了吗？这儿是我的界域，这里我说了算！"宋潜机振臂挥袖，闪电下气势如魔，"洗剑尘能决定让你们留在这里，不能决定我怎么对你们。早点认清现实，放弃幻想！"

"我等岂能受此侮辱！"

十余团白光向宋潜机撞来，被宋潜机挥袖拍在麦地上。另一拨白光呆呆地"看"着他，努力把自己缩成小小的一团。最后一拨白光沉稳不动，便是以华微真人为首的开山祖师一干。

"就算不在乎徒子徒孙了，你们不想看到华微宗的结局吗？曾经生活过、付出过一切的宗门，不想再多看几眼吗？"宋潜机凭空画饼，"只要守我的规矩，我就能让你们看见。我的规矩，真的非常简单。"

众白光看着华微真人，后者慢慢开口："说来听听无妨。"

宋潜机轻咳一声："平日不吵不闹，不争不抢不打扰，此为基础。而后还有一套积分制度，日后谁得分最高，我便带着谁出去。"

"我千渠郡起步之初，书馆初建，典籍缺失，正需补充。默写启蒙书籍者，加一分，默写珍稀道经者，加三分……待我界域重建，作物复生，收割十斤麦子者，同样可加一分……"

众白光面面相觑，一时沉吟。

"这套制度十分熟悉，似曾相识。"

"总觉得哪里不对劲。"

撼天老祖忽然大喝："这不正是本座创立的'外门十二时辰打工制'？！以宗门贡献度将外门弟子分化，打工最努力的才能进内门？"

宋潜机认真道："不，外门做工还有灵石可领，我这里可一块也没有！"

"他没有"是什么值得骄傲的事吗？抬头挺胸干什么？众白光愤怒不已。

撼天老祖几乎被目光杀死，瑟瑟发抖躲在麦秆下，双手抱头。

有人想讨价还价，宋潜机不理。"洗剑尘是你们中谁的徒弟？"

他已经能从轮廓和声音分辨这些白光团的身份，知道谁是千年老祖宗，谁是二三百年前刚去世的前辈。

左边三团白光闻言如丧考妣，摇头叹气：

"他出身外门，哪里拜过师父，全靠自学成才！"

"原来你师父是冼剑尘，难怪你如此蛮横霸道、不知尊老！"

"正因为冒出冼剑尘这个不服管教的异种，外门规矩才变得更严苛，想不到他还收了徒弟，让徒弟又来华微宗大闹一场！宗门命里注定有此一劫，唉。"

宋潜机没想到冼剑尘的名字不仅镇活人，还能镇亡魂，真是阴阳两界通行证。但在外面他借冼剑尘的势，在这里却要背冼剑尘的锅。

他循循善诱："我不是他徒弟，我比他讲道理。命里没有注定，只是种因得果，世道轮回罢了。我这界域风景秀丽，麦田飘香，待遇远比外门优厚。我不曾规定每天必须做完工才能休息，做不完也没有惩罚，对你们有利无害……"

话虽如此，宋潜机心里比谁都清楚，一旦定下竞争制度，只要有一个人开始攒积分，其他人就不得不争。

逆水行舟，不进则退。要么集体"躺平"，要么百舸争流。

众白光七嘴八舌一番商量，华微真人最后发话："积分一事，自愿参与，不得勉强。"

宋潜机欣然微笑："没问题。诸位前辈，晚辈希望大家早日想开，心里也能舒服许多。"

他说罢故意弯腰，拨开麦秆问候："撼天前辈，他们志气不高，但你一定能拿第一名，我等着看你的表现。"

宋潜机说完，立刻消失在麦田中央。

撼天老祖惨呼一声，抱头鼠窜。麦田间响起一阵撞击声。

"醒了！帅兄醒了！"

宋潜机睁开眼。三颗脑袋凑在一起，脸上焦急表情如出一辙。

"哎，我早就说他正常。"蔺飞鸢立刻让开，"看他气息平稳、面色红润，只是入定了。"

孟河泽扶起宋潜机。"师兄感觉怎么样？"

"我没事。"宋潜机拍拍纪辰脑袋，"别哭。"

正是清晨，尘埃云从华微山主峰腾起，覆盖半边天空，遮挡太阳。

七绝宝船破开烟尘，平稳地驶向千渠郡方向。

宋潜机稍做回想，袁青石放弃华微浮城，匆匆逃走。孟河泽等人自然脱困。然后冼剑尘出现，自己进入界域，身体被人发现，搬上宝船。

孟河泽道："华微浮城粉碎消失后，华微山方向忽然地动山摇，山石滚落。"

一阵风起，尘埃散去，举目见日。

宋潜机眯起眼睛望向华微山。

从远处看，主峰山顶异常平坦，比周围诸峰矮下一截，像被人从云中一剑削平。

他似乎知道冼剑尘去做了什么，一件前世没发生的事。

孟河泽随他目光望去。"害人遭雷劈，华微宗这下元气大伤，焦头烂额，这几年没时间找咱们麻烦了。"

满船人都在笑，宋潜机没笑。"你们陷入华微浮城时，下杀手了吗？"

蔺飞鸢不耐烦道："当然——"

"当然没有。"纪辰与他同时回答，"我们发现那些凡人手无寸铁，更无修为，我下不了手。孟兄只好带大家一路逃命。如果他们都是修士，最好都像赵仁道友，那就太容易了。"

蔺飞鸢愕然。远离华微宗后，他已撤去伪装，露出原本面目。

孟河泽低头。"这次，我没帮上宋师兄。"

宋潜机微笑，拍拍他肩膀。"不，你们帮了我。谢谢。"

孟河泽讶然："谢我？"

宋潜机心里淡淡阴影被擦去一角。没人重走他的老路，没人被逼做出像他前世一样的选择。

冷风不再刺骨，他嗅到空气中隐隐约约的春天味道，仿佛看见春风吹过千渠田野，一颗颗种子抽出嫩绿的芽。

"回千渠！"他一挥手，加速七绝宝船。

众弟子一齐欢呼。

此番来去华微宗，劫后余生算不上，只算虚惊一场。宋潜机环顾四周，见一张张年轻的脸庞写满喜悦，像赶着返乡过年。

偏有一道声音极不和谐："停船，让我下去。"

气氛骤冷。

"蔺兄,这是为何?"纪辰关切道。

孟河泽嗤笑:"好端端的,你又使什么性子?"

宋潜机走到蔺飞鸢身边,似有预感:"你,不跟我回去了?"

蔺飞鸢望着华微山方向,没有抬眼看他。"我回去干什么,继续给你当狗吗?"

孟河泽勃然变色,却被宋潜机抬手制止。纪辰拉着他,招呼众人一齐退走。

"有一条狗不够,你还要收几条狗?有狗看门,有狗布阵,有狗照顾你衣食住行,留我能干什么?我除了杀人,没别的手艺,你的千渠用不着我杀人,我对你没用。难道真让我一生藏头露尾,躲在千渠做裁缝?"蔺飞鸢咧嘴笑,露出犬牙。

"别说这种话!"宋潜机素来温和,此时罕见的语气严厉,近乎训斥。

蔺飞鸢不怕他,嗤笑一声:"我一直这样说话,你又不是第一次听!"

"说这话不伤我,却伤你自己。"宋潜机看着他。

不知为何,蔺飞鸢忽然愤怒:"可我习惯了!你明知道我跟他们不一样。他们什么都不懂、什么都没做的时候,就跟在你身边!"

他指向孟河泽、纪辰的背影,像在气宋潜机,更像气自己。"你为什么要救我?你救不了我!你救得了一个人,救得了天下人吗?"

"我没想过要救天下人。"宋潜机低声道,"我只是……不想看你死。"

蔺飞鸢怔然,眨了眨眼,眸中似有泪光闪过。

宝船飞速穿过云雾,他们站在朱红栏杆边对峙。蔺飞鸢深吸一口气,抬头望天。

"生死有命,富贵在天。不用你管。"他说完,纵身一跃而下。

宋潜机如果出手阻拦,一定能将人拦下,但他只轻声说:"别死了。"

蔺飞鸢纵剑,身影倏忽远去。

孟河泽扑上栏杆,大喊两声:"喂!喂!"

层云渺渺,杳无回音。

纪辰自语:"他就这样走了?他答应裁的衣服还没裁,他养的猫怎么办?"

孟河泽恼怒:"我早说过,刺客都是养不熟的白眼狼,让他走!又不是没他过不下去!"

纪辰看向宋潜机,有些担忧:"宋兄,你……"

"我没事。"宋潜机挥袖,"走吧。"

七绝宝船隐入云中,不见踪影。

蔺飞鸢掉转剑身,飞向兵荒马乱的华微山。

千渠少了一个裁缝,自然还是充满希望的千渠。蔺飞鸢离开千渠,便只能做回趁乱行凶的刺客行首。

宋潜机的宝船未到千渠郡,华微宗的变故已经传遍大陆。

卫平心情不错,切碎鱼肉和猪肝,拌了一碗猫饭,招来阶前晒太阳的懒猫。

无论是纪辰的妹妹、孟河泽的父母,还是蔺飞鸢的猫,他都照顾妥帖。

宋院虽无人,但卫总管依然忙碌。

越来越多的人投奔千渠,这里便像世界上大部分地方一样,开始出现骗人的奸商、寻衅的流氓、斗殴的修士。

卫平将原先的神庙改作牢狱和审堂,派徐看山等人宣传律令,加强城防巡逻,又设计出一份问卷,让周小芸、纪星等人分发下去。

考试合格,才能拿到千渠户籍卡,正式落户生根。新来的散修无论境界高低、凡人无论财富多少,通通要答题。

此举一出,非但没有打消移民热情,反而招来更多想要脚踏实地开始新生活的人。

野猫在宋院养得油光水滑,矜傲地踱着小步,凑在碗前,不紧不慢地享用饭食。等它吃饱,卫平试着伸出手,想摸摸它。那猫警觉地跳开,凶狠地龇牙,喉中发出低弱吼声。

"喂不熟的白眼猫!"卫平气笑了,含沙射影地骂,"一个寄人篱下的蹭饭小东西,还跟我耍脾气。"

他没空跟猫多计较,推门而出。

宋潜机一行人今晚便到,卫平准备去千渠坊挑些鲜肉,做一顿千渠十六香烤肉,为他们接风洗尘。

千渠坊喜气洋洋，人潮汹涌。

"卫总管，好消息！"徐看山匆忙奔来，一路高喊。

卫平站在肉摊前，一边低头挑肉，一边笑道："华微宗的事，这条街上谁还不知道？老板，切条羊肩。"

"不是那件事，这次是你自己的好事！"徐看山喘气道。

"今晚宋仙官吃烤羊？"摊主手起刀落，切下最鲜嫩的一块，"先恭喜卫总管了。"

四周摊位纷纷响起道喜声。在千渠坊，卫平人缘最好。

卫平不好意思地笑笑，又指一条牛里脊。"这个也要……你说我能有什么好事？"

徐看山喜道："你家人给你的信，他们要来千渠找你啦！"

卫平笑容渐渐消失。

"刚才送信的说，你家人今晚就到！"徐看山挥舞一个写着"卫平亲启"的信封。

卫平装好鲜肉，淡淡道："我父母双亡，何来家人？"

徐看山一怔，立刻变脸，大骂道："哪里的骗子，敢骗到我们头上！早知道不该让那送信的跑了！"

卫平抽走信封。"没事，我来解决。"

初春将至，风中寒意渐散。

卫平走在千渠坊，迎面遇到的每一个人都对他笑：

"卫总管好。"

"卫总管今天还买点什么？"

卫平同样报以微笑。

这是他一手建立、倾注心血的市坊，每户商贩都认得他。宋仙官是家中悄悄供奉的小塑像，卫总管是每天巡逻、买菜、管事的人，千渠郡亲眼见过卫总管的，比见过宋仙官的多得多。

卫平喜欢千渠坊，喜欢宋院和千渠郡。

"来得不巧啊。"卫平喃喃道，"为了不耽误晚饭，我什么事都干得出来。"

第十章

日新月异，暗潮迭起

比起高耸入云的华微山，接地气的千渠当然更暖和。

宋潜机踏上熟悉的土地，深吸一口气。风里都是熟悉的味道，泥土、树木、田地、流水……初春的气息随风吹遍千渠。

河里寒冰初解冻，枝头新发茸茸细芽，檐下燕子衔泥筑巢。

宋院被照顾得很好。鸟雀还认得宋潜机，围着他一阵啁啾。阶前橘色野猫纡尊降贵地踱来，轻盈地绕着他的脚腕磨蹭。墙角晶莹的玉梅、香叶红的山茶、地里翠绿的萝卜缨和香菜苗一齐舞动。

宋潜机站在院中，仿佛被全世界欢迎。

这是他的土地，他是这里的主人。

孟河泽四下张望。方才千渠弟子们都出来迎接宝船，天城街道两侧挤满了看仙官的人，一路上唯独不见卫平。

他讨厌卫平，但这时反而有些不习惯。"我去找卫管家。"

"让他忙，饭点自然就回来了。对了，你们去打点酱油。"宋潜机道，"晚上煮面，我来。"

他高兴地补充。

宋师兄要下厨？

准备上街打酱油的孟河泽、纪辰脸色煞白，对视一眼，心照不宣地夺门而出——如果今夜必须有人吃面，那人一定不是我！

抓卫平！

宋潜机不知道自己煮面的快乐建立在别人的痛苦上。他换了下地的布袍，挽起袖子，抄上铲子，俯身小声问候作物们：

"都还好吧。有没有好好长？"

"这片叶子蔫黄，我先揪掉。"

"看你有点欠肥。"

宋潜机专心料理田地，兴致勃勃地过足了瘾，不想其他事。直到剪枯荷叶时，水缸里照出他的脸。

眉骨上那条红痕浅浅，像被人用指甲刮破一点皮。

"有病。"宋潜机摸摸眉骨，低声骂，"你不去找卫真钰，找我作甚？"

洗剑尘一剑削断华微山山顶，逼华微山闭门修整。宋潜机没有自恋到认为对方是为便宜徒弟出气，一定还发生了他不知道的事，使洗剑尘提前出现。

对方路过华微城，只是顺便看他一眼，留下一剑。

前世并不存在何青青，这一世何青青率先发现擎天树根系的汁液可以增进修士修为。

无数只蝴蝶扇动翅膀，隐藏于水下的冰山逐渐显露。或许世界命运的改变也加快了？末日会提前吗？

宋潜机一剪刀解决枯萎的荷叶。"末世总有主角救，我只顾好我的千渠郡，谁能奈我何？"

金红的落日挂在树梢。宋潜机从地里拔了鲜嫩的小香菜，钻进厨房洗菜。他晚上准备做香菜面，请大家一起吃。

给蔺飞鸢熬药的药锅还在，宋潜机看见它，就想起蔺飞鸢临走时说的混账话。

他本想扔个干净，转念一想，有人哪天受伤了回宋院，总还用得上。

日头缓缓落下，暮色苍苍。毒瘴林徐徐起雾，看不见夕阳。

一片暗红色的瘴雾，飘荡在遮天蔽日的密林中。叶片撞击发出细密拍打声，偶有几声兽吼，更令人胆寒。

入夜之后，随风起瘴，是凶兽最佳捕猎时间。此林有瘴气做天然屏障，五步之外伸手不见五指，适合密会，更适合杀人抛尸。

"叔父。"卫平靠在树干上，抱剑闭着眼，似在休养精神。

他四周只有浓瘴，一个人影也无，却有声音传来："真钰，你是翱翔九天的龙，为何甘心留在一个凡间小郡，做宋潜机门下走狗?!"

卫真钰心想：又来了，为什么每个人都喜欢骂我是狗？

"比起大族大派，千渠确实什么都没有。但它有希望，有未来。这里才是我的新天……"少年无所谓道，"在这里当狗，也比回去做人强。"

那声音冷笑两声，极为不屑："你莫以为，宋潜机和千渠背后有那个人撑腰，便无人敢动、固若金汤。告诉你一个秘密，那个人的本命剑已经不在身边。他的剑气只会一天比一天衰弱。当他不再是天下第一时，全天下都是他的敌人，他能永远护住徒弟吗？"

天西洲华微山的尘埃云范围之大，站在天南洲最高的山顶也能隐约望见。冼剑尘一道剑气惊天动地，更让无数修士心惊胆战。人们自然将千渠郡划入冼剑尘的庇护范围。

卫平心想：但剑神的本命剑不在，这等隐秘要闻，卫家怎会知晓？是谁告诉他们的？

"别人死活，与我何干？千渠靠千万人心而兴起，并不靠一柄天下无敌的剑。"

那声音气得发颤："这话都是宋潜机教你的？他最擅蛊惑人心，你莫被他迷惑！"

卫平道："他没教过我什么。这是我一直在找的第三条路。"

事实如此。来到千渠后，宋潜机只对他说地里的作物、明天的天气，安排每一件具体的事，从不说关于理念、理想的宣言。

唯一一次最接近传道的时刻，是宋潜机解开他对"宋"字运河的误会。"若河道修好，千渠依然什么都没有，我的名字孤零零地写在天地间，又有什么意思？"

那声音还在苦心劝说："自古成仙一条路，哪儿来的第三条路？家族已为你铺平道路，保你应有尽有，顺风顺水……"

卫平道："我走铺好的路，做到最好又如何？无非是第二个子夜文殊。子夜文殊的礼法规矩只能治青崖，你们若喜欢，不如接他回去。"

另一道声音更严厉："卫真钰，族中纵容你隐姓埋名，在外游历，是惜才之举，不是让你数典忘祖，欺师灭祖！"

卫平仍闭着眼。"哈，伯父也来了，下次是不是该老祖宗亲自出来请我？"

那声音更怒："从前便罢了，如今华微宗事变，容不得你任性！联姻若是你肯去，便不会落得今日局面，此事皆因你而起！"

逝水桥上，卫家与宋潜机、华微宗彻底撕破脸面。就算宋潜机愿意站在乾坤殿门口大喊自己不记仇、不报复，也不会有人相信他。

卫家这次来劝说卫真钰，也做了两手准备。卫平如果被说动，自然要被接回族中，倾尽所有，悉心培养他做少主。卫平如果软硬不吃，死心塌地要效忠宋潜机，自然对家族无用。他越天资卓越，越是祸害。不如将他打晕，种一枚控心蛊。平时看不出丝毫异样，某一时刻却可控他心神。

一根毒刺深深埋下，只要发动得当，不仅能要了宋潜机的命，还能让千渠大乱，让家族趁乱而入。

这两道声音，来自前后不同方位。更多脚步声随之逼近，从四面八方聚来。

卫平耳朵微动，十个金丹境修士、六个元婴。棘手。

他环顾四周，红瘴茫茫，谈判陷入死局。

"我本来想好好说话，我尽力了。既然如此……"卫平蓦然睁眼，眼中锐光暴涨，他轻声说，"那大家都别吃晚饭了。"

少年猛拍树干，大树摇晃，落下类似雨滴的冰凉液体，同时一剑插入地上厚厚的落叶腐质中。

积叶飞起，嗡鸣声大作，如千万只蝉一起振翅。

地龙翻身般，地面飞速塌陷。天上"雨滴"触物生烟，发出腐蚀表皮的嗤嗤声。

四面惊呼，兵荒马乱。

"这是我为打猎队设计改良的陷阱，纪辰做的三重阵法，专门猎杀六阶凶兽。精心布置，用料扎实，我一直没试过。"卫平所在位置，眨眼间升起一道金色屏障，将他密密罩住。

卫真人冲出红雾，一剑刺向卫平。"你一开始就将我等引至陷阱？我是你血缘至亲，你怎敢大逆不道?！我一直拿你当亲生儿子！"

一道更狠厉的剑光同时袭向他后背。

卫平长剑横扫，笑道："伯父、叔父，我当了狗，哪儿有当人的血亲呢？"

卫平走出毒瘴林时，抬头见天泛昏黑，燕子低飞。大风呼啸，气压却低，似要落雨了。

宋院灯火绰绰，纸灯笼透着淡淡暖意。

"我今日事忙，未能去迎先生。此行可顺利？"卫平推开门，脸上笑容温柔。

他已经吃过丹药强行止血，重新束好发髻，换了一身干净的衣服。

院里只有宋潜机一个人，孟河泽、纪辰都不在。今日他们回到千渠，本该相聚一堂。

这让卫平心中一惊。

宋潜机靠在摇椅的软垫上，看着卫平微微皱眉。"你鞋脏了。"

卫平低头。"这……今日在千渠坊看人杀鸡，不小心溅了一点血。"

他在宋院里杀只鸡，都不想被宋潜机看见身上的血。一出宋院，他杀人就像杀鸡。

宋潜机心想：我前世杀人无数，你以为我分不清是人血还是鸡血？但看卫平面色红润，不似受伤，他便没有多问。

卫平低头向厨房走去。"先生还未用饭吧？我去端烤架，咱们烤肉吃。放千渠十六香，好不好？"

宋潜机抬手，指向石桌。"吃。"

桌上放着一碗面，正冒白色热气，烛火下，闪闪油光浮在面汤上。

卫平顿了顿，大步走向石桌。

"好，我吃！"他语气视死如归，坐在背对躺椅的位置，抄起筷子。

他感到宋潜机的目光直直盯在他后背上，带着审视的意味。

宋潜机从没这样看过他。

宋潜机知道了？他知道多少？有人来挑拨过？那人怎么说？宋潜机信了多少？

卫平一时惶然。

宋潜机边看边想，家里还剩些伤药，给蔺飞鸾熬药的药锅也在，却不知卫平受伤没有。

年轻人面皮薄，外面打架受了伤，总怕丢人，不肯主动开口。

面汤尚存余温，面已经凉了。

面条粘连成黏糊糊的一团，卫平一筷子戳下去，搅不开。

"不好吃吗？"宋潜机的声音在背后响起。

夜风呼啸，满院花叶飘飞。声音被风带过，似带幽然冷意。

这无星无月的初春夜，四下里悄无人声。

风雨未至,烛光先乱。

卫平听见大风穿过宋院里一座座花架,发出细碎的呜咽。潮湿的土腥气扑面涌来,像海浪拍打着他全身。

他夹起一根微苦的香菜,细细咀嚼,忽问:"宋先生又在等雨吗?"

传闻千渠从前大旱三年,宋潜机来后,才落了第一场雨。

宋潜机摇头。"今晚不等雨,是等你。"

等雨的时候,不应做其他事。

"真好啊。"卫平低低笑了一声,开始吃黏糊糊的冷面。

他越吃越快,直到大口吞咽,眼泪掉进面碗里。少年全身肌肉紧绷,脸上带着某种凶狠的表情,腮帮鼓动,牙齿用力,像野兽在生吞血肉。

宋潜机早晚会知道自己本是来杀他的。如果宋潜机容不下他,宋院容不下他,他能去哪里?

如果宋潜机要杀他,他没力气还手,他只能逃。

从前他有家,但现在没了,明月楼他不想睡了,从前无法无天、没心没肺的日子,他再也回不去了。

曾以为天下之大,处处可容身,忽然回首,发现自己当真变成一条流浪狗,风吹雨打,无处可归。

宋潜机对着卫平后背,看不见他脸上表情,却能感觉到卫平浑身戾气,不禁微微皱眉。"不想吃,就别吃了。"

卫平不理,端起面碗,一饮而尽。他心绪激烈却压抑,牵动内伤,瘀血涌出喉头。饮罢,满口铁锈气味,温热黏腻。

"当啷!"瓷碗重重在石桌上磕下,卫平剧烈咳嗽。

宋潜机心想:这是做什么?厨房总共没几个面碗,磕坏了还得买。

"你是不是有事瞒我?"他长叹一声,决定把话说开。

卫平没回头。"宋潜机,我之前说自己身世凄惨,是假的。卫平这个名字,也是假的。我跟蔺飞鸢是一伙的,都是收了别人的好处,来刺杀你的——"

"轰!"闷雷惊地,春风如刀,暗潮奔涌。

卫平闭口,放下筷子,缓缓站起身。

"噢。"

卫平回头之前,怀疑自己幻听,但他确实听见宋潜机说:"我知道。"

声音一如既往，清清淡淡。

"你知道?!"

这一瞬间，他想抓起宋潜机的领子大声喝问，那你有病啊，你怎么敢?

宋潜机拍拍躺椅扶手。"初见那日，你打量宋院布置，暗藏杀意，隐忍不发。况且，我招管家，条件古怪，却有处处合适的人选立刻送上门，这种好事怎么会落在我头上？唉，你现在这张脸，也是假脸吧？"

他早知卫平是刺客，至于是受华微宗还是受赵家委托、为钱还是为名，他不在乎。因为卫平没有做出对他不利的事。论迹不论心。

卫平蓦然转身。"虽然身世、姓名、来历是假，面容是假，但我待千渠之心是真！知你抱负后，我只想助你，绝无害你之心！"

他呼吸急促，激动之下，喉头又涌出鲜血。

"轰！"夜空滑过闪电，又一声闷雷坠地。

宋潜机怔了怔——我一个种地的，有甚抱负？

"你可信我此言?!"却听卫平含血喝问。

"我信。"宋潜机点头。

卫平声音更高："那我……我今夜杀了许多人，你可怪我?!"

"不怪。"宋潜机摇头。心想：若你仇家报复，我也替你担当。

"好！好！"卫平连呼两声好，"宋潜机，我不想去青崖，也不想去紫云观，我不想选直上青云的修仙路。由上而下，救得了一时，救不了一世。只有自下而上，才是真正救世之道！你我同道！"

"救世？"宋潜机心神一震。

不等他大脑重新转动，卫平抬手自点十二处穴位，平凡至极的面目忽然变化。

天昏地暗，闪烁的电光照出少年剑眉星眸，神采飞扬。

好一张锐气逼人的脸。

"我本名卫真钰。去假存真为真，金玉相合为钰……"

卫真钰说起出身来历，宋潜机已经听不见了。

"救世主。"他喃喃，"我早该猜到。"

他不是没想过这种可能，卫平也姓卫。但卫平性情太和顺、太谦虚，像一杯温水、一团白面，容易被人欺负，就算是刺客，也是脾气最好的刺客。与他在光阴长河中见到的救世主截然相反。

卫真钰过于激动:"我们一起创造新千渠,一起走出第三条救世之路——"

"谁告诉你,我想救世?"宋潜机声音微冷,像一盆泼在炭火上的冷水。

"什么?"卫真钰愕然。

"卫道友,你是不是误会了?"宋潜机望天,"我来千渠,本就是为了自在。"

脸颊有些凉意,天空渺渺,雨丝飘落,细如花针。

"可你引水开河,你巡视领地、改良土壤,你祈雨,你救助百姓……"

"那是为了自在,为了更好地种地啊。举手之劳。"宋潜机打断,"卫道友,你真的误会了。"

"误会?"卫真钰的笑容凝固,十分滑稽,"我从前不信有谁能逆天而为拯救人世,我现在相信了。这件事只有你可以做,你为什么不做?"

今夜他大起大落,大喜大悲,声音微颤:"宋潜机,别跟我开玩笑。"

"我没有开玩笑的心情。"宋潜机终于正眼看他,重复,"我这辈子,不管世界死活。"

卫真钰浑身伤口忽然剧痛,"哇"的一声,张口吐出一口污血。

宋潜机面露不忍,却狠心不管,只取出三样东西,放在石桌上。一把琴、一方宝匣、半卷棋谱。

卫真钰血液骤冷:"你想打发我走?"

"本就是你的东西。拿好。"宋潜机尽力平复心绪,"百年后擎天树之危,于庸庸世人,是末日大劫。于你,未必不是一次机会。"

卫真钰面色越来越冷戾。他浑身颤抖,似极度愤怒。

偏偏宋潜机下逐客令:"别窝在小小的千渠浪费时间,你生来该力挽狂澜,站在最高的天宫享受万民供奉,娶最美的道侣。"

"哈!"卫真钰大笑,"原来在你心里,我是这种人?!我是为了权力、地位、名声和美人?"

"抱歉。是我词不达意,以小人之心,度君子之腹。"宋潜机忽然退后两步,因为卫真钰猛然发难,一把扫落桌上半卷棋谱、七绝琴、画春山。

天下至宝被打落在菜地,滚进泥土。

"我不要！"卫真钰怒火中烧，高高扬起桌上唯一的瓷碗。

"你摔！"宋潜机喝道，"摔！"

卫真钰顿了顿，将碗重重放在桌上。他摔出一柄犹带血气的剑。

这柄剑他在华微城黑店当铺一眼相中。"我那时确实不知，此剑主人是你。"

"我亦不知，此剑落在你手中。"宋潜机目光复杂。

"你现在还敢拔剑吗？"卫真钰按剑喝问，"你可有拔剑的胆魄？"

他浑身戾气，语气狠绝："你在逃什么？你怕什么？你是不是怕输?！"

声声逼问，宋潜机却笑了："你当然不怕输。卫道友当然什么都不怕。"他笑容竟有些惨淡。"因为你没输过。"

——你是主角，你是这个世界的中心。你开心了可以来我的千渠，可以改名换姓，可以编故事骗人，可以拒绝任何人，也可以等我死后捡漏。

——我可以不讨厌你，不嫉妒你，不恨你，但你不该对我说那些话。

"卫真钰，你的未来不在千渠。"宋潜机狠下心重复，"拿好你的东西，天亮前离开千渠。"

"轰！"

狂风卷云，大雨潇潇。

纪辰掐着时间，从树梢跳下来。"就算宋兄煮了三大锅面，用光厨房所有调料，卫平那小子也该吃完了！"

孟河泽瞧了眼天色。"走吧，雨下大了。"

漠漠昏黑，两人冒着初春的雨走向宋院，不忘嘲笑老实吃面的卫平。

雷声滚滚，忽听院中笑声凄厉。

"动静不对！"纪辰面色一变。

孟河泽率先破门而入，正见宋潜机、卫平隔着石桌，对峙雨中。

桌上烛火已灭，只有一柄旧剑、一只空瓷碗。

"我自诩聪明一世，却看错了你，算我眼瞎。"卫平仰天大笑。

"唰！"

电光惨白，剑光雪亮，他竟拔剑出鞘，直指宋潜机。

孟河泽脑中"嗡"的一声，天旋地转。"卫平，你疯了！"

"别喊我卫平！"卫真钰转头大吼。

纪辰瞄一眼面碗，勉强挤出一丝笑："卫兄，是我的错！今天本该我吃面，你要怪就怪我，莫与宋兄置气，有话好好说，先把剑放下。"

他故意打诨，想将卫平癫狂的情绪打破，宋潜机却抬手，不许孟河泽、纪辰上前。

两人只得停步于梅花树下，眼睁睁看着锋利剑尖悬在宋潜机喉头。

"我传阵术于小纪，铸剑送小孟，却从没给过你什么。宋院内外，你劳苦功高。误你半年，这一剑，你要刺便刺吧。"宋潜机声音淡漠，低垂眼帘，"我不还手。"

风雨潇潇，落花碎叶狂舞。夜云被电光撕碎，两道人影忽明忽暗。

手持利刃的浑身颤抖状如疯魔，手无寸铁的不动如山有恃无恐。

"你这样想？"卫真钰双目泛红。

原来在宋潜机心里，信义这东西论斤论两放在秤上，一直称得清清楚楚。我今夜九死一生才站在你眼前，你却说半年恩义用一剑还清，就算互不相欠。

"你不仅没胆，你还没有心！"他大喝一声，全身灵气暴涨。

万千雨丝被震碎，化作蒙蒙水雾，不敢近他身。

孟河泽、纪辰大惊失色。

"咔！"卫真钰硬生生折断长剑。"你不做这件事，我来做。不是因为你们都说该我做，不是因为我要名望、财富、美人，是我自己想做。"

他一甩袖，断剑飞掷。不远处花架轰然坍塌，满地狼藉。

卫真钰转身，左手被剑锋割伤，鲜血淋漓。"你我之间的恩义，如同此剑，从今往后，两不相干！"

旧伤崩裂，热血淌下，被雨水冲散。

常人割袍断义、割席决裂，但他们都是用剑的，要断只能断剑。

孟河泽伸出手，想拉卫平衣袖。

宋潜机爆发一声大喝："让他走！"

卫真钰衣服湿透，面无表情地与孟河泽、纪辰擦肩而过，像路过两棵小树。

他跨出门槛，忽然想起什么："宋潜机，是不是从来没人告诉过你？你煮的面，真的很难吃。"

宋潜机闭上眼，似无动于衷。

卫真钰没入漆黑雨幕，再不回头。

良久后，宋潜机睁眼看看坍塌的花架，踉跄一步。纪、孟二人急忙上前，扶他进屋坐下。

纪辰寻着宝物灵压，捡回菜地里的画春山、七绝琴和棋谱，擦去表面泥水。"宋兄与卫兄，怎么闹成这样？"

宋潜机摇头不言。

孟河泽望向院门方向，怒道："卫平这浑蛋，我去抓他回来！"

"不。"宋潜机哑声道，"你们如果在外面遇见他，不要惹他。"

"外面？"纪辰愕然，神色有点仓皇，"宋兄想让我们也离开？"

宋潜机在想什么？

陈红烛在逝水桥上发誓与他划清界限。蔺飞鸢跳下船板，杳无踪迹。大雨里卫平断了剑，说了最狠的话。他却好似习以为常，至少表面看不出伤怀之色。

纪辰感到迷茫，几乎分不清这人身上哪部分是温柔、哪部分是疏离和冷漠。

宋潜机没想这么多，他并非无情无义，只是对孤独、离别、误解的忍耐度比常人高出许多。

"你们以后外出游历，总有狭路相逢的时候。切记，别去主动招惹他。"

宋潜机心想：你们就算近两年不出千渠，闭门修炼。日后秘境开启，全修仙界的修士蜂拥而去，争机缘抢资源时，你们也该去磨砺一番，碰碰运气。

但纪辰、孟河泽上辈子命太惨，可见气运污浊。若与天命加身的救世主成了死对头，硬碰硬多半拼不过，不如避开锋芒。

孟河泽皱眉，捡回插入泥土的断剑。"卫平偏激狂妄，在宋院却压抑本性，伏低做小，此番含恨而去，一定心怀不甘。若放任不管，我怕他日后对师兄不利。"

宋潜机收了剑，淡淡道："随他。"

孟河泽心想，就算卫平今夜用剑指着师兄，师兄仍念旧义，不忍伤他。

"回去吧。"宋潜机道，"我歇息了。"

孟、纪二人欲言又止。

临出门时，忽然又听那人问："面条，当真难吃？"

孟河泽一怔，急忙解释："宋师兄别听卫平胡说，也没那么难吃，一般难吃而已……啊！纪辰你踢我干什么！"

难吃当然是非常难吃，只是吃面的不曾说破。宋潜机一直以为自己是下厨天才，直到亲自品尝，才知其中百种苦涩滋味。

竟比人生苦。

春雨匆匆，夜半来，天明去。

卫总管一走，千渠像被挖开一个大窟窿，呼呼灌进冷风。

市坊、户籍办、城防队、神庙大牢和审堂失去话事人，还有那些尚未完工的桥梁道路进度停滞。卫总管精力过人，决策和部署覆盖方方面面。

徐看山、丘大成仓促接手，一时间手忙脚乱，不得不找宋潜机做决断。

纪星和周小芸想念卫平做的甜汤和点心，更想念卫平的善解人意、嘴甜会聊天。

纪辰只好安慰妹妹："卫兄暂时离开，是为了迷惑敌人。宋兄交给他一个秘密任务……你千万不能说出去！"

说的次数多了，他自己都快信了。

连孟河泽的父母都想念卫平，时常在亲儿子面前提起干儿子。

孟河泽不愿父母伤心，含混地编谎话："宋师兄派他外出办点事，事情办完他就回来了。"

卫平在时，他对卫平横挑鼻子竖挑眼，看哪儿哪儿都不顺眼，卫平不在，他最不习惯。

只有宋潜机除外。

在旁人眼中，他的生活没有受到任何影响。他依然每天睡到自然醒，白天重修花架、栽种新菜，为春耕认真地忙碌。

他还在天城内划出一块肥沃的种子田，亲手种下冬日挑选出的优良谷种，开始培育优种。

黄昏时，宋潜机接待答疑，回答千渠弟子们千奇百怪的问题。晚上他大多靠在躺椅上看天，不时下两盘棋。

卫平来之前，他就这样一日日地过。

如果非要说有什么不同,他不再让旁人下厨,偶尔自己煮面自己吃,厨艺进步极缓慢。

"原来我真的没有做饭天赋。"

纪辰不忍见宋潜机自讨苦吃,向孟河泽提议:"咱们再招个会做饭的管家吧。"

"再招来一个卫平,再让他拿剑指着师兄?"孟河泽不答应。

"来千渠的时候,宋院只有我们两个,转了一圈,又只剩我俩,噢,还有它。"纪辰摸摸绕膝的橘色野猫。

孟河泽骂猫:"养你的两个人都不要你了,你还敢来混吃混喝!"

野猫也知审时度势,立刻露出肚皮软毛,无辜地打滚儿,孟河泽又没脾气了。他从此接过喂猫重任。

有大胆的千渠弟子趁答疑之机,问,卫总管为什么突然离开千渠。

宋潜机很难解释这件事,便说:"他骂我煮面很难吃。"

一传十,十传百,人称"一碗面条引发的反目"。

卫真钰负气而走,纵剑破风。三日后气性下头,离千渠已有百里。

他踟蹰不前,最终忍不住折返回头,又改换容貌,答了份入渠考卷,混进天城。

千渠的短短半年,比过往十余年的记忆更丰富。

"我并非舍不得,只是想看看没了我,你们如何难受罢了。"

千渠花红柳绿,春河涨水,生机盎然,与他初来时截然不同,也与他毫不相干了。

走在街上,听旁人提起卫总管,他喜悦又酸涩。听宋仙官传出话:但凡宋院门下,在外行走,不得为难卫真钰。他心里烦乱,又骂宋潜机惺惺作态。

"大衍宗的使者来了!走,看热闹去!"

忽然周围一阵骚动,人群会聚,裹着卫真钰拥向仙官府。

宋潜机在府门前广场,接待来客。

纪辰、孟河泽引来两名身穿大衍宗紫色弟子服的年轻修士。他们背着两只大竹箱,箱中咚咚作响。卫真钰疑心有暗器,死死盯着。

等双方见了礼,两人便从箱内拎出两只食铁兽幼崽,像拎了两篮水果,直往宋潜机怀里塞。

众人未见过如此异兽，只觉此兽绵软懒散，憨态可掬。

"紫衣小姐派我们送来的。区区薄礼，不成敬意。"

宋潜机面露窘迫："灵兽金贵，我养不活。"

但两只幼崽扒着他的腿往上爬，吓得他不敢动，只能躲闪。

卫真钰看得好笑，又酸酸地想：你倒是过得滋润舒服，还有人惦记你，送灵兽给你。

"华微宗百花亭外，小姐说要送食铁兽给您，如果送不出去，怕人笑她言而无信。灵兽事小，小姐面子事大，宋仙官忍忍吧。"大衍宗弟子劝道，"别看它们现在这样，长大后很是勇猛，太平时镇宅守门，战场上一骑当先，宋仙官当作坐骑吧！"

宋潜机露出怀疑之色。

镇宅守门，一骑当先？就这？我骑着食铁兽慢悠悠现身，放出一片麦田界域，笑死敌人吗？

周小芸、纪星等女修却很是喜欢，主动要学灵兽饲养技术。

最终两只食铁兽还是留下了。宋潜机还礼十斤小麦。

第二日，青崖使者来访，送来一本厚厚的法典。

"宋仙官的来信，院监师兄已经收到，此书便是答案。"梓墨笑道，"青崖的诸多法条，虽不完全适合千渠，但总有相通之处。"

卫真钰心想：宋潜机你何时写信，我怎么不知道？去一趟华微宗，你倒认识不少新朋友，都赶来帮你。

又听那青崖使者说："万事有法可依，有例可循。这样无论缺了谁，各处都能照常运行。"

宋潜机笑道："小孟，将我准备的谢礼拿来。都是自家种的，带回去尝尝。"

府门前宾主尽欢，掌声雷动。

卫真钰冷笑转身。"千渠原也不差我一个。好啊，这世道什么都缺，最不缺贫瘠之地和受苦受难的凡人。我自去寻一处穷山恶水，造一座华城，拉一支兵马，过上几年，看谁的土地更繁荣……百年后天地倾覆，你不救我救。"

自此远走，再不回头。

"师兄看什么？"孟河泽问，"可是寻人？"

宋潜机摇头。"看错了。"

他仿佛看见卫真钰的影子，一闪而逝。

他想了想："自今日起，每隔三日，我亲自与你们过招一次。"

"为什么啊宋兄？"纪辰不解。

"为了给我解闷。"

宋潜机心想：当然是为日后秘境开启，提早做准备。免得你们出了门，遇到卫真钰被他迁怒，还得我去救。

春种时节，草长莺飞。千渠田野上热火朝天，处处响起农忙歌。

宋潜机挥舞锄头，驱动曲辕犁。亲手播种时，取不死泉浇入土中。

他流畅的动作忽然停下。"别在我的界域骂我……还问为什么？我当然能感觉到。"

界域内的魂魄们平日对着一片麦田打工，只有宋潜机使用不死泉时，才能感知外界动静。

"暴殄天物！你有缘得此至宝，却用来浇地！"

"你这块地灵气微薄，你再浇它也比不上天生的灵脉。"

"对啊，别浪费，浇地不如浇我啊，帮我蕴养魂魄。"

宋潜机道："谁再说一句，扣一分。"

一半白光团闭口不言，另一半上蹿下跳，群情激愤：

"挣一分有多难你知道吗？你打过工吗？"

"你说扣就扣，根本没有人性！无耻无德宋扒皮！"

宋潜机心想：我当年没日没夜打工的时候，你们还在祠堂吃香火。

"谁先闭嘴，加一分。"

吵闹声消散大半，还有几道不甘心的声音，却势单力薄。

"你们以为打工是为了我，为了千渠吗？其实打工是为你们好。"宋潜机长叹一声，忽悠道，"有事做，你们的人生——不，魂生，才有意义，否则对世界毫无价值，和废物有什么区别？时日一长，会被寂寞和无聊逼疯。现在不是很好吗？你们不用费心思考太多无用的、没有答案的问题，只管做好眼前的活。不管是人还是魂，都需要被制度管理。"

众白光团忍不住点头。"倒也有理。"

撼天老祖隐约觉得这说法哪里不对劲,好像外门规训弟子的老办法。但一时挑不出差错,想开口又怕被单独扣分。

麦田鸦雀无声,重回宁静。

宋潜机重新挥起锄头,压下嘴角笑容。

这套管理制度太好用了,感谢华微宗为他界域建设做出的贡献。他能得千渠郡,千渠能一路发展至今,少不了华微宗和虚云的无私帮助。

春风碧云烟柳,一行雁悠悠飞过宋潜机头顶。飞到华微山的鸟,却不敢啼鸣。

春雨过后,青苔潮湿,山风微冷。整座华微山笼罩在阴云下,沉沉死气压过春日活气。

虚云真人不想要宋潜机的感谢。

逝水桥已经恢复原状,主峰废墟尚未清理完。琉璃砖瓦、珍贵玉料源源不断运上山,所有执事奔走忙碌,施展术法。

有人建议掌门暂居别处,虚云拒绝了,他要亲眼看着乾坤殿拔地而起。陈红烛和袁青石一直陪在他身边。

毁坏的宫殿、断裂的逝水桥可以再修,受伤可以再养。但一个门派的尊严和声望,一旦坍塌,就很难重建。

陈红烛叹道:"去年此时,宗门筹备登闻雅会,何等风光,哪儿曾料想今日。"

春天,本该是纳贡的时候。天西洲内,凡间属地、依附华微宗的小宗门世家,会争先恐后地呈上贡品。如今各派找各种理由拖延,日子一推再推,言语间暗含质疑之意:你们主峰都让别人削了,还有什么本事庇护八方,有什么脸面被众人供奉?

其他门派虎视眈眈,蠢蠢欲动。

虚云回想整件事。宗门遭此大劫的起因,最初只是一个与执事起冲突的外门小弟子。

他们的行事方法没问题。虚云扪心自问,其他大宗门遇见这种事,每一步也会做出一样的选择。只是这块铁板被他们华微宗踢到了。

宋潜机就是冼剑尘故意留下，发难宗门的引子。

冼剑尘为所欲为，欺人太甚。

虚云心想：难道这世上真没人治得了他？

掌门之位原本轮不到虚云。冼剑尘那夜喝着酒、唱着歌，杀进乾坤殿，随手一指说"就你了"。旁人不敢反对，他便当了掌门，一直当到今日。

那夜仓促接任，年轻的虚云无比恐惧又无比激动，跪在祠堂无数灵位前发誓：必会奉献一生，将宗门发扬光大。

如今放眼望去，断壁残垣。祠堂亡魂散尽，祖宗基业成空。他所拥有、追求的一切，眨眼之间来了又去，化为飞灰。

难道这一生都要任冼剑尘摆布？

虚云念及此处，心中忽然涌出一股戾气——若能让冼剑尘师徒两人万劫不复，我愿付出任何代价。

"师父，有客来访。"

思绪被徒弟的通报打断，虚云微微皱眉："为师先前说过暂且关闭山门，不见访客，免得居心不良之人来浑水摸鱼。"

袁青石道："可他写了五个字，说您一定会见他。"

虚云冷笑，又是这套，难道来人是宋潜机？

如果没有那张"死海莲花落，生门云里开"的字条，便没有后面诸多事端。

虚云展开信纸，定睛一看，面色骤变。"快请大师！"

一位身披金红袈裟、身形高大、慈眉善目的老僧缓缓走过逝水桥，仿佛从云中走出。

华微山上空阴霾忽被清风吹散，霎时晴光普照。

陈红烛心中微动——难道这位便是为我算过姻缘的妙手神僧无相大师？我已经发了誓、奉了道，可见他算得也不准。此时来访，是何居心？

虚云笑容苦涩，上前迎接。"多年不见，不料今日重逢。经历灾劫，屋舍狼藉，愧见大师。"

老僧双手合十，宁静微笑，目光淡淡扫过陈红烛、袁青石二人。

虚云轻咳一声："为师与大师有要事相谈。"

"是。"陈红烛行礼告退，心中极疑惑。父亲颓败多日，时常叹气，老态苍苍。为何这和尚一来，立刻精神焕发？

虚云迫不及待想问什么，却似不敢问。一挥拂尘，布下一道隔绝窥探的灵气罩。

老僧不多话，径直取出一只玉盆。盆中盛着浅蓝的海水，银瓣莲花含苞待放。

"施主所求，贫僧已寻来。今夜子时花开，瞬息凋落。"老僧道，"莫错过。"

虚云浑身大震，僵硬不动，唯有苍老双目迸发光彩。"死海莲，死海莲！"

老僧笑道："有此灵药，可治施主旧伤，晋升化神，指日可待。"

虚云小心翼翼捧起玉盆，神情似疯癫。"好，太好了！大师，您待我恩同再造！"

虚云将客人送上逝水桥，极为感激恭敬。

"不必再送了。"老僧随口提议，"依贫僧之见，不如彻底免除岁贡，关闭山门，休养生息。"

虚云略一思量："就依大师所言。即日起召回所有在外游历的门人，待秘境开启，一雪前耻，重振宗门声威。"

无相含笑点头。"善哉。"

陈红烛目送老僧飞入云间，暗想：怎么见了一个和尚，父亲就毫不犹豫地做此决断？

她劝道："如果彻底免除岁贡，以后再想收，可就难了。如果关闭山门，阵法力量全部用于防御，虽然可以抵御外敌，但我们如何下山收徒？"

虚云成竹在胸，傲然道："为父今夜闭关。待为父出关，万难迎刃而解！"

陈红烛急道："父亲和各位峰主先前已答允我，许我下山收新的外门弟子，许我参与藏书楼、灵石矿、外门管理。若要彻底关闭山门，那……"

那承诺岂不是空文？

"师妹，如今这光景你也看到了，时局所限，大局为重啊。"袁青石忙道，"先前答允你的事，咱们日后再说。"

他上前拉陈红烛，后者眼圈微红，纹丝不动。

"你们欺骗我！"她厉喝。

"谁骗你？"虚云气她不识好歹，"你若执意要去，先前答应你的东西全都给你！但直到秘境开启，这期间你不得还宗！"

袁青石劝道："师妹不可任性。你一人漂泊在外，世道险恶，无同门相助，自身尚难保，还如何收外门弟子？"他低声道："其实，先前刘长老已经从山下抓回一批采矿、种灵植的凡人，你不用担心无人可用……"

"师兄，你不懂。"陈红烛喃喃道。

虚云语气稍缓和："红烛，不要闹了，留在为父身边修炼，日后的秘境才是你的大机缘。"

陈红烛凄然一笑，双膝跪下，以剑击地，叩首三次。"父亲，女儿去了！"

初春。华微雨后。

修士陈红烛携灵石三万块、道经三千卷、丹药三百瓶、宝剑三十柄，下山入凡。以女子之身开坛讲经，代师收徒，视修仙界嘲弄讥笑为无物。

她不与大门派争夺弟子，行遍穷困偏僻处，教书写字、治病医人，主讲道经启蒙，无论有无灵根，人人都可进学。

日后竟别开天地，人称小华微宗。

持炬迎风，秉照长夜。

三年间，日新月异，暗潮迭起。

宋潜机耕耘千渠，埋头田间，不知流年匆匆。

孟河泽找到他时，他正在四季棚里浇春白菜。

继培育优种的种子田之后，宋潜机搭建的四季棚也在千渠郡逐步推广。纱帐内土地以阵法保持温度，以改良版聚光符控制光照，千渠人在寒冷枯燥的冬季也能吃上新鲜蔬菜，不再靠吃腌菜挨过一冬。

青碧菜叶挂上水滴，脆生生、鲜嫩嫩，像刚出土的水种翡翠，宋潜机忍不住表扬："最近不错，继续努力！"

白菜懒得理他，懒洋洋照着聚光符的金光。

孟河泽以为他夸自己，当即精神焕发："好的师兄！千渠书馆馆长的人选，有眉目了！"

宋潜机怔了怔，才想起这回事。

麦田界域中的"打工魂"为了积攒分数，日夜不休默写典籍、道书。

亡魂们日常聊天互相探讨，印证所学，不仅补全了一些失传多年的古册，还将旧功法弊病剔除，改良出新功法。

经过三年积累，千渠书馆所收典籍，已经比华微宗藏书楼中的更完备、更先进。

从前价值万金、需要外门弟子卖命才能借阅的珍贵典籍，经过开版印刷，变成书架上的普通书。

修炼和学习的门槛不再高不可及。在千渠，就算没有灵根，也可以进学堂习字明理。

有了书，还得有人教书、有人管书。但千渠已无专人可用。孟河泽接管打猎队和城防队，纪辰管所有阵法，徐看山和丘大成管钱粮商路、户籍房舍，周小芸和纪星管医馆和卫生，司农刘木匠带着材料在各村帮人搭棚，司工铁三牛忙于建大桥和水库……每人手中总有两三件事，抽不开身。

一年前，宋潜机发下告示，招聘教书先生和书馆馆长，待遇从优。天下读书人、书画爱好者闻风而至。一半为千渠丰富的藏书，一半为亲眼看见宋潜机真迹。

登闻雅会后，书圣闭门谢客，不再提笔，不再品评后辈书画。《英雄帖》因此被称为"最后的好字"，近年无人超越。

每天都有符修凑在天城广场上，仰望"亩产千斤"的牌匾，临空描画，揣摩运笔，双目失焦，似神魂出窍。

宋潜机流传在千渠的真迹虽多，却无诗词，更无歌赋。大多是"土豆、圆白菜、麦苗、玉米"之流，兼有"紫藤、玉兰、杜鹃、凤仙花"等花名。

其中有篇《劝学》，为劝不愿进学识字的边陲村落少年入学而写，大意是"磨刀不误砍柴工，读完学堂再务农"，劝人先识数会算，认字明理，掌握基础农业知识。

全篇寥寥百字，简单易懂，情理兼备。字形毫无花哨，笔力质朴扎实，结构大巧若拙。

许多读书人临帖有感，奔赴千渠。

文人一多，常开文会，斗书写诗，留下许多见证千渠发展的诗篇。诗赋广为流传，又吸引更多人来到千渠。

孟河泽怕踩坏菜苗，小心地缩在垄上。"此人年方三十，虽修为普通，但博览群书,对各类典籍各家功法如数家珍,且脾气温和,对小弟子的提问很有耐心,擅长整理、打扫、收纳,经一年观察,同期的教书先生中,数他最适合当馆长。"

宋潜机舀了一瓢水。"那就选他。"

他答得随意,孟河泽却犹豫:"我一提,师兄立刻答应,不太合适吧。说不定他有什么大问题,只是我没看出来……馆长一职干系重大,要不我们先等等,再考察一段时间?"

"我去见见此人。"宋潜机笑了笑,"是否合适,由我自己决定,好吗?"

他隐约猜到孟河泽顾虑什么,无非是三年前走后门招管家的事。

"好,太好了!"孟河泽终于松了一口气,"咱们走!"

"不急。"宋潜机说,"我先浇完这边,抬脚。"

千渠书馆由司工铁三牛设计,三座馆相连,每馆三层,馆内三条路。一条盘旋而上的楼梯、一条平缓的斜坡、一座人力手摇升降机,方便各类人群出入。

孟河泽引宋潜机上楼,在三层找到伏案写卷册、为书籍编条目的青年人。

"这位是祝凭先生。"孟河泽道。

青年穿着长衫,气质儒雅,不徐不疾地搁笔,从容站起身。"宋仙官,久仰。"

"祝先生好,来了千渠还习惯吗?"宋潜机默念他名字,细看他面容,总觉得十分面熟,又印象模糊。

三人寒暄片刻,祝凭猜到他们为何而来,明白这是一场面谈考试,自然有些紧张。

孟河泽心想,我紧张什么?带卫平走后门的事已经过去三年了。况且今天也不算走后门。

宋潜机翻看祝凭的工作笔记,听他讲书籍分类法、索引法,还有对千渠学堂的建议,觉得此人确实细心聪慧,而且笔迹莫名熟悉。

两人紧张,一人沉默,尴尬气氛弥漫方圆十丈。

忽而宋潜机拍案而起。"祝先生,你还这么年轻啊!"

他终于想起来了。这不是青崖七十年后的教务长吗？

祝先生吓了一跳，看孟河泽也一脸茫然无措，只得磕磕巴巴道："宋……宋仙官更年轻，不，比我年少有为。"

"祝先生最初为何想来千渠？"

宋潜机暗惊，他们草台班子千渠郡已经变得这么有名，连大门派青崖的墙角都能挖来吗？

"听说千渠民风淳朴，藏书丰富，且正是需要教书先生的时候，我便来了。"祝凭环顾顶天立地的书架，"这里的书，比我想象中更多，真是读书人的圣地乐土。"

宋潜机问："千渠书馆建立不久，要论规模，青崖书馆比这里大出十倍。"

"四年前，华微城的人口也比千渠多十倍，可是现在呢？"祝凭低声道，"实不相瞒，我出身不好，若无人引荐，自去青崖，想亲眼看见一些珍贵典籍，恐怕要耗上二十几年。"

"确实如此。"宋潜机恍然。

规模越大的门派，越讲究用人出身，制度越完备复杂。

祝凭见他点头，神情温和，紧张情绪消散大半，笑道："我读过《劝学》，很赞同宋仙官'有教无类'的观点，谁说凡人不该识字、农夫不该识字？现在外面的世道越来越乱了，一群年轻修士每天开思辨会，长篇大论，非要驳倒对方，甚至拔剑相向……我只希望有一个地方，无论男女老幼，不拘出身，人人都会写自己的名字。"

孟河泽好奇插话："辩什么题？"

祝凭苦笑："各种题都有，有道吵得最厉害的题，是辩妙烟仙子到底美不美，如果连妙烟仙子都不算美，那什么才是美的标准？美需不需要标准？"

宋潜机心想，这世道确实变了。不知不觉间，妙烟最美的共识竟都有了争议，去紫云观和青崖也不再是修仙界读书人和做题家的最终出路。

他沉思片刻。"祝先生家里还有人吗？可愿一起落户千渠？"

祝凭道："父母早逝，我是家里老大，下面还有两个弟弟、一个妹妹，兄妹四人相依为命。"说起家人，他表情柔和许多："我喜欢安稳宁静，喜欢读书教书，但我二弟生性好斗，勇武过人，两年前投奔卫王，立志闯出一番新天地……"

孟河泽听见"卫王"两字,眉头一跳,急忙看宋潜机表情。

宋潜机摸摸眉毛,依然亲切微笑,示意对方继续说。

卫真钰在天北洲划地自治,去年正式称王。他行事高调张扬,因而仇家不少,一年有一半时间在打仗。

"我三弟既不爱钻研学问,不愿来千渠,也不爱武斗,不想去卫城。他性格鲁钝,却极踏实勤勉,听说陈仙子最有耐心,每日手把手指导修行,不嫌弃弟子资质。他便去天东洲,加入'小华微宗'。"

孟河泽听见"陈仙子",又忍不住看宋潜机。

宋潜机只问:"令妹如今何在?"

"我妹妹灵脉不够强韧,不适合练刀剑,却有音道天赋。如今投在仙音门大师姐何仙子座下。仙音门中两派分裂对抗,早已是公开的秘密。何仙子这些年从外门弟子中遴选亲信,正是用人的时候。

"这四个地方,如今都是不拘出身之地。我们兄妹四人,至此分散天下四洲,各奔前程,约定每年上元夜相聚故园。"

话到此处,三人沉默,觉得未来可期,充满希望,又觉得前路莫测,平添离愁。

宋潜机先开口:"各展所长,各行其道,又守望相助,不错。"

祝凭喜道:"宋仙官果然开明。"

宋潜机又道:"但这天下说大很大,说小也小。若是有朝一日,卫王与仙音门争夺某物,或者小华微宗与仙音门对立,你们兄妹怎么办?可曾想过?"

祝凭长叹一声:"自古忠义难两全,自当各为其主出谋划策。"

话到此处,该说完了,宋潜机却非要问个透彻:"若不只出谋划策,而是战场上相逢,你手里拿着剑,你的弟弟妹妹手里也拿着剑,面对面认出彼此,怎么办?"

孟河泽一怔,提心吊胆,暗想:宋师兄是问祝家四兄妹,还是问自己与故人?

祝先生沉默无言,忽然大声道:"要逼人手足相残,还能是什么好世道?真到那时,刀剑一扔,管他哪个大王、哪个宗主,什么雄图霸业,我们兄妹去做亡命天涯的散修!"

他拍桌大怒,不复儒雅温和。

孟河泽眼前一黑，心想完了，馆长选不上了。

却听宋潜机笑道："先生适合千渠，千渠也适合先生。即日起，千渠新设司学一职，统管各处学堂，编写教参，教化万民。馆长祝先生可愿意兼任司学？"

宋潜机离开千渠书馆时，天近黄昏，灯火初明。

书馆后的学堂里有人高声读书，声音被春风送来，像街边的杨柳枝随风飘荡。

柳色新，风景旧。

宋院岁岁相似，宋院之外风云巨变，处处烽烟，新航路遍布四大洲。

"重生之初，不曾料想今日变局。"

虽然宋潜机更关心四季棚内蔬菜的收成和种子田的情况，但偶尔听到外界的消息，依然心绪怅然。

变化先从凡间和外门开始，大门派不得不提高待遇，否则招不来凡人弟子。

有些仙官不敢再肆无忌惮横征暴敛，因为说不定哪天忽然收到一封死亡威胁书，来自某个多管闲事的刺客，或者一群人杀进仙官府，宣告要划地自治。

仍有些仙官不肯让步，用更加残暴的手段镇压反抗者。

这个世界未来会变得更好，还是变得更加割裂、冲突加剧导致加速灭亡，宋潜机也不知道。

陈红烛没有留在华微宗辅佐她师兄袁青石，而是自立小华微宗。仙音门两派分裂，绛云仙子收何青青为徒后，声势压过望舒仙子一头，望舒未必还能像前世一般坐上掌门之位。卫真钰没有经历前期漫长的韬光养晦、拜师学艺、默默捡漏，还能走到前世的圆满结局吗？

年轻修士的选择变多了，他们可以去往任何一洲，活下来的，就能闯出一番功业。

"宋师兄此时可是在担心？"孟河泽忽问。

"你说我担心谁？"

"担心不在千渠的……"孟河泽脚步顿了顿，"其他人。"

"原来我在担心。"宋潜机心神微动,举目望天。

话音未落,天色昏暗,大风乍起,四周哗然。

视线尽头涌出暗红色光芒,涨潮般迅速覆盖半边天空。

宋潜机微微眯眼,某种封闭空间震荡,气流剧烈变化导致天空异象。

"秘境要开了!"他说。

宋潜机坐在躺椅上抬头望,夜幕已落下,秘境开启的异象还未消失。天空在他头顶分作两半。一半暗红色光晕,像一片血红的大海暗潮涌动。而另一半正常的墨蓝夜空点缀着银色星子,美丽静谧,像他身旁静静开放的白玉兰花。

这样强烈的灵力波动,预示着秘境范围辽阔,物产丰盛。

"宋师兄,人都到齐了。"孟河泽说。

"好。"宋潜机点头,目光转向院中,"此行多保重。"

熟悉面孔挤满宋院。他们早已褪去青涩,由少男少女成长为坚毅的修士。

千渠郡开出灵石矿,越来越富庶,千渠弟子再不用为钱财发愁。

宗门世家虽然家底丰厚,但大部分资源用于供奉强者长辈和维持门派巨额开销。宋潜机个人开销只有钻研耕种。千渠弟子得到的资源,甚至比大门派普通小弟子好许多。

"拜别宋师兄。"纪辰道。

宋潜机不太适应他突如其来的严肃,不由得挺直脊背。

他坐在这把椅子上的时候,大多背靠软枕,浑身放松。但此刻他双手搭在扶手上,沉稳如山,乍看真有种一派宗师的风度。

"拜别宋师兄。"

千渠弟子们一一上前,向他行礼,眼眸明亮而坚定。

宋潜机很熟悉这种跃跃欲试的神情,这是对冒险的期待,其中夹杂着对家园的不舍。

更多的话不必再说,该说的他已经在三年里嘱咐过,该带的东西,他早已交给这些年轻人。

年轻修士们勤勉提升修为,磨炼术法战技,也是为了这一刻。

他们会遇到机缘,但无论做了多少准备、留了多少底牌,照样会面临危险,生里死里、水里火里走一遭。

"去吧。"他笑着说,"去看看那片天。"

于是纪辰、孟河泽也不再回头。

无数道遁光掠过夜云,飞向那半边暗红天幕。从地面上只能看见一条条白色细线,很快消失不见。

"人生天地间,忽如远行客。"宋潜机喃喃。

吧嗒。

一朵白玉兰花从枝头落下,砸在他脚边潮湿的泥土上。

仙官府空空荡荡,再无人声,一灯如豆。

宋潜机站起身,忽然有点想吃面。

饭点已经过了,汤面冒着腾腾热气被端上桌。宋潜机想起三年前某天夜里,他也是这样一个人煮了面,等管家回来吃。

现在他脱胎换骨,不再放多种调料追求复合口感,也不再放灵药的药渣追求滋补,简单的盐和醋适量调配让面条味道清爽正常。熟能生巧的揉面、扯面技术让面条根根劲道爽滑,不再软烂黏稠变成"一坨"。最重要的是,地里的香菜长势再好,他也不会放半碗香菜进去。

"虽然我不是下厨天才,但煮面和阵法、符箓、剑道等法门一样,没有本质区别,勤能补拙。"

宋潜机有点开心地想,如果此时有人愿意吃一口,应该不会骂"真的很难吃"。

他拿起筷子,低头欲吃。

春夜微凉的风吹过他鬓发,面碗里扑面而来的白色热雾让他的视线模糊一瞬。

烛光下,清汤照出他的面容、枝头的花,以及——枝上一道人影。

"嗖!"

宋潜机毫不犹豫一转手腕,手上筷子斜飞!

两根筷子是普通竹筷,却将三瓣悠悠飘落枝头的花瓣削作四瓣,速度丝毫不减,向花树深处去。

"铮!"

筷子被人握住,发出如利剑相击的脆响。

宋潜机动手时发出两道剑气，那人赤手去接竹筷，不亚于空手接白刃。

能悄无声息潜入阵法重重的宋院，且让他毫无察觉；能接住他的剑，且异常轻松。

不应该。他在宋院里感知极其敏锐，只要他愿意，这里一草一木都是他的眼睛和耳朵。

他能感觉到一朵花如何开放、一滴露水如何凝结。但他感知不到这个人。因为对方拒绝被感知。

绝顶强者，比他这辈子见过的所有人加起来还强。

宋潜机一颗心沉下去，吃面的好心情荡然无存。

静谧良夜被打破，风吹过高低错落的花架，发出沙沙声。白玉兰花、桃花、杏花在风中微颤，菜地里土豆苗弯下腰。

"是你。"宋潜机声音干涩，表情苦涩，忍不住抬手摸了摸眉上痕迹。

那人从桃树上跳下来，扬起一阵落花，张口就骂："你什么你，没大没小，一声师父都不会叫吗？"

他一开口，危险气势自然消退，宋院草木不再瑟瑟发抖。

宋潜机心想，春天的风原来这么冷。

逃得过初一，逃不过十五。该来的总会来。他已经躲过三年，今夜才被找上门，已经算幸运。

"还知道请为师吃夜宵。"那人手里拿着一双筷子，径直走来，坐在石桌前抱起面碗，埋头便吃。

他吃得快，大口咀嚼。他吃面姿势、速度莫名眼熟，宋潜机细想，才发现有点像卫真钰。难怪这两人前世做了师徒。

借着桌上一点烛火，宋潜机用余光打量他，并没有直视对方。

上次在华微浮城，场面混乱，宋潜机没有看清。

只见洗剑尘面色红润，神采奕奕，像刚刚睡饱爬出被窝，眼中似有倦意。再细看，那一丝倦意又消失了。

他没穿旧袍子，而是换了新衣服，腰间挂着新酒壶。

宋潜机闻到他身上没有酒气，反常地沾满花香。

这味道和他本人极不协调。就像洗剑尘和草木青葱、鸟语花香的宋院——不搭。

宋潜机微笑，笑容客气又疏远。"前辈深夜来访，不知有何要事？"

冼剑尘放下面碗，发出"哐当"一声。"天下没有白吃的夜宵，你不知道吧？"

宋潜机心疼白瓷碗，嘴角微抽。"晚辈明白。"

他假借冼剑尘的名字避免麻烦，但他也收留了麦田界域里的"打工魂"。他以为他们该算两清，但按冼剑尘的逻辑，他还欠对方一顿"夜宵"。

秘境开启前夜，此人为何而来？想要得到什么？

冼剑尘吃饱喝足，满意地站起身，折了一小枝开得鲜艳的桃花。

宋潜机浑身寒毛耸立，不由得喝道："住手！"

他甚至调动不死泉，界域蓄势待发。从没有人敢在他眼皮底下，不经过他允许，摘他种的花。

冼剑尘将桃花枝别在前襟，整了整衣领，声音欠打："一枝花而已，又不是要你的命。"

宋潜机脸上笑容消失。"你来我家，吃我的面，摘我的花，还说不要我的命？"

春风更冷。

冼剑尘惊奇地望着宋潜机，嘴巴微张，脸上仿佛写着"世上居然有人敢对我这样说话"。

宋潜机很理解这种感觉，天下第一当久了，人就飘了，以为自己上天能摘星，下海能擒龙，无所不能。

自然居高临下，自然骄傲。

"你如果需要一个徒弟，一定不是我。我不会拜任何人为师。"宋潜机说话直白。

他原想委婉礼貌些，但遇上冼剑尘这样自恋自我的人，更怕被对方误会是欲拒还迎。

冼剑尘笑了笑。他们第一次相见匆忙，宋潜机愤怒冲动，像个热血上头、不顾后果的毛头小子。第二次宋潜机礼貌疏离，态度谨慎地应付他，不是讨好，而是准备应对他出剑。

冼剑尘觉得很有意思。

这小子本来想装腔作势，打发他走，却因为自己折了院里一枝花，立刻撕破脸面。

普通桃花，绝非珍稀品种。

"小子。"洗剑尘走近，轻声道，"你可以拒绝年入神，拒绝多情子，因为他们要脸，再不高兴，也不好意思为难晚辈。我不要脸，一个不高兴，我就杀了你。怕不怕？"

直白地恐吓。

风声静歇，草丛虫鸣声消失，枝上乌鸦收敛翅膀，一声不吭。小院被一道森森剑气笼罩，与世隔绝，静得骇人。

一把无形利剑悬在宋潜机头顶。

"有一点怕。"

嘴上说怕，脚下却没有后退半分。

宋潜机心想，洗剑尘是他最不想应付的人，他怕麻烦。

"一点？"洗剑尘挑眉。

"本该很怕。"宋潜机顶着头上无形的剑和一阵阵森然冷意，缓缓开口，"但你受了伤，而且，不轻。"

这句话刚出口，他就对上了洗剑尘的眼睛。

洗剑尘目光变了，眼中笑意瞬间消失，化作冷漠。睥睨众生的冷漠，像大陆尽头的冰雪。

宋潜机知道，这次对方真的动了杀心。

天下最强者的杀心，自然最为可怕。但他分毫不能后退。这是狭路相逢的时刻，他只能像一匹恶狼死死盯着对方。谁退后一步，谁就先被对方咬断脖子。

在那双琥珀色的眸中，他看见星轨旋转、白骨遍野、万道剑影飞掠。

是洗剑尘界域的虚影。

"何以见得？"洗剑尘声音微哑，像利剑缓缓出鞘。

"你身上没有酒气，只有花香。"

"只怪你种的花太香。"洗剑尘冷冷道。

"你嗜酒成性，却为了养伤，不得不忌酒。我种的花虽然香，却没有这种浓郁的味道，你想用香粉遮盖身上残留的药味。你的本命剑若在，这世上没人伤得了你，可见传言是真，你的剑确实不在身边。"

其实不需要理由，宋潜机看见冼剑尘红润的脸庞、精神饱满的气势，就猜测他一定有问题，应该服用了某种强补气血的灵药。

冼剑尘没受伤时，一身酒气，走路懒洋洋，看人不用正眼，这是他的正常状态。

因为强大，便随心所欲，自由散漫，不需要显得如何精神。只有受了伤，才不愿让人看出自己苍白虚弱之态。

宋潜机一字一字道："你重伤未愈，此时是强弩之末，剑也没有。这座仙官府近三年阵法明暗叠加，九九八十一层，大阵叠小阵，你想在这里杀我？大不了，我们鱼死网破！"

他声音狠绝。就算对方重伤，能悄无声息潜入宋院，也是他难以应付的强者。

"不错。我确实受了伤。"冼剑尘竟然笑了，澎湃杀意如海潮般退去。

宋潜机稍松一口气，忽然对方威压爆发，伸出一指。两人距离极近，宋潜机闷哼一声，霎时浑身僵冷如石，眼睁睁看着那根指头落在眉上。

指尖冰冷，似剑尖。

冼剑尘笑道："幸好留了点东西。不然今夜被你将住，以后还怎么混啊？"

"咝！"宋潜机眉上红痕处突然灼痛，心中破口大骂。

契约！

华微浮城里，冼剑尘念出亡魂名字破除死气怨念，而后伸出一指，点向宋潜机眉心。

宋潜机那时对抗亡魂，精神已到极限，勉强偏头躲避，这道契约便留在眉骨上。平时只是一道浅浅红痕，不痛不痒。

他知道冼剑尘没说谎，这人确实不要脸。堂堂天下第一，竟使这种手段，逼后生晚辈受制于人。

这事宋潜机上辈子登顶后都干不出了。

若他紫府没有不死泉防身，只是一个普普通通的元婴圆满修士，这道契约足以控制他的生死。

宋潜机假装大怒，双目圆瞪，气息急促，胸膛起伏。"你如此卑鄙！枉为宗师！"

洗剑尘收回手,微微一笑,难掩得意之色。

他此时有种技高一筹、驯服烈马的成就感,自然心情不错,将桌上瓷碗推到宋潜机面前。"别生气。来喝点面汤……噢,这是我喝剩的,不好意思。"

宋潜机好似无奈:"你来我这里,到底想干什么?"

"你说得对,我受伤了,无处可去。"洗剑尘坐在桌前,跷起腿,悠闲地晃动。

"你受伤了应该去医馆!"宋潜机伸手指向菜地,"我这儿是菜园!"

"哪家医馆能治我?自己找个地方养养算了。"洗剑尘竟然给他倒茶,"喝茶。"

看宋潜机被逼得越无奈,他就越开心。

"你可以去找别人,世界上有那么多人,为什么非要找我?"

宋潜机说完就后悔,这实在是句废话。洗剑尘没有师门、没有家族,甚至没有朋友,世界上有再多人,都跟他没任何关系。

洗剑尘慢悠悠道:"因为你是我徒弟。我有徒弟。"

好了,又绕回来了。

宋潜机表面气得瞪眼,一副敢怒不敢言的憋屈模样,心中冷静盘算:洗剑尘受伤了,他需要一个安全的地方养伤,还需要一个绝对不会趁他虚弱杀他的人。

他认为风调雨顺的千渠郡最合适,宋潜机这个被他用契约束缚的便宜"徒弟"最合适。但想杀他的人能从千渠排到大陆尽头擎天树下。一旦消息传出去,千渠哪儿还有太平日子?

优秀弟子已赶赴秘境,郡中只有护卫队、城卫队,余下全是凡人。辛勤耕耘的凡人,每天像菜地里的春白菜一样努力。若千渠被战火波及,洗剑尘可以一剑纵飞千里。但宋潜机的田地却飞不走、千渠百万人更飞不走。

宋潜机坐在他对面,举起茶杯一饮而尽。"你不能留在这里。"

对方变脸之前,宋潜机补充:"但我可以替你做一件事。事成之后,你解开契约,你我再无瓜葛。"

——你的剑在哪里,我可以替你拿回来。你需要什么难得的灵药,我可以替你去夺。千难万险,我都替你去。

互让一步。不用多言,洗剑尘便明白他的意思。

灯花爆裂，气氛沉默，春风萧瑟。

"那你替我杀一个人。"宋潜机听见对方声音微冷。

宋潜机心想，不愧是冼剑尘，伤成这样，不想如何尽快疗伤，还想杀人报复。

他摇头。"我不做这种生意已经很久了。"

杀一个不认识、无仇怨的人换取报酬，不是正经生意。

他前世做过刺客，最开始蔺飞鸢拿大头，他拿蝇头小利，后来两人五五开。

他技术不错，蔺飞鸢曾与他开玩笑："你再多做几年，我这行首位置恐怕不保。"

冼剑尘道："这不是生意，而是师命。你是我徒弟，我是你师父，师父有难，弟子服其劳。"

"对方能把你打伤，一定很难杀。"宋潜机放弃跟他争论剪不断、理不清的师徒关系，"如此人物，我如何杀得了?!"

便宜师徒第二次见面，互相防备、试探、算计。

"他伤得比我重得多，苟延残喘。"冼剑尘拍出一物，"他已潜入秘境。你距他三丈内，此珠便会发光。"

面碗旁边多了一颗珠子。

宋潜机仍想讨价还价，忽见此物极眼熟。圆润暗红的珠子，其中似有血丝流动。

孟河泽、何青青手腕上的念珠在他脑海中一闪而过。

他心中微动，举起珠子端详。"这是你的东西？"

冼剑尘摇头："那人自创一种法器，这便是法器残片，里面是擎天树树心的汁液。"

宋潜机无声松了口气："他到底是谁？什么来路？"

"你管这么多干什么？"冼剑尘有些不耐烦，"杀不杀？"

他太久没跟人说过这么多话。一来没人聊天，二来不需要聊天。今晚说的话，比他从前十年说的还多。

宋潜机将珠子揣进怀中，站起身深吸一口气："我去杀了他。你离开我的院子，离开千渠。"

春天的晚风混合各种花香，沁人心脾。夜空依然两色分明，半红半蓝。

"你笑什么？"宋潜机问。

冼剑尘也站起身。"你比我年轻时冷酷无情得多。"

"谢谢夸奖。"宋潜机跨出一步。

从墨蓝色天幕下，走入血海红天。

"等等。"冼剑尘叫住宋潜机，抛出一只储物袋，"收拾好再去。"

宋潜机打开，略略一扫，露出"算你懂事"的满意神色："我正有此意。"

因为一只储物袋，两人之间气氛缓和，不再剑拔弩张。

宋潜机不想让人发现自己离开千渠，多一事不如少一事。西边华微宗受创后封锁山门，北边有卫真钰扛旗拉仇恨，千渠近三年太平无事，人们早已习惯宋潜机出门就种地，没事不出门的简单生活。

他更不想打草惊蛇。他要杀的人受了重伤，潜入秘境，必然时刻警惕，遮掩踪迹。敌在暗，他只能更暗。所以他需要假脸、假身份、假修为，还需要品级最好的丹药、符纸、阵盘阵材等物。

冼剑尘奇道："东西都给你了，你不往门外走，怎么还往里走？"

宋潜机摇头。"明天再去。"

他还要留书数封，交代：自己准备闭关，千渠郡日常工作照旧进行，遇事不决由司工、司农、司学等人开会投票。

最重要的是，照顾好他的菜园和四季棚，按时投喂竹林里黑白相间的食铁兽、院子里黄白相间的野猫。它们越长越大，越吃越多，口味越来越挑剔。

"随便你。"冼剑尘说着往屋里走。

宋潜机："你干什么！！"

冼剑尘伸着懒腰。"我将就留宿一晚，明天再赶路。"

"不行。"宋潜机拦他，"你不能住。"

冼剑尘冷冷地笑："我什么金屋银殿没住过，稀罕你这破瓦房？"

"既然不稀罕……"宋潜机塞给他一只软枕，扫了一眼躺椅，"睡哪里都一样。我只答应替你杀人报仇，不包括让你住我的地方。"

冼剑尘觉得，就算他立刻死在宋潜机面前，宋潜机也只会将他的尸体就地掩埋，当作花肥。

这小子看上去有多温和克制好说话，内里就有多冷漠、多寸步不让。虽然借他的名号，扯他的虎皮做大旗，但内心对他没有半分仰慕和敬畏。纯粹把他当成一个突如其来的麻烦。

"啧。"他躺在竹椅上，抱着靠枕，望着头顶繁密的白玉兰花，反常地谈兴大发，"你是不是每天都按时睡觉、按时起床？"

宋潜机的声音透过花窗飘出来："差不多。"

"种地、吃饭、睡觉，你就不闷吗？不想出去闯闯？你真是年轻人？我像你这么大的时候，一剑挑了天西洲六大门派，打得他们见了我就跑，不敢念我的名字！"

"……厉害厉害。"宋潜机没诚意地敷衍。

他心想：这就算闷？种地多有意思，我起码不写日记吧。

过一会儿又听见冼剑尘敲窗户。"我知道你还没睡着，我听见你翻身了。"

宋潜机想把冼剑尘脑袋摁进种荷花的水缸里狠狠涮一圈，让他永远闭嘴。

冼剑尘不安生："你写的《英雄帖》，我也看过。天下英雄谁敌手，求仙不如……到底不如什么？"

宋潜机懒得多说。"没什么。"

"那些老家伙很麻烦吧？你阅历尚浅，根本管不住他们，要不要为师帮忙？"

"不用。"宋潜机没好意思说，华微宗的前辈亡魂已经成了他的麦田打工魂。

冼剑尘不知想起什么，语气变得兴奋："那几个小姑娘，你最中意哪个？跟师父说说。"

宋潜机皱眉。"我这院中只有野猫，何来姑娘？"

冼剑尘："书里写的。酒楼里都这么说。"

"……你是天下第一剑，注意身份，少看点不入流的市井话本子。"

"好吧。"冼剑尘忽然说，"下雨了。有点凉。"

"你有灵气护体。"宋潜机无奈地说。只要冼剑尘不乐意，枪林箭雨都沾不到他身上。

雨丝细细密密地落在屋瓦和花叶间，发出清脆的沙沙声。便宜师徒隔着白墙和花窗，有一句没一句地聊天。两人东拉西扯，漫无目的，就像这场无边飘洒的春雨。

风中吹来潮湿的泥土、花叶味道，夹杂几丝凛冽的酒气。

宋潜机动动鼻子。"你受了伤，不能饮酒。"

冼剑尘嗤笑一声："你小子胆大，还敢管我。"

酒味消失了。

冼剑尘问："你挺会讨人喜欢，为什么一直一个人？"

这个问题很没逻辑。千渠有百万人，以仙官为信仰，宋院门下弟子数千，人人敬重宋师兄。

宋潜机心想，你要是没长嘴，更讨人喜欢。

"学我的剑，当我的徒弟，不好吗？"

"不好。我有自己的剑。"宋潜机喃喃。

"我从没听说你还练剑。"

"从前练过。"

半梦半醒间，又听冼剑尘笑："这个世界快玩完了，再快的剑，也快不过时间。练剑，还有用吗？"

宋潜机闭着眼睛呢喃："时间还早。"

"不早了。"他隐约听见那人说，"提前了。"

淅淅沥沥的春雨洗去天幕红潮。

宋潜机推开门，伸懒腰，打哈欠，迎接新一天。

土润苔青，落英满地，花窗下的躺椅空空。天光未明，昨夜的客人已经走了，好像从没来过。

宋潜机站在躺椅边，忍了又忍，仍忍不住破口大骂："无耻！无耻至极！"

为老不尊的冼剑尘，竟然顺走后生晚辈家的东西。

他从华微宗带出来，跟随他多年，又松又软，靠上去就像陷进一朵云的靠枕，以后再靠不到了。

（未完待续）

· 番外一 ·

百战不死

咸鱼飞升2

宋潜机晋升化神后，设大阵聚云气，造得一座云上宫阙。殿宇悬浮九天，缓缓飘流，穿云破雾，路过山河。一路游过四大洲、五大海域，俯瞰各家各派的山门。

日日有人进宫献宝，仙宫中应有尽有，唯独没有名字。

修仙界便称其为"天外天"。

这种叫法表面礼赞至极，内里透着刁钻的暗示和不敢言说的期盼。

——天外天。人上人。

宋潜机一个出身低微的泥腿子，不择手段做了人上人，早晚要从最高的天上跌下来。

只看他几时死。

宋潜机有仇必报，有债必偿。所以除了献宝，想讨好他还有一条捷径——献人。

常有修士抓来从前与他结怨的仇敌，献给他亲手处置。但他订婚之后，拔剑的次数逐渐减少。

天灾频发，世道不宁，擎天树生机流逝，一场大劫近在眼前。

宋潜机无心了结私怨，只想为天地续命。

人们误以为是妙烟仙子感化了宋潜机，于是人人夸赞仙子高义仁善。其实妙烟住进天外天后，很少见到宋潜机。

她怕撞见准道侣拔剑杀人，也怕相处日久，宋潜机厌倦她不变的容颜。

修仙界发展到今日，名门正派中的前辈强者往往杀人不见血。他们更擅长用言语批判、复杂制度、礼法规矩，以及许多看不见的刀剑。

只有宋潜机保持着散修习性，总会把场面搞得鲜血淋漓，猩红刺眼。

就像眼前这只血红的蚌。

"送给你。"宋潜机说。

蚌足有一人高，外壳晶莹，缕缕血丝在壳上流动，像巨蚌的血管，内里淡粉色蚌肉隐约可见。

晚霞斜照，蕴光熠熠。

"南海千年仙蚌？"妙烟莲步轻移，凝视蚌壳，"据说此蚌一年只生一颗灵珠。若取男女修士二人精血入蚌，以灵气滋养，历时十年，便可得一仙胎。可是真的？"

"是。"宋潜机点头。

他相信自己能救世，也相信未来。

妙烟微笑，梨涡浅浅。"不错。"

转念却想，这南海仙蚌虽然难得，但宋潜机想要什么东西，自有别的修士争先恐后献上。原也不用他亲自费心去寻。

只是见宋潜机眉间有些疲倦，妙烟稍一思量，盈盈笑道："这仙蚌孕育的仙胎，集蚌内千年灵气而生，自然根骨绝佳，灵脉强韧，是天生的修仙种。他长大后一定像你一样，也能做天下第一人！"

她知道什么时候说什么话，只需三言两语，就能让别人开心。

"不。"宋潜机却摇头，"无论是男是女，我都不要他做天下第一。"

妙烟微怔："什么？"

"他不用学我的剑，也不必会弹你的琴。他父亲是天下第一，自会为他撑起天穹，遮风挡雨。

"他可以每天睡到日上三竿，喝得烂醉如泥，养几只灵兽，交一群朋友。想做什么，就去做什么，想躺多久，就能躺多久。

"这世间枷锁拴不住他，我要让他过最自由、最快活的人生。"

妙烟惊愕地瞪大杏眼。"那岂不是成了混世魔头？"

"混世魔头，又如何？"宋潜机笑答。

霞光云影一重重覆上他的侧脸，朦胧的橘光和红光交织，随风缓慢游移。

瞬息之间风流云散，妙烟发现自己从没看清这个人。她想说你若没有家族，没有徒弟，没有开宗立派、做一代宗师的野心，再强大也只是一个人，不是一方势力，注定名声难听。

宋潜机可以不在乎名声，但她不能不在乎。

"得此仙蚌，若产下的仙胎不走修仙路，岂不是暴殄天物？"妙烟劝道。

宋潜机看着她。"修士孕子，依然辛苦。寻得仙蚌，是想免你辛劳。"

妙烟张口，忽然失语。她幽幽一笑，凝眸，落下两滴清泪。

宋潜机抬起手，又匆匆放下，生疏地安慰："我哪里不对，你大可与我直说。"

妙烟只是摇头，轻声自语："太迟了。"

宋潜机死前恍然大悟，原来早在那时，对方杀心已起。

他重生之后，依然很怕别人对他哭。对他哭过的人实在太多，先有孟河泽、何青青，后有纪辰、陈红烛……再往后还不知有谁。

而他从没对别人哭过，也没什么人能让他对着哭。

掉眼泪是最没用的事。宋潜机一直明白这个道理。

他的童年在山脚下小镇度过，清贫却快乐，推窗可见四季苍山。虽然父母早逝，无枝可依，但总有好心的邻居接济他。只会哭闹的孩子没糖吃，手脚勤快才能讨人喜欢。

少年登上华微宗大船的那天，全镇欢送，杀鸡宰羊。

宋潜机大言不惭地说要攀仙梯直飞云霄，亲眼看见山外世界无限精彩。后来他在华微宗外门，每天打最多的工。

有些人生在天上，有些人生来要打工。

他独来独往，沉闷无趣，变态地努力，斤斤计较地攒钱，足够让每个同龄人发自内心地讨厌他。

只有断山崖无底的深渊，能勉强容忍他说不出口的野心和郁郁不得志的愤懑。他在那里将一个无辜少年推下悬崖，从此罪有应得走上不归路。

他的剑越来越快，他的敌人越杀越多。

人穷志短，有时候为争抢一件无主宝物或为几块灵石就能不死不休。

蔺飞鸢曾劝他去海外小门派当客卿，安安稳稳地修炼。

"这一行来钱快，但是干得久了，就没有回头路了。"

宋潜机很想一剑敲在他头上——我和大宗门结了仇，哪个小门派还敢收我？我早就来不及回头了。

子夜文殊曾问他为何非要把事做绝。死海秘境中邪魔横行，环境险恶，正道修士合该守望相助，不应互相算计。

却被宋潜机大骂站着说话不腰疼。

——你是青崖院监，是不食烟火、不染私欲的神明，你一开口，那些正道修士当然听你的。我能怎么办？我只能用剑说话。

他那时气焰嚣张，心里有一簇烈火燃烧，能点燃苍穹。

他不惜命，不信人，更不珍惜别人宝贵的好意。

很多年后，宋潜机旧地重游，寻访来路，山脚小镇已经消失，断壁残垣被风沙覆盖。

孩提时爬过的老树枯死，摸过鱼的溪流干涸，燕子不再飞过青灰的屋檐。而他飞上云霄，造了一座天外天，看见山的那边，还是山。

虽然青山历历总相似，宋潜机依然安慰自己——我的人生才刚开始。

我要住最高的天，娶最美的道侣，救支撑天地的擎天树，轰轰烈烈再活一次。

他拼命跑向大陆尽头，却被困在雪原；只身转战天下，却遭身边人背弃。

大雪落时，他终于明白就算打赢每一场仗，也不能赢尽人心。

他做过太多错事，问心无数愧疚。

他不是一个合格的救世主，也不是故事的主角。

他本是一个凡人，生在山下平宁镇。百战不死，只因没有办法。

· 番外二 ·

三生石上曲有误

咸鱼飞升 2

卫真钰成为救世主之后，重建了天外天。

本就华丽的宫殿经过翻新扩建，几乎变成一座天上城。不尽火如护城河，环绕着宫墙奔流燃烧，日夜不熄。

远远望去，紫焰比晚霞更浓烈，重楼宫阙仿佛陷落于一片血海之中。

妙烟第一次看见这座城的时候，就不喜欢它。

但她喜不喜欢不重要，重要的是卫真钰将在这里举办合籍大典，与她结为道侣。

重要的是修仙界紧张太久，也需要热闹一场。

宋潜机死后，不死泉下落不明。

天下大乱，人心易变。有些人又念起宋潜机的好处。他到了末路，宁愿自爆，也没有使出同归于尽的招数拉谁垫背，说不定是真存了救世之心。

他那句"人心所向，当仁不让"的遗言变成预言，成为昏暗乱世中人们仅存的希望。

于是妙烟仙子也从勇敢无畏、深明大义的除魔仙子，逐渐变成值得审视的对象。

"他待你千依百顺，难道不曾提起过不死泉下落？此乃救世契机，仙子不会还有所隐瞒吧？"

"你是他准道侣，他到了绝路还惦记着你，一定舍不得你死。就算擎天树没得救，我们全都要死，仙子也有手段独活吧？宋仙尊给你留了什么？"

当年二人订婚，来自天外天的聘礼一件件抬入仙音门，是全修仙界有目共睹的事。

在怀疑愈演愈烈、仙音门越来越难招架时，卫真钰横空出世，将众人的目光引开。

他拿到了宋潜机留在雪原的传承，又屡得奇遇，印证了宋潜机的预言，最终以天地至宝不尽火和一身强悍修为，使得擎天树焕发生机。

像寒冬里的火种、沙漠里的甘泉，他以拯救者的姿态出现，无论对这个世界还是对妙烟这个人。

可是妙烟不明白。

"卫仙尊为何登门下聘？"

"妙烟仙子乃修仙界第一美人，在下恋慕颜色，对仙子一见倾心。不忍见仙子处境为难，只好出来英雄救美了。"

"只是这样吗？"

"仙子不信吗？"

"我信或不信，有关系吗？"

"当然没关系。七天之后，天外天十里红妆，迎候仙子。"

七天准备一场隆重典礼，比宋潜机与她订婚时更仓促。

但仙音门上下一团喜气，现任掌门望舒仙子如释重负，顿感轻松。

卫真钰出身名门，得正邪两道无数前辈传承，以一己之力结束乱世，如今更担起千万人的香火供奉，威望已达鼎盛。没有人不敬他、不服他、不信他。

妙烟要嫁给这样的人，还能有什么不乐意的？

"烟儿，今日可好？"

开满鲜花的露台上，妙烟正在修理一盆金丝草。小小的银剪拿在她手里，像又薄又利的飞刀，形状不完美的叶片纷纷飘落。白裙美人微微低着头，青丝垂落身侧，好似一缕朦胧水烟。

"弟子一切都好，有劳师父挂念。"

"为师听说，你今早梳头时，扯断了几根头发。可是心绪不畅？"

妙烟放下剪子，转头看了眼脸色惨白、微微打战的侍女。"不小心罢了。"

望舒柔和地笑，像世上最慈爱的母亲，轻轻抚过她鬓发，又拉起她的手。"烟儿，婚期近了，你不能再出错。你和卫仙尊的合籍大典，不仅是我们仙音门的喜事，更是全天下的喜事。你与卫仙尊喜结良缘，为师也算放心了，总比嫁给宋……那个人好。"

妙烟低头，看着两人交握的手。

小时候望舒握着她的手教她弹琴，她总觉得师父的手很美，修长又白净，像水晶骨裹着薄薄的绢。不知从什么时候开始，她的手也和师父的一模一样了。

师父来看她，她应该保证会尽全力准备典礼，弹一首震惊四座、流芳百世的仙乐，保证会周全地对待联姻对象，让卫真钰站在仙音门这边……但她只问："我能感觉到，他对我并无好感，连我的脸也不喜欢看。师父以为，他为什么要娶我？"

望舒嘴角的笑容淡了。"你多心了。你是妙烟，他不娶你，还能娶谁？"

"或许将我换成随便什么人，这门喜事都会让他更开心些。可惜是我妙烟。"

望舒猛然抽回手，冷声斥道："说什么疯话！"

妙烟静静看着她。

望舒的脸色又迅速缓和。"没想好合籍典礼上弹什么，弹首《凤求凰》便是。惜儿，去取仙子的琴来。怜儿，去端今天的药。为师还有事，不打扰你了。"

两名侍女不敢多话，匆匆依令而行。

妙烟转身出了露台。"笑儿、颦儿，替我送送师父。"

怜儿端来盛满药液的水晶盆，服侍妙烟将十指浸入冰冷的药液。

惜儿打开琴匣，请出名为太古遗音的名琴，又捧着软巾等在一旁。

她年纪小，话到嘴边忍不住："仙子的手生得真美。这双手要是不弹琴，老天爷都不答应。"

妙烟笑道："掌门走了，敢开口了？"

惜儿吐吐舌头。

"都下去歇歇吧。我要弹琴了。"妙烟声音轻柔，"让颦儿、笑儿也不用回来。"

惜儿行礼告退，怜儿低声迟疑道："禀告仙子，掌门吩咐过，典礼之前，仙子身边必须有……"

妙烟抬头。"我说，我要弹琴。"

她脸上已无笑意。

琴室空了。妙烟抬起双手，随意擦干，细细端详。

当年初上仙音门，修为低微，没有几分护体灵气。练琴先练指法，练到手指红肿破皮，又磨出一层老茧。偶尔运气不好，琴弦崩断划破手指，鲜血淋漓不觉如何疼痛，却因为半日不能练琴急得落泪。

下过苦功的手，伤痕累累，与宋潜机那双手没什么区别。

她终于在仙音门站稳脚跟。师父倾囊相授，更为她配好珍贵的药液，命她练琴前后浸泡。经年累月，使得十指纤纤，没有一丝瑕疵。

春日满山飞花，琴声也响了起来。

《凤求凰》是喜乐，灵动轻快引百鸟合鸣。曲入中篇，却渐渐透出寂寥之意，如泠泠溪水汇入深不见底的幽潭，百花盛放又转瞬零落成泥。

杜鹃啼血，凤凰折翼，劳燕分飞。

一曲弹罢，怆然之音回荡山间，虫鸟寂静，唯落花如故。

妙烟独坐琴前，暂时忘记该如何做表情。不知过去多久，忽听窗外传来阵阵笑声。

这是仙音门平日里没有的笑声。一种极力压制掩饰，但仍掩不住的快乐从其中漫溢出来。

…………

妙烟峰中有一棵灵桃树。此树品种珍稀，取之不易，养之更难。

阳春三月，红花白果同时挂枝，花朵艳丽娇美；灵果灵气充沛，有滋养容颜之效，被称为"朱颜白玉果"。

惜儿踏上小凳，提着竹篮，拨开碧叶朱花，找寻藏在叶底的灵果，忽然惊呼一声。

一个少年斜斜倚着树枝。红披风从枝头垂下来，像一簇火焰在风中燃烧。

"喊什么喊，让人睡一会儿都不行。"少年嘟囔。

小侍女抱着竹篮站在凳子上，左看右看，又仰头看他。"您是来拜访妙烟仙子的客人吗？您迷路了？"

少年跷着腿，晃着脚，一只手枕在脑后，另一只手拍拍身旁树枝，含混道："树上风景好看又凉快，你不信也上来看看。"

树枝摇晃，落花惊飞。那人生得耀眼，只轻轻一笑，俊美的面容便生出璀璨光辉，比桃花灼人。

"我不上去，你快下来吧。这树金贵得很，我们平时摘灵果，都要万分小心，绝不敢动灵气，用法术，生怕碰坏它。"她忍不住说起自己的事，"我虽然是新来的，但自从领了这差事，从没出过错。颦儿姐姐也夸我做得好。"

"摘什么果？"

"灵果啊。就是那种白里透粉，掉在地上就会碎，闻起来很香……哎，灵果呢?！"惜儿跳下凳子围着树转圈。

少年张嘴，吐出果核。"找这个啊？"

惜儿一惊，脸色微白。"你……你快跑吧，趁还没人看见。"

红衣少年从背后摸出一颗晶莹剔透、泛着粉白柔光的灵桃。"果子长在树上，天生地养，就是用来吃的。鸟能吃，人也能吃，我能吃，你也能吃。"

"这是妙烟仙子最爱的果树，咱们万万吃不得。你快下来！"

"妙烟很了不起吗？"

"你这人怎么……好吧，就算仙子宽和仁善，放过了你。万一卫仙尊来找仙子，看见你在这里胡闹惹事……"

少年嗤笑："卫真钰就很了不起吗？"

"你怎么直呼仙尊名讳，救世主当然了不起！"

"救世主？"少年好像听见最荒唐的笑话，放声大笑，"他们瞎编的，也就骗骗你们这些小姑娘。上来，我告诉你个秘密。"

惜儿望着他明亮的笑眼，仿佛被蛊惑了，握住那只从枝头垂落的手，瞬间身子一轻，双脚离地，再睁眼已经坐在高高的树枝上。

原来，坐在高处，风景真的很好。

小侍女已然忘记呼吸。"你……你要跟我说什么秘密？"

"其实呢，这世道没人能救。死了谁都一样。"少年说完，两口咬下半个灵桃，"嗯，好吃，你真不吃？"

惜儿震惊地瞪他，脸色由红转白。"你……你……"

少年啃完灵果，将果核扬手一抛，又躺回去。"哎，你怎么回事，不是要哭了吧……你来真的？"

"我一片好心想救你，你却这样戏弄我！"

少年翻身坐起来。"对不住对不住。算我错了，你别再哭了行吗？不如你拔剑，砍我几剑消消气？"

"我哪儿来的剑？"

"我借你啊。"

惜儿一巴掌打开他的剑柄。"我砍你有什么用？灵果已经没了，难道你能再种出来？"

"我只会烧东西，不会种东西。没就没了，什么破玩意儿也值得你为它哭。要不我搞它几十个，摔在地上给你听响声？只要你笑一笑，日日摔给你听。"

惜儿终于破涕为笑。"你以为你是谁，敢说这种大话。"

"卫仙尊——"树下响起怯怯的女声，"您在这里作甚？"

卫真钰拉着小侍女跳下枝头。"是颦儿啊，来得正好，快把人带走。再晚来一会儿，我该拔剑砍自己了。"

惜儿张着嘴，呆呆看着他。

绿裙侍女低下头，小声道："您又认错了，我是笑儿，不是颦儿。怜儿姐姐问惜儿怎么还没回来，我出来寻她……"

少年"噢"一声，散漫地拖长调子。"好名字。真是'一颦一笑，惹人怜惜'。"

"这句话，卫仙尊上次也说过。"两人结伴走来，其中一人轻蹙眉头，嗔道，"仙尊总是说得好听，却根本分不清我们。"

"这也怪我？"卫真钰很容易讨人欢心，只要他愿意这么做，"怪你们生得貌美如花，我看得眼花缭乱。今日给四位赔礼了。"

怜儿笑骂道："受不起！仙尊胡闹，又来折损我们的福报。"

惜儿仍呆怔，似乎理解不了正在发生的事。

怜儿拿帕子给她擦脸，笑道："卫仙尊就是这样。你第一次见他，别被他吓着，以后便熟悉了。"

卫真钰背靠大树，不住地低头赔罪。他说话拖声拖调，讲什么都像在讲笑话。女修们轻快的笑声传开，引来更多人。

妙烟听见笑声，就知道卫真钰来了。

又是甩开接引弟子,又是不请自入。想摘花就摘花,想吃酒就吃酒。等玩够了,就从二楼露台翻进来,问她刚才弹的是什么曲子。

这次妙烟不想等他翻进来。

…………

灵桃树枝繁叶茂,她远望树下五彩斑斓。身穿各色衣裙的女修们围着一个红衣少年。笑声高低错落,如泉水叮咚,甚是悦耳。

妙烟忽然想起,宋潜机从前来找她的时候。

宋潜机从来不会讲笑话,连说话都不多,很有字字千金的大能架子。他那时惦记着寻求救世之法,眸光幽深,总显得心事重重,不怒自威。

妙烟身边的侍女和仙音门的弟子都隐隐畏惧他,觉得他本人就像他那柄孤光剑,表面端肃,内藏凶煞。所以不敢往他身前凑,更不敢轻易开口。

树下笑声戛然而止。妙烟一到,众女修顿觉失礼,纷纷行礼告辞。胆小的步履匆匆,胆大的走到半路回眸一笑,多看卫真钰一眼。

妙烟看在眼中,神情冷淡。

四名侍女恢复低眉垂眼的模样,立在她身后。

红衣少年轻啧一声,似是觉得无趣,又无所谓地笑笑。

碧叶朱花随风摇晃,斑斓光影落了他一身。

"妙烟仙子怎么出来了?方才听你弹《凤求凰》,果然是一曲惊万物,这林子里的鸟都不敢叫了。"

妙烟不答,静静看着他。"卫仙尊言行无状,莫不是拿我这里当了明月楼?"

"对不住,卫某这些年红尘来去,沾了一身散修习气,没个规矩形状。"卫真钰笑道,"天外天已红布置好,请仙子为咱们的喜楼题匾。"

"有劳卫仙尊亲自来一趟。惜儿,备乌金车。"

"不用麻烦。"卫真钰挥手,放出七绝琴。琴身化宝船,载两人转瞬飘入云端。

"妙烟仙子!"四人惶急。

卫真钰哈哈大笑:"喊什么,等会儿就给你们送回来。"

七绝宝船飞逝,妙烟静立不语,卫真钰自云端垂眸。"那树是谁送的?结出来的果子倒是好吃。"

"卫仙尊不是知道吗,何必多此一问。"

名花配美人,此为风雅,给妙烟送花的人很多,多到她的露台四季有花。

别人送花,宋潜机送树。不栽花盆栽山里,不仅美观,还实用。

卫真钰就像从没问过,悠闲地哼起曲子来。

…………

环绕天城的不尽火感应到主人到来,飞速向两边分开,露出重重殿宇楼阁。

"卫仙尊回来了!"阵阵欢呼响起。

天外天侍从如云,永远有美酒,永远有欢笑。

只是主人卫真钰不常来,他更多时候躺在雪原的一个小冰洞里,一个人望着冰壁发呆。

新建的喜楼果然豪奢,白玉为壁珠为帘。

李次犬带人迎接妙烟,沿路为她介绍:"喜楼是天外天最高的一座楼。仙子成亲后便住在楼上,整座城尽收眼底,仙子觉得风景如何?"

妙烟不置可否。"有劳李总管。"

李次犬倒酒。"喜酒用红尘酒。此酒起源于西海,邪佛孟争先死后便失传了。卫仙尊找到邪佛遗藏,才得到酒方,有了我们今日的口福。"

酒液绯红,香气辛辣刺鼻,妙烟举杯一饮而尽。"好酒。"

李次犬指向影壁。"这个'囍'字,是卫仙尊亲笔题写的。仙子可还看得过眼?"

妙烟看着漆黑的大字,平淡道:"卫仙尊是书圣的关门弟子,他写的字,怎么会不好?"

李次犬命人呈上笔墨。"请仙子为喜楼题名。"

妙烟有些心不在焉,写下"仙乐楼"这三字。一个最规矩、最不出错的名字。

"这是合籍婚书、宾客请柬、聘礼清单,请仙子过目。"

妙烟道:"李总管安排周到,我不用看了。卫仙尊何在?"

李次犬退至一旁,楼中侍从鱼贯退下。

栏杆边传来卫真钰懒洋洋的声音:"既然周到,天外天也想向仙子求一件嫁妆。"

"不知仙尊所求何物？"

"我听说仙音门有件宝物，能使人瞬间抵达千里之外。"

妙烟一怔，四下环顾，只见喜楼金碧辉煌，为婚宴置备的物品琳琅满目，可以想见典礼盛况。

卫真钰道："可是天外天的诚意不够？仙子不满意？"

他做了这么多事，大费周折，只提出要一件宝物做回礼，实在无可指摘。

妙烟心底却泛起阵阵寒意，抑制不住颤抖。"我先前不明白，卫仙尊对我并无好感，为何要娶我。原来你是为这件宝物……你这个疯子！"

卫真钰也收了笑。"仙子聪慧。"

妙烟从袖中取出横断梳。"传言是真的，我确实有一件宝物能让人瞬间抵达千里之外，现在你知道了，要试试吗？"

卫真钰步步逼近，目光变得幽深。"你是他准道侣，你本可以带他走。"

他周身威压不受控制地泄出，衣袖鼓荡如云涌。

妙烟闷哼一声，脚下踉跄，却仰头逼视他。"既然你如此为他不平，当初他死的时候，你又在哪里？"

卫真钰咬牙，额上青筋暴起，猛然转身。"备车，送仙子回去。"

他大步向外走去，双拳紧握，像在极力忍耐什么。

妙烟抬高声音："杀宋潜机者天下人也，你这救世主，要杀天下人吗？"

李次犬紧张至极，急忙拦在妙烟身前。"仙子请随我来。"

妙烟纹丝不动。"你自称是他衣钵传人。"

她一双手只弹琴，不动兵刃，但她知道怎么伤人，轻飘飘的话从朱红的菱唇中吐出来，化作利剑。"可那天下着好大的雪，你是在赌坊里一掷千金，还是在死海看日出啊？"

仓皇的背影终于停下，他低低地笑起来。

笑声像濒死野兽的喘息，令人毛骨悚然。环绕天城的不尽火感应到主人心意，如江水涨潮般剧烈燃烧，使四周温度迅速攀升。

只一瞬又恢复平静，卫真钰回头笑道："都不是。我在明月楼与一群美人喝酒。"

他拍了拍手。"来人。"

一众侍从应声而出。"仙尊有何吩咐？"

"明日喜楼换匾，为仙子建的这座仙乐楼，就改叫明月楼。"

妙烟只觉眼前一暗，卫真钰的威压便笼罩了她。"寓意妙烟仙子如我心中明月，悬在九天上，高洁不可攀。"

众人忙不迭鼓掌夸赞："好名字！仙尊好情意！"

"啪！"巴掌声清脆，打断喧闹。

一片死寂中，卫真钰轻咦一声，摸了摸嘴角。"都紧张什么？打是疼，骂是爱，仙子打我就是喜欢我，该说打得好。"

"仙尊说好，那当然是好！"叫好声再度响起，妙烟的心渐渐沉下去。

"我皮糙肉厚，仙子打得不过瘾，不如再砍我两剑。"带着笑意的声音钻进耳朵，"以后云上仙宫的无边岁月，咱们就互相折磨吧。妙烟仙子，多多指教。"

于是妙烟也笑："卫仙尊，来日方长。"

一个是救世明主，光风霁月。

一个是第一美人，出尘绝俗。

他们是天下最般配的眷侣。

…………

大典如期举行。

这一天，无论身在大陆何处，只要抬起头，就能看到被不尽火点燃的半边天幕。

绚烂的烟花在夜空绽放，仙音门最优秀的弟子弹奏喜乐。

妙烟穿着繁复的礼服，头戴凤冠，珠帘遮面，仪态万千。

她向高台走去，步步平稳，满身环佩不发出任何碰撞声。

透过凤冠垂下的珠串，她望见负手而立、着一身红衣的卫真钰。余光里，许多年轻女修露出惋惜、酸楚之色。

她觉得十分好笑。

平易近人、风流俊美的救世主，理所当然地让人心生向往。天外天这么多人，谁会知道他的心比雪原上的裂冰渊更深更黑。

他的内里已经腐烂，只剩一具森森白骨。

欢呼声如雷,妙烟登上高台。

"烟儿。"望舒拉起妙烟的手,慈爱地微笑,像注视着此生最满意的作品,"为师以你为荣。"

卫真钰抬手示意众人安静,让出身后的琴案。"仙子请。"

妙烟入座,轻声道:"仙尊真想听我弹吗?"

卫真钰微笑:"仙子何出此言,今天是你的大喜之日。岂能不弹?"

"好。"

琴声如百鸟争鸣,自美人指尖流淌而出。

放眼望去,红灯笼、红绸缎、红礼服、红天红地,猩红如血。

在这场全天下最豪奢的喜宴上,每个人都在笑,有吃不完的美酒佳肴、说不完的溢美之词。

高朋满座,华宴彩灯,无处话凄凉。

忽而一段陌生又熟悉的旋律浮现脑海。

琴声愈发急促高昂,卷起狂风阵阵,肃杀之气席卷天外天。狂风掀翻宴席,众人心神激荡,修为稍低者发出痛苦的呻吟。

卫真钰打翻酒盅。"够了!"

望舒惊道:"别再弹了!"

妙烟却越弹越顺,好像很久之前,已经练过成百成千遍,每个音符都死死刻在她魂魄深处。

凤冠坠地,珠玉崩散,青丝狂舞。

琴音萦绕,在她周身形成一道无形屏障,使人不得靠近。

无数破碎画面一闪而过,无数道熟悉声音涌入她耳中:

"此琴名为太古遗音,送给你。"

"你不想弹的时候,就不用弹,谁也不能强迫你弹。"

"我不会杀你。我只是……会伤心。孤光剑,永不对你。"

不尽火近来因主人心意不宁而变得狂暴,此时被肃杀琴音激怒,竟然摆脱卫真钰控制。

火海泛滥,肆虐伤人,反噬其主。卫真钰一路强行升级根基不稳,新伤引动旧伤,嘴角溢出鲜血,仍试图打破妙烟身前的屏障。

倏忽,琴弦崩断,余音不绝。摧折万物的狂风中,妙烟站起身,转头看向望舒。"师父，这次我想自己选。"

她抱着太古遗音，从高台一跃而下。

"不——"望舒嘶声大喊。

卫真钰半边身子扑出高台，紧紧攥住她衣袖，目眦尽裂。"妙烟，你给我回来——"

他不喜欢她，却从没想过让她死。

妙烟一笑，打出手中太古遗音。

绝世名琴于半空爆炸，卫真钰吐出一口血，眼睁睁看着半截衣袖从自己指尖滑过。

妙烟向火海坠落。

喜服飞扬，如蝴蝶破碎的薄翼被狂风撕碎。

"自由，原来这么简单啊。"

她闭上眼，听见猎猎风声。在生命的尽头，感到从未有过的快乐。

"只可惜琴弦断了，听不到那首曲子的结局……"

弹不完的曲，连名字也没有……

熟悉的琴声再起，妙烟猛然睁眼。

不对，不该是这样，它有名字，也有结局！

作曲人没有死在雪原，所以才有这首《风雪入阵曲》。

这里不是真实的世界，是三生石的幻境。

让我回去，回到一切还没发生，一切还来得及的世界！

寒冷刺骨的湖水中，《风雪入阵曲》终章响起。

…………

"所以血河谷三生湖里，师姐想起了那首曲子，才在最后关头挣脱了三生石束缚？好险！"祝心拍拍胸口，"那里的幻境是前世吗？"

日影西斜，晚霞悠悠照入草庐半开的窗，染红木案上的旧琴。

"何为前世？何为今生？都是镜花水月罢了。"案前女子起身，"好了，我的经历都告诉你了，我该走了。"

祝心一把拉住她衣袖。"师姐别走！"

女子回头。"当掌门这么多年，怎么还像个小孩子？"

她抱着旧琴，着一身素衣，笑容淡如轻烟。

"从前不管我怎么问,你都不愿意跟我说这些。这次却都说了,是不是因为……以后我们不见面了?不行啊,妙烟师姐,我还有很多不懂、不会的东西,我的琴还弹得不够好,做不了一个好掌门。"

"心儿。"妙烟轻抚她发顶,"你明白的,要做一个好掌门,琴弹得好不好不是最重要的。"

祝心耍赖般坐在地上。"我明白,可我舍不得再也不见师姐。你要去哪儿,这次带我一起不行吗?"

"世间缘分就如花开花落,云聚云散。"妙烟被她逗笑,"你不必跟随我,去追你想要的吧。"

祝心咬了咬下唇,忽然鼓起勇气,抬头望她。"那师姐最想要的,都得到了吗?"

妙烟一怔。

这些年她去过千渠,也去过千渠之外。走过无数山山水水,给无数的花草弹过琴,也救过无数的人,写过很多曲子,心中执念早已消散。

"我想要的,就是此时此刻。"

祝心想了想,仍是茫然。"此时此刻,和以前有什么不同?"

"从前'易求无价宝,难得知音人'。此刻'抚琴天地间,何须觅知音'。"

祝心从地上站起来,似懂非懂地点头,慢慢松开她的袖子。"师姐去吧。"

西天晚霞如火,春风却温柔。

桃花飘落枝头,随风飘进半开的窗,落在少女发间。

少女扶着窗框,目送那道背影远去。"师姐,还有一件事我没告诉你。有天晚上,我见到东神工了,还跟他说了话……原来,原来世上真有那样的人。"

素衣女子已走远,纤弱的身影没入山间云雾,不知道有没有听见。

"我见了他,忽然就有些明白两位师姐了。"

© 中南博集天卷文化传媒有限公司。本书版权受法律保护。未经权利人许可，任何人不得以任何方式使用本书包括正文、插图、封面、版式等任何部分内容，违者将受到法律制裁。

图书在版编目（CIP）数据

咸鱼飞升 . 2 / 重关暗度著 . -- 长沙：湖南文艺出版社，2025.6. --ISBN 978-7-5726-2308-0

Ⅰ. I247.5

中国国家版本馆 CIP 数据核字第 2025A10Z10 号

上架建议：畅销・小说

XIANYU FEISHENG. 2
咸鱼飞升 . 2

著　　者：重关暗度
出 版 人：陈新文
责任编辑：张子霏
监　　制：毛闽峰
策划编辑：颜若寒
特约策划：尉迟玖　茶小贩
特约编辑：高晓菲
营销编辑：刘　珣　大　焦
装帧设计：梁秋晨　李　洁　冯紫璇
题　　字：仓仓仓鼠
插图绘制：秃颓颓　舟行绿水　肥大不咕
出　　版：湖南文艺出版社
　　　　　（长沙市雨花区东二环一段 508 号　邮编：410014）
网　　址：www.hnwy.net
印　　刷：三河市鑫金马印装有限公司
经　　销：新华书店
开　　本：640 mm × 915 mm　1/16
字　　数：383 千字
印　　张：25
版　　次：2025 年 6 月第 1 版
印　　次：2025 年 6 月第 1 次印刷
书　　号：ISBN 978-7-5726-2308-0
定　　价：55.00 元

若有质量问题，请致电质量监督电话：010-59096394
团购电话：010-59320018